森林有童话

绿森林里的幸福时光

〔美〕桑顿·伯吉斯(Thornton W. Burgess) 著
〔美〕哈里森·卡迪(Harrison Cady) 绘 韩慧莉 译

现代教育出版社
Modern Education Press

图书在版编目（CIP）数据

绿森林里的幸福时光 /（美）桑顿·伯吉斯著；（美）哈里森·卡迪绘；韩慧莉译. -- 北京：现代教育出版社，2019.1
ISBN 978-7-5106-6655-1

Ⅰ. ①绿… Ⅱ. ①桑… ②哈… ③韩… Ⅲ. ①童话-美国-现代 Ⅳ. ① I712.84

中国版本图书馆CIP数据核字（2018）第241972号

绿森林里的幸福时光

（美）桑顿·伯吉斯著；（美）哈里森·卡迪绘

译　　者	韩慧莉
出 品 人	陈　琦
选题策划	王春霞
责任编辑	魏　星　魏艳平
装帧设计	翊　彤
出版发行	现代教育出版社
地　　址	北京市朝阳区安华里504号E座
邮　　编	100011
电　　话	（010）64251036（编辑部）
	（010）64256130（发行部）
经　　销	全国新华书店
印　　刷	北京飞达印刷有限责任公司
开　　本	880mm×1230mm　1/32
印　　张	6.25
字　　数	200千字
版　　次	2019年1月第1版
印　　次	2019年1月第1次印刷
书　　号	ISBN 978-7-5106-6655-1
定　　价	29.80元

版权所有　侵权必究

前言

伯吉斯是美国著名的儿童文学作家,自然主义者,自然资源保护论者,他创作了大批童话作品,被称为"睡前故事大叔"。在欧美地区,伯吉斯的动物文学作品广受儿童欢迎,诺贝尔经济学奖获得者乔治·阿克洛夫、"迪士尼世界"的创始人沃尔特·迪士尼、"斯凯瑞金色童书"的作者理查德·斯凯瑞等名人、作家从小就是这些作品的忠实读者。

森林有童话

伯吉斯不仅一生笔耕不辍,更是积极致力于大自然保护事业。他成立"芳草地俱乐部",呼吁人们保护草地;积极促成迁徙类野生动物相关保护法案的通过;成立"户外俱乐部",并组织征文活动,帮助孩子们认知、爱护鸟类,呼吁孩子们做"我们本地鸟类的好朋友";成立"睡前故事俱乐部",呼吁听众"仁慈地对待大自然的孩子们,保护它们,让它们远离天敌的伤害"。

人类自灵长类动物进化而来,我们往往不知不觉地把心灵状态加诸动物身上。动物题材小说的意义在于我们从动物身上看到了自己,或者看到自己的另一面,这一面可能埋藏于我们的内心深处,也可能是生活中本就存在而我们并不自知的一种状态。因此,加在动物身上的人类情感,相当大一部分是我们自己意识的投射。动物与人、人与自然,三者和谐相处,共同融合成美丽温馨的画卷。对于儿童来说,充分享有让自己的想象停留在童年梦幻波长上,是快乐成长的特权。

一套优秀的童书要带给孩子阅读的快乐,心灵

的愉悦，回忆的温暖，知识的增长，智慧的启迪，使他们产生对人生的种种向往。对于这样的目标，动物小说有着天然的优势，伯吉斯的这套书就很好地实践了上述的宗旨。打开这套书，轻快地读一读，开心地笑一笑，孩子们会发现书中有狡猾机警的狐狸、勇敢聪明的兔子、贪玩调皮的土拨鼠，这些主人公性格各不相同，遭遇的经历也大相径庭，每个故事里有历险奇遇，有曲折情节，有感动，有眼泪，有欢声笑语，有愉快歌声，主人公最后都凭借自己的努力和他人的帮助实现了自己的心愿。优美的文字、流畅的表达、引人入胜的情节为这套书插上了梦想的翅膀，孩子们读完书后会长长出一口气，仿佛自己也经历了一场冒险似的，仿佛自己也化身为可爱、聪明、有智慧的小动物一般，心中无限欢喜，又觉得意犹未尽。书中的主人公也有着各种缺点和不足，这并不能妨碍他们去追求欢乐和笑声，通过追寻生活的美好，从而找到生活的意义。孩子们的世界简单而快乐，需要的正是这种潜移默化的教育方式，需要的正是春风化雨般的文字温暖，生搬硬套、粗暴灌输、千篇一律，只会适得其反。

"黄梅时节家家雨，青草池塘处处蛙。"保护环境就是保护我们自己，人与自然和谐共生的理念要从娃娃开始培育。伯吉斯动物系列小说整体贯穿着这样一个思路："关心、爱护野生动物，保护大自然。"通过这套书，小朋友们会懂得，尊重生命，不论中外老幼；绿水青山，理应全人类共享。

现代教育出版社编辑部
2018年10月

孟加拉印象[1]（代序）

[印度]　拉宾德拉纳特·泰戈尔

帕提萨　1894 年 3 月 22 日

我坐在舱口前，遥望着河面。这个时候，我突然看见一只长得很丑的水禽拼命朝对岸游去。与此同时，它的身后响起了不绝于耳的叫骂声和喊打声。我擦亮眼睛一看，原来那是一只母鸡。在即将

---

[1] 本文译自《拉宾德拉纳特·泰戈尔爵士书信集》，为节选。
　　——清石译

被宰杀之际，它幸运地从船上的厨房里逃了出来，而后跳进水中，拼命向对岸游去。可是，就在它即将爬上河岸的当儿，它再次落入那些心狠手辣的追捕者的魔掌之中。我们的厨师拎着它，得意扬扬地回到了船上。我告诉那位厨师，今天晚上我不想吃肉了。

我的确应该认真考虑考虑戒荤的事儿了。我们坦然地大块吃肉，不曾感到丝毫的不安。我们之所以这样，根本原因在于我们从来都没有去细想我们的所作所为是多么的残忍、多么的不仁。世界上有很多种人为的罪恶，民族习惯、风俗、传统和社会法则不同，对这些罪恶的认识也会不同。但是，残酷和这些罪恶截然不同，它是一种原始的罪恶；狡辩和托词都不能改变它的性质。我们要是没有变得麻木不仁，那该有多好！这样，对于那些对残忍行为发出的抗议，我们就不再会充耳不闻；可是，我们却聚在一起，有说有笑，好不快活，一边做着残忍不仁的事儿，一边还感到心安理得——实际上，谁要是不随大溜儿，他就会被其他人扣上一顶"怪

人"的帽子。

　　由此可见，我们对罪恶的理解是多么的肤浅！在我看来，世上有一条至高戒律，需要每个人谨守：对一切生灵心怀怜悯。博爱是一切宗教的基石。前几天，我在一份报纸上看到一篇报道：一批价值五万英镑的肉，从英国本土运到非洲的一个军事基地时被发现已经变质，于是人们将这批肉退回。最后，它们在英国朴次茅斯港仅以数英镑的价钱被贱卖了事。这种浪费生命的行为是多么的骇人听闻！人们怎么可以这样视"珍宝"如敝屣！仔细想想吧，有多少无辜的生灵仅仅是为了点缀某次宴会上的碗盘而惨遭杀戮！更可怕的是，大多数生灵的肉竟然会被原封不动地撤下席去！

　　我们若是对自己的残暴行为浑然不知的话，我们倒可以请求原谅。但是，如果我们明明已经良心发现，可还是昧着良心，和别人同流合污，一起去残杀生灵的话，那我们就是在凌辱自己的良知。鉴于以上种种，我决定开始做一个素食主义者。

　　…………

施里塔　1894 年 8 月 9 日

今天我看到一只小鸟的尸体浮在水面上顺流而下。它死亡的经过并不难推演：它在村边的某棵杧果树上有个巢。它晚上回到暖融融的小巢里，想美美地睡上一觉，让它那小小的身躯里的疲惫得以释放。谁知博多河突然狂性大作，把杧果树树根上的泥土冲得一干二净。这个可怜的小家伙不但失去了小巢，也永远不会再醒来。

大自然无坚不摧，在它的面前，我自己和其他生物的区别根本就微乎其微。在这里的城市里，人类总是处于主宰地位。他们只关心自己，却对其他生物的苦乐无视到近乎残忍的地步。

在欧洲，同样地，人类也处于主宰地位。因此，动物在他们的眼里，仅仅是动物而已。不过，在印度人看来，人托生为动物，动物托生为人，灵魂轮回的想法一点都不稀奇。因为，我们的经文不会把人们对众生的怜悯视作矫揉造作的情感而加以

禁止。

　　我来到乡村，和大自然亲密接触。这个时候，我性格中印度人的成分便占据了主导，哪怕面对的只是一只小鸟松软的胸腹中跃动着的那股生之喜悦，我也不可能无动于衷，漠然置之。

献 给

生活在芳草地和绿森林一带的那些

可爱的动物朋友

希望这套小册子可以

让我们大家携起手来

共同去保护那些纯真而又

时常面临来自人类威胁的动物朋友

目 录

彼得兔巧遇雄鹿莱特福德……………… 001

雄鹿莱特福德长出了新鹿角……………… 007

鹿角是如何长出来的……………… 012

恐惧之神……………… 017

蓝松鸦萨米给雄鹿莱特福德捎来消息…… 024

猫鼠游戏……………… 028

微风梅里兄弟帮助雄鹿莱特福德………… 033

斗智斗勇………………………………………	037
莱特福德犹豫了……………………………	041
雄鹿莱特福德想出了一个好计策…………	045
猎物监视猎人………………………………	049
雄鹿莱特福德拜访河狸帕迪………………	052
雄鹿莱特福德和河狸帕迪成为搭档………	056
河狸帕迪给雄鹿莱特福德发警报…………	061
三位监视者…………………………………	065
访客纷纷来到河狸帕迪的水塘……………	069
蓝松鸦萨米来了……………………………	074
猎人大发雷霆………………………………	079
蓝松鸦萨米表现得很谦虚…………………	082
雄鹿莱特福德听到一个可怕的声音………	086
雄鹿莱特福德甩掉了那些猎狗……………	090
雄鹿莱特福德游了很久……………………	093
雄鹿莱特福德交了个新朋友………………	097
猎人大失所望………………………………	101
猎人守株待兔………………………………	105
雄鹿莱特福德很明智………………………	108

蓝松鸦萨米担心雄鹿莱特福德……………… 112

狩猎季终于结束了…………………………… 116

野鸭夸克夫妇目瞪口呆……………………… 121

谜底揭开了…………………………………… 125

一个惊人的发现……………………………… 129

雄鹿莱特福德发现了一个不速之客………… 134

新猫鼠游戏上演……………………………… 137

令人吃惊的新脚印…………………………… 141

雄鹿莱特福德不顾一切……………………… 144

蓝松鸦萨米插手……………………………… 148

惊心动魄的战斗……………………………… 152

默默的旁观者………………………………… 156

雄鹿莱特福德找到了真爱…………………… 160

绿森林里的幸福时光………………………… 164

伯吉斯的动物世界…………………………… 169

卡迪的动物朋友……………………………… 172

精彩评赞集锦………………………………… 175

后记：动物们的世外桃源…………………… 178

彼得兔巧遇雄鹿莱特福德

他们从没被当成过猎物,
所以不懂得猎物的感受。

跟生活在绿森林里的河狸帕迪道完别,彼得兔往自己的家走去。野鸭夸克夫妇打算先去比格河做短暂停留,之后踏上艰难的南行之旅。道别总是令人伤感。和他们道别,彼得兔不禁哽咽——他感到

森林有童话

嗓子被堵住了一般难受。

"要是明年春天还能见到他们的话，我也不会这么难过。"彼得兔自言自语道，"唉，那些可怕的猎枪！我知道，要避开那些猎枪，非常艰难。农夫布朗的儿子曾经试图用猎枪打死我。不过，现在他不会再这样做了。他不再把我当成猎物，但并不意味着他不会把野鸭当猎物。我只要睁大眼睛，竖起耳朵，猎人向我走来时，我就能事先察觉，然后藏进洞里。我还不用为食物担忧。但是，对野鸭来说，情况要糟糕上千倍。他们要一边长途迁徙，一边寻

找食物。只有找到合适的食物，他们才有的吃。拿着枪的那些猎人知道野鸭觅食的地点，他们会事先埋伏在那里，而野鸭们根本无从得知会有猎人伏击他们。这就是打猎。这实在太——这实在太——"

"呃，怎么了？你叨叨些啥呢，彼得兔？"

彼得兔吓了一跳，急忙抬头看，发现站在铁杉树下的雄鹿莱特福德正用他那双炯炯有神的迷人的眼睛看着他。

"实在是糟糕透顶。"彼得兔大声说道，"太不公平了，他们一点机会也没有。"

"我想，你既然这么说，那肯定是件很糟糕的事。"雄鹿莱特福德说，"不过，你最好告诉我你口中的那件糟糕透顶的事到底是什么。"

彼得兔咧了咧嘴，把野鸭夸克夫妇计划飞往南方，以及明年春天从南方飞回来的旅程中会遭遇的种种危险一股脑儿地告诉了雄鹿莱特福德，这些危险都拜那些心狠手辣的猎人所赐。雄鹿莱特福德仔细地倾听着，柔和的眼睛里充满了对夸克一家的同情。

森林有童话

"我希望他们一路平安无事,"雄鹿莱特福德说,"我也希望明年春天他们还能回来。一年遭遇一次猎人非常糟心,没有人比我更清楚这种感受了;而在秋天和春天里都遭遇猎人,没有比这更糟糕的了。人类真是奇怪的生物,我根本搞不懂他们。绿森林一带的人们应该不会去做这些糟糕的事。他们有的是为了找吃的,才去打猎的。当然了,我很幸运,我不需要这么做。但是,如果打猎纯粹是为了找乐子,我就搞不懂了。不幸的是,人们好像乐此不疲。我想,问题的关键是,他们从没被当成过猎物,所

以不懂得猎物的感受。有时候，我真想把他们中的某个人当成猎物，给他点教训……你笑什么呀，彼得兔？"

"笑你想把人类当猎物，"彼得兔回答道，"你的想法不错，雄鹿莱特福德。不过，你的胆子太小，心肠太软，吓不倒任何人。身躯庞大如你，可我一点也不害怕。"

雄鹿莱特福德轻盈地一跃，跳到彼得兔的身前。他重重地跺了跺蹄子，低下头，用他尖利的鹿角（人们称之为犄角）对准彼得兔，背毛直竖，作势要刺向彼得兔。他的双眼，彼得兔眼里那对刚才还温柔的双眼，居然射出愤怒的火花。

"哎呀！"彼得兔轻轻地惊叫了一声，躲向一旁。紧接着，他立马意识到雄鹿莱特福德只是做做样子而已。

雄鹿莱特福德开怀大笑道："你不是说我吓不倒任何人吗？"

"我——我以前还真不知道你发起火来会这么吓人。"彼得兔结结巴巴地说，"你这么对着人时，你

森林有童话

的鹿角的确很吓人。为什么——为什么——你鹿角上粘着的是什么呀?看上去像一块兽皮。你袭击过什么人,雄鹿莱特福德?"彼得兔的大眼睛里写满了狐疑。

雄鹿莱特福德长出了新鹿角

谁不相信我的话,
我也不愿意跟那人多解释。

彼得兔感到迷惑不解,他用略带怀疑的眼光盯着雄鹿莱特福德:"你是如何把别人的外衣撕破的?"他不愿意相信雄鹿莱特福德会这么做,因为他一直认为莱特福德像自己一样温柔、胆小,不会伤害别人。

莱特福德慢慢地摇了摇头:"没有,我没有撕其他人的外衣。"

"那些挂在你鹿角上的布条是什么?"彼得兔问道。

莱特福德笑了。"它们是我的新鹿角的外皮。"他解释说。

"什么?你的新鹿角长出来了?"彼得兔直起身,直勾勾地盯着莱特福德的鹿角,好似从来没有见过它们。

"对啊,"莱特福德回答道,"不然,你觉得它们是什么?我觉得它们是我所有鹿角中最好的一对。这些外皮脱落后,它们将会成为绿森林一带最漂亮的鹿角分叉。"

莱特福德在一棵树的树干上蹭了蹭他的鹿角,直到上面的一些外皮脱落为止。

彼得兔使劲眨了眨眼睛。他希望自己能想明白这件事,但想不通。最后,他只能承认了这一点。

"你到底想给我编一个什么样的故事呀?"他气呼呼地问道,"你是想告诉我,这些鹿角并不是之前我见过的那些?这么坚硬的鹿角分叉会自己生长?如果这些都是新的,那些旧的去哪里了?让我看看那些旧的,也许我会相信这些都是新的。你想让我相信鹿角会像植物一样生长?整个夏天,我经常见到奶牛波茜,我知道她今年的牛角和去年的是同一个。新鹿角?太奇怪了!"

"你说得很对,彼得兔,关于奶牛波茜,你说得很对。她从不换新牛角,但这并不等于我就不能换新鹿角,是不是?"莱特福德耐心地解释道,"她的

森林有童话

牛角和我的鹿角大有不同。每年,我都会长出一对新鹿角。你已经有一整个夏天没有见到过我了,不是吗,彼得兔?"

"是的,我不记得这个夏天见过你。"彼得兔一边回答,一边努力回想自己上次是什么时候见过莱特福德。

莱特福德说道:"我之所以知道,是因为我一直藏在你尚没有拜访过的地方。"

"你为什么要躲起来?"彼得兔问道。

"为了让我的新鹿角安全地生长。"莱特福德说道,"我的新鹿角开始生长时,我喜欢一个人待着。它们还没长出来或者还没长成时,我不想让别人看见。另外,我的新鹿角生长时,我一个人独处会感到更自在。"

听莱特福德的口气,他所说的每一个字都是认真的。但彼得兔还是不相信,他实在不敢相信,那些好看的鹿角在一个夏天里就能长出来。"你把旧鹿角扔哪里了,它们什么时候脱落的?"彼得兔问道,声音里充满疑惑。

"今年春天它们脱落的,但我不记得把它们扔到哪里了。"莱特福德回答道,"旧鹿角脱落,我太高兴了,没在意它们掉到哪里了。旧鹿角变得松松垮垮的,让我很不舒服。它们对我没有用处了,因为我知道我的新鹿角会更大,会更好。和去年的鹿角相比,每个新鹿角上又多了一个尖角。"莱特福德再次在树干上摩擦他的新鹿角,想摩擦掉那些外皮,从而使它的尖角更加锋利。

彼得兔默默地看了几分钟。然后,他所有的怀疑又回来,他说:"可是,你还没有告诉我那些外皮是怎么回事呢。"

"你还是不相信我说过的话。"莱特福德说道,"不论是谁,只要不相信我所说的话,我便不愿意跟那人多解释。"

鹿角是如何长出来的

去相信看上去不可能的事是很难的。
可是，对你来说完全不可能的事，
对别人来说可能是稀松平常的事。

弄不懂一件事到底是怎么回事时，就武断地说那件事是不可能的，这很不合适。彼得兔想相信雄鹿莱特福德的话，可他做不到。他如果亲眼见过那

些鹿角的生长过程的话，另当别论。可是，自从去年冬天开始，他就没见过莱特福德，现在，莱特福德就顶着这对漂亮的鹿角出现了。所以呢，彼得兔不相信旧鹿角会脱落，也不相信新鹿角会在春天和夏天短短的几个月里就能长出来也情有可原。

不过，彼得兔一点也不责怪莱特福德。因为莱特福德已经告诉彼得兔，不论是谁，只要不相信他所说的话，他便不愿意跟那人多解释。"我试着说服自己相信你的话。"彼得兔谦逊地说。

"都是真的。"另一个声音突然插话进来。

彼得兔吓得跳了起来，转过身，看见来人竟然是自己的表兄野兔黑尔。没人看见，悄没声的，他偷偷地出现了，彼得兔和雄鹿莱特福德的话他全偷听到了。

"你怎么知道这是真的？"彼得兔有点生气地问道。因为，野兔黑尔把他吓了一跳。

"莱特福德的旧鹿角脱落后，我见过他的旧鹿角。他的新鹿角生长时，我经常见到他。"黑尔说道。

"好吧！既然你说是真的，那我就相信莱特福德

森林有童话

的话。"彼得兔宣布道,他一向很崇拜他的这位黑尔表兄,"现在,告诉我那些外皮是怎么回事。莱特福德,求你了。"

莱特福德感到盛情难却。"正与我之前跟你所说的那样,那些外皮是一种残留物,它们可以保护那些正在生长的新鹿角。"他说道,"我的旧鹿角脱落后,新鹿角很快就会长出来。新鹿角非常柔软,非常娇嫩,血液在新鹿角里流淌。有一层带毛的像外皮的皮肤覆盖着它们。那时,鹿角的末端并没有像

现在这样尖锐，而是圆形的，很大，像瘤子。一点也不像鹿角。它们让我的脑袋发热，非常不舒服。这就是我藏起来的原因。新鹿角长得特别快，每天我看水里自己的倒影时，都会觉得它们又长大了一些。有时候，我会觉得所有的力量全部集中到了我的新鹿角里。我不得不时刻小心警惕，别让它们碰到任何东西。那样的话，会非常疼，而且碰撞会让它们变形。

"它们长到你现在见到的长度时，就开始收缩，变得坚硬起来。鹿角末端的瘤子开始收缩，直到它们变成尖角为止。它们停止生长后，血液也停止流通，它们变得坚硬以后，就不再娇嫩。覆盖它们的外皮会变成干皮，开始开裂，我会在树上和灌木上蹭，把它们蹭掉。你现在看到的破碎的外皮就是残留的外皮。不过，它们很快就会掉光。接下来，只要有必要，我会随时应战，除了人类，我无所畏惧。也只有当他们带着可怕的猎枪时，我才会害怕他们。"

莱特福德自豪地扬起头，用他的鹿角摩擦着近处的树干。

"他难道不帅吗？"彼得兔附在野兔黑尔的耳畔说，"在这么短的时间里，跟那些鹿角的成长速度相当的东西，你见过吗？这让人难以置信，但我觉得这是真的。"

"你说得没错。"黑尔回答道，"我敢说，彼得兔，即使我像人类一样强壮，我也绝对不愿意莱特福德用他的鹿角在我身上露一手。你总觉得莱特福德胆小怕事，但你应该看看他发怒时的样子。那时，没有谁愿意直接面对他。"

恐惧之神

天气变冷,黑夜幽静,
恐惧之神开始四处游荡。

  这听起来让人心碎,却是事实。秋天通常被称作一年中的悲伤季,这是悲秋的时刻。其实本不应如此,大自然妈妈从没打算让秋天变成悲伤的季节,而是想让它变成欢乐的季节。在这个季节里,生活

森林有童话

在绿森林和芳草地一带的小动物们不用再为抚养孩子、教他们如何照顾自己而整日烦忧；这个季节里，食物富余，每个人都吃得胖胖的；每个人都是，也应该是，无忧无虑的；这个季节里，大自然妈妈的用意是，在寒冷的天气到来之前，在寒冷的天气带来艰难的生活之前，每个人都应该尽情享受这段短短的时光。

可是，一切并非如此，一个阴郁的黑影正在芳草地上和绿森林里横行无忌，它的名字叫恐惧之神。它潜进每个藏身之所，只要见到小动物，它就让寒意传遍他的周身。整天乐呵呵的红圆脸太阳公公用尽全力照耀，也驱赶不走这股寒意。整天整夜，恐惧之神都在寻找生活在绿森林和芳草地一带的那些小动物。它不让他们睡觉，它不让他们安稳地吃饭，它驱使着他们寻找新的藏身之所，接着又把他们赶出去。只要有一丁点的声响，小动物们就会惊得四处逃窜或者惊飞起来。

坐在老沙窝边缘，张望着绿森林，彼得兔正在冥思苦想。秋天的绿森林不仅是绿色的，而且还色彩丰富。因为霜冻杰克·弗罗斯特已经奉大自然妈妈之命来装点那些枫树叶、山毛榉树叶、桦树叶、杨树叶和栗子树叶，而且工作完成得很出色。在松树、云杉和铁杉树的深绿色树叶的衬托下，那些红叶、黄叶和棕叶非常非常可爱。这时候，紫山丘的紫色比一年中的任何时候都要深，都要漂亮。

森林有童话

　　但是,彼得兔没有心情欣赏这些美景,因为恐惧之神已经光顾过老沙窝,此时的彼得兔满怀恐惧。那不是对狐狸雷迪的恐惧,不是对红尾鹫雷德泰尔的恐惧,不是对猫头鹰霍蒂的恐惧,也不是对郊狼科伊曼的恐惧。他们总是挖空心思,想捉住彼得兔,但他们从不让彼得兔胆战心惊,因为彼得兔非常确信自己有办法逃脱他们的魔掌。的确,他们对彼得兔发起突然袭击时,有时候会把彼得兔吓一大跳。但是,彼得兔逃进离他最近的荆棘丛或者空心圆木里,他们拿他再也没有办法后,恐惧感随即就会消失。但是,此时此刻让彼得兔胆战心惊的恐惧一刻也不曾离开他。

　　彼得兔知道,现在这股恐惧同样紧紧攫住山齿鹑鲍勃的心,他此刻正藏在深色的庄稼茬儿里;同样紧紧攫住松鸡格蕾丝太太的心,她此刻正蜷缩在绿森林里的最浓密的荆棘丛里;同样紧紧攫住负鼠比利大叔和浣熊鲍比的心,他们此刻正藏在树洞里;同样紧紧攫住待在微笑池塘里的麝鼠杰里的心;同样紧紧攫住藏在树顶上的松鼠杰克的心;同样紧紧

彼得兔没有心情欣赏这些美景，因为恐惧之神已经光顾过老沙窝。

森林有童话

攫住雄鹿莱特福德的心，他此刻正藏在离他最近的灌木丛里。它甚至已经攫住狐外婆格兰尼和狐狸雷迪以及体格最大的黑熊巴斯特的心。在彼得兔看来，不管你体格是大还是小，恐惧之神都可以找到你。

　　远处突然传来砰砰声。彼得兔吓得跳了起来，吓得浑身发抖。他知道，每个听到这个砰砰声的动物都会像他那样跳起来，吓得浑身发抖。这是猎人拿着可怕的猎枪打猎的季节。让恐惧之神攫住生活在芳草地和绿森林一带的小动物们的心的，正是人

类。而此时正是大自然妈妈让一切变得漂亮无比，想让所有小动物们都快快乐乐、无忧无虑的时刻。大自然妈妈尽自己所能让一切尽可能漂亮的时节却被人类变成了悲伤的时节，变成了一年中最悲伤的时节。

"我搞不懂人类这个物种。"小彼得兔们从老沙窝里恐惧地探出头来时，彼得兔对他们说，"人类似乎是通过猎杀我们来寻找快感，肯定是在寻找快感。我根本搞不懂他们，他们没心没肺，肯定是因为这个。他们没心没肺。"

蓝松鸦萨米给雄鹿莱特福德捎来消息

如果我知道他们在哪里,
我会去找他们,转告他们。

跟很多人一样,蓝松鸦萨米对"早起早睡"的意义深信不疑。早上,萨米不需要闹钟催促他早起。只要能看得见东西,他就会醒来,从不把时间浪费在再多睡一会儿这种想法上。即使他想赖床,他的

肚子也不会答应。萨米总是被饿醒。在这一点上，他和他的那些鸟类邻居并无二致。

萨米睁开眼后，立马去洗漱，因为他特别爱干净。接着，他便出门去找吃的。很久以前，他就已经明白要想造访人类的家门，一大早是最安全的时刻。今天早上，他本打算到农夫布朗的家去，但在最后一刻他又改变了主意。他飞到了另一个农场里。实在是太早了，萨米没料到会打扰到别人。所以呢，那个农场的门映入他的眼帘，接着有人打开门，走出来时，你完全可以猜得到，他有多么惊讶。

萨米落到附近的一棵树的树冠上。"现在，那个

人起这么早究竟要做什么？"萨米咕哝道。接下来，他看到那人的胳肢窝里夹着某样东西。不用再看一遍，他就已经知道那是什么。那是一杆猎枪！是的，朋友们，那是一杆猎枪，一杆可怕的猎枪。

"哈哈！"萨米大叫道，都忘记自己的肚子正空空如也，"现在，这么早这个人是在跟踪谁呢？我很想知道他是不是要到老沙窝去找彼得兔，或者去老牧场寻找狐狸雷迪，或许他打算猎杀松鸡格蕾丝夫妇。我想，我要待在这里，看看事情接下来会如何进展。"

于是，萨米待在那棵树的树冠上，静静地看着那个拿着可怕的猎枪的人的一举一动。萨米看见他径直向绿森林走去。

"我猜，他的目标是松鸡格蕾丝夫妇。"萨米心想，"如果我知道他们在哪里的话，我会去找他们，转告他们的。"可是，萨米不知道他们在哪里，而且他知道要找到他们得花相当长的时间。于是，他又念叨起早餐来，紧接着，雄鹿莱特福德突然出现在他的脑海里。他突然想起了雄鹿莱特福德。

那个猎人钻进绿森林后,萨米悄悄地跟了上去。从那个猎人走路的方式来看,萨米判断那个人的目标不是松鸡格蕾丝夫妇。"我敢打包票,他的目标不是松鸡格蕾丝夫妇。"萨米嘟囔道,"我得去给莱特福德通风报信,我的确应该去给他通风报信,我知道他在哪里。我想,我需要亲自给他通风报信。"

萨米果然找到了雄鹿莱特福德。"他来了!"萨米大叫道,"一个拿着可怕猎枪的猎人来了!"

猫鼠游戏

在去年的狩猎节里,
他学到了很多教训,
每个教训他都记得牢牢的。

田鼠丹尼和黑熊巴斯特曾经一起玩过猫鼠游戏。对丹尼来说,那是一个糟糕透顶的游戏,它让丹尼吃尽了苦头。但对雄鹿莱特福德来说,和猎人玩的

猫鼠游戏让他遭的罪更大。

　　田鼠丹尼和黑熊巴斯特玩猫鼠游戏时，丹尼只需努力不让巴斯特捉住即可。只要巴斯特的爪子够不着丹尼，丹尼就是安全的。还有就是，丹尼的个头儿非常小。他小到可以藏到两三片树叶子底下。不管逃到哪里，他总能找到某种藏身之所。在猫鼠游戏中，他的小个头儿让他具备某种优势，的确如此。但是，雄鹿莱特福德的个头儿很大。在生活在绿森林的那些动物中，他是个头儿最大的之一。个

头儿大，藏起来就会有难度。

更糟糕的是，想猎杀他时，拿着可怕猎枪的猎人根本不用靠近他。得到蓝松鸦萨米的通报后，雄鹿莱特福德等待着那个猎人的到来。他只能等待，他明白这一点。在去年的狩猎季里，他学到了很多教训，每个教训他都记得牢牢的。他知道，忘记其中一个，他就有可能丧命。莱特福德于是一动不动地躲在一棵歪倒的大树后的灌木丛里，竖起耳朵听着，睁大眼睛看着。

这时候，他听到蓝松鸦萨米在不远处大声叫了起来："抓小偷，抓小偷，抓小偷！"莱特福德长长地舒了口气。他知道萨米是在向他通报那个猎人的位置。知道那个猎人在哪里，雄鹿莱特福德很容易知道怎么应对。

微风梅里兄弟偷偷地钻进绿森林里，从莱特福德的身后走过，一蹦一跳地向那个拿着可怕猎枪的猎人走去。莱特福德马上在绿森林里蹑手蹑脚地走路，他尽最大的努力不让自己弄出任何声响。他绕了个半圆，每走几步就停下来仔细倾听，用他灵敏的鼻子嗅闻空气。你能猜得到莱特福德正在做什么吗？他正试图绕到那个猎人的身后，那样的话，微风兄弟可以让他闻到那个猎人的气味。闻到那个人的气味后，他就可以知道那个猎人的位置，即便莱特福德看不到那个猎人、听不到他的动静。莱特福德如果一直待在原地不动，在他锁定那个猎人的位置之前，那个猎人很有可能已经来到猎枪射程之内。

那个拿着可怕猎枪的猎人在绿森林蹑手蹑脚地摸索着，每走一步都是小心翼翼，尽最大努力不去

森林有童话

踩断树枝，同时用敏锐的眼睛搜寻着每个灌木丛和每个藏身之所，端详着地上的痕迹以判断莱特福德是不是在那里待过。

微风梅里兄弟帮助雄鹿莱特福德

在察觉危险方面,
他还是更信任他的鼻子。

狩猎季的那天早上,你如果恰好看到那个拿着可怕猎枪的猎人和雄鹿莱特福德的话,你很有可能认为是莱特福德在追猎那个猎人,而不是那个猎人在追猎莱特福德。因为,雄鹿莱特福德正躲在那个

猎人的身后，而不是出现他的眼前。他正在跟踪猎人。只要知道猎人在哪里，他就会感到安全。

微风梅里兄弟是莱特福德最要好的朋友。在绿森林里四处游玩的时候，他们总会将不同的气味传送给莱特福德。莱特福德那个美丽的鼻子的嗅觉非常灵敏，气味他总能嗅得到，即使它们非常微弱，他也能嗅得到，能分辨出是谁的或是谁制造的气味。所以呢，尽管他充分利用他的那对大耳朵和他那双美丽的眼睛，但在察觉危险方面，他还是更信任他的鼻子。正是因为这个，在狩猎季里，四处游玩时，他总是循着微风梅里兄弟吹来的方向走。他知道，他们会把来自那个方向的危险及时告诉他。

那个端着猎枪、四处寻找莱特福德的猎人对此心知肚明，因为他对莱特福德和生活在绿森林一带的其他小动物的生活方式非常了解。那天早上，进入绿森林后，他首先做的就是搞清楚微风梅里兄弟的风向。接下来，他沿着那个方向前进，进行狩猎，他知道自己的气味会被吹走。非常有可能的是，如果蓝松鸦萨米不给莱特福德通风报信的话，那个猎

绿森林里的幸福时光

人摸到雄鹿莱特福德的藏身之处后,莱特福德才会察觉到他已经侵入绿森林。

那个猎人来到莱特福德曾经藏身的乱木堆后,小心翼翼地绕着它转圈,紧握那杆可怕的猎枪,准备在莱特福德跳出来的那一刻就开火。这时,他看到松软的土地上散布着莱特福德的脚印,仔细端详一番后,他知道莱特福德已经知道他来了。

"都是那只该死的蓝松鸦报的信。"猎人咕哝道,"那头雄鹿听到了他的叫声,就知道那是什么意思。

我知道那头雄鹿的做法，他肯定已经绕到我的背后，去跟踪我的气味。这个把戏很聪明，非常聪明。不过，这个游戏两个人一起玩才有意思。我要亲自参与到这个游戏里去。"

于是，猎人也绕了一个大圈。现在，那个可怕的猎人的气味从微风梅里兄弟吹来的那些气味中消失了，雄鹿莱特福德追踪不到那个猎人了。

斗智斗勇

只有一个方向是安全的,
那就是微风梅里兄弟的风向。

在绿森林里,一个猎人端着一杆可怕的猎枪和雄鹿莱特福德展开了一场惊心动魄的猫鼠游戏。那是一场智力比拼,猎人一心想要莱特福德的命,莱特福德则在逃命。多年来的经验让莱特福德非常了

解猎人的那些把戏,他对猎人的任何一个把戏一刻都不敢忘记。但那个猎人同样也非常了解雄鹿的习性。所以,他们都在千方百计地想智胜对方。

猎人来到莱特福德的藏身之处时,莱特福德早已在收到蓝松鸦萨米的通风报信后就离开了。猎人于是循着莱特福德的踪迹走。那是一件很费工夫的活儿,只有那些受过专门训练的人,才能发现那些细微的线索。我们知道,地上没有雪,只有在踏上松软的地面时,莱特福德才会留下脚印。同时,那些松软的地面上也有其他线索,那个猎人看得懂它

们——这里有一片树叶被踩翻了,那里有苔藓被轻轻地踏过。通过这些线索,那个猎人可以推断出莱特福德往哪里走了。

慢慢地,耐心地,细心地,猎人循着那些线索前进。过了一会儿,他停下脚步,得意地笑了。"我想,"他咕哝道,"那个可恶的蓝松鸦给他通风报信后,他绕到了我的身后,那样的话,他可以闻到我的气味。我要原路返回。除非我的这个判断出现大的偏差,不然,我肯定能找到莱特福德的踪迹。"

于是,猎人迅速但悄悄地回到自己来时的路上。没过多久,他便发现了自己所期望看到的线索——

森林有童话

莱特福德的脚印。他再次咧开嘴笑了。

"呃,老朋友,这次我完胜你了。"他自言自语道,"现在,我来到了你的身后,现在,风由你吹向我。你闻不到我的气味。看到你又回到了原来的出发点——那些被风吹倒的大树后面,我一点都不会感到意外。"接着,他蹑手蹑脚、小心翼翼地往前走,眼睛和耳朵全面戒备,手中的那杆猎枪随时准备开火。

跟在那个猎人身后的莱特福德闻不到那人的气味后,他立马猜到那人已经发现自己的踪迹,正循着它们追踪。莱特福德静静地站在那里,调动所有器官,想倾听那些可以告知那人身在何处的声音。但是,一点动静也没有。过了一会儿,莱特福德继续前行。他不敢停下来不走,唯恐那个猎人会突然出现在猎枪射程之内。对莱特福德来说,只有一个方向是安全的,那就是微风梅里兄弟的风向。只要他们将那个可怕的猎人的气味吹送给他,他就知道自己是安全的。

莱特福德犹豫了

那个端着可怕猎枪的猎人,
是否还在跟踪他?

雄鹿莱特福德在绿森林里穿行,朝微风梅里兄弟吹来的方向前进。每走几步,他就会翘起灵敏的鼻子,仔细嗅闻微风梅里兄弟传来的气味。只要他朝着微风梅里兄弟吹来的风向走,他就能搞清楚前

方到底有没有危险。

莱特福德用鼻子的频率跟我们用眼睛的频率一样高。它可以将他想知晓的事情告知他。他虽然没有瞥见狐狸雷迪的红外套,但他可以知道雷迪就在前方。他又闻到了极其微弱的气味,他立马停了下来,用前所未有的小心嗅闻空气中的气味。那是黑

熊巴斯特的气味。不过，它实在太微弱了，莱特福德知道巴斯特并不在近处，于是他继续前进，但更加小心了。不一会儿，巴斯特的气味完全消失了。莱特福德知道巴斯特只是在前往绿森林其他地方时路过这里。

莱特福德知道，只要微风梅里兄弟不把那个可怕的猎人的气味吹过来，他就可以放心地朝着这个方向走，他就不必害怕。他也知道，那个猎人如果在他的前方的话，微风梅里兄弟就会及时把他的气味传送过来。我们知道，微风梅里兄弟和莱特福德是铁哥们儿。不过，莱特福德并不想一整天都朝着他们吹来的方向走。

那样的话，他会离绿森林里他所熟悉的那个地方，也就是他的家，越来越远。他可能会走出绿森林，那样的话，会很危险。所以，没过多久，莱特福德就变得犹豫了起来。他不知道接下来该怎么做，因为他不知道那个端着可怕猎枪的猎人是否还在跟踪自己。

有那么一会儿，他会在小树丛里停下脚步，或

者停在被大风连根拔起的树堆后面。他站在那里，转向他来时的方向，仔细观望、倾听，去寻找追踪他的那个猎人的蛛丝马迹。不过，接下来的时间里，他又会变得焦虑不安起来，蹦跳着躲开微风梅里兄弟的风向，借此确认自己没有一头扎进危险的怀里。

"如果我能知道那个猎人是不是还在跟踪我，我肯定可以知道接下来怎么做更好，"莱特福德心想，"我得赶紧行动起来。"

雄鹿莱特福德想出了一个好计策

他对那个猎人的聪明才智非常敬重,
他知道哪怕一分钟的松懈他也承受不起。

雄鹿莱特福德非常聪明。没错,朋友们。雄鹿莱特福德非常聪明。他必须有能力,特别是在狩猎季期间,保全自己的生命。他要是不够聪明,很早以前他的小命就没了。认为别人不聪明这种愚蠢的

森林有童话

错误他从来没有犯过。他知道，今天一大早就开始追踪他的那个猎人不会轻易被打败或者被一些小把戏轻松欺骗过去。他对那个猎人的聪明才智非常敬重，他知道哪怕一分钟的松懈，他自己也承受不起。

有时，与不能确定危险在哪里比起来，知道危险在哪里反而更好受一些。莱特福德觉得如果自己知道那个猎人的方位，他就会知道接下来怎么应对会更好。也许那个猎人已经被挫败，不再追踪他了。如果是这样的话，他就可以歇一歇了，就可以不再提心吊胆了。知道自己被追踪要比不能确定是否被追踪要好受得多。可是，他如何才能知道呢？莱特福德一边在绿森林里走，一边翻来覆去地这么想着。这时候，他突然灵机一动。

"我知道该怎么办了。我知道到底该怎么办了。"莱特福德自言自语道，"我要搞明白那个猎人是不是还在跟踪我，搞明白后，我就可以歇歇了。上帝啊，我得歇歇了。"

莱特福德敏捷地往前跳去，又跑了一段距离，然后反过身，迅速地，但动静非常非常小，反转到

他来时的方向。不过，离他留下的踪迹偏离一点。没过多久，他就发现了他想发现的东西：一堆树枝，它们是伐木工人从树干上砍下来的，离一座小山丘的山顶不远。莱特福德爬上那座小山丘，在那堆树枝的后面停下脚步。他在那里一动不动地停留了一会儿，看了又看，听了又听。然后，他长长地舒了口气，趴到了地上，在这里，不会有被发现的危险，他还可以通过山脚下的那个山洞看见自己的踪迹。如果那个猎人追来的话，他一出现在那个山谷里，莱特福德一眼就能看见他。

　　莱特福德在那堆树枝后面舒舒服服地休息了很长一段时间。没有任何迹象或声音表明绿森林里的那个危险正在靠近他。他瞥见松鸡夫妇飞过那个山

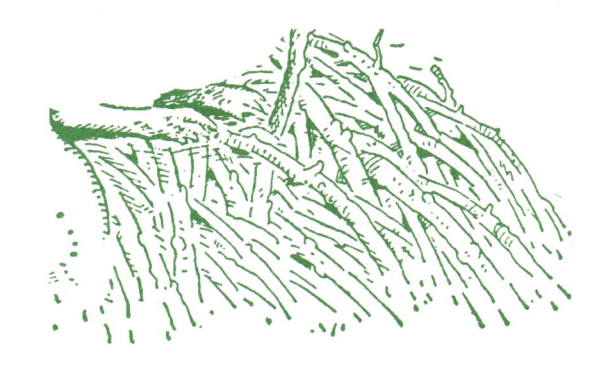

洞，消失在山洞那边的树林里。他还看见负鼠比利大叔正在端详一棵空心大树，他猜负鼠比利大叔是计划把它当作自己过冬的家。他瞥见野兔黑尔蹲到一棵铁杉树低垂的树枝下打算打个盹儿。他听见啄木鸟德鲁默正在啄不远处的一棵大树的树干里的虫子。莱特福德的精神慢慢地放松了下来。那个猎人肯定已经灰心丧气、不再追踪他了。

猎物监视猎人

哪怕是很轻微的动静,
他那对尖耳朵也不会放过。

在绿森林里,雄鹿莱特福德趴在一座小山丘山顶处的一堆树枝后面,惬意地休息着,这里是那么安静、那么和平,一切都是那么可爱。看上去,附近不可能会突然冒出死神一类的东西;看上去,根

本没必要保持警惕。不过，很早以前，莱特福德便明白这么一个道理，危险常常在人们认为最不可能出现的地方出现。虽然莱特福德非常渴望打个盹儿，但他有足够的聪明才智让自己不去做这种愚蠢的事。他用他那双美丽、温柔的大眼睛紧紧地盯着那个端着可怕猎枪、依然对他紧追不舍的猎人有可能出现的方向。哪怕是轻微的动静，他那对尖耳朵也不会放过。

莱特福德确定那个猎人今天已经放弃狩猎，但他丝毫不敢放松警惕。再怎么警惕都要比稍微松懈一下要好。不久后，莱特福德灵敏的耳朵听见远处传来一声树枝折断的声音。它非常微弱，你或者我可能都不会在意。但是，莱特福德听见了，他立马变得警觉起来，向那个声音传来的方向警惕地望去。过了一段感觉特别特别漫长的时间后，他看见那里有东西在动，没过多久，一个人进入了他的视野。来人正是那个猎人，他的胳肢窝里夹着那杆可怕的猎枪。

现在，莱特福德明白了，那个猎人有耐心、肯

坚持，始终没有放弃靠近莱特福德、射击他的希望。猎人缓缓地往前走，每走一步都万分小心，以避免踩断树枝或者让树叶发出窸窸窣窣的声响。猎人紧盯着前方，做足准备，只要莱特福德出现在猎枪射程之内，他立马就会开火。

猎人来到山脚下的那个山洞时，他径直走了过去。他不再寻找莱特福德的脚印，因为那里的地面又硬又干，上面没有留下莱特福德的脚印。他只是按照微风梅里兄弟吹拂的方向寻找，因为他知道莱特福德是冲着那个方向逃跑的，他也知道只要莱特福德还在他的前面跑，莱特福德就不会闻到他的气味。他正在玩那个名为"逆风捕猎"的把戏。

莱特福德一动不动，目送着那个猎人消失在树林里。然后，他悄悄起身，轻轻地晃了晃身子，悄无声息地从山顶溜走，向绿森林的别处跑去。他确信今天那个猎人没希望发现他了。

雄鹿莱特福德拜访河狸帕迪

哪怕是一分钟的疏忽,
他也承受不起。

绿森林深处有个水塘,里面住着河狸帕迪。那是帕迪自己的水塘,那是他自己建造的水塘。他建了一座大坝,把欢乐小溪截断,造出那个水塘来。

目送猎人从山洞旁走过后,雄鹿莱特福德在绿

森林里蹦蹦跳跳地往前走。这时，他想起了帕迪的水塘。"我要到那儿去。"莱特福德盘算道，"那儿是绿森林里最偏僻的地方，我不认为那个猎人会到那里去。我要跑到那里，去拜访帕迪。"

于是，莱特福德向绿森林的深处跑去。现在，他透过树林，已经看见了粼粼的水光。前面就是帕迪的水塘。莱特福德小心翼翼地往前靠近。他确信自己已经成功甩掉那个一直追踪自己的猎人。不过，他也知道绿森林也许还有其他猎人。他知道，哪怕是一分钟的疏忽，他也承受不起。莱特福德有着足够的生活阅历，知道绿森林和芳草地一带上演的那些伤心和可怕的事故都是由疏忽大意造成的。那些捕猎目标，不管是比他体型大的，还是小的，都承受不起丝毫的疏忽大意。

莱特福德知道有些猎人会藏在水源附近，企图趁他喝水时射杀他。这在莱特福德看来，是一件可怕的事，也很不公平。不过，猎人们以前就这么干过，他们可能还会这么干。所以呢，莱特福德在往上风口处的河狸帕迪的水塘靠近时，一直保持着万

分的小心。也就是说,他是逆着微风梅里兄弟吹拂的方向向那个水塘靠近的,在整个过程中,他的鼻子一直工作着。他知道,只要有猎人藏在那里,微风梅里兄弟就会把那个人的气味吹过来,给他通风报信。

就在他即将抵达水塘边时,对岸突然传来咔嚓声。莱特福德顿时吓得魂飞魄散。接着,他开始猜那声咔嚓意味着什么。那是树木倒地的声响。这里的风势连一棵摇摇晃晃的枯树都刮不倒。那里也没有斧子的声响,他由此得知那棵树也不是被人类砍

倒的。肯定是河狸帕迪把那棵树咬断的。帕迪要是大白天的干这事，那就意味着已经很久没有人来过这里了。

莱特福德于是急迫又小心地往前跑去。来到岸边后，他向传来树木歪倒声响的方向望去。水面上有根树枝在移动，它的旁边有个时隐时现的棕色脑袋。河狸帕迪正把那根树枝运往自己的食品仓库。

雄鹿莱特福德和河狸帕迪成为搭档

两个人的眼睛、耳朵和鼻子,
总比一个人的强。

雄鹿莱特福德看见河狸帕迪的那一瞬间,他便知道现在,至少是现在,这里不会有任何危险出现。他知道帕迪是生活在绿森林里的那些小动物中最聪明的动物之一,他要是在大白天里干活的话,那就

是说明这里已经很久没有受到搅扰了。不然的话,他会在夜里干活。

帕迪看到了莱特福德。但他继续一边拿着那根杨树枝,一边向自己的食品仓库游。我们知道,帕迪的食品仓库位于水底。帕迪使劲往下游,直到把杨树枝牢牢地插进水塘里的树垛为止。干完这件事后,帕迪向莱特福德身旁游来。

"你好,莱特福德。"他大叫道,"你看起来更英俊了。在这么美好的秋天里,你过得怎么样啊?"

"焦虑不安。"莱特福德回答道,"我急得跟热锅上的蚂蚁似的。你知道今天是什么日子吗?"

"不知道,"帕迪回答道,"我不知道今天是什么日子,我不关心。对我来说,今天是很长时间以来难得的一个好日子。这就够了。"

"我希望我也能像你这样。"莱特福德羡慕地说道,"我希望我也能像你这样,帕迪,可我不能。没错,我的朋友,我不能。你知道的,对我来说,今天是一年中那些可怕日子的起始日。太阳公公还没起床,猎人就已经开始追踪我了。至少已经有一个

森林有童话

猎人开始动手了,我不怀疑其他猎人也已经行动起来了。那个猎人已经被我成功骗过。但从现在开始,一直到狩猎季结束,白天的时间里,我恐怕一刻也不会感到绝对的安全。"

帕迪爬到岸上,一边嚼杨树枝,一边沉思了起来。帕迪曾经说过,嚼东西会让他想出更好的主意。

"这真是个坏消息,莱特福德。听到这个消息,我很难过。"帕迪说,"为什么会有人妄想捕杀像你这么英俊的伙计呢?我真搞不明白。上帝啊,不过,你的鹿角实在太漂亮了!"

"这是我所有鹿角中最漂亮的一对。不过,你知道吗?帕迪,我怀疑,它们正是我被追捕的原因之一。"莱特福德有些伤心地说,"好的长相并不一定是好事。最近你有没有在这一带发现猎人的身影?"

帕迪摇了摇脑袋。"一个猎人也没看见。"他回答道,"我要把我的计划告诉你,莱特福德,听好喽,我们可以暂时做一对搭档。你待在我的水塘附近。我看见或者闻到可疑的东西,就给你通风报信;你看见或者闻到可疑的东西,也给我报信。两个人的

帕迪爬到岸上，一边嚼树枝，一边沉思起来。

森林有童话

眼睛、耳朵和鼻子总比一个人的强。你觉得怎么样，莱特福德？"

"我同意。"莱特福德回答道。

河狸帕迪给雄鹿莱特福德发警报

莱特福德和帕迪的合作关系很奇怪,
不过,这是一个很好的合作关系。

很长时间以来,雄鹿莱特福德和河狸帕迪一直是好朋友。莱特福德来帕迪的水塘拜访他时,帕迪总是很高兴。说句实在话,帕迪一直很喜欢英俊的莱特福德。我们知道,帕迪他自己长得一点都不英

森林有童话

俊。在岸上时,他是一个笨手笨脚的家伙,看上去很丑。所以呢,他非常羡慕莱特福德。这也是他提议他们做搭档的原因之一。

莱特福德也觉得这是一个绝妙的主意。那天晚上,他在离帕迪的水塘不远的地方吃草。天亮后,他在水塘上游附近的铁杉树丛里躺了下来。一整天都平安无事。那天是那么安静,那么和平,那么美好,很难相信那些拿着猎枪的猎人正在绿森林里四处寻找莱特福德。不过,猎人们正在这么干,莱特福德知道迟早有一天某个猎人会找到帕迪的水塘这里来。所以呢,尽管整个美好的白天里,他一直在休息和打盹儿,但他一直很紧张,因为他控制不了。

第二天早上,莱特福德再次回到相同的地方。这次,他没有打盹儿,尽管趴在那里休息,但他一直警惕地观察着四周的动静,不安紧紧地攫住他。他从骨子里感觉到拿着猎枪的猎人的危险,离他并不远。

一个小时接着一个小时过去了,他慢慢地不再那么不安了。他开始期盼今天能像昨天那么平安无

绿森林里的幸福时光

事地度过。这时候，帕迪水塘的另一端突然传来尖利的响声。它听起来和猎枪声很像。但那不是猎枪声，那根本就不是枪声，那是帕迪用他的大尾巴拍击水面的声音。莱特福德马上站了起来。他知道它意味着什么。他知道帕迪要么是看见猎人的身影，要么是听见猎人的声响，要么是闻见猎人的气味了。

的确没错，帕迪先是听到一根干树枝被踩断的声响。尽管它非常轻微，但足以给帕迪发出警报。接着，他把脑袋露出水面，朝那个声响传来的方向

瞭望。不久，一个偷偷往水塘这边靠近的猎人出现了。帕迪马上用他大大的尾巴全力拍击水面。他知道莱特福德会明白这是在告诉他危险来了。

接着，帕迪潜入水底，游进他安全的房子里。该做的事，他已经做了，他没什么要做的了。

三位监视者

那个猎人等待着莱特福德,
而莱特福德和帕迪则在监视那个猎人。

河狸帕迪用他那宽大的尾巴拍击水面,发出类似枪声的声响时,莱特福德马上就明白危险出现了。他立马站起身来,调动眼睛、耳朵和鼻子来寻找帕迪发出警报的缘由。一两秒之后,他偷偷地溜到帕

森林有童话

迪的水塘后面的一个小山丘的顶部,在那里,整个水塘尽在眼底。他藏到茂密的小铁杉树丛里。没过多久,他就看见一个拿着可怕猎枪的猎人来到了那个水塘旁边。

那个猎人也听见了帕迪用宽大的尾巴拍击水面的声音。当然了,也有他的耳朵听不到的东西。

"该死的河狸!"那个猎人气哼哼地嘟囔道,"如果某只鹿恰好在这个水塘附近的话,这会儿他很有可能已经逃掉了。我得四处看看,看看能不能找

到一些线索。"

那个猎人于是继续往水塘边走,然后绕着它转圈,一边走,一边查看地面。这时候,他发现了莱特福德去水塘喝水时留下的那些脚印。

"在我看来,"那个猎人咕哝道,"这些脚印是昨晚留下的。那只鹿很有可能就栖身在附近的某个地方。要不是那只可恶的河狸,我可能会有机会开枪的。我要把这个地方仔细研究一下,而后就在这里等着。那只鹿如果没有受到大惊吓的话,他还会回来的。"

那个猎人于是悄悄地绕着水塘走了一圈,仔细地查看那些可以当作藏身之所的地方。他发现了莱特福德栖身的地方,他知道帕迪发出警报时莱特福德极有可能正躺在这里。

"去追踪他没有什么意义。"那个猎人心想,"这里的地面太干,没法找到他的脚印。毕竟,他可能没有受到大的惊吓。我要找一个合适的地方,等着他。"

那个猎人在一些小树后找到一个旧木墩,坐到

森林有童话

它上面。在这里,整个水塘一览无遗。他一动不动地坐在那里。他是个聪明的猎人,他知道今天他只要坐在那里不动,那些锐利的眼睛就很有可能发现不了他。他不知道的是,莱特福德正监视着他,也待在可以看见他的地方。还有一件事他也不知道,那就是河狸帕迪已经走出家门,从水里游到对岸的一个藏身处,在那里可以看见正坐在木墩上的他。

  那个猎人等待着莱特福德,而莱特福德和帕迪则在监视那个猎人。

访客纷纷来到河狸帕迪的水塘

我到底做了什么,

他为什么非我不杀呢?

那个猎人非常耐心。他对生活在绿森林和芳草地一带的小动物们非常了解。他知道他要是不想被发现的话,他就得待着不动。于是,他坐在那里,一动不动。他一动不动地坐在那里,看上去他好像

森林有童话

就是那个木墩的一部分。

有那么一会儿,水塘一带没有任何活物的迹象。这时候,比格河方向的那些大树的树冠上,传来扑扇扑扇的翅膀声。接着,野鸭夸克夫妇落入水塘中,激起一串水花。他们先是在水面上浮了一会儿,一副满怀狐疑的表情。他们在四处张望,静静倾听,确定附近是否潜伏着危险。最后,他们开始心满意足地梳理羽毛。很显然,他们觉得这里很安全。河狸帕迪忍不住想警告他们这里并没有像他们想象的那样安全。不过,既然那个猎人坐在那里一动不动,河狸帕迪决定再等一等。

绿森林里的幸福时光

那个猎人忍不住想射杀野鸭，不过，他知道如果他那么做的话，今天他就没机会猎杀到雄鹿莱特福德了，而他真正想要的是莱特福德。所以呢，野鸭夸克夫妇一直在那杆可怕的猎枪的射程内游泳，但他们丝毫没有怀疑危险就近在眼前。

渐渐地，眼尖的猎人看到水塘的一端有东西在动。不久后，浣熊鲍比出现了。很显然，鲍比一点戒心也没有。他扛着某样东西，不过，猎人看不太

森林有童话

清楚是什么东西。鲍比把它拿到水边,清洗了起来。而后,他爬上帕迪的水塘,吃了起来。我们知道,浣熊鲍比是个爱干净的家伙。只要附近有水,食物洗过之后,他才会吃。猎人有点忍不住,但最终还是战胜了诱惑。这对浣熊鲍比来说,可是一件好事。

莱特福德藏在那个山丘顶部的铁杉树丛里,一切都看在眼里。他静静地看着,心里跟明镜似的。"他之所以不射杀野鸭夸克夫妇或者浣熊鲍比,那是因为他想伏击我。"莱特福德心酸地想道,"我到底做了什么?他为什么那么迫不及待地非我不杀呢?"

那个猎人依然一动不动。野鸭夸克夫妇心满意

足地在帕迪的水塘的淤泥里捕食。浣熊鲍比吃完东西，走过那个大坝，消失在绿森林里。他要去某个地方打个盹儿。

时间在流逝，猎人依然在耐心地等待着莱特福德的出现。莱特福德和河狸帕迪则在监视着那个猎人的动静。最后，又一个访客出现在水塘的上游——一个穿着漂亮红色外套的访客。来客是狐狸雷迪。

蓝松鸦萨米来了

让狐狸雷迪的计划泡汤,
没有什么比这更让萨米开心的了。

狐狸雷迪来到帕迪的水塘时,藏在那一带的那个猎人立马看见他了,莱特福德也看见他了,其他人则没有看见。雷迪小心翼翼地靠近水塘,他捕猎时,就是这个样子的。来到可以一眼就能看见整个

水塘的地方时，他突然停了下来，好似瞬间石化了一般。他一条腿抬着，做着正要迈出去的姿势。他看见了野鸭夸克夫妇。

我们知道，对狐狸雷迪来说，没有什么能比野鸭更可口的食物了。他瞥见野鸭夸克夫妇时，一丝贪婪瞬间占据他的眼睛，馋涎也流了出来。他一直

森林有童话

一动不动地站在那里,直到野鸭夸克夫妇把脑袋扎进水里到淤泥里找吃的为止。而后,他像一道红色闪电一样迅速消失在帕迪建造的大坝后面。

  雷迪在大坝一端伸出他的黑鼻子去窥探野鸭夸克夫妇时,猎人看见了。野鸭夸克夫妇一边觅食,一边朝雷迪所在大坝的一端慢慢地游了过来。这一切雷迪全都看在眼里。如果他藏在那里不动,野鸭夸克夫妇一直沿着那个方向觅食的话,他有很大的机会饱餐一顿肥嫩的野鸭肉。他所要做的是,保持耐心,等待机会。雷迪死死地盯着野鸭夸克夫妇,趴在帕迪的大坝后面等待着。

  只顾着看雷迪和那两只野鸭了,那个猎人差点把雄鹿莱特福德忘记了。野鸭夸克夫妇离雷迪打算伏击他们的地方越来越近。猎人真想站起身,吓跑那两只野鸭。他不想让那两只野鸭成为狐狸雷迪的腹中之物,因为他想将来的某天由他猎杀他们。

  "我想,"他暗暗说道,"我有机会下手,我却没有猎杀他们,这实在是太傻了。现在,他们已经离我远去,看起来那个红色的小混蛋很有机会捕获到

他们中的一只。我想,我应该吓跑那两只野鸭,让那个小混蛋不能得逞。我不认为那只雄鹿今天还会回到这里。这样的话,我就能救下那两只野鸭。"

可是,那个猎人没有那么做。原来,正当他准备离开自己的藏身处时,蓝松鸦萨米出现了。萨米落到帕迪的大坝附近的一棵树上,一眼就看见了狐狸雷迪。花了不到一秒钟,他便明白了雷迪藏在那里意欲何为。"抓小偷,抓小偷,抓小偷!"萨米扯着嗓子喊道,而后往下看了看雷迪,锐利的眼睛里写满调皮。让狐狸雷迪的计划泡汤,没有什么比这更让萨米开心的了。

森林有童话

听到萨米的叫声,野鸭夸克夫妇迅速地向湖中心游去。他们知道这个警报意味着什么。狐狸雷迪抬起头,冲着萨米大声咆哮。之后,知道再蹲守下去已无意义,他便走了,到绿森林里的其他地方找吃的去了。

猎人大发雷霆

抓小偷！抓小偷！抓小偷！

藏在离河狸帕迪的水塘不远的地方的那个猎人暗自笑了。也就是说，他笑的时候没有发出任何声响。他觉得蓝松鸦萨米给野鸭夸克夫妇报信是对狐狸雷迪的一个不错的嘲弄。说实话，他非常高兴。我们知道，他想得到那两只野鸭。他觉得他们会在

森林有童话

这个小水塘里待上一段时日,他盘算着等他捕获雄鹿莱特福德后,他就回来猎杀他们。他想先猎杀莱特福德,因为他清楚射击其他动物很有可能让自己丧失捕获莱特福德的机会。

"客观上,蓝松鸦萨米帮了我一个大忙。"猎人心想,"虽然他并不知道这一点。萨米要不是及时出现的话,狐狸雷迪肯定能捕获其中一只野鸭。那多可惜。我要射杀野鸭,我希望两只都能猎获。"

仔细想想的话,我们会明白,与狐狸雷迪杀死野鸭夸克夫妇比起来,让那个猎人猎杀他们更不像话。狐狸之所以想捕杀他们,那是因为他肚子饿,而那个猎人则纯粹为打猎而打猎。他不需要他们,

他有足够的食物。狐狸雷迪不会为了取乐而捕食他们。

于是,那个猎人继续坐在原来的藏身处,对蓝松鸦萨米充满好感。狐狸雷迪消失后,萨米飞到了那个猎人的藏身处的上方。野鸭夸克夫妇向萨米道谢。他则回应说,没必要感谢他的,换作别人,他也会这么做的,其他人也会这么帮他的。

萨米静静地在树冠上站了一会儿,不过,他的那双锐利的眼睛一直就没闲下来过。不久后,他便看见了坐在木墩上的那个猎人。一开始,他搞不清楚那是什么。猎人一动不动,萨米满怀狐疑。接着,他飞到另一棵树上,在那里,他可以看得更清楚。很快,他便看见了那杆可怕的猎枪,他知道那是什么。他再次扯着嗓子大声叫了起来:"抓小偷!抓小偷!抓小偷!"这让那个猎人大发雷霆。他知道蓝松鸦萨米发现他了,再待在这里已经没有意义了。他气得火冒三丈。

蓝松鸦萨米表现得很谦虚

大自然妈妈给了我
一双锐利的眼睛和一副大嗓门,
我只是想充分利用它们而已。

那个拿着猎枪的猎人消失在树林里的那一瞬,莱特福德便确切地知道他不会回来了。莱特福德从山丘顶端的藏身处走出来,走到河狸帕迪的水塘去

喝水。他知道这么做很安全，因为蓝松鸦萨米一直在跟踪那个猎人，从始至终会大声叫喊："抓小偷！抓小偷！抓小偷！"只要听见萨米的叫声，谁都可以知道那个猎人在哪里。叫声越来越小，莱特福德由此知道那个猎人已经越走越远。

河狸帕迪从自己的藏身之处游了出来，爬上离莱特福德不远的河岸。他的眼睛闪烁着喜悦。"那个穿蓝外套的捣蛋鬼毕竟不是彻头彻尾的坏蛋，不是吗？"他说道。

森林有童话

　　莱特福德抬起漂亮的头颅，耳朵前倾，仔细倾听远处萨米的叫声。

　　"如人们所说的那样，蓝松鸦萨米也许是个捣蛋鬼，"莱特福德说，"不过，关键时刻你总能发现他是一个真正的朋友。昨天早上，猎人出现时，他及时给我通风报信；你也看见了，他刚才救了野鸭夸克夫妇的命；接下来，他实际上是把那个猎人赶走了。我觉得在我认识的人当中，他救的人命最多。我希望他可以回来，让我当面谢他。"

　　过了一会儿，蓝松鸦萨米飞回来了。"呃，"他一边说，一边梳理羽毛，"我把那个家伙赶到绿森林边缘去了。所以呢，我猜今天不用再惧怕他了。他没有捕获你，我很高兴。莱特福德，我有点担心你。"

　　"萨米，"莱特福德说，"你是我最好的朋友之一。你为我做了这么多，我真不知道该如何感谢你。"

　　"没必要，"蓝松鸦萨米回答道，"我并没有比别人多做什么。大自然妈妈给了我一双锐利的眼睛和一副大嗓门，我只是想充分利用它们而已。看到有人拿着可怕的猎枪，我就会火冒三丈。我宁愿不吃

饭,也要破坏他打猎的兴致。"

"你也得小心,萨米。终有一天,其中一位猎人会大发雷霆,用枪射击你,找你算账的。"河狸帕迪警告道。

"不用替我担心。"萨米回答道,"我知道那些可怕的猎枪的射程,我也不会冒任何风险。另外,莱特福德,绿森林里到处都是寻找你的猎人。我发现了很多个,我知道他们找的是你,因为他们本有机会射杀其他动物,但他们没有那么做。"

雄鹿莱特福德听到一个可怕的声音

可怜的莱特福德犹如惊弓之鸟,
一片枯叶的飘落都会吓他一跳。

一天又一天,为了保命,雄鹿莱特福德和那些企图猎杀他的猎人玩着猫鼠游戏。他看见过他们很多次,但他们谁也没有见过他的身影。有的猎人不止一次地从他的藏身之处路过,却没有起过疑心。

但是，可怜的莱特福德压力特别大。他越来越消瘦，犹如惊弓之鸟，一片枯叶的飘落都会吓他一跳。一直被追杀，没有什么能比这更可怕的了。精神恍恍惚惚的莱特福德甚至认为每棵树后面随时都会有猎人走出来。只有在夜幕将绿森林包裹起来后，他才能享受片刻的宁静。但是，在这些安全的时刻里，他的心里依然充溢着对明天的恐惧。

一天一大早，绿森林里响起了一声可怕的响声，莱特福德吓得跳了起来。那是循着踪迹寻找目标的猎狗的叫声。一开始，它听起来并不是非常可怕。以前，莱特福德经常听到这种叫声。猎狗鲍泽追击狐狸雷迪时的叫声他听到过，那时莱特福德没有觉得它有多么可怕，因为它对莱特福德构不成任何威胁。

那天早上，他听到猎狗的叫声时，一开始他想当然地以为那些猎狗是在追击雷迪。所以呢，他虽然被吓了一跳，但他倒是不怎么担心。不过，一股可怕的疑虑突然袭来，他一边听，一边变得越来越焦虑。没过多久，他已经不再怀疑，那些猎狗正循

着他的踪迹跑。这时候,那声狗叫让他惧怕。他必须赶紧逃命!那些猎狗是不会给他任何喘息机会的。莱特福德知道,为了躲开他们,他就不可能那么密切地关注那些拿着可怕的猎枪的猎人了。他不能再藏在灌木丛里。他随时都有可能在逃命时从某个猎人的身旁经过。

莱特福德大步跑开了,那种幅度只有他才有。很快,那些猎狗的叫声变得微弱起来。莱特福德停下脚步,喘了口气。他一边听,一边颤抖。那些猎

狗的叫声再次变得越来越响。他们灵敏的鼻子让他们在追踪他时没有什么大的困难。恐惧再次袭来，莱特福德又蹦蹦跳跳地跑了起来。他穿越一条旧路时，绿森林里响起可怕的枪声。某个东西将莱特福德身后的一棵树的树皮打落。那是一颗子弹，但没有击中莱特福德。这让他更加害怕，也让他逃跑的速度更快了。

　　莱特福德跑啊跑，他身后那些猎狗的叫声响彻绿森林。

雄鹿莱特福德甩掉了那些猎狗

可怜的莱特福德！对他来说,
正义和公平竞争似乎根本就不存在。

如果每次只有一个猎人来跟雄鹿莱特福德斗智斗勇的话,事情还不至于这么糟糕。可是,有很多拿着可怕猎枪的猎人正在寻找他,他躲开其中一个的同时很有可能会撞上另一个。这本身看起来就非

常不公平、不公正。现在，更不公平的是，猎狗也来追踪他了。你会不会认为莱特福德觉得人类残忍无情呢？我们知道，他无法得知那些猎狗并不是被逼着追踪他，而是自己离开家，为了找乐子而追踪他。他也无法得知利用猎狗追捕他是违法行为。没有一个猎人觉得利用猎狗追踪莱特福德是有罪的，他们中的每个人都迫不及待地想利用猎狗来追踪莱特福德。有个猎人已经朝他开过枪，他知道如果他被猎狗追赶到某个猎人埋伏的地方，还会有猎人朝他开枪的。

　　地面很潮湿，气味在潮湿的地面上保持得最好。那些长着尖鼻子的猎狗追踪起来更方便了。莱特福

森林有童话

德倾其所有，用尽花招，想让那些猎狗追踪不到他的气味。

"如果我能尽可能延长他们寻不到我的气味的时间，让我喘口气的话，会有益处。"莱特福德停下来倾听那些猎狗的吠叫声时，气喘吁吁地自言自语道。

可是，他没有那个运气，那些猎狗不给他休息的机会，他变得非常非常疲惫。他已经不能像一开始那样轻松地跃过倾倒的木头或者灌木丛。喘气时，他的肺痛得要命。他意识到，他必须甩掉那些猎狗，不然，即使他能摆脱那些猎人，他也有可能遭遇更加可怕的死亡。他不得不停下来的时刻终会到来。那时，那些猎狗会追上他，把他撕得粉碎。

这时候，他想起了比格河。他向那里跑去，这是他唯一的机会，他深知这一点。径直跑出绿森林，跑过芳草地，莱特福德跑到了比格河。他停下片刻，往身后望了望。那些猎狗快够得着他的后脚跟了。莱特福德没有丝毫犹豫，一头扎进了比格河里，游了起来。那些猎狗停在岸边，失望地吠叫着，因为他们不敢尾随莱特福德跳进比格河。

雄鹿莱特福德游了很久

他有多累,

就有多恐惧。

比格河非常宽。雄鹿莱特福德即使是在精神抖擞、状态正佳时,游过比格河也会是一个漫长的过程。莱特福德的脚虽然又小又柔弱,他却是一个游泳高手。

森林有童话

　　为了摆脱身后的那些猎狗,现在的莱特福德已经精疲力竭。一开始,他游得很快,不过,他那疲惫的身体骨变得越来越疲惫。游到比格河中央时,看上去他已经无法再前进了。开始时,他试着向河对岸的木垛游去,那里是他入水处的上游。但是,

要想游到那里去，他得溯游而上，他很快就发现自己没有力气游到那里去。接下来，他转过身，向比格河下游的某处游去。这样，他游起来容易多了，因为此时的河水是在帮他游而不是阻碍他。

即使是在这个时候，他依然觉得自己的力气在慢慢衰减。他刚刚摆脱那些猎狗和那些可怕的猎人，是不是马上要淹死在比格河里呢？新的恐惧让他一时间增添了力气，不过，这种力气持续不了多久。他已经游完四分之三的游程，可河岸看上去还是那么遥不可及。莱特福德心中的希望一点一滴地消减。只要他做得到，他就会继续往前游，然后呢——呃，与其被那些猎狗撕成碎片，还不如被淹死。

就在莱特福德觉得自己再也没法划动鹿腿、小命马上就要玩完时，他的一只脚碰到了某样东西。接下来，四只脚都碰到了它。一秒钟后，他就能站得稳稳当当了，水只能淹到他的膝盖了。他来到了比格河里的一个沙洲上。希望复燃后，莱特福德继续涉水前行，向更深的地方游去。他倒是希望自己能一直涉水到岸上，不过，他觉得他不得不再次游

森林有童话

着前行。

　　他在那里站了很长一段时间。他实在太累了，累得全身发抖。同时，他有多累，心里就有多恐惧。他知道，他露出水面的话，在很远的地方，别人就可以看见他。这让他焦虑不安，心中充满恐惧。说不准他想抵达的那个河岸上正好有猎人将一切看在眼里。那时，他将一点机会也没有，因为那个猎人只需在那里等着他，等他走出比格河后立马就可以射杀他。

　　可是，他必须歇一歇。他于是在比格河里的一个小小的沙洲上驻足了好长一段时间。他感觉到自己的体力在逐渐恢复。

雄鹿莱特福德交了个新朋友

突然,他的心脏似乎停止了跳动,他的面前站着一个人。

雄鹿莱特福德在比格河里的一个小沙洲上歇脚、恢复体力时,他那双温柔、美丽的大眼睛看了看眼前的河岸,又回头看了看身后的河岸。他看见在自己刚才逃离的那个河岸上有两个黑白斑点在跑动,

森林有童话

猎狗的狂吠声传到了这里。那两个斑点是把他赶进比格河的那两只猎狗。现在,他们用咆哮代替了吠叫。接着,一个灰色的身影出现在那两个斑点之间。那是一位被猎狗的咆哮声引来的猎人。他离自己很远,没有什么威胁,不过,一看到他,莱特福德的心中再次充满恐惧。他看到那个猎人沿着河岸走了,消失在了灌木丛里。

接下来,一只小船从灌木丛里划了出来,划船的正是那个猎人。他划着船向莱特福德驶来。莱特福德知道自己不能再休息了。他必须继续往前游,否则的话,他就会被射死。于是莱特福德再次向河

岸拼命游去。刚才的歇息给他注入了新力量，不过，他依然非常非常累，游得很辛苦。

很慢，哦，如此之慢，他离河岸越来越近了。那里会有怎样的新危险在等着他呢？他不知道。他从没到过比格河的这个河岸。他对这一带一无所知。不过，和身后迫在眉睫的危险比起来，前途未卜倒是要好很多。身后那个猎人为赶在莱特福德抵达河岸之前追上他而用尽全力划桨，划水的声音清晰可闻。

莱特福德挣扎着往前游。最后，他的脚触到了河底。他在岸上的灌木丛里蹒跚前行。突然，他的心脏似乎停止了跳动。他的面前站着一个人，他似乎闯入了那个人的后花园。莱特福德和那个人，很难说清他们谁到底更吃惊。此时此刻，莱特福德绝望地放弃了。他跑不动了，他只剩下走的力气。在比格河另一边的河岸上猎狗对他的追逐，在比格河里的长途游泳，已经耗光了他的力气。

莱特福德的心里一点希望都没有了。他只是站在那里，浑身颤抖，部分是因为恐惧，部分是因为

森林有童话

疲惫。接下来，惊人的一幕上演了。那个人温柔地开口说话了。他走了过来，没有任何威胁的意味，而是用一种缓慢而友好的方式。他绕到莱特福德的身后，然后向莱特福德靠近。莱特福德往前走了几步，那个人一边尾随他，一边温柔地说话。接下来，他催促着莱特福德往前走，赶着莱特福德往铺着一堆干草的露天棚屋走。莱特福德虽然不明白为什么，但他知道自己交了个新朋友。他走进那个棚屋，长舒了一口气，然后在温软的草堆里躺了下来。

猎人大失所望

只要他待在这里,

他就会是安全的。

雄鹿莱特福德没法告诉我们他是怎么知道自己是安全的。他只是知道这一点。不过,这已经足够。他在比格河里游了很久,上岸后,来到那个人的领地,那时,那个人说的话,他一个字也听不懂。不

过，根本不用听懂那个人的话，他就可以知道自己又结交了一个新朋友。于是，他允许那个人轻柔地把自己赶进一个露天棚屋里，那里铺着一堆温软的干草。他躺了下来。他实在太累了，感觉再走一步都做不到了。

没过多久，追踪莱特福德的那个猎人便来到了比格河的岸边。他从船里急匆匆地走了出来。莱特福德的朋友正站在河岸上，等着那个人。当然了，那个猎人立马看见了他。

"你好，朋友！"那个猎人大声说道，"十多分钟之前，你有没有看见一只雄鹿从这里路过？他游过了这条河。我知道的是，现在他实在太累了，走不了多远。很多天以来，我一直在追踪这个家伙。如果运气足够好的话，这次我应该可以得手。"

"我想，你不会走运的。"莱特福德的朋友回答道，"你要知道，我不允许任何人在我的领地上打猎。"

那个猎人看上去很吃惊，接着，愤怒代替了吃惊。"你是说，"他说道，"你想霸占那只雄鹿。"

莱特福德的朋友摇了摇头。"不是的,"他说,"我没有这种打算。我的意思是,如果我能阻止的话,我不会让任何人射杀他的。只要他待在我的领地上,我就能做得到。对你来说,我的朋友,你最应该做的是,回到你的船上,回到你来的地方去。远处吠叫的那些猎狗是你的吗?"

"不是的,"那个猎人迅速地回答道,"我和你一样懂法,用猎狗围猎野鹿是违法的。我甚至不知道那两条狗是谁的。"

森林有童话

"你说的也许是真的。"莱特福德的朋友说,"我不怀疑你的说法。不过,的确有人在违法地使用猎狗围猎野鹿,你却利用了这一点。你知道那两只猎狗把雄鹿赶进了比格河,你立马利用这一点,想在那头雄鹿游过比格河之前捕杀他。你不是为了享受捕猎的乐趣,而是为了猎杀。你不懂得正义或者公正的真正意义。马上离开我的领地。回到你的船上去,能走多快就走多快。那头雄鹿离这里并不远,他实在太累了,已经走不动了。只要他待在这里,他就会是安全的。我希望他在这里一直待到狩猎季结束。马上走!"

那个猎人愤怒地嘟囔着回到他的船上,划着船走了。不过,他并没有划着船回去。

猎人守株待兔

这里没有其他地方可去,
我所要做的就是保持耐心和等待。

如果有哪个猎人怒不可遏的话,非那个一直追踪雄鹿莱特福德并穿越比格河的猎人莫属。被勒令离开莱特福德登陆的那片土地后,他回到了船上。但他没有往回划。相反地,他往下游划去,在同一

森林有童话

侧的河岸上登陆，企图将莱特福德的朋友蒙在鼓里。

"那头雄鹿歇过来后，他会变得不安。"猎人盘算道，"他肯定不会再待在那个人的领地里。他会到最近的树林里去。我要先到一步，在那里等着他。只要躲开那个赶我走的家伙，我就能捕获那头雄鹿。如果不是因为那家伙，我现在就能捕获他了。他实在太累了，走不了多远的。他的那对鹿角是我多年来见过的最漂亮的一对。那个鹿头可以卖个好价钱。"

那个猎人将船拴在一棵树上，再次走了出来。他来到河岸上，仔细地研究着这片土地。因在一片开阔的草地上，有一片灌木丛生的牧场，牧场边上有一片幽深的树林。他咧开嘴笑了。

"那头雄鹿将会到那里去。"他下定决心说，"这里没有其他地方可去。我所要做的是，保持耐心和等待。"

那个猎人拿起那杆可怕的猎枪，穿过那个灌木丛生的牧场。他躲在可以看到外面情况的灌木丛里，监视着莱特福德藏身的那片土地。因被阻止射杀那头雄鹿，他依然气愤不已。同时，他也在偷笑，因

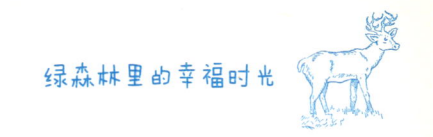

为他觉得自己非常聪明。不用莱特福德走近那片树林,他就可以将其射杀。他毫不怀疑莱特福德在感觉自己可以走路后会马上到那片树林里去。他于是舒舒服服地等在那里,如果有必要的话,他会等上一整天。

莱特福德的朋友目送着被他赶走的猎人上船往下游划去,他猜出了那个猎人的如意算盘。"我们愚弄他一下。"他说道。他一边暗笑,一边向那头雄鹿休息的棚屋走去。

他没有走近莱特福德,他不想惊动莱特福德。他在能看见莱特福德的地方,自己忙乎着。这个人热爱生活在芳草地和绿森林一带的那些小动物,他知道要想赢得莱特福德的信任,最保险的方法就是对他漠不关心。莱特福德看着这一切,也理解了他的意图。他知道这个人是他的朋友,不会伤害他的。妙不可言的、被保护的安全感慢慢地回到莱特福德的心中。在这里,没有哪个猎人可以伤害他。

雄鹿莱特福德很明智

莱特福德非常聪明,

他明白谁是真正的朋友。

在那天剩下的时间里,那个拿着猎枪的猎人一直躲在牧场上的灌木丛里,雄鹿莱特福德如果离开安全的藏身处的话,他可以看得见。对猎人来说,这需要有极大的耐心。不过,他有的是耐心。有时候，这个猎人看上去比任何人都有耐心。

不过，那个猎人最终是枉费了心机。整天乐呵呵的红圆脸太阳公公已经爬到了紫山丘后面的床上。夜幕已经降临，天色越来越黑。星星们次第闪烁。猎人依然在等待，但莱特福德依然一点影子也没有。后来，天实在是太黑了，再等下去已经毫无意义。那个猎人大失所望，再次气不打一处来。他回到比格河河边，登上船，向对岸划去。接下来，他回家去了，他心里五味杂陈。他知道，要不是那个人站出来保护莱特福德，自己早就将其捕获了。他甚至开始怀疑莱特福德已经被那个人杀死了，因为他确信莱特福德歇过来后肯定会到那片树林里去，可莱特福德根本就没有那么做。实际上，猎人连再看一眼莱特福德都没能办到。

让猎人那么失望的原因在于莱特福德非常聪明，他明白从猎人的枪口下将他救下的那个人是一个真正的朋友。整个下午，莱特福德都躺在露天棚屋里那个温软的草堆上，一边歇息，一边看着那个人。那个人小心干活，尽量不惊扰莱特福德。

109

森林有童话

"他不但不允许其他人伤害我,他本人也不会伤害我。"莱特福德暗想道,"只要他在附近,我就是安全的。我要一直待在这里,直到狩猎季结束。到那个时候,我再游过比格河,回到绿森林里的我的家里。"

整个下午,莱特福德一直都在休息,从未把自己的鼻子伸出那个露天棚屋。因此,那个猎人再也没有瞧见他的身影。天黑以后,知道危险已经完全解除,莱特福德站起身,来到了星空下。

莱特福德再次感到自由自在。他满血复活,轻轻地蹦跳着,来到了那个猎人曾经藏身的灌木丛里。他在牧场边缘的那个灌木丛里吃起草来。不过,白天即将到来的迹象显现之际,莱特福德便回来了。他的朋友,那个农夫,一大早赶来挤牛奶时,他已经回到了那个露天棚屋里。那个农夫笑了。"你既漂亮又聪明,我的老伙计。"农夫说道。

蓝松鸦萨米担心雄鹿莱特福德

自从他被那两只猎狗追撵之后,
就再也没有人见过他。

蓝松鸦萨米经常替别人担心,而不是替自己担心。我们知道,萨米非常聪明,他也知道自己非常聪明。在绿森林里,他那个脑袋里的鬼点子是最多的。萨米很少为自己担心,是因为他觉得自己有能

力照顾好自己。

可是,蓝松鸦萨米现在忧心忡忡。他正在为雄鹿莱特福德担心。没错,朋友们,蓝松鸦萨米正在为雄鹿莱特福德担心。两天以来,他一直没找到莱特福德,也没发现他的踪影。不过,他倒是看到了非常多的拿着猎枪的猎人。在他看来,猎人似乎遍布整个绿森林。萨米开始怀疑他们中的某个人已经成功猎杀了雄鹿莱特福德。

莱特福德的那些藏身之处,萨米全都知道。他找遍了它们,莱特福德都不在,萨米遇到的每个人

都不知道这两天莱特福德去哪里了。

蓝松鸦萨米非常伤心。我们知道，他非常喜欢莱特福德。你要是还记得的话，在狩猎季开始的那个早上有猎人出现时，正是萨米给莱特福德及时通风报信。自从狩猎季开始以来，萨米尽己所能地给那些猎人制造麻烦。只要看见某个猎人，他就会扯开嗓子，把猎人的位置告诉那些听得见他的叫声的动物。曾有个猎人大为恼火，冲他开枪，不过，萨米早就预料到他会这么做，所以一直待在猎枪的射程之外。

萨米也知道那些猎狗会追逐莱特福德，生活在绿森林里的每个小动物都知道这一点，每个小动物都听到了那些猎狗的叫声。莱特福德曾从萨米歇脚的大树下跑过，几分钟后，两只猎狗也从树下跑过，他们一边跑，一边把鼻子贴在地面上，追踪着莱特福德的踪迹。这是萨米最后一次见到莱特福德。他可以把莱特福德从猎人的枪口下救出来，但他拿这些猎狗毫无办法。

萨米越思量这事，心里就越担心。"我想，这些

猎狗把他撵出绿森林,把他赶到了猎人可以射杀他的地方,或许,把他累垮后,猎狗把他咬死了。"萨米暗想道,"如果他还活着,我们肯定能遇见他。自从他被那两只猎狗追撵之后,就再也没有人见过他。我宣布,对他的担心让我胃口全无。如果莱特福德死了的话,我确信他已经死了,绿森林将再也不是那个绿森林了。"

狩猎季终于结束了

可以猎杀莱特福德的狩猎季结束了,
可是,我想它结束得太晚了。

糟糕的事情终于结束了。一件事不管有多么糟糕,它都不可能没有结束的时候。对雄鹿莱特福德来说,狩猎季也是如此。保护所有野鹿的法律生效的日子到来了——从这天开始,所有猎人都不能再

浣熊鲍比点了点头。"你说得没错，萨米。"他说道，"没有了莱特福德，绿森林将变得不一样。"

去追杀莱特福德。

狩猎季结束后，生活在绿森林和芳草地一带的那些小动物通常会欢呼雀跃，他们知道直到下一个狩猎季来临之前莱特福德都不会遇到危险。可是，今年没有值得欢庆的事。因为谁都找不到莱特福德。他们看到的最后一眼是，他拼命地逃跑，两只猎狗在他身后紧追不舍，而绿森林里到处都是猎人，他们意欲利用一切机会去射杀他。

蓝松鸦萨米找遍了绿森林的每个角落。有着一双和蓝松鸦萨米一样锐利眼睛的"小黑"乌鸦布莱基也加入了寻找莱特福德的行列。河狸帕迪说莱特福德已经有三天没有到他的水塘里喝水了。水貂比利沿着欢笑小溪的上游和下游找了个遍，沿着松软的土地寻找莱特福德的脚印，但那些脚印都是他以前留下的。晚上的时候，野兔黑尔找遍了莱特福德最爱吃草的地方，但那里同样没有他的身影。

"我来告诉你发生了什么。"蓝松鸦萨米对浣熊鲍比说，"莱特福德出事了。要么是那些猎狗追上他，把他咬死了；要么是他被某个猎人杀死了。没有他，

绿森林会变得大不一样。我不觉得我还愿意经常来这里。生活在绿森林里的动物们中,没有谁比莱特福德更值得怀念的。"

浣熊鲍比点了点头。"你说得没错,萨米。"他说道,"没有了莱特福德,绿森林将变得不一样。他从不伤害任何人,那些猎人为什么这么迫不及待地射杀他这么漂亮的一个人,我真搞不明白。就这一点,我不明白他们为什么想射杀我们。如果他们果真需要我们做他们的食物的话,那就是另外一码事。可是,他们不需要。你有没有到老牧场那里去找找,问问郊狼科伊曼有没有见过莱特福德?"

萨米点了点头。"我去过那里两次,"他回答道,"这些天,郊狼科伊曼一直在隐迹匿形,不过,他晚

森林有童话

上会游逛到很远的地方去。我们知道，郊狼科伊曼有一个非常灵敏的鼻子，不过，自从莱特福德被那两只猎狗追逐的那一幕结束以后，莱特福德一丁点的气味也没有留下。我原以为他可以找得到莱特福德被射杀的地方，尽管他找过了，但他没有找到。呃，可以猎杀莱特福德的狩猎季结束了。可是，我想，它结束得太晚了。"

野鸭夸克夫妇目瞪口呆

当你看不懂时，
　保持警惕总是最好的策略。

狩猎季结束的那一天的夜晚来临了。整天乐呵呵的红圆脸太阳公公已经爬到了紫山丘后面的床上，夜幕笼罩着比格河。野鸭夸克夫妇正沿着比格河岸边的菰米丛找晚饭吃。他们轮流在泥土里寻找菰米

粒。野鸭夸克夫人在泥土里寻找米粒时，斜着身子，好似整个倒立了起来，野鸭夸克先生则在留意着危险。接下来，野鸭夸克夫人接过野鸭夸克先生的班，负责放哨，野鸭夸克先生则倒立着找吃的。

  这里非常安静、平和。比格河上一丝水纹也没有。这里实在是太安静了，一公里之外的农场里传来的犬吠声清晰可闻。根本不用害怕狐狸雷迪或郊狼科伊曼，他们离河岸非常远。所以呢，除了对猫头鹰霍蒂，他们不用惧怕什么。他们轮流观察着霍蒂的动静，此时是霍蒂最喜欢的捕猎时间。

不久后，他们听见了猫头鹰霍蒂外出捕猎的声音。他远在绿森林的深处。野鸭夸克夫妇悬着的心终于落了地。他们低声呢喃着，觉得至少目前他们不用害怕。

野鸭夸克先生的尖耳朵突然听到比格河上响起了水花声。野鸭夸克夫人把头伸出水面时，野鸭夸克先生急忙告诉她保持安静。他们在棕色的水草间悄无声息地往前游，直到他们可以从水草间望见整个比格河为止。比格河中央再次溅起一个小水花。它不是某条鱼溅起的水花，而是某个比一条鱼的体形大得多的东西溅起的水花。这时，那个东西朝夜幕中的野鸭夸克夫妇游来，在水面上划出一条银色的直线。他们不知道那是什么，但它意味着比格河里有某个东西在朝他们游来。它会是潜藏着猎人的一只船吗？

野鸭夸克夫妇抻着脖子，注视着。他们已经做好准备，一旦发现危险，立马起飞。不过，除非他们能确认危险正在迫近，否则他们是不愿意飞走的。他们很吃惊，非常吃惊。

森林有童话

  这个时候，他们认出来了，水面上朝他们靠近的那个东西看起来像一根树枝。真奇怪，实在是太奇怪了。野鸭夸克先生如此说，野鸭夸克夫人也如此说。他们的疑心变得越来越重，他们根本看不懂。你看不懂时，保持警惕总是最好的策略。野鸭夸克夫妇半张开翅膀，准备起飞。

谜底揭开了

会游泳的树枝状东西一点点地靠近。

越靠近,他们就越迷惑,也就越好奇。

太诡异了。没错,朋友们,实在是太诡异了。野鸭夸克先生觉得如此,野鸭夸克夫人也觉得如此。比格河里,在夜幕中,有个好似树枝的东西。如果那是树枝的话,浮在水面上时它应该顺流而下。但

森林有童话

是，它横渡比格河，就像是在游泳。可是，树枝怎么会游泳呢？野鸭夸克先生搞不懂，野鸭夸克夫人也搞不懂。

于是，他们一动不动地站在比格河沿岸的棕色菰米丛里，眼睛一刻也没有离开那个朝他们游过来的东西。他们做好了随时起飞的准备，危险降临时，他们对自己动作迅捷的翅膀有足够的信心。不过，除非迫不得已，他们是不会飞走的。他们很好奇，他们的确非常好奇，他们想搞清楚水中那个朝他们移动的东西到底是什么。

于是，野鸭夸克夫妇目睹着那根浑似会游泳的树枝状东西一点点地朝他们靠近。它离他们越近，他们就越迷惑，他们也就越好奇。这里如果不是比格河而是河狸帕迪的水塘的话，他们会觉得那是帕迪在储存冬粮。可是，河狸帕迪远在他自己的水塘里，远在绿森林的深处，他们很清楚这一点。于是，那个东西变得越来越神秘。它离他们越近，他们就越紧张和担心，与此同时，他们就会变得越好奇。

野鸭夸克先生觉得犯不上为了满足好奇心而让

自己身处险境。他准备起飞，他知道野鸭夸克夫人也会跟着他起飞的。就在这个时候，他听到了一个有趣的声音。它半像鼻息声，半像咳嗽声，好像某人想用鼻子把呛的水喷了出来。这种声音听起来很熟悉。野鸭夸克先生决定再等几分钟。

"我要一直等到……"野鸭夸克先生盘算道，"那个东西，不管它是什么，等它走出那片黑影，来到月光下为止。不知为什么，我有种感觉，我们没有危险。"

野鸭夸克夫妇于是继续等待着，观望着。过了一会儿，那个像树枝的东西游出黑影，来到了月光

森林有童话

下。这时，谜底揭开了。它不再神秘。他们搞明白了，原来是雄鹿莱特福德，他们将鹿角误以为是树枝了。原来莱特福德刚才顺着比格河往绿森林里游。

野鸭夸克夫妇马上游过去，告诉他，看到他安然无恙地活着，他们非常高兴。

一个惊人的发现

那个脚印和他的脚印一模一样,
只是比他的略微小一些。

可怕的狩猎季结束了,雄鹿莱特福德再次回到心爱的绿森林里,不用再提心吊胆地过日子了。对莱特福德来说,在这个世界上,也许没有谁的感恩节比自己的感恩节过得更幸福了。所有邻居都来拜

访他，告诉他，他成功脱险，他们非常高兴。他们还告诉他，要是他再也不回来了，绿森林将会变得大不一样。莱特福德心无畏惧地四处闲逛，心中幸福不已。看起来，他已经不能更幸福了。这里食物充足，也不用害怕任何东西。还能再苛求更多吗？他变得日益丰腴，日益英俊。天气已经转凉，寒冷的空气让他感觉很舒适。

一天傍晚时分，他来到欢笑小溪一带自己最喜欢的饮水处喝水。他低下头喝水时，看见了某样东西，他不禁大吃一惊，连自己很口渴都忘记了。你知道他看见什么了吗？他看见松软的泥土里有脚印。没错，朋友们，他看见的是脚印。

莱特福德呆呆地盯着脚印看了很久。他那双温柔的大眼睛里充盈着好奇和惊讶。原来，那个脚印和他的脚印一模一样，只是比他的略微小一些。在莱特福德看来，那是一个极其秀气的脚印。他非常确定自己从未见过这么秀气的脚印。他忘记喝水了。他开始寻找其他脚印，很快，他便发现了更多的脚印。每个脚印都和他刚才看到的那个一样漂亮。

在这个世界上，也许没有谁的感恩节能比莱特福德的感恩节过得更幸福了。所有邻居都来拜访他，告诉他，他成功脱险，他们非常高兴。

森林有童话

　　是谁留下的？这正是莱特福德想要知道的，也是他打算找的答案。他心里非常清楚的是，绿森林里来了陌生人，可是，他一点都不讨厌这个陌生人。实际上，他很高兴。他说不清楚为什么，但一切都很真切。

　　莱特福德把鼻子凑近那些脚印，嗅了嗅它们。即使他看不出来它们是陌生人留下的，他的鼻子也能分辨得出来。一股去找到留下这些脚印的主人的

强烈愿望攫住了他。他抬起英俊的脑袋，倾听那些可能会预示那个陌生人正在附近的微弱声响。他用他那双灵敏的鼻子去嗅探晚风吹来的那些若有若无的气味，想让这些气味告诉自己该往哪里走。可是，这里没有声响，四处游荡的晚风没有给他透露任何信息。莱特福德循着那些脚印，向上游走去。它们在这里消失了，因为这里的地面是干的。莱特福德停了下来，不知道自己该往哪里去。

雄鹿莱特福德发现了一个不速之客

莱特福德内心充满渴望。

他平生第一次感到寂寞。

雄鹿莱特福德闷闷不乐。那是一种怪怪的苦恼，一种他从未品尝过的苦恼。我们知道，他发现绿森林里来了一个不速之客，一个和他是同类的不速之客——另外一只鹿。这是散落在欢笑小溪一带

和河狸帕迪水塘边的那些脚印告诉他的,他时不时遇到的那些迹象也告诉他这一点。他使尽全力去寻找,却始终没有找到那个不速之客。他找遍每个地方,每次总是晚了一步。那个不速之客曾在那里逗留,但已经走了。

莱特福德寻找那个不速之客时,心里并没有窝着一团火。相反地,他内心充满渴望。莱特福德平生第一次感到寂寞。于是他不停地寻找,寻找。他闷闷不乐,胃口全无,睡不安寝。他心神不安地游荡着,寻找、倾听、嗅探着每一股微风,却徒费心力。

在一个永难忘记的夜晚,他在欢笑小溪里饮水时,一股奇怪的感觉贯穿他的全身。那是一种被监视的感觉。莱特福德抬起英俊的头颅,他那双锐利的眼睛发现了一个细微的动作:不远处的一个灌木丛里,温柔的月亮婆婆将银辉洒到灌木上,一个世界上最漂亮的脑袋从那个灌木丛里探了出来。至少,在莱特福德看来,她是那样子的,虽然说句实在话,她并没有莱特福德的鹿角漂亮。莱特福德呆呆地注

森林有童话

视了很久。一双漂亮的、温柔的大眼睛也注视着他。接着,那个美丽的脑袋消失了。

莱特福德用足力气,跳着离开了欢笑小溪,向那个脑袋消失的灌木丛冲去。他一头扎了进去,但那里什么人都没有。他发疯似的寻找着,可是,那个灌木丛里什么人也没有。他停下来,倾听了起来。他没有听到任何声响。这一带实在是太安静了,好似整个绿森林里没有其他活物。那个漂亮的不速之客像影子一般静静地溜走了。

那个夜晚剩下的时间里,莱特福德把绿森林找了个遍。但是,他的一切努力都是徒劳。找到那个不速之客的愿望是那么强烈,让他感到心痛不已。看上去,除非他能找到她,不然的话,他是不会高兴起来的。

新猫鼠游戏上演

他渴望找到那个羞答答的不速之客,
他希冀着能给自己的意中人一个惊喜。

雄鹿莱特福德在绿森林里再次玩起了猫鼠游戏。不过,这次的猫鼠游戏和他不久前玩的大不一样。你如果还记得的话,他上次玩那个猫鼠游戏时,是为了逃命,躲躲藏藏的一直是他。这次,他是"那

森林有童话

个猎人"，躲躲藏藏的是另外一只鹿。在上一次的游戏中，他心中充满恐惧，现在的他，心中满怀渴望——渴望找到他曾有过一面之缘，而最近只能找到她的踪迹的那个漂亮的不速之客，并和她成为朋友。

莱特福德偶尔会发脾气。没错，朋友们，莱特福德也会发脾气的。这么做很愚蠢，可是，他就是忍不住。他会愤怒地跺脚，用张开的鹿角抵灌木，就好似它们是他的敌人。他不止一次地这么做过，那个时候，一双温柔美丽的大眼睛就会注视着这一切，但他并不知情。他如果看到那双大眼睛，看到里面的倾慕之情的话，他会比之前更强烈地渴望找到那个不速之客。

其他时间里，莱特福德会在绿森林里悄无声息地游荡。他会把头伸进灌木丛，查看那些倒在地上的木堆和灌木堆的后面，希冀着能给自己的意中人一个惊喜。他可以做到非常非常有耐心。循着那个不速之客刚才留下的那些信息，他会钻到那个灌木丛。这个时候，他的耐心会转变成不耐心，他会往

绿森林里的幸福时光

前冲,渴望着能追上那个羞答答的不速之客。可是,他总是枉费心力。他觉得自己很聪明。但是,那个不速之客显然比他更聪明。

　　当然了,没用多久,生活在绿森林和芳草地一带的那些小动物都知道了这件事。他们对这个猫鼠游戏了如指掌,正如他们对动物们和猎人之间的猫鼠游戏了如指掌一样。不过,现在,他们并没有像之前那样给莱特福德伸出援手,他们没有给他提供任何帮助。事实上,他们乐意当旁观者。调皮的蓝松鸦萨米甚至在莱特福德朝那个不速之客靠近时给她通风报信。当然了,萨米做这事时,莱特福德全都知道,每次他都会发脾气。此时此刻,对于他被追捕时萨米曾经救过他的命这档子事,他早就忘得一干二净了。

　　曾经有一次,莱特福德差点和野熊巴斯特撞个满怀。本是他自己不小心,但气急败坏的他,非但没有跳到一边去,反而威胁要揍巴斯特一顿。不过,看到巴斯特朝他友好地咧嘴笑了笑,莱特福德觉得最好别跟他打架,于是蹦蹦跳跳地离开,继续去寻

找那个不速之客了。

这个时候,莱特福德会生闷气,一遍遍地对自己说:"我一点都不关心那个不速之客。我不会再枉费时间去找她。"但五分钟不到,他又会再次张望、倾听起来,寻找那些暗示着那个不速之客仍待在绿森林里的迹象。

令人吃惊的新脚印

我必须把这个家伙赶跑。
我要和他决斗。

那个美丽的不速之客留下的那些秀气的脚印吸引着雄鹿莱特福德夜以继日地和她玩着猫鼠游戏。这时候,有个新的情况让莱特福德大吃一惊。一天,他偷偷地溜到欢笑小溪,希望给正在那里喝水的那

森林有童话

个漂亮的不速之客一个惊喜。但她不在那里。莱特福德想知道她有没有来过这里，于是仔细地查看欢笑小溪的两岸，想看看那里有没有留下秀气的新脚印。他马上就发现了新脚印，但它们不是他一直寻找的那些脚印。不是的，朋友们，它们不是他所熟知的那些秀气的脚印，而是和他自己的大脚印一样大小的脚印，它们刚刚留下没多久。

这些脚印的出现给莱特福德带来一个巨大打击。他立马就明白了这是怎么回事。这意味着另一个不速之客来到了绿森林里，而且那个不速之客也长着鹿角。妒忌攫住了雄鹿莱特福德，妒忌让他的心里燃起了怒火。

"他来这里是要和我争抢那个漂亮的不速之客。"莱特福德心想，"他来到这里，妄想把她从我这里拐走。在我的绿森林里，他没有这个权利。他属于格力特大山，除了那里，他不可能来自其他地方。那个漂亮的不速之客也很有可能来自那里。我想让她留下来。不过，我必须把这个家伙赶跑。我要和他决斗。我一定要这么做。我要和他决斗！我不怕他，

我要让他惧怕我。"

莱特福德跺着脚，用大大的鹿角抵那些灌木，就好似它们是他四处寻找的敌人。当时你要是盯着他的眼睛看的话，你会发现它们一点也不温柔、一点也不美丽。愤怒让它们变得几乎血红，愤怒让他浑身发抖，以至于背上的毛倒竖了起来。雄鹿莱特福德现在看起来一点也不温柔。

把怨气朝那些无害、无助的灌木发泄了一通后，他高高地扬起头，愤怒地啸叫着。接下来，他跃过欢笑小溪，一头扎进绿森林，再次寻找起来。不过，他这次找的不是那头长着秀气鹿脚的不速之客。现在，他没有时间去想她了，他必须马上找到那个新的不速之客，绝不迟疑哪怕一分钟的时间。

雄鹿莱特福德不顾一切

他一门心思地想找到那个高大的不速之客,他不顾一切地要把那个不速之客赶出绿森林。

寻找那个来到绿森林里的新的不速之客时,雄鹿莱特福德完全不顾一切。之前,寻找那个长着秀气鹿脚的不速之客时,他像一个灰色的影子从一个

灌木丛溜到另一个灌木丛。此时他却不再这么做，他奔跑着，完全不顾忌会弄出多大的声响来。他时不时地停下来，发出充满挑衅意味的啸叫，用鹿角抵树干，用鹿脚跺地面。

发泄完自己的愤怒之情后，他会停下来倾听，希望能听到某些声响，告诉他那个不速之客在哪里。他时不时发现那个不速之客的踪迹，通过它们，他得知那个不速之客也在做同样的事——寻找那个长着秀气鹿脚的漂亮的不速之客。这些信息发现得越多，莱特福德的怒火就越旺盛。

森林有童话

当然了，没过多久蓝松鸦萨米就知道这一切了。很少有什么能逃过萨米那双锐利的眼睛。我们知道，在此之前，莱特福德和那个漂亮的不速之客玩猫鼠游戏时，萨米发现了。接着，机缘巧合，就在那个高大的新不速之客到欢笑小溪喝水时，萨米恰好也去了那里。萨米一时间瞠目结舌。"莱特福德发现这个家伙后，肯定会有好戏看。"萨米心想，"他们如果相遇的话，我有种感觉，他们肯定会相遇，肯定会上演一场精彩的决斗。我要把这个消息散播出去。"

蓝松鸦萨米于是找到他的表兄小黑乌鸦布莱基，把他的发现告诉了布莱基。接着，他找到浣熊鲍比，把这个消息告诉了鲍比。他看到负鼠比利大叔正坐在那棵空心大树的门口，于是把这个消息告诉了比利大叔。他找到正坐在一棵铁杉幼树下的野兔黑尔，给他透漏了这个消息。接下来，他飞到亲爱的老沙窝，把这个消息告诉了彼得兔。当然了，生活在老牧场的鼓手啄木鸟德鲁默、山雀汤米和五子雀扬基也得到了这个消息。他们立马赶往绿森林，因为他们不想错过莱特福德和那个来自格力特大山的不速之客之间即将上演的一场好戏。

萨米没有忘记把这事告诉河狸帕迪。不过，帕迪早就知道这事了。昨晚，帕迪在自己的水塘旁看见过那个不速之客。

当然了，莱特福德对这些一无所知。他一门心思地想找到那个不速之客，然后把他赶出绿森林。于是，他不知疲倦地寻找着。

蓝松鸦萨米插手

不速之客并不是胆小鬼,
但他在尽一切可能躲避争斗。

蓝松鸦萨米尾随着雄鹿莱特福德,兴奋异常地在绿森林里四处飞。他实在太兴奋了,真想大声喊叫。但他没有那么做。他紧紧地闭着嘴巴。我们知道,他不想让莱特福德发觉自己身后跟着个尾巴。

那顶尖尖帽子下面的那个脑袋里装满鬼点子。没用多久,他便发现莱特福德所寻找的那个不速之客正尽己所能躲开莱特福德。因为莱特福德冒冒失失的,不速之客很轻松就能躲开莱特福德。莱特福德弄出来的声响实在是太大了,很容易就知道他在哪里并躲开他。

"那个不速之客和莱特福德个头儿相当。不过,很显然,他不想打架。"蓝松鸦萨米心想,"他肯定是个胆小鬼。"

事情的真相是,那个不速之客并不是胆小鬼。他随时准备着,迫不得已时,他会打架;不过,要是能躲开的话,他尽量躲开。他虽然个头儿很高大,

但还是比莱特福德矮小一些,他知道这一点。他见过莱特福德的大脚印,从脚印的大小,他判断出莱特福德比自己高大。同时,他也知道他没有权利待在绿森林里。这里是莱特福德的家,他是一个闯入者。他知道莱特福德也会这么认为,这会让莱特福德更加英勇地和他决斗。于是,那个不速之客尽一切可能地躲避争斗。不过,他更想找到莱特福德所寻找的那个长着秀气鹿脚的漂亮来客。和莱特福德一样,他也想找到她,他希望自己如果找到她,可以将她带回格力特大山。如果迫不得已,他会为她而战。不过,不到万不得已的地步,他会一直躲着不出战的。于是,他一边躲避莱特福德,一边寻找那个漂亮的不速之客。

这些都是蓝松鸦萨米的猜测。不久后,萨米便厌倦跟踪莱特福德了。"在这件事上,我得插手才行。"萨米咕哝道,"就这样下去,莱特福德永远找不到那个大个头儿不速之客。"

萨米于是不再尾随莱特福德,而是飞到绿森林里寻找那个大个头不速之客了。没用多久,萨米便

找到他了。他正待在河狸帕迪的水塘附近。看到他时，萨米扯着嗓子叫喊了起来。

很快，那个水塘的堤坝上便传来树枝折断的声响，萨米马上就明白发生什么事了。

惊心动魄的战斗

他们的鹿角喀喀作响，
响彻整个绿森林。

雄鹿莱特福德冲下水塘的堤坝，眼睛里喷着愤怒的火焰。他明白蓝松鸦萨米的叫声是什么意思。他知道那里的那只鹿就是他一直苦苦寻找的那个大个头儿不速之客。

和莱特福德一样，那个大个头儿不速之客也明白萨米叫声的意思。他知道，现在他要是逃跑的话，他就会被坐实是个胆小鬼，在小脚母鹿丹迪福德女士眼里永远地留下一个耻辱形象。对，这个漂亮的名字正是母鹿的。他必须应战，他已经没有退路，他必须应战。和莱特福德一样，愤怒让他背上的毛倒竖了起来，他的眼里也喷着愤怒的火焰。他跳到水塘旁的一块空地上，在那里等待着。

与此同时，蓝松鸦萨米兴奋地四处飞着，扯着嗓子喊着："打架了！打架了！打架了！"

待在绿森林另一侧的乌鸦布莱基听到他的叫喊声后，也喊了起来，而后急匆匆地向河狸帕迪的水塘飞去。

附近的人全都急匆匆地朝那里赶去。浣熊鲍比和负鼠比利大叔爬到既可以瞧热闹又安全的树上。水貂比利急匆匆地跑到河狸帕迪的水塘堤坝上的一个安全的地方。帕迪爬到位于水塘里的他家的屋顶上。碰巧正待在附近的彼得兔和野兔黑尔跑到可以瞧见热闹的那棵铁杉树下。黑熊巴斯特跑下山丘，

森林有童话

站在水塘的另一侧,观望着。雷迪和狐外婆也来了。

莱特福德和那个大个头儿不速之客好似一动不动地站了很久,实际上只过去了一分钟,他们彼此愤怒地瞪着对方。接着,他们一边愤怒地啸叫着,一边低下头,冲向对方。他们的鹿角喀喀作响,响

绿森林里的幸福时光

彻整个绿森林。他们都跪到了地上，相互推搡着。接着，他们彼此分开，往后退，再次重复着相同的动作。那是一场惊心动魄的战斗，每个人都这么说。他们以前要是不知道的话，那么现在他们知道那对漂亮的鹿角的用处了。那个大个头儿不速之客成功用他鹿角上的尖角在莱特福德的右肩上扯了个长口子。但是，这只能让莱特福德变得更加勇敢。

有时，他们会用后蹄站立，用锐利的前蹄打架。他们一次次地前冲后退。地面被他们的蹄子踏得凌乱不堪。他们都累得上气不接下气，时不时地停下来歇口气。接下来，他们再次缠斗到一起，他们打得更凶了。绿森林里从来没有上演过这么激烈的战斗。

默默的旁观者

她羞答答地藏在那里,
观看这场惊心动魄的战斗。

在河狸帕迪的水塘附近的空地上,雄鹿莱特福德和那个大个头儿不速之客决斗时,他们不知道,也不关心谁在围观他们。他们都怒气冲冲,都决心把对方赶出绿森林。他们都在为赢得小脚母鹿丹迪福德的芳心而战斗着。

他们不知道,小脚母鹿丹迪福德正在观看他们之间的战斗。是的,她的确一直在观看。他们第一次把鹿角抵到一起时,她就听见了鹿角碰撞的声音。她知道他们为什么战斗。她羞答答地溜到一个安全的灌木丛,藏在那里,观看着这场惊心动魄的战斗。她知道他们是在为她而战,她当然知道,和她知道他们在寻找她一样,她清清楚楚地知道这一点。她一时无法知道的是,自己到底希望谁赢得这场战斗。

莱特福德和那个大个头儿不速之客都很英俊。莱特福德稍稍高大一些,在她看来,也稍稍英俊一些。她差点希望他赢。接着,她又看到那个大个头

森林有童话

儿不速之客的英勇和从容不迫的气势,虽然他比莱特福德个头儿小一些。她又差点希望他能赢。

这场大战持续了很久。在小脚母鹿丹迪福德看来,大战似乎无止无休。不过,过了一会儿,莱特福德的大个头儿和大力气开始让他占据上风。慢慢地,那个大个头儿不速之客被迫往空地的边缘撤退。他随时都可能会跌倒,而莱特福德不会。看到这个迹象,莱特福德似乎平添了一股新力气。最后,他抓住机会把那个不速之客撂倒在地。那个不速之客挣扎着站起来时,莱特福德用锐利的鹿角在他灰色的皮肤上扯开一道长口子。那个不速之客被打败了,他自己也明白这一点。他挣扎着站了起来,立马掉头,一头扎进绿森林,寻找避难所去了。莱特福德骄傲地叫了一声,而后向他追去。

落败的不速之客现在已经被恐惧牢牢攫住,应战的渴望荡然无存。他唯一的念头就是赶紧逃命,恐惧让他跑得更快了。那个不速之客径直向自己的来处——格力特大山跑去。莱特福德只追了一小段的距离。他知道那个不速之客永远离开了,不会再回来了。而后,莱特福德回到那个他们曾经决战的空地上。在那里,他高高地扬起头,那双鹿角让他显得很尊贵。他冲着绿森林发出充满挑战意味的啸叫。小脚母鹿丹迪福德女士看着他,明白了自己希望赢得那场战斗的就是他。她知道,在这个世界上,没有谁比莱特福德更英俊、更强大、更英勇。

雄鹿莱特福德找到了真爱

母鹿丹迪福德女士站在那里，
羞答答的，腼腼腆腆的。

雄鹿莱特福德站在河狸帕迪的水塘旁的空地上，他简直帅极了。生活在绿森林里的他的那些观战的邻居纷纷过来祝贺他战胜那个来自格力特大山的大个头儿不速之客。他骄傲地把头往后倾。漂亮的小

绿森林里的幸福时光

脚母鹿丹迪福德女士一直躲在附近的灌木丛里观战,在她看来,莱特福德是这个世界上最了不起的人物。她仰慕他,也就是说她会全身心地爱他。

不过,莱特福德并不知道这一点,他不知道小脚母鹿丹迪福德女士就在附近。他的心思全放在把那个来自格力特大山的不速之客赶出绿森林上了。他非常妒忌那个大个头儿不速之客,虽然他并未意识到这一点。他愤怒和发起挑战的真正原因是,他惧怕那个大个头儿不速之客发现小脚母鹿丹迪福德女士,把她带走。当然了,这肯定是妒忌无疑了。

现在,那场大战已经结束,他知道那个大个头儿不速之客正拼命地往格力特大山逃,莱特福德心中的怒火全部熄灭了。取而代之的是找到小脚母鹿丹迪福德女士的渴望。他那双大眼睛变得更加温柔、更加漂亮,里面写满渴望。莱特福德来到水边,喝起水来,因为他非常非常口渴。而后,他转过身,打算继续去寻找漂亮的小脚母鹿丹迪福德女士。

他转过身,向旁边灌木丛望去时,他那双锐利的眼睛看到那里的树枝动了动。一个美丽的脑袋探

森林有童话

了出来,莱特福德再次和一双温柔的眼睛不期而遇。他确信那是这个世界上最漂亮的一双眼睛。他担心她会像上次那样跑掉、消失。

  莱特福德往前迈了一两步,那个漂亮的脑袋缩了回去。莱特福德的心为之一沉。而后,他蹦跳着跑进了那个灌木丛。他原本没有抱多大的希望能在灌木丛里找到她。不过,在他走进那个灌木丛后,他收到了平生以来最大的惊喜。小脚母鹿丹迪福德女士站在那里,羞答答的,腼腼腆腆的。不过,她

的那种眼神莱特福德不会误读。这时候，莱特福德明白自己心中的渴望和愤怒是什么了。最初，那种渴望驱使着他不停地寻找她；然后，在他发现那个来自格力特大山的大个头儿不速之客时，这种渴望让他心中充满怒火。这是爱。莱特福德知道自己爱上小脚母鹿丹迪福德女士了。他注视小脚母鹿丹迪福德女士那双温柔的眼睛时，他知道小脚母鹿丹迪福德女士也爱上他了。

绿森林里的幸福时光

有些看上去糟糕透顶的事,
有时候反而会变成好事。

  绿森林里,大家的日子过得喜洋洋的。至少,对雄鹿莱特福德来说,日子很幸福。这是他有生以来过得最幸福的日子。我们知道,他已经赢得温柔、漂亮、年轻的小脚母鹿丹迪福德的芳心。现在,她

已经不再是小脚母鹿丹迪福德女士,而是莱特福德夫人。莱特福德确信世界上再也没有谁比她更漂亮,莱特福德夫人确信这个世界上没有谁比莱特福德更英俊、更英勇。

莱特福德走到哪里,莱特福德夫人就跟到哪里。他带着她,参观他那些心爱的藏身处。他带着她,逛遍了他心爱的觅食场所。其实,和莱特福德一样,她已经熟知它们中的每一个,她对绿森林了如指掌。但她并没有告诉他这些。在此之前,莱特福德四处寻找她,一天又一天,她总能设法躲开他。他停下来,想这事时,他意识到,这里的东西她不知道的其实已经很少,他已经没有多少可以向她介绍的了。不过,他总是忍不住自豪地领着她从一个地方走到另一个地方。莱特福德夫人总是很识趣地表达她的喜悦,好似那些东西对她来说全是新鲜的。

当然了,生活在绿森林里的那些小动物都争先恐后地来拜访莱特福德夫人,并告诉莱特福德,他们是多么的替他高兴。他们都很爱莱特福德,他们真的很高兴,他们知道莱特福德现在变得比以往更

森林有童话

幸福了，莱特福德也不会因为寂寞而离开绿森林了。没有了雄鹿莱特福德，绿森林将会变得完全不一样。

　　莱特福德把自己在狩猎季里度过的那些噩梦般的日子告诉了莱特福德夫人。他还告诉她，那时她不在绿森林，他实在是太高兴了。他告诉她，那些拿着猎枪的猎人是如何不给他喘息的机会的。他还告诉她，为了甩掉那些猎狗，他不得不游过比格河。

　　"我知道，"莱特福德夫人温柔地说，"我都知道。你知道，那些猎人也在格力特大山一带游荡。实际上，这正是我来绿森林的原因。他们在那里四处寻

找我，我不敢待在那里。我来到这里，觉得这里的猎人不会有那么多。我真不敢相信我会感谢那些猎人，不过，我真的很感激，我真的很感激。"

莱特福德的脸上写满困惑。"为什么？"他问道，"真不敢相信还会有人对猎人心怀感激！"

"唉，你这个笨蛋。"莱特福德夫人大叫道，"你难道还不明白吗？要不是他们把我从格力特大山那里赶到这里来的话，我怎么可能会遇到你？"

"是啊，我永远不可能遇见你，"莱特福德附和道，"我想我更应该感激那些猎人。他们让我找到了我平生最大的幸福，我自己竟然没有意识到这一点。某些看上去糟糕透顶的事，有时候反而会变成好事，这难道不很奇妙吗？"

伯吉斯的动物世界

桑顿·伯吉斯,美国著名儿童文学作家,自然主义者,自然资源保护论者。1874年出生于美国马萨诸塞州科德角半岛的桑威奇。那一带有着大片的树林和湿地,是野生动物们的乐园。伯吉斯童话故事中的微笑池塘、绿森林、欢笑小溪和老沙窝等就是以这里的池塘和森林作为原型的。

伯吉斯小时候家境贫寒,幼年丧父,中年丧妻,

森林有童话

晚年丧子,母亲还身有残疾。1906 年,伯吉斯的爱妻尼娜撇下他和年幼的孩子,撒手而去。据说,伯吉斯就是从这个时候开始创作睡前故事,用这些优美、温暖陪伴他的儿子度过没有母爱的童年。1910 年,他的第一部作品《西风老妈》面世。在接下来的 50 年间,伯吉斯笔耕不辍,创作了大量童话作品,取得了卓越的成就。伯吉斯凭借超乎常人的坚强毅力、博大的爱心,成就了非凡的人生,并影响着一代又一代的读者。他一生创作了 170 余部作品和 15000 余篇发表在报纸上的专栏作品。

1965 年,伯吉斯去世,享年 91 岁。

伯吉斯在世界上有着深远的影响:

◆美国东北大学于 1938 年授予伯吉斯荣誉文学学士学位。

◆波士顿自然科学博物馆授予他一枚荣誉奖章,称赞他在"引导孩子们去探索更加广阔的世界"方面做出的卓著贡献。

◆野生动物保护基金会授予他一枚杰出贡献奖

章。

◆伯吉斯去世后，美国奥杜邦协会马萨诸塞州分会出资将他在汉普登的庄园买下，并在原址上建立了"欢笑小溪野生动物保护区"。

◆1976年，伯吉斯协会和伯吉斯博物馆成立。博物馆每年自5月底至10月中旬对外开放，其宗旨是"激励人们关心、爱护野生动物，保护大自然"。

◆1979年，伯吉斯大自然中心在迪斯卡弗里希尔路成立，此后每年都会有无数参观者慕名前来参加学习班和培训班，学习伯吉斯的大自然保护理念。

◆汉普登的一所中学为纪念他，以他的名字作为校名。

◆20世纪70年代，日本一家电视台将伯吉斯的动物童话拍摄成动画片。随后，许多国家引进该动画片。

◆伯吉斯的童话作品迄今已被翻译成瑞典语、法语、德语、西班牙语、意大利语、日语和汉语等多种语言。

卡迪的动物朋友

哈里森·卡迪，美国插画大师。1877年出生于美国马萨诸塞州的加德纳。他在父亲的引导之下，对大自然产生了浓厚的兴趣，立志用画笔来表现自然之美，并开始模仿霍华德·派尔、弗雷德里克·雷蒙顿、亚瑟·伯德特·弗罗斯特等大师的作品。后来，当地一位名叫帕金斯的油画家收他为徒，教授他绘画。

从 1894 年开始，卡迪为《哈珀青年人杂志》《布鲁克林鹰报》《时尚好管家》《乡村绅士》《生活》《男孩生活》《星期六晚邮报》等报刊创作了大量插画。卡迪的绘画作品深受广大读者的欢迎，这其中就包括"迪士尼世界"的创始人沃尔特·迪士尼。艾美奖和奥斯卡最佳动画短片奖获得者、纽约大学电影学院教授约翰·康尼扎罗将卡迪列为对沃尔特·迪士尼有着决定性影响的画家之一。卡迪的绘画对其他作家和插画家也产生了深远的影响，这其中就包括"贝贝熊系列"的作者简·贝伦斯坦和斯坦·贝伦斯坦以及"斯凯瑞金色童书"的作者理查德·斯凯瑞。美国艺术档案馆、《纽约先驱报》档案馆以及伯吉斯博物馆都珍藏着卡迪的绘画作品。

卡迪和伯吉斯一直保持着长期的合作关系，为他的"睡前故事"的报纸专栏创作插画，并获得伯吉斯的高度认可。伯吉斯称赞卡迪画笔下的那些动物，诸如彼得兔、臭鼬吉米、蓝松鸦萨米、浣熊鲍比、水獭小乔、水貂比利、麝鼠杰里、青蛙爷爷弗洛格等，"奇妙无比，温柔可爱，犹如来自永恒的魔

森林有童话

幻世界"。

卡迪晚年仍一直坚持创作。他于 1970 年辞世,享年 93 岁。

精彩评赞集锦

我上小学时……我和我家人常去新罕布什尔州消夏。那里人烟稀少，我只能和我哥哥一起玩……我记得我那时酷爱动物童话，比如说"猪宝弗雷迪"系列和伯吉斯的动物童话等。我还记得在我哥哥忙自己的事而我手头又没有童话可读时，我就会感到百无聊赖，烦躁不安。

——诺贝尔经济学奖得主　乔治·阿克洛夫

森林有童话

我坚定不移地效法我父母,坚持给孩子们读书……为了能更好地为他们读书,我在戴维营、肯纳邦克波特和白宫准备了一大堆书。其中有《圣经故事》、芭芭拉·库尼的《花婆婆》、马丁·汉德福的《沃尔多在哪里》以及伯吉斯的动物童话等。这些书由于经常翻阅,已经快散架了。但我视它们为自己的孩子,依然珍藏着它们。

——美国前总统小乔治·布什的母亲
芭芭拉·布什

卡迪对"迪士尼世界"的创始人沃尔特·迪士尼有着决定性的影响。

——艾美奖、奥斯卡最佳动画短片奖得主
约翰·康尼扎罗

理查德·斯凯瑞的父亲是一位杂货店店主,他们的家境很不错,少年斯凯瑞读到过很多动物童话,其中就包括美国多产作家伯吉斯的动物童话。

——美国学者　鲍比·莱蒙特

绿森林里的幸福时光

用"宝典"一词来形容这套书（伯吉斯的动物童话）一点都不夸张。它让我们想起了那样一个时代——孩子们可以拥有自己的想法，可以让想象力自由驰骋，而不是像现在这样，仅仅是一群程式化的"小大人"。这套书将给家长和孩子们一种全新的体验，让睡前时光变成一段美妙无比的旅程。

——美国著名记者、作家　米奇·德克特

直到有了自己的小孩，我才意识到给孩子读这些睡前故事（伯吉斯的动物童话）是多么的有趣。给孩子们赠送图画书和童话书并不是件难事，但朗朗上口的童话故事总是可遇而不可求。家长们要是想让自己的孩子们和自己获得阅读的愉悦，这些故事将是不二选择。

——美国著名作家、《世界杂志》总编辑
马文·奥拉斯基

后记：动物们的世外桃源

童年生活，对幼年丧父、母亲半残的伯吉斯来说，绝非一曲意趣盎然的田园牧歌。但乐天知命的他始终保有一份"采菊东篱下"的浪漫情怀，每每回忆起科德角半岛，每每回忆起那里的草地和森林，每每回忆起自己在那里的漫游岁月，都喜欢用"美妙甜蜜"来形容。他坦言，他对那段世外桃源式童年生活始终怀有一份眷恋，正是这份眷恋塑造了他

的自然观。虽然"在常人眼里,'大自然母亲'平淡而乏味",但伯吉斯始终认为自己在科德角半岛的童年生活充满"世外桃源式的意趣"。这种意趣在他所创造的动物小说世界中无处不在。他为动物们创造的是一个怡然自得的世外桃源。这个世外桃源有着一派理想化的田园风光——在这里,动物们虽然会说话,但它们依照自己的习性生活着。青蛙爷爷弗洛格虽然会说话,虽然穿着漂亮的夹克,但它的行为是一只青蛙的行为,并没有被拔高到人类行为的高度。同样,彼得兔、浣熊鲍比、狐狸雷迪等,都依照自己的天然属性生活着。从这个意义上讲,这些故事和《柳林风声》一样,是真正意义上的动物故事。

在这个风景旖旎的世外桃源里,物竞天择的自然法则虽然无法抗拒,但小动物们始终能通过守望相助,过着惊险刺激而又丰富多彩的生活。它们热衷于在田间、草丛里、树林里、池塘中、洞穴里、蓝天中玩耍嬉戏,喜欢四处找乐子;有时候,为了满足自己的好奇心,竟然甘冒生命之险……不过,在大多数时间里，它们还是不愁吃，不忧穿。正如伯吉斯在《永志不忘——一个业余自然爱好者的自传》中所描述的那样，它们似乎"有必要就这样长生不老地生活下去"。

在这个世外桃源里，时间似乎永远静止——春天的时光总是很长；冬天来临后，那些不需要冬眠的动物虽然会挨冻、受饿，但永远不会被冻死，也不会被饿死。在这个世外桃源里，死神似乎永远不会光顾。伯吉斯坦言，"有时候，忘却那些冷冰冰的科学事实和知识……欣赏光怪陆离的幻想世界……是一件愉悦的甚至是有益无害的事"。

在这个世外桃源里，人类只是边缘角色，很少闯入这里。在绝大多数时间里，人类只在农场里活动，那些农场和它周围的动物世界一样，也具有世外桃源的色彩。即使有偷猎者闯入，动物们也能通过守望相助让他们无功而返。在伯吉斯的笔下，那些动物在芳草地、绿森林、微笑池塘、欢笑小溪一带经历着一次又一次奇遇，而和这些地方毗邻的农夫布朗的农场只是一个背景。农夫布朗的儿子——

刚出场时，他是一位猎人的形象，动物们看到他都会望风而逃。不久，他成为一位动物保护者和救助者，偶尔会突然闯入动物们的世界，而那些动物——臭鼬吉米和负鼠比利大叔是它们中的代表人物，它们俩一想到鸡蛋就会垂涎三尺——则经常悄悄地溜进农夫布朗的农场里的养鸡场去偷鸡蛋吃。

但是，这些动物一旦离开那个充满欢笑的理想世界，溜进陌生的世界，它们马上就会失去安全感，经受着不安和恐惧的侵扰。它们最终会选择逃回它们的世外桃源。这正应了那句"金窝，银窝，不如自己的草窝"的俗语。

细细想来，伯吉斯笔下的这个世外桃源何尝不是人类几千年来孜孜以求的理想世界。从这个意义上讲，伯吉斯的价值观其实就是人类所共同追求的理想境界。因此，他的作品不仅适合儿童阅读，同样也可以让成年人获得感悟。

李现刚

周其仁 / 著

真实世界的经济学

中信出版集团｜北京

图书在版编目(CIP)数据

真实世界的经济学 / 周其仁著. -- 北京:中信出版社,2021.8(2024.11重印)
ISBN 978-7-5217-3229-0

Ⅰ.①真… Ⅱ.①周… Ⅲ.①经济学—研究 Ⅳ.①F0

中国版本图书馆CIP数据核字(2021)第109588号

真实世界的经济学

著 者:周其仁
出版发行:中信出版集团股份有限公司
(北京市朝阳区东三环北路27号嘉铭中心 邮编 100020)
承 印 者:北京通州皇家印刷厂

开 本:880mm×1230mm 1/32 印 张:11.75 字 数:242千字
版 次:2021年8月第1版 印 次:2024年11月第7次印刷
书 号:ISBN 978-7-5217-3229-0
定 价:58.00元

版权所有·侵权必究
如有印刷、装订问题,本公司负责调换。
服务热线:400-600-8099
投稿邮箱:author@citicpub.com

目 录

自 序 V
引 言 XVII

第一章
产权的界定

产权界定 // 003
产权改革 // 013

第二章
人力资本的产权

人力资本的产权特征 // 025
刮目相看人力资本 // 035
能力定价和高科技产业 // 042
学生质量考核的困难 // 051
教育专家系统的可靠性 // 056

第三章
企业家研究

景气低迷中的企业家行为 // 067
新经济与企业家精神 // 076
家族经营与非家族经营是一样的 // 084

信誉与运气 // 089
企业家是钱财不够用之辈 // 094
驾驭不确定性 // 099
企业家能力竞争的舞台 // 104
普通人投资的世纪 // 114
三种私人资本和中国经济 // 121
入世与中国企业价值的重估 // 131
不承认企业家人力资本价值会怎样 // 141

第四章

公有制的改革

便宜的企业家和昂贵的企业制度 // 151
自然人持股：绕不开的话题 // 167
企业改制，何谓成功 // 172
国有企业：不能不谈"方丈"只说"庙" // 175
"庙"里的"好方丈"为何那么少 // 181
攫取与公有制企业改革 // 195

第五章

竞争、垄断与管制

选一个角度看"垄断" // 215
哪一种垄断扼杀市场竞争？ // 219
扩展管制的动力与效果 // 225
"管制资本主义"的教训 // 232
新管制经济学点评 // 240
重视中国自己的经验 // 247

第六章
另眼看垄断

境外上市卖点的教训 // 261
手心手背都是肉 // 266
"看得见的手"定价,"看不见的手"定量 // 271
高科技永远都很"高" // 276
理性的局限 // 285
邮政专营的三个理由 // 289
自发的梧桐树 // 294
要反对的不是重复建设 // 301

第七章
市场的守夜人

守夜人的经济学说 // 309
另一条印度道路 // 314
启动经济和政府退出 // 321
为中小企业融资服务的资本市场 // 334
转型期城市就业也需"软着陆" // 342

自 序

本书第一次出版，是在 2006 年，当时收集的，大部分是我 1995 年回国到北大任教以后为报纸、杂志陆续写下的文章。本次新版，保留了大部分文章，并增加了一部分当时尚不能公开发表的关于垄断的内容，以及我一再强调的产权相关文章。回头一看，时间过得真快。

论文与头衔

回来之前，我正在 UCLA（加州大学洛杉矶分校）要结束博士论文。一般的程序，是先过博士资格考试，通过者就去找博士论文的题目，然后经过一个国内叫作"开题报告"的门槛，开始论文写作；论文写出来之后，再通过一场论文指导委员会的"答辩"，就可以办手续取得博士头衔。但是，我所在的那个项目——我的论文方向是经济史，指导委员会由历史学和经济学教授组成——比较特别，这个项目博士论文的"开题"与"答辩"是合并在一起的。也就是说，在导师同意开题之前，你的论文研究的基础工作，甚至大部分研究工作，都要做得八九不离十。答辩一通过，学生只需把经过最后润饰的论文分别给委员会成员签字,就再也不需要上"堂会"去"保卫"自己的论文了。

我很幸运,答辩一次过关。老师们很高兴,书面写下的意见无非是肯定我的论文"有极大的潜力"。我也很高兴,因为自己选的论文题目,连同提出的问题、对前人研究的评价、新的假说以及准备的资料和要采用的研究方法,一并被认可"够博士资格"。屈指算来,那时距我进入 UCLA 的博士项目不到四年。

有两位在英文上帮了我大忙的美国同学,知道我于 1989 年"计划外"进入美国的时候还"目不识丁",不免好奇。是的,我是进了美国才开始正式学英语的。第一年由福特基金会资助,在如诗如画的科罗拉多州的布德镇学了 9 个月的英文;第二年,经盖尔·约翰逊教授的推荐,到著名的芝加哥大学经济系做了一年访问学者;第三年就进入 UCLA。就算一个念书的天才,这样"走"也不算慢吧?何况我对自己考察了多年,结论是智商平平,与天才扯不上任何一点关系。这里面的"经验",我将来在论文的中文版面市时,要向读者交代。

但是,已经通过答辩的论文,后来却"搁浅"了,一直要等到 2000 年夏天我再次回到 UCLA 才办完全部手续。本来到 1995 年底,我论文的主体章节就已经分别写过两三稿,剩下的,就是一篇能够将全文贯穿起来的"导论"和一篇"结论"了。原先的如意算盘,是在 1996 年暑期前结束全部论文,秋高气爽时节就打道回府。按照过去的进度,这并不是一个冒险的计划。其间究竟发生了什么事情,使得我的论文在答辩通过后还搁置了 5 年之久呢?

到北大任教

最重要的变故，是我接受了北京大学中国经济研究中心的聘约，于 1996 年春季开始回国任教。知道我的人，对我回国都不会奇怪。有着 10 年"土插队"外加 10 年"农村调查"的经历，我是一个如假包换的"老土"。到海外"洋插队"读什么博士，对我来说本来就是一个意外的"偏得"。在美国一住 6 年，除了对那里的大学图书馆、高速公路和法治的印象深刻，不曾发现任何适合于我，同时又能让我高兴的事情可做。回国，对于我只是一件早晚的事情，不是什么大不了的抉择。

但是，北京大学对我的吸引力，可就迥然不同了。遥想 1978 年早春时节，我站在北大荒农场一只高音喇叭下，一边听着本年高考的消息，一边盘算着如何填写报考志愿。本来不用任何犹豫，我心目中最好的学校就是北大，而我对于只凭考试成绩、不论其他的竞争是向来不怕的。无奈是时我的年纪已经二十又八，而仅仅在上一年——邓小平决策恢复高考的第一年——黑龙江省的"土政策"还是规定除了 1966 年的老高三学生，其他凡超过 25 岁的一律不得报考！北京大学要不要岁数大的学生呢？我没有把握。痛苦再三，我只好放弃了填写北大。

因此，1995 年秋季我收到北京大学中国经济研究中心的任教聘约，当天就签名表示荣幸地接受。我对自己说，当年没有当成北大的学生，现在退而求其次，到北大当一回老师，这样的机会怎么可以放过？各位读者，你想知道北大的吸引力吗？不妨看看我的遭遇：

在我向北大中国经济研究中心发回接受聘书的信函之后，我才想起自己还从来没有教过书，并且完全不知道能不能教书！

在北大教书，是一件过瘾的事。比较下来，我以为北京大学最优良的资产是她的学生。是的，蔡元培校长开创的北大传统和精神，至今对全国最优秀的学子——每年从数百万高考学生中胜出的佼佼者——仍然具有"致命的吸引力"。倘若以教授的薪资水平来考量师资水准，北大至今还比不过台湾大学、东京大学、香港大学和UCLA，但是要论学生"千里挑一"的优秀，北大可以把所有这些学校都比下去。我自己深受其惠：因为学生们的口味很"挑剔"，像我这样从来没有教过书的，也被逼得好像会教书了。

本来，到北大任教与论文收尾工作可以并行不悖，但是被加州理工学院的詹姆斯·李教授——他在我离开之前告诫我，回国后千头万绪，要完成论文难上加难——不幸言中，我很快就"卷入"了对改革中的现实经济问题的调查研究，而把博士论文搁在了一旁。自我思量，我的论文反正通过了答辩，已经被导师们认为够博士水准，晚一点拿头衔，对我的学问半点影响也没有。可是要论现实的经济问题，我"离土"已经六年，其间虽然为了毕业论文有过数次回国实地调查的经历，但接触问题的面毕竟很窄，"实感"被岁月消磨，大不如前。有机会补补课，接上一点"地气"，我是不应该拒绝的。

接地气：水工研究

机会接踵而来。第一档，是杜润生先生要我到山西参加研究一项大型供水工程。水工,历来是中国经济史上的一个重点,多年之前我就有过兴趣。在当代,水成为"国家所有的公共资源",产权界定模糊外加背离价格机制,结果只能是到处叫喊"水的危机",且不能指望任何调水之策解决问题。因此,水工是产权经济学不能放过的一个题材。20世纪80年代我跟杜老参加过四省治淮会议,并在安徽王家寨亲眼目睹抗洪过程中上下游"兄弟地区"之间酿出的"公地悲剧",对治水当中的人文和制度因素,有所感知。但是,过去从来没有一个机会,让我对水——尤其是黄河之水——有一个实地考察的机会。现在杜老发话,加上山西方面当时主管这项工作的郭玉怀先生热情邀请,岂有不去之理?

于是,我和老友宋国青教授带着几位学生,直奔黄土高原而去。从1996年秋季开始,这项研究差不多持续了三年。虽然至今我们没有为此公开发表过一个字,但是借着这项研究,我们对水权、水价、水市场、"国家工程"的决策和执行,以及工程建设体制等,有了透彻的理解。对于竞争、垄断、自然垄断,还有那著名的"平均成本曲线陡峭地向右下方倾斜"情景下的"定价悖论"——这是经济学提出的老大难题,20世纪40年代科斯对此有过重要的提点——有了切身的体会。我们就像张五常讲过的一样,因为对一个实例下过足够的功夫,"盲拳可以打倒老师傅"。

在本书中,收在《另眼看垄断》栏目下的文章,其实差不多都是我参加水工研究的"副产品"。作为一个"电信经济问题专家"——我是1998年秋"卷入"电信开放市场的论战的,大部分有关文章已经收入了三联书店出版的《数网竞争》一书——我对网络产业经济问题的认识全部来自"水工"。更一般而论，大凡在所谓"自然垄断""规模经济"之上加上了"国家行政垄断"的行为，经济逻辑如出一辙。本书的一些文章，放胆去"碰"教育、邮政、股市，分析的思路都是一样的，只是各业的具体约束不同，"碰"起来多彩多姿，各有各的意思。

接地气：企业调查

除了《另眼看垄断》，另有三个栏目与企业和企业家的题材有关。那是我回国之后的第二档经济调查——公司研究——的部分结果。说起来，我对这个课题的兴趣也是由来已久。20世纪80年代参加农村调查，最后得出的为数不多的理论性结论之一，是农民的经济出路——无论农业还是非农业，在组织形式上，要靠基于市场契约的公司。当时认识到，我国传统上有一个先天性的缺陷，那就是靠行政等级维系的组织很发达，靠血缘亲情维系的组织也很发达，唯独靠自由契约维系的市场组织不发达。自那时起，"公司"在我的头脑里挥之不去。

在美国留学期间，我对科斯的企业理论下过功夫。他那篇大学三年级在伦敦经济学院写就的论企业性质的大文，我读之再三，每读一次都有新的心得。后来到UCLA听德姆塞茨教授的课，重点也是企业理论。1996年，我将那些读书笔记整理成一篇文章在《经济研究》上发表，把"市场里的企业"理解成"人力资本与财务资本之间的一个特别合约"。此篇笔记——连同回国后写成的其他一些学术性论文,已经交中国社会科学文献出版社结集出版——其实是我为要开展的企业调查准备的"家庭功课"。

大约从 1996 年起,我就陆续获得进入"真实企业"的机会。第一家考察的公司,是济南的小鸭洗衣机厂。我现在还记得关于这家公司的一个当时听来令我感到吃惊的数据:平均每三个生产工人就有两名市场营销人员。我想年轻的科斯实在了得,用"市场交易费用"来解释企业的存在,居然可以"抓住"几十年后中国一家他从未谋面的公司的特征!

走进第二家公司的大门,应该是 1997 年,那是上海的远东纺织机械厂,因为没有市场订单,已经陷于破产的边缘。当时上海纺织工业的形势动人心魄:全行业 55 万工人已经下岗 28 万。我和周放生——他当时在国有资产管理局研究所工作,对国有企业有非常丰富的经验——走进当时还在外滩的纺织工业局大楼去访问朱况宇局长的时候,左边四个大字是"无情调整",右边四个大字为"有情操作"。朱况宇对国有公司的体制病有着深刻的见解,他的谈话,概括起来也是四个字:背水一战。

背水一战,战出了大名堂。原来上海纺织工业局派到远东厂"扭亏增盈"的工作组组长吴玲玲,主持了两年人事,知道"扭亏"无望,一边艰苦地"料理后事",一边准备新生。她从远东厂挑了一组人马,大家拿出 100 万元人民币现金,与朱况宇代表的纺织控股集团拿出的 1200 万元现金一起,另外组建了一家"埃通有限责任公司"。原来我知道的国有公司,不以市场合约为基础(要素都是行政调拨来的),而任何自然人与公司的股本都不得有联系。现在的新

"埃通",以契约为本,经理层也是股东(虽然持股比例低了一点),这难道还不是"大名堂"?

与农村改革的经验相一致,国有企业的改革,也是在市场竞争的压力下由一些先行者背水一战"战"出来的。将货比货,我为什么还要对那些无关痛痒的"说法"和花拳绣腿的"理论"浪费时间?要研究企业和企业改革,拿自己的"家庭功课"试试对真实发生的事件有无解释能力,再拿更多可观察的事实来检验"似乎有解释力的理论",这样来来回回,外加一点"一般化"——就是总结、概括、抽象、提炼——的努力,我们还能不长见识吗?

于是我看公司看上了瘾。有一段时间,只要山西项目没有事,我在北大下了课就出差去看企业。但凡遇到可以刨根究底的机会,我是一个也不放过。有一次,听说科龙的创业老总潘宁被请到了石家庄,我凌晨3点就从北京起身,驱车在早饭前赶到他的住所,上午听他对河北的企业家讲科龙的历程和他的企业理念,下午——天助我也,科龙驻石家庄的汽车没有办妥进京证——由我开车把潘总送到首都机场回香港。有此交情,你说我后来研究科龙还不是"易如反掌"?

另外一次,到合肥调查一家上市公司。风雪将飞机"迫降"在南京,我等一行人坐汽车在结了冰的路上走了14个小时才赶到公司。对上市公司的调查一般比较困难,那一天看我们"长途奔波"只求一谈,接待人员动了恻隐之心,对我们多讲了一些话。

为了避免企业里管事的见了"北大老师"难免有些客气和敬而远之,我甚至"混"入联办投资管理公司,和那里的同事搭伴调查公司。联办投资有几位专业人员，做公司引资、融资和重组业务有十年以上的经验。从他们那里学到的"看公司"的本事，我相信现在哪一家 MBA（工商管理硕士）也教不来的。另外，通常受了公司的委托，并且签了保密协议，调查就可以比一般的大学研究项目深入许多。当然，参加者要利用这些调查资料也会受到限制。不过，搞清楚问题是第一位的，发表是第二位的。为了增加发表机会而写一些自己都不甚明白的"大文"，不可取也。

立足"真实世界"

以上交代的其实是本书——同时编就的另外一本集子也一样——的"生产过程"。我早就知道，自己当不成象牙塔里的学问人。这不是说我不喜欢读书，读书是我所好，但还必须到书外的真实世界里求"甚解"。

因此之故，我最喜欢的经济学家是科斯和张五常。科斯是直截了当将"真实世界"的经济学与"黑板经济学"——那些徒有"科学"的外表，其实是空无一物的"皇帝新衣"——对立起来的学者。但是科斯本人关于研究方法的思想，"浅"得所有普通读者都可以了解。让我引证几段吧：

——科斯主张，经济理论赖以成立的前提性假设，不但应当是"易于处理的"，而且必须是"真实的"。

——他批评，"当经济学家发现他们不能分析真实世界里发生的事情的时候，他们就用一个他们把握得了的想象世界来替代"。

——他身体力行:"我尝试着从工厂和公司的办公室,而不是从经济学家们的著作里找寻企业存在的理由。"

我以为,科斯所做的工作,与他陈述的研究方法是息息相关的。

张五常关于研究方法的论述更加可圈可点。顺便提一句,我是1985年从北京一位朋友"私印"的《卖桔者言》那里知道张五常的大名连同产权与合约理论的。从那时起,凡是可以找到的张五常作品,我一字也不曾放过。因为"同文同种"的关系吧,我读张教授的著作,得到的启发是最多的。一点也不奇怪,张五常的生活方式,也是对真实世界里的学问着迷。他对亚洲农业的各种市场合约下过的功夫,行内都是知道的。除此之外,他研究过养蜂、渔业、滩涂养殖、美国的石油、发明专利和反垄断官司、香港的计件工资、电影院的座位和票价、内地的承包制和"印度综合征"。更加难能可贵的是,他顶着香港大学经济学院院长的头衔,在两个除夕之夜在香港街头卖橘!

我们还是听听他本人怎样说经济学的研究之道吧:

——任何经验科学的发展都可以用以下标准来判断:它的假说被确凿的事实检验了多少次?按照这个标准,经济学可能并不成功。经济学者们一直愿意接受空想的理论,对事实和数字漫不经心,不愿意检验他们所要指明的东西的含义。

——人们普遍抱怨经济学家之间常常有太多的不同意见。我的观点是,他们经常太容易就未经检验的理论和未经证实的证据取得一致意见了。

——经济调查所需要的资料并不是在建好的实验室中产生的。

社会本身就是一个"实验室",事实必须从中挖掘出来。但是,挖掘本身是一件很辛苦的工作。

——我坚决反对过去那种根据脱离实际的分析和粗糙的调查而提出政策建议的倾向。

好了,我最后说明本书的书名,是要表明我对真实世界的经济学的向往。真实世界里的经济学,是可以向真实世界里的普通人诉说的。是的,有一些读者告诉我,他们喜欢看我的文字。自己用了心写的文章,有人欣赏,总是高兴的。但是我也要对这些读者说,我的思想和文字,从求更浅更直的方面来看,可改善之处尚多,大家不妨拭目以待吧。

最后,我要感谢《经济学消息报》《财经》《中国企业家》《IT经理世界》《21世纪经济报道》(主要是它的《21世纪评论》专刊)的编辑和记者朋友们。本书的绝大部分作品,首先是经过他们的努力,才得以和读者见面的。这些刊物风格各异,但是在"不能依靠公费订阅"这一点上,是一致的。我和这些编辑、记者朋友对许多问题的看法,特别是在取材、标题和文字方面常常有分歧,但是在一点认识上——给在报摊上用自己的钱购买读物的读者写的文字,再好也不够好——我们具有值得庆幸的高度一致。

引 言[①]

看到大家,就想起我刚进大学的时候。当时中国刚刚改革开放,条件没有现在这么好,我也是下乡当了多年知青以后,才有机会上大学。

上大学是为了求学,所以我今天首先要和大家讨论的问题是——求学到底求什么?重点何在?

进大学后,我们经常会觉得时间分配的压力特别大。在有限的时间内,你会发现有那么多的好老师、好专业,那么多有用的基础理论和技能值得学。你需要花时间才能获得好的成绩和毕业文凭,还要花时间去认识优秀的朋友,因为见贤思齐才会挖掘出自己更多的潜力。不只这些,你还要花时间来对整个国家和世界多一些了解,以便在翻天覆地的变化中抓住更多的机会。

当很多的目标同时摆在我们面前时,怎么抓住重点就变得至关重要,否则会让人倍感压力甚至焦虑。所以今天我就着重讲讲求学的重点。

---

① 本文为作者于 2021 年 3 月 12 日北大国发院经济学本科教学中心举办的"经济学的意义"专题讲座上的分享。——编者注

求学即求"学问",那么"学"和"问"哪个才是重点?我认为是"问"。我的这个看法是从前辈的经历那里得来的。

为此,先给大家讲讲对我影响很大的两位学者的故事。

从一个好问题出发——张培刚与科斯的故事

第一位是张培刚老师。

1978 年恢复高考,我从黑龙江下乡的地方考入人民大学经济系。来北京上学,这是个难得的机会。当时我在农村已经待了 10 年,对中国的社会现象有很多观察,脑子里充满了问题。大学课本上的东西不能完全满足我,我就不停地去寻找课本之外的知识。

北京的好处是,这里是全国的科学文化中心,北京的大学不光有好老师,还有很多厉害之处,比如好的活动和社团。我就发现北京大学校长楼的二楼每两个星期就会举办一次非常重要的讲座。讲座是由当时一个叫中外经济学联合会的学术团体在组织,会长是厉以宁老师,副会长就是张培刚老师。

当时我还不了解张培刚,但参加讲座以后,我发现最吸引我的就是张培刚老师的讲座。后来看他的回忆录得知,他是来自湖北的农家子弟,当年考上的是武汉大学经济系。从他介绍的当年武大经济系的课程和任课老师来看,即便在 20 世纪 30 年代,武大对学生的训练已经非常扎实。但仅仅受过大学训练并不足以保证张培刚在日后成为非常优秀的学者,还需要学会抓住一个重要的问题。

当时正值抗日战争,中国面临好多问题,其中有些问题跟资源配置相关。当时日本倚仗较强的军事力量陆续占领我国沿海城市，导致我国沿海城市的物资供应链面临随时断裂的可能。这是战时经济的一个重要问题，需要组织力量来做研究。张培刚很幸运，刚毕业被分配到中央研究院社会科学研究所做研究员，即今天的中国社会科学院经济研究所，刚好被安排参与这个问题的研究。

张培刚深入研究以后发现，这个问题很有意思。因为当时已经有了国际贸易，宁波、厦门等很多沿海城市的居民吃的都是泰国供应的大米。而一旦日本人把海运通路占领，我们就很难保证沿海城市居民的大米供应，怎么办？

张培刚他们调查后发现，江西、湖南、湖北等省都有农民在种粮食，而且粮食也很便宜，那为什么国内的粮食不能供应沿海城市居民呢？

调查的结论很有意思，尽管中国粮食的生产成本很低，但是要把粮食从江西、湖南、湖北的乡下运到沿海城市，其中的过程却是非常艰难，一路上面临重重关卡、无休止的过路费甚至土匪抢劫，而泰国大米只要一上船，通过畅通的海运就可以进入中国沿海城市。海上运输的麻烦比陆路要小得多，这个认知在当时非常重要。

经济学在研究一个国家或地方如何富裕起来时，通常将重点放在生产上，即怎么提高生产效率、专业化分工水平。亚当·斯密指出，专业化分工程度越高，生产效率越高，进而产品越多，财富越多。

但张培刚当时在调研期间注意到了除生产成本以外的问题。张培刚受过良好的经济学训练，会把复杂的问题切开来分析。他把粮食的生产成本、纯运输成本和纯商业成本（运输途中的额外支付）分开来研究，得到的结论是，我们的粮食生产成本很低，但是纯商业成本很高，如果能够改善商业组织，疏通陆路渠道，提升运输服务质量等，特别是把那些乱收费现象整治干净，中国粮食凭借很低的生产成本和较低的纯商业成本，可以保障战时对沿海城市的供应。

张培刚这份《中国粮食问题研究》报告，随着他所在的研究所内迁，最后于1940年在武汉出版。

从整个经济学研究史来看，《中国粮食问题研究》都是非常了不得的经济学研究成果。传统经济学重视生产成本，但忽视了生产以外的成本。几十年后，与"纯商业成本"相似的概念在1991年获得了诺贝尔经济学奖，但很遗憾获奖者并不是我们的张培刚先生。

抗战胜利后，张培刚获得去美国哈佛大学留学的机会。1945年，他在哈佛的经济学博士毕业论文《农业国工业化》获得哈佛最佳论文奖和威尔士奖。

张培刚出身于湖北农家，他目睹了当时中国的贫穷与落后，以及大半个中国被日本这样的小国占领的惨况。他意识到，我们的落后挨打是因为没有强有力的制造业和重工业，几千年的农业文明没有发展出工业文明。

一代人对问题的认知，不仅来自书本，还来自那代人对生活的感受。所以，张培刚在哈佛研究的不是那些有关发达国家的问题，而是选择了农业国怎么实现工业化这样的现实问题。正是基于对中国问题的深刻认识，他获得了哈佛最佳论文奖。

1979年诺贝尔经济学奖得主刘易斯的著名二元结构模型，将发展中国家的经济分为传统的农业部分与现代化的工业部分。刘易斯认为，经济发展需要现代工业部门的不断扩展，并且需要从农业部门不断吸走丰富的廉价劳动力，即刘易斯在1954年发表的《劳动无限供给条件下的经济发展》论文中的观点。刘易斯认为要牺牲农业来发展工业，但张培刚在《农业国工业化》里提出了工业化应是全面工业化，包括发展农业的工业化，即"产业化"。

张培刚的故事让我深受启发。我们可能读过很多经典，了解到前人做过的很多工作，也记了无数的概念、推理和模型，但是如果你没有一个好问题来做驱动，你就不知道这些知识最后拿来做什么，怎么用现有的知识生产出更多的知识。

我想讲的另外一位学者是英国经济学家罗纳德·科斯，他的故事也很打动我。

科斯和张培刚差不多是同代人，我前面提到1991年那个诺贝尔经济学奖得主就是科斯。

20世纪30年代，科斯在英国伦敦政治经济学院读书时正赶上欧洲经济大危机。当经济前景不好时，我们通常建议学生选择更接地气的专业以便毕业后找工作，科斯在当时就选择了商学专业而不是经济学。

商学除了要学习经济学的市场机制，还要学习企业组织和管理的内容，比如科斯就了解到一家工厂的组织会有车间组长、班长、主任和厂长等。科斯发现，企业实际的运行情况与经济学讲的价格机制之间存在一个问题，即价格机制讲"看不见的手"，但实际上任何一家工厂里都有"看得见的手"在指挥，比如都有组长、班长等负责人来安排工人的具体工作。这个问题用经济学的理论解释不了，让科斯十分困惑，也让他充满了继续求学的动力。他觉得课本上学的东西还远远不够，为此，他申请了学院的恺撒奖学金，然后用这笔奖学金去调研美国的公司，以破解心中的疑问。

在美国调研期间，科斯观察到美国庞大的企业组织内部存在有序的协调、计划及管理。自1932年起，他开始研究费用与组织的问题。他发现，利用价格机制是有费用的，要素所有者必须去发现价格是什么，要进行谈判，起草合同，检查货物，做出安排，解决争议等，这些费用被称为交易费用。

如果没有企业，每一个要素所有者都直接用自己的要素来生产产品并直接参加交易，结果将是高昂的交易费用迫使交易中止。企业能把若干要素所有者组织成一个产品或服务单位参加市场交换，从而降低交易成本。因此，在经济活动中，除了市场上的价格机制外，企业内部的管理协调机制也在发挥作用。

科斯通过交易费用这一概念，言简意赅地说清了企业为什么会存在的问题，即企业有助于降低交易费用。

1991年，科斯凭借"交易成本与产权在经济组织和制度结构中的重要性"的相关研究，获得了诺贝尔经济学奖。

交易成本的形态极其丰富，包括我们现在熟悉的网购。网购出现之前，商品生产出来后要通过层层批发商才能进入城市的大卖场，大卖场空间有限、租金高昂。商品经济越发展，生产的产品就越多，最后产生的商品交易成本也就越高。而随着互联网技术的发展，商家可以将商品在虚拟空间展示，如此一来极大地降低了商品的陈列、店铺租金等交易费用。

上述两位学者的经历,对我个人的启发非常大。

在抗战时期,张培刚没有阅读国际文献的可能,他的文章也没有机会被国际学术界所了解,这些是受历史条件所限。但从认识水平来看,他和科斯是异曲同工地发现了交易费用,只是张培刚老师定义的概念叫"纯商业成本",科斯定义为"transaction cost"(交易成本),二者都构成了经济学研究的重大成果。

我们常说"学海无涯苦作舟",除了毅力、不怕吃苦,我认为找到一个好问题也是很好的舟。有了问题做驱动,你就会主动学知识,学习动力更大。人类创造了那么多丰富的知识,没有人可以将它们完全掌握,但你如果有问题做驱动,在解决问题的过程中将相关知识汇聚到一起,你掌握到的知识就将是非常丰富,而且非常有意义的。

对青年学者而言,如果你要成为一名出色的经济学家,就要想办法在经济学知识的海洋里做出一点增量,或者解决一些实际的问题。新中国建立70多年与改革开放40多年以来,中国经历了翻天覆地的变化,从积贫积弱到经济总量世界第二,从中可以找出很多有价值的研究题目。所以,机会是有的,关键是如何把问题找出来,以问题为驱动和向导,好问题比答案更重要。

当然,好问题也来之不易,需要你既观察世界,又阅读经典,需要你在学术传统和真实世界之间不停寻找那些让你激动不已的问题。一旦你把问题搞得非常清楚,它会指向一个可能的结论,你把自己的学术生命放进去,把你在学校训练中获得的能力和本事放进去,然后静待花开。

第一章

产权的界定

产权界定

真正的产权问题随着观念的变化、技术的变化、法律的变化，要不断地界定再界定。清楚界定财产的权利是市场交易的前提，因为市场交易就是让资源不断得到更好的利用。对于中国来说，要真正保护现有的财产权利，还得进一步改革产权。

资源、资源配置、经济物品、财产这些词，各有含义。财产，非常重要的一点就是它已经包含归属，属于谁。它是一个权利的概念，权利实际上是对一组行为的社会规范，所规范的是什么能做，什么不能做。任何社会都有这种规范。财产归属就是一种权利，这个权利的特点是附着在有形物品上的一种行为。每个社会其实有各式各样允许人自由活动的根据。

财产是所有根据中的一种，它是基于物的，基于物就把其他根据放到一边去了。你有财产，你就有这个行动的权利，跟你体量多重、体质多强没有关系。所以，它实际界定了一种自由活动的方向。它是一个社会规范，必须加以限制。这是"rights"的概念，这个"rights"就是一套社会规范，决定了谁能做、谁不能做。

英美法系说"property rights",其实"property"里面已经包括了归属这个含义。"property"和一般的经济资源或经济物品不同,只要讲财产,就已经有归属的含义了。大陆法系为了把这个事情讲得更透彻、更清楚,把它称为物权。物权(sachenrecht)的定义是:权利人支配一定物并排除他人干涉的权利,它是绝对权(absolute right)。也就是说,除了权利人以外,一切不特定的人都是义务人。如果说这瓶水是我的,围绕这瓶水的自由,只有我享有,其他人都是义务人,你要尊重我的自由。《罗马法》和法兰西《民法》关于所有权的定义是:以法律所允许的最独断的方式处理事物的权利。

引用美国产权经济学家阿尔钦(Armen Albert Alchian,1914—2013)给出的定义:财产权利就是一种通过社会强制而实现的对某种经济物品的多种用途进行选择的权利。这个定义是说,要有一套社会的东西强制执行,包括政府的力量、日常社会行动、通行的伦理和道德规范。"rights"的词根就是"right",它就必须正确,而且不是一两个人认为正确。所以任何社会真要建立权利,它确实和这个社会的观念有关系,如果多数人认为这件事情不对,就算法律写上了,执行的成本也会非常高。

今天的社会,观念正在发生变化,从计划体制转型,有转型时期的紊乱,行为的自由度边界在变化。变化不仅仅是看正规法律变了没有,首先是多数人怎么看这个问题。在中国,为什么改革很困难,因为很多人对事情的看法不一样。就是白纸黑字写进了法律,或许在南方行得通,在北方就不一定行得通;或者今年行不通,过几年可能就通了。

经济要发展，必须进行资源配置。为什么要强调归属？产权经济学的解释是，人的欲望总是无穷的，这是稀缺的由来。当一个东西稀缺的时候，它对应人的欲望来说是永远不够的；只要是永远不够，就一定会争，所以竞争无处不在。要争资源，就要用各种办法来决定输赢。人类斗来斗去，发现确定以物为基点的行为自由有一个好处，就是它鼓励生产。如果没有排他性的权利边界，人们会倾向于凭武力或身份地位等来占用、使用资源。一旦确立有效产权边界，则鼓励人们生产与交换。

野生动物已经要靠人类保护了，那么厉害的猛兽，因为它无主，谁都可以下手，你不下手，别人下手。但是，家禽为什么数量越来越多？因为家禽是有主的，这个有主不光是有屋子罩着它，还有一套法律、规范、社会伦理保护它，不能随便碰。不能随便碰，又想得到它，怎么办呢？那你生产商品来换吧，所以生产性的活动，是被财产权逼出来的。现在，野生老虎越来越少了，饲养的老虎却越来越多，就是这个道理。只要它有经济价值，同样的人，就不研究怎么把它放倒，而是研究怎么让它长大，怎么肉多一点，怎么好看一点，增加对人类的供应。这些东西都是财产权，它是社会划定竞争类型的基本手段。稀缺资源总是要争的，拿什么准则来争，这对一个社会是贫穷还是富有至关重要。

财产权里面有很多权能，包括利用、使用、收益、转让（处分），最重要的是转让权。我们都知道，有恒产者有恒心。但是，有恒产的人不一定是利用资产最优的人，这是永远的矛盾。这块地是我的，但我不一定能把地种得最好。所以，我会把种地的权利跟别人去交换。这个转让权是整个产权中最敏感、最重要的，因为它会让资源不断转到利用效率高的人手里。这块地我自己种，产出 800 斤粮食，我转给你种，产出 1000 斤，增量 200 斤，这对双方都有好处。只要资源是便于转让的，这个资源就会在社会中不断得到较高的利用，然后形成整个分工，这是《国富论》的基础。分工就是靠转让起来的，如果没有转让，大家什么都得干。

产权有一个强度问题。虽然它不是一个物理概念，而是与人的关系，但它像物理的东西一样有强度。这个强度用什么来衡量呢？你写一个产权，它能不能执行、执行的成本多高，是产权经济学的一个重要方面。它把权利转向以经验为基础，哪种权利行得通，其实是由执行成本来决定的，有很多权利你写上去，但执行不了，没有用。我们来看一些例证。1993 年，有人兜售月亮上的土地，一平方米一平方米地卖，但无法执行，所以那个市场不会起来。哄抢，无论东方西方都有。美国那么有秩序的法治国家，佛罗里达州大洪水来的时候，照样哄抢。人类社会在某一个时点上会发疯，在发疯的情况下，法律产权边界没有了，大量的交易会出现违约和欺诈。这个东西是我的，钱是你的，你看着都很清楚，但一进入交易过程，很多边界就不清楚了，这也是为什么市场监管和秩序存在很大问题，其本质就是能否有效建立产权的问题。

私人财产、公有财产，今天所有的改革都与它有关。英语的"private"，一定是"individual"，个人的。在中国的文化和语言环境下，非官方的就是私人的。我们把家庭联产承包责任制、民营企业都叫作私营、民企，其实，任何一个企业都是多种所有权之间的合约关系。《英国个人主义的起源》这本书很值得读，它就把这个东西区分开来了。最早以个人为基础作为社会基本单位的，是西欧，后来去了美国。东方社会在很大程度上，这个边界不是以个人为基本原则，而是以家庭、血缘、地方等为基本原则。所以，到底什么叫私产，东西方有着一些微妙的差异。

公产（common rights），根据定义，对任何个人不具有排他性，谁都可以利用它，谁都可以受益，这种财产叫公有财产。当然，公有财产这个概念还要加上一个维度，在分析经济问题时要把这个概念细化一下，因为所有资源在被消费时都会有一些特性。有一些资源你用，不影响别人用，这不是公有，是公用。

public goods，有些人翻译为公共财产，这样就不是很清楚，它是公共所有呢，还是你用不影响别人用呢？

所以，依据资源本身的特性，我们可以建立两个维度和四个象限。有一些资源你用，就影响别人用，比如这瓶水，我喝了，别人就不能喝；还有些资源则是你用并不影响别人用，这首音乐你听，我也可以听。一条公路在没有挤满之前，你开进去，我也可以开进去，互相不影响；过了临界点，就开始排他了。一个维度是使用上排他不排他，另一个维度是法律上排他不排他，两个维度合在一起，所以有四个象限。

第一个象限，最私有化的东西，法律上排他，技术上也排他。

第二个象限，法律上排他，技术上不排他。有好多东西虽然可以让很多人分享，但法律明确是排他的。无论在西方社会，还是在中国，很多私人财产是可以公用的，很多私人财产可以让别人来共

	非公用品	公用品
私产	法律上和技术上都排他	法律上排他，技术上不排他
公产	法律上不排他，技术上排他	法律上和技术上都不排他

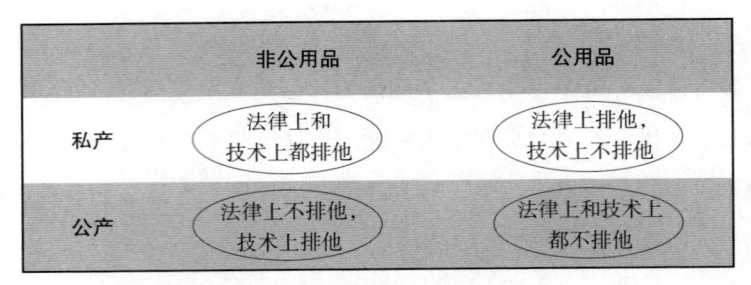

图1　资源与产权：概念矩阵

享。这就是法律上排他，技术上不排他。比如我的自行车，我现在不用，技术上不排他，但问题在于，你要知道我什么时候不用、谁这个时候用，很多新的生意和这个有关。

第三个象限是，法律上不排他，技术上排他，"公地悲剧"就经常发生在这个象限。因为法律上谁都可以进来，但是资源有限，比如羊放多了，植被就破坏了；鱼捕多了，鱼群不能再生产了；汽车尾气排放多了，导致空气污染，大家都没法活了。法律不排他，谁都可以进去，但某些资源在利用强度上有一个上限。

第四个象限是最理想的，就是技术上不排他，法律上也不排他，是真正公有制的那种东西。通常，信息是可以无限分享的。为什么信息技术发展起来以后，社会发生了很大变化？因为很多东西是可以共享的，一条信息你知道了，永远不会影响我知道。技术革命让很多东西可以分享，其中就包括知识、信息和技术。

要当心的是第三象限，因为第三象限是法律上不排他，但这个资源的性质排他，或者过了临界点就变成排他的。一开始，废气排放大家都不觉得是问题，这么大的天空排放出去很快就稀释了，但是废气排放到一定程度，环境容量就没有了。马路上堵车也是这么形成的，加一辆车进来没有问题，再来一辆车也没有问题，但最后总有道路车辆饱和的时候，所有车都走不动了。所以，要特别注意这类资源的制度安排。

在真实世界里，彻底的私人财产，完全按照个人的意志自由地支配，想干什么干什么，那是在孤岛上的私人财产。任何由多人组成的社会，尤其在人口密度较高的国家，私人财产都有一个边界。纯粹的公有财产，也是极为罕见的。太空资源不排他，是因为在技术上有很大的局限性，谁也去不了，等飞船多了以后，一定会打起来的，一定要建立国际规则。现在不建立规则，是因为法律上不需要限制，实际上没有几个人可以去。有个美国公司，它想搞太空开发，要筹资，卖10万美元一张票送人到100公里高的地方，还没有出地球的圈，逛一圈再回来，这已经贵到多数人不会去了，所以它不会拥堵。等到去的人多了，纯粹的公产一定会增加限制，一定会以这样或那样的方式增加排他性。

所以，在真实世界里，私有财产只要存在于社会中，总要受限制。私有财产都有一个边界，法律上所有权属于你，但你利用这个所有权的程度，在每个社会都有一些限制。国有制很少有完全的不排他。首先，它有一个国界，你从一国到另一国得有签证。传统的农民私产，一是土地，二是房屋。农村两栋房子可以盖得多近，是有规矩的，这栋房子屋顶上淌下来的水，不能洒到对面邻居的墙上，因为是泥墙，要有一定的距离，小于这个距离就不行，有民规，有习俗。

美国的地，原来是英国女王的殖民地，独立以后就是联邦的地，联邦的地怎么执行？公有制怎么执行？没有办法执行。欧洲几千万移民来，也没有带地来，占了地就种。联邦原来的态度是把他们轰走，后来发现成本太高，你得驻扎军队，军队一撤，移民就来非法占地。最后，议员们通过一个法案，只要移民好好耕种这块地，好好在这里生活，一定期限以后，移民就可以以1.25美元买一英亩土地，政府给移民发产权证。美国的土地私有制就这么建起来的，是成本决定的。当然，它在建的时候，还没有彻底私有化，美国到今天还有1/3的土地属于国有，上面有国家公园、机场、港口，如纽约世贸大厦下面的地是纽约港务局的。1861年，美国颁布了意义深远的《宅地法》，每个县都留了一块土地做教育用，你要办教育就把这块地出租，筹钱请老师。

真实世界里，土地不是全部私有或全部公有，是根据需要来的。故宫是公有的，对全国人民没有排他性，至少中国人都可以去。但是，长假期间，人太拥挤，物理上进不去了。公有财产完全不排他，做不到，总要有限制。

真正的产权问题是什么呢？就是随着观念的变化、技术的变化、法律的变化，它要不断地界定，再界定。私产有负的外部性，比如广场舞里面，喇叭是私人的，广场是公共的，你声音太大别人睡不着，容易产生纠纷，这就需要规范管理。对不起，超过晚上10：30，你们不能再大声唱了。有了规矩，这个社会才能和谐。法律不排他，技术上排他，太多人拥挤，公园就糟蹋了。对公产要做限制，某种程度上要建立排他性；对私产也要做限制，就是对绝对的自由要减少。无论是对私产还是公产的种种限制，都要不断调整，因为加过头后也会发生问题，如果这个法律本身又很僵化，就会妨碍自由利用财产带来的好处。技术变化以后，这些限制也可以随之改变。其实，有些资源是要公有的，但是要不要全盘公有？正确的答案是取决于成本，取决于执行的效果。公有资源是全国人民的，怎么管理？然而，公有资源遇到了问题，马上就说私有化，这是不对的。我们现在在很大程度上形成了一个共识，就是多种所有制。

国有企业也是全民财产，挺好的，全国一盘棋。搞经济建设，整体上不要小九九了，到今天这句话也没有错，集中力量办大事，这个效果是存在的。问题是，命令下得了那么细吗？计委发命令需要多少信息啊？战争年代简单，战时经济就是那几样东西，没有问题。苏联模式也经受过考验，和平时期需求的品种那么多，怎么组织产供销啊？工厂盖个厕所要打报告，设备要不要购置、报废也要打报告，国家经济管理机关怎么处理得过来？最后是扩大国有企业自主权。包产到户、引进外资、民营企业合法、国企改制、土地流转，所有这些活动，就是财产权利的重新界定，就是个人、集体、国家行为的边界重划。社会主义改造完成以后，私人老板再有本事，他的财产也是国家的，是国有体制的组成部分，怎么配置这个资源，他就没有发言权了，要服从计划。

后来发现，这样的资源配置非常浪费。为什么？每一代中国企业家都是先判断市场要什么，然后把产品生产出来，通过迎合市场需求赚钱。这种做法，后来被取消了。我们这么一个生产力落后的国家，如果把这种做法取消，其结果是：原来东京比不过上海，第二次世界大战后香港比不过上海，但后来它们都超过了上海。问题在哪里？就是边界划错了，有些边界划得太大，有些边界划得太小。产权界定很有意思，它可以一道一道地划，不合适再划一道。扩大自主权，到今天也没有定义过，到底扩大到什么程度才算自主权扩大。其实这个活动，可以通过科斯定理加以阐释：清楚界定财产的权利是市场交易的前提，因为市场交易就是让资源不断得到更好的利用。

产权改革

在个人与整体、社会与国家之间,自由空间怎么划最利于发展生产,怎么划可以最大限度地协调矛盾,这是产权命题,是产权经济学,应该回到学术的基础上来讨论问题。

2016年,中共中央、国务院发布《中共中央国务院关于完善产权保护制度依法保护产权的意见》。意见提出:产权制度是社会主义市场经济的基石,保护产权是坚持社会主义基本经济制度的必然要求。有恒产者有恒心,经济主体财产权的有效保障和实现是经济社会持续健康发展的基础。

这几句话点到几个问题。第一,"国有产权由于所有者和代理人关系不够清晰,存在内部人控制、关联交易等导致国有资产流失的问题"。第二,"利用公权力侵害私有产权、违法查封扣押冻结民营企业财产等现象时有发生"。第三,"知识产权保护不力,侵权易发多发"。这些问题还不完全是界定完保护就行了,它为什么难保护呢?就是执行成本太高。执行成本高有各种原因,其中一个原因就是界定还不到位。所以,要真正保护现有的财产权利,还得进一步改革产权。

农业土地

农业土地是最早改革的领域。包产到户后，农民的温饱和贫困问题基本解决。集体土地再也不是完全集体耕作，而是可以家庭承包经营，使用、利用、收益、转让，全都有法律保护。农村土地可以转让，甚至大规模转让，这个已经发生，现在，工商业也开始进入农业活动了。

但是留了一个尾巴，这个尾巴非常隐蔽，它在很多地方保留着：农户如果人口发生变化，它还有权利要求重新调整土地，这是真正集体经济的一个性质。农村土地承包期限，开始是 10 年、15 年、30 年不变，现在是长久不变。这在上层建筑里已经没有很大的分歧，但在基层不行。我家人口多了，他家人口减了，这家女儿嫁出去了，那家儿子娶媳妇进来了。每个家庭当年平等承包的土地，就变成人均土地不平等了，所以不断产生调地要求。这么调下去，还有长久不变吗？调地的难度很高，我们的改革是承认集体经济，在基层是实行家庭联产承包。

1988 年，贵州省遵义地区湄潭县做了个试验。当时农村深化改革，很多事情想不出什么办法，就让各地做试验，各地试什么东西各地上报，贵州省报了个题目叫"增人不增地，减人不减地"。当时觉得难以接受，人口多了，地不调，不就变穷了吗？那时农民主要还是靠农业生存。不断调土地，土地不断细碎化，人们就把注意力放在这块耕地里，不往外走。怎么让农民接受？要做好多工作，农民有不同意见。那些人口变少的农户同意不调，那些可以外出打工的家庭同意不调。后来政府做了工作，给一些资金，培训农民，往耕地以外的资源走。再往后就是外出打工，搞工商业。湄潭县这个试验从1988年一直坚持到现在，就是不动地，叫作"人丁变化，永不动地"。

这个经验在湄潭成功了，能不能扩大呢？中央的方针开始是建议考虑湄潭这个办法，供大家学习，后来就逐步推广，再后来写进了法律，2002年改《农村土地承包法》的时候写进去了，承包期限内不要动地。这个承包期限原来是15年，后来是30年，再后来是长久不变。

我国《宪法》规定，城市居民是居委会自治，农村是村民自治。村民自治有六个功能，其中第一条是管理集体土地。中国现在是双轨制。一个是湄潭经验，村民同意永远不调，有不少农村地区确实再也没有调地。但是还有一些地方，用村民自治法，因为是村民自治，可以通过举手表决调还是不调，多数人同意调就调。所以，今天中国农村就有了这个尾巴。

为什么说是尾巴呢？你想想看，土地过几年就要调，那它怎么转让？公司进去签50年、70年的合同，大规模整理土地，要搞现代农业，过两年农民说，这里的土地关系还要调，后面的资源更优利用就做不到。相反的一种意见认为，这个公平啊，可以防止农村出现矛盾，人口多了就多分一块地。中国两千年历史上，你家人口多了，可以分邻居家的地吗？从来没有的。个人财产真叫私人财产，父辈的财产不是儿子就可以平分的，父辈的财产要写个遗嘱，说给谁就给谁，不给你就不给你。

在这个基础之上，家庭内的土地你去分就算了，但是如果你要跨家庭重新调整土地，那么，什么恒产、什么恒心，怎么会有？那还怎么转让？转让的成本就非常高，这个事情就卡在这里。国务院要求，2016年完成全国不动产登记，这个事情非常大。颁一张土地证，颁证以后，人口积累到一定程度，要求再调，很多地方打算上一轮签的30年合约到期后就要调地，但到现在都没有解决。有些地方已经不打算调了，这样转让就有了基础。有些地方还做不到。这个问题应该在进一步深化改革中解决。

有人认为这样对农民有好处，其实这是害农民，因为你把农民锁在土地里。人的心理倾向是，如果这里有一个凭身份就可以拿的东西，他就不走了。大家都说农村没有人了，这个观察是有问题的。农业对GDP的贡献就是7%~8%，加上补贴，也不过9%。你看农村还有多少人口？为什么那么多人还在里面？这对国民经济的资源配置，对劳动力价格的上涨，在宏观上都有影响，所以产权还要再划下去。

我们这个集体模式其实是从苏联学来的，苏联处于北方高纬度地带，地广人稀。它是村社的传统，到村社领一块地种，人一死，就把地还给村社。依据中国人口和土地的要素禀赋，怎么能学这套东西呢？但是一旦学来，它就变成了传统，变成了利益。

问题更大的是建设用地、盖房子的地。其实到今天为止，1988年《土地管理法》修正案还没有落实。该修正案表明，中华人民共和国的土地使用权可以依法转让，没有说只有国有土地才可以转让，但到今天为止，生效的只是国有土地转让暂行规定，这也是我国土地市场、土地财政的法律基础。而集体土地呢？不能转让。这也构成城乡很大的问题，包括供地机制。现在国有土地可以入市，但这个当时也是匆匆忙忙从香港学来的，设定的使用期限为40年、50年、

70年。然后呢，地价怎么定？70年期限到了，怎么办？到时候是地产税制度，还是土地批租制度？我国的土地制度还没有完全理顺。

非国有土地

非国有土地，国家可以征用。《宪法》规定的征用，有一个前置词，为了"公共利益"。现在为了商业利益，都征用土地，这是我们国家很大的一件事。你拿去是商用，又不是建国防基地，又不是修水利工程，怎么可以随便动用征用权呢？你是商业利用，他也是商业利用，来个竞价吧，这才是市场配置资源，要有个基本公道才对啊。

这个改革非常难，十六届三中全会、十七届三中全会、十八届三中全会，都讲要逐步收缩征地规模。所以实际上在整个决策层，这一点大家都认为不对，但如果征地规模收缩，国民经济建设怎么办？遇到经济下行，需要投资拉动的时候，怎么办？其实4万亿元投资，不光是财政和信贷，首先就是大量的征地。真正公共用途的征地没有问题，美国也征地，日本也征地，但今天中国城市化大量征地是商业用途，在公益上就讲不通。

现在，农民也大量占地搞建设，一块就是宅基地。到今天为止，这个权利还是硬硬的，叫一户一宅，年轻人一结婚，就领一块地，全世界哪有这种制度？免费领一块地，领了以后，这块地只能自己盖房子，自己住，不能转让。2.4亿农民都进了城，很多房子平时根本就没有人住，就过年回去住那么十来天、半个月，但是同样占地、占资源、占投资、占农民的储蓄。在这个问题上，始终有一种意见，认为这是我们的安全阀门，万一农民在外面经商失败，回家还有个依靠，不至于流离失所。但是，如果在城里都没有机会，农村怎么会有机会呢？

这件事情对农民的影响很大。很多土地都已进入市场，但是不合法，成了小产权。中国现在有多少老百姓的物业是小产权？悬在空中，说不定哪天就会有问题。什么恒产恒心？法律上不支持。政府不是根据法案，而是通过国务院办公厅文件规定，城市居民不能买小产权房。这是财产权利问题。这个物业有人愿意买，他出价高，你不让他买，这不就是产权的有效性问题吗？

国企国资

经过1997—1998年的改革，国企大面积亏损的问题解决了，能卖就卖，能出租就出租，抓大放小，留下的国有企业大量盈利。当年就是因为亏损才推动了改革，三年脱困了。当时整个国企账面就是亏的，这是1997年改革的合法性。

那新的问题来了，国企亏损问题解决以后，下一个改革动力是什么？

第一，是对还要不要改，没有高度共识。仔细观察国有企业的情况，整体来看国有企业赚了很多钱，账面上非常好看。但作为大集团，内部可能有交叉补贴，自己投资了很多东西是亏的，加到一起是盈利的。这个问题是权力问题，全国人民同意搞这些掩盖在里面的亏损项目吗？这是第一个问题。

第二,你是国有企业,全民的企业,利润上交怎么定?多年来,国有企业的利润却是自己自由支配,这也是国有企业这些年追求利润的动力,挣钱了我的地盘就大。

第三,有很多领域,特别是央企中很大一部分,是不准别人进去做这个生意的,它又是基础的产品和服务,这种利润是国民经济的成本。国民经济是连在一起的,如果我非买你这个东西不可,那就是我的成本,你的利润越高,其他行业的成本就越高,这个问题怎么解决?你要不要进一步开放市场,引进竞争机制?因为它独家经营,你看不出来它优不优。

最严重的问题是,反腐暴露出来大量的国有企业内部控制权。从法律上讲,国企是全国人民的,事实上呢?一些国企成了少数人的囊中之物。这个问题不解决,可不仅是经济问题。如果是问题导向,就应该面对问题,进一步探索,怎么把国有资产的权限划得更清楚。有什么问题,就解决这个问题,把里面的效率和公正进一步发挥出来。

过去国企亏损你要改,现在我盈利了,怎么还要改?确实得师出有名。要改的话,老经验,就是分类改,抓大放小,中国就是这么改出来的。在今天的中国,国企普遍盈利、情况普遍改善,账面资产财务情况都改善了,这种情况怎么分类?怎么定义这些企业?这些问题没有解决。

混改

混改不是在市场同一个行业里既有国企也有民企,而是在企业的治理结构里让它们混到一起。对混改，各地做了一些试验，问题挺尖锐的。

首先是资产定价，这个难度非常大。上海探索的经验是，怎么作价都不对，干脆上市，由市场来定价。现在企业社保缴付比例太高，怎么解决呢？因为社保是在国有企业改革以后急急忙忙建起来的，负担很重，再加上社保机制里有些内容没有理顺，缴付比例很高，很多企业被压垮了。社保将来的支付压力会更大。一个办法就是把现在盈利的企业划进社保，降低社保的缴付比例。但是划转的力度，真正降下来的少。还有一类企业是公益性的，例如，北京地铁公司有大量的财政补贴，这种公司怎么考核？怎么要求它的行为像市场竞争公司一样？它做不到。干脆就使用价值考核，看你给国民提供了多少服务，服务质量怎么样。对整个国企、国资的改革，大家期望很高，但是现在看来，推进得不那么理想。

民资保护

我们已经承认了民营企业的合法地位，但说到平等保护，那还是一个长远目标。事实上存在不平等，才需要说平等保护。个别地方资产都被夺走了，这个资产怎么作价？怎么赔偿？这个财务数据是可观的，可不是判错多少年赔你多少，那个钱是小钱。企业资产一旦被动过，它是有机会成本的，将来怎么衡量？这个损失很大。民营企业肥了，就会诱发很多公权力把它作为一个目标。要保全民营资产，因为这个资产某种意义上是社会的，它有就业、有税收。

当然历史地看，我们有很大进步了，但是离现代经济的要求、离中央提出的平等保护还有很大的距离。

创新

这几年"双创"喊得非常响，"双创"靠科学家。科学家绝大部分是国家的，大学是国家的，研究所是国家的，但是发明是他个人的，这两种力量都对最后的发明做了贡献，怎么区分？怎么分配？一不小心就涉及国有资产。现在有《促进科技成果转化法》，可是这个法律与美国1980年通过的《拜杜法案》（Bayh-Dole Act）相比还有不小的距离。依据《拜杜法案》，不管是联邦的钱、军队的钱、国家基金的钱、国家实验室的钱，出来的成果都是大学的。大学通过一个专利办公室向社会发布专利，谁要用，包括发明这个专利的大学教授本身，交一个使用费，就可以拿去创业。通过这个法案就找到了界定的方法，划清楚了边界。

管制

私有制下，如果你对社会有冒犯，它一定给你加限值。公有制要开放，如果技术上要排他，它一定要增加使用的规则。所以这个管制是不可少的，从产权角度看，一定要有管制。过去，依据当时的技术条件、观念、法律，形成了一套管理制度。现在技术变化了，管理制度要不要变化？当年的网络电话就是被电信管理部门压下去了，把人抓起来了。那是1998年底，以色列网络电话软件刚成熟不久，中国民间对此很敏感，应用了。但因为国家实行电信专营，结果抓人，没收机器。

现在的不当管制是国民经济中很大的问题。注册公司，这两年办手续有很大的变化。那些不合理的东西，有的部门还是抓得牢牢的。命脉行业，非公准入的门，到底开放到什么程度？铁路、电信、铁路、民航，这些大领域，不是没有投资需求，相应的管制要改变。管制就是要求政府圈、民企圈、国企圈，这几个圈的边界要非常仔细地重新调整。

类似的议题还有很多，环保大量的问题是产权问题。解决环保问题的时候，还会产生新的产权问题。一个大活动要搞好，很多工厂就停掉，要补偿吗？不补偿。如果它是环评通过的，人家的资产实际上受到了侵犯；如果环评没通过，是另外一回事。不能由一部分公民为了整个社会利益，承担特别重的负担，要平等。

20世纪有很多争论。科斯的提法就比较好，就是产权界定与再界定的过程，是基于经验的。不能基于一个理想化的最优解，一股脑儿往这边冲，或者掉头往那边冲，经不起检验。在个人与整体、社会与国家之间，自由空间怎么划最利于发展生产，怎么划可以最大限度地协调矛盾，这是产权命题，是产权经济学，应该回到学术的基础上来讨论问题。

（本文刊于《科学发展》2017年第6期）

第二章

人力资本的产权

人力资本的产权特征

如果对人力资本产权形式的特点一无所知,要理解现代经济学中非常热门的"激励"理论就困难重重了。为什么土地和其他自然资源无须激励,厂房设备无须激励,银行贷款也无须激励,单单遇到人力因素就非谈激励不可?我的回答,是人力资本的产权特性使然也。

人力资本理论,像不少读者知道的那样,是将经济学关于"资本"的理论,推广到对"人力资源"的分析上来。一些经济学先驱探究了经济增长中总产出的增长比要素投入增长更快的原因,发现健康、教育、培训和更有效的经济核算能力等,是现代收入增长的日益重要的源泉。这个认识一般化后,人力资本经济学家就把人的健康、体力、生产技能和生产知识等视为一种资本存量,即这种存量可以作为现在和未来产出和收入增长的一个源泉。

"资本"的产权特性,如同其他"物"的产权特性一样,许多人认为是清楚的。事实上,大家讲产权,好像不言而喻地都是在讨论"物"(property):产品、货币和其他财物。讲到"资本",不外乎机器、设备、厂房、场地、周转资金、道路、桥梁等等。所谓资本的产权，当然就是这些可以投入生产过程生利的"物品"的那一束权利，也就是资本的所有者拥有资本品的收益权和让渡权。

这里，私人资本的所有者通常被叫作资本家。在一个社会里，如果人们的社会地位由其拥有的资本产权的大小来界定，社会的经济活动由资本家主导，那么这个社会被称为"资本主义"，大概就在所难逃了。

虽然自布劳代尔以来，不少经济史学和经济学高手都已经指出过，"资本主义"这个概念实在含糊不清，但"资本主义"还是大行其道。对中国人而言，即使在改革开放之前，穷乡僻壤的山村野夫也对"资本主义"耳熟能详。改革开放只是改变了一部分中国人对"资本产权"和"资本主义"的价值评判（另一部分人坚持不改，于是有姓"资"姓"社"之争）。普遍的观念变化也是有的，比如过去总以为"资本的产权"是与社会主义的国家利益对立的东西，现在不同了，"国有资产的增值事关国家命运"已成为主流意识形态的一个组成部分。在西方世界，"资本的产权"大概属于"只做不说"的事情。资本产权，无论属于私人、社团、企业还是国家，一律每日每时每分每秒都在收益和增值（亏损即数值为负）。从日常的市场制度到宪法安排都保障这一点，已经无须多说了。这就是讲，"资本的产权及其特点"在哪里都是清楚明白的。

人力资本与个人不可分割

人力资本的产权问题就不同了。首先是"人力资本究竟有没有产权"这个问题自身存在的困难。说来有趣,首先不在于难找好的答案,而在于问题本身很难明明白白地提出来!权利问题总是和"排他性的归属"连在一起的。经济学家定义的人力资本,包括人的健康、容貌、体力、干劲、技能、知识、才能和其他一切有经济含义的精神能量,天然归属于自然的个人。人力资本的每一个要素,都无法独立于个人。这同任何"物"的资本不同。机器可以搬来搬去,厂房可以东拆西建,货币资本更能无腿而行天下。道路铺在地面,桥梁架在河上,但道路并不天然附属地面,正如桥梁并不附属河流。因此,当我们试着问"人力资本的产权"时,我们究竟是在问"人力资本的归属",还是在问"人的归属"呢?人力资本不可分地归属于人,天然如此,何问之有?至于人的归属,除了可以蓄奴的社会,哪里有人会往"这个人归谁所有"这样愚蠢的方向去思考呢?问题提不出来,好答案就不会有了。所以绝大多数的人力资本文献,要么讨论人力资本的经济含义,要么测度其对经济增长的影响,但都不讨论"人力资本的产权"这个问题。运用人力资本理论劲头十足,同时又对产权问题有兴趣的学者,寥若晨星。

  首先碰到人力资本产权问题的,正是研究奴隶制的经济学家。1977年,巴泽尔在美国《法律和经济学报》上发表的论文,提出奴隶制经济中的一个有趣问题。在奴隶制下,奴隶在法权上属于奴隶主,是其主人财产的一部分,因此奴隶主可以全权支配奴隶的劳动并拿走全部产出。但是,为什么在历史上有一部分奴隶不但积累了自己的私人财产,而且最后居然还"买"下了自己,从而成为自由民呢?巴泽尔发现,奴隶是一种"主动财产"(full fledged property),

不但会跑，而且事实上控制着他自己劳动努力的供给。奴隶主固然"有权"强制奴隶劳动，但由于奴隶"主动财产"的特点，奴隶主要强制性地调度奴隶的体力和劳动努力，即使支付极其高昂的"监控"（supervision）和"管制"（policing）成本，也不能尽如其意。为了节约奴隶制的运转费用，一部分奴隶主只好善待奴隶，而且实行定额制（quota），允许奴隶将超额部分归己，于是一些能干的奴隶拥有了"自己的"财产，并积累起足够的私家财富，最后有钱"赎买"自由身份。

这位巴泽尔，是张五常教授当年在华盛顿大学的同事。据张五常在1984年的回忆，他在巴泽尔提出"主动财产"概念时，曾经将自己以前未能解释奴隶解放的经济原因的体会告诉了他。现在有了"主动财产"这个概念，张五常就做了一番精彩的发挥：

> 劳力和知识都是资产。每个人都有头脑，会自行选择，自做决定。我要指出的重要特征，是会做选择的人与这些资产在生理上合并在一身，由同一的神经中枢控制，不可分离。跟这些资产混在一身的人可以发愤图强，自食其力，自加发展或运用，也可以不听使唤，或反命令而行，甚至宁死不从。（张五常著：《卖桔者言》）

上文提到人力资本与人不可分开的特点，由此而来。

人力资本的私产特征

但是,产权大师张五常教授,这次却并没有从"人力资本的产权"角度来提问题,他没有进一步问:"既然人力资本不可分地与人合为一身,那么人力资本的产权形式有什么特点?"没有问,就不会有答。这在解释某些现象时,未免力有不逮。这一点,在他与诺贝尔经济学奖得主、人力资本理论创始人舒尔茨的一个意见分歧中可以看出来。1982年,张五常曾写有一本关于中国前途的小册子,书中有一个判断,即人力和知识在当时的中国并非私产,而非私产的人力和知识会影响其经济利用。舒尔茨读罢,写信批评:"人力在中国就不是私产吗?"张五常回应,舒尔茨怎可以认为人力资产——包括知识——在中国是私有的财产呢?"他(指舒氏)曾到中国讲学,怎会连中国人民没有自由选择工作或没有自由转让工作的权利也不知道?私有产权的定义,是包括自由转让、自由选择合约的权利。在人力及知识的资产上,这些权利在中国是没有的。所以这些资产在中国不能算是私产。"(张五常著:《卖桔者言》)

张五常的这一点反驳大有道理,只是他也许没有意识到,他的这个论据与上引"人力资本与人天然合为一身的特征"之间存在着逻辑不一致。试想,如果人力资源天然与人本身合而为一,那么人力资源在法权上只能归属私人,除非法律保护蓄奴制,可以将人蓄为奴。这一点,一位新劳动力经济学的代表人物罗森做过说明,他指出,人力资本的"所有权限于体现它的人"。但是罗森在解释人力资本只能属于个人的产权特性时,用了一个限制条件——"在自由社会里"。

他的意思是，只有在不允许将人蓄为奴的法律条件下，人力资本属于个人才是真实的。但是读了巴泽尔关于奴隶经济的研究后，我们可以认为，即使撤去"自由社会"这一限制条件，即便是在蓄奴合法的制度下，由于人力资源的独特性，人力资源在事实上仍旧只能归属于私人。你看，人力资本作为一种天然的个人私产，甚至连奴隶制的法权结构都无法在事实上无视其存在。这就是说，人力资本的资源特性使之没有办法不是私产，至少，没有办法不是事实上的私产！

回到舒、张两位的分歧。要论熟悉中国的情形，舒尔茨一定不如张五常。舒尔茨可能是按照逻辑"猜"的。试想，人力资本各种要素天然附属于人，"强制运用"人力资本的体制费用高得难以想象，这样的资产自然非私产不可用。这是"人情"所系，与国情无关，所以放之四海而皆准。舒尔茨到底是人力资本理论的创始人，对人力资本的各种形态研究下过更多的功夫。他平时似乎很少用"产权分析"，但遇到与人力资本有关的产权问题，他一"猜"就准：人力资源在中国也是私产。

没有自由选择仍是"私产"

不过，张五常的实际观察又怎么可以忽视？在计划经济制度下，中国人确实没有自由选择工作或自由转让工作的权利。城里人工作靠分配，乡下人不准随便进城；体力劳动，做不到多劳多得；技能技术专长和生产知识都不是特别值钱；发明没有专利，创新不受法律保护；企业家才能更是免谈，谁"发现市场"，谁就是走资本主义道路；等等。人力资源的各种要素、各种表现，统统不能自由交易，也因此没有市价。人力资本的因素固然"附着"在人的身上，但就是不允许人拿自己的人力要素来交易，来自由选择利用这些要素的合约。这哪里能叫私产？产权者，"一种通过社会强制而实现的对某种经济物品的多种用途进行选择的权利"（阿尔钦语）也。现在私人选择利用其人力资本的权利不充分自由，张五常教授就一路推理下来，纳闷舒尔茨怎么还能把这样的制度约束下的人力和知识，仍然看作"私产"呢？

舒氏有理，张氏亦有理。我等后辈，如何是好？一般而言，同非人力资产一样，如果限制市场自由成交，当然会导致人力资本的产权出现德姆塞茨意义上的"残缺"，也就是在完整的人力资本的利用、合约选择、收益和转让等的权利束中，有一部分权利被限制或删除。产权"残缺"严重到一定地步，私产有其名无其实，一纸法权空文，毫无经济意义。这个道理不错，但是，有一个问题应该进一步问：当产权残缺发生时，人力资本的反应方式与非人力资本的"反应"（如果它能反应的话）是一样的吗？

不一样！人力资本是"主动财产"，天然属于个人，并且只能由其天然的所有人控制着这种资产的启动、开发和利用。因此，当人力资本产权束的一部分（或全部）被限制或删除时，产权的主人可以将相应的人力资本"关闭"起来，以至于这种资产似乎从来就不存在。人不高兴的时候，纵然是国色天香也可以"花容失色"的。普通资质的，给你一个"门难进，脸难看"，那就是负资产了。体力资源呢？也难办得很。最简单的劳动——种地，只字不识的农民要是不乐意干，你天大的神仙也拿他没辙；他可以"出工不出力"，可以"糊弄洋鬼子"，谁能把他怎么着？技能、专长和生产知识，这些要素就更麻烦一点，因为无形无影，你就是有绝对权威发威风，也不知从何下手。天南地北，有一绝技在手者，只需一句"你干一个我瞧瞧"，任你再厉害的主，也没有什么办法。"知识分子"，单单这个笼统的字眼就令无数英雄累弯了腰。你看他"四体不勤，五谷不分"，而且大多"手无缚鸡之力"，就是读了一点书，那个难办哟。你算他资产阶级、小资产阶级，难办；算无产阶级，好像更难办。一棍子打下去，绝大多数知识分子倒可以"夹起尾巴做人"，不过要他们创造、发明、供给有创意的思维产品，可就难矣。其中共同的道理，就是人力资源的"主动财产"特性，使这种资本拥有反制"产权残缺"的特别武器。

"产权残缺"自动贬值

更特别的是，这部分被限制和删除的人力资本的产权，根本无法被集中到其他主体的手里而进行同样的开发利用。一块被没收的土地，可以立即转移到新主人手里而保持同样的面积和土壤肥力；一座厂房和一堆设备，也可以没收后投入另一个生产过程而保持同样的价值和效率；一堆"没有臭味"的货币，谁用都值那么多钱；但是一个被"没收"的人，即便交到奴隶主手里，他还是可能不听使唤、"又懒又笨"，甚至如张五常教授所说，宁死不从。换言之，人力资本是一种可能因为"产权残缺"而立即自动贬值的特别资产。

人力资本及其所有者用来反制产权残缺和残缺产权转移的基本机制，就是"主动"使这种资产的经济利用价值一落千丈，甚至瞬时为零。

由于这个特别机制，人力资本的产权私有性在各个制度结构里都不可能被取消。即使在设想中的社会主义社会，一切生产资料（即所有非人力资本）都归了公，人力资产仍然归个人所有，也就是私有。把这一点阐述清楚的，不是别的什么"资产阶级经济学家"，而正是马克思。在《哥达纲领批判》这部被称为"成熟的马克思主义著作"里，马克思讲到在他理想的社会主义社会里，还要默认"劳动者的不同等的个人天赋，从而不同等的工作能力，是天然特权"，还必须保留按照劳动者实际提供的劳动来分配消费资料的"资产阶级法权"，虽然这个构想现在看来还是没有办法实现。（因为一切生产资料归了公，消灭了商品生产以后，要拿"劳动小时"来计量每个人的不同劳动贡献，除了在一个非常小又非常简单的"社会"里，根本不可操作。）这说明，即使把非人力资本的公有化程度推演到不可实际操作的高度，人力资本的私有性还是挥之不去！改革前的中国计划经济，怎么也消灭不了商品货币，要"共"人力资本的"产"，哪里做得到！

"发现市场"，实现市值

人力资本这个东西还有一个特性，就是会千方百计找机会实现自身的价值。我们不是看到过，寒冬腊月在公家地里睡觉的"懒虫"，一回到他的自留地里，居然会干得满头大汗吗？当年"脸难看"的国营商场的售货员,走起"后门"来的干劲、热情和"服务质量",哪里会输给他们在西方世界里面带"职业微笑"的同行!凡夫俗子"走资本主义道路"的花样,可以无师自通,"知识分子"的名堂,更是"罄竹难书"也。这些写来可成"大全"的故事,说明了什么?说明作为私产的人力资本,从来没有"干净彻底"地被消灭过。它要么"没有"了,在权利完全不被承认的时候;要么顽强地表现自己,"发现市场",没有白市找灰市,没有灰市找黑市,"人还在,心不死",就是要实现自己的市值。

以上讨论,使我们得出人力资本产权的三大特征:第一,人力资本天然归属个人;第二,人力资本的产权权利一旦受损,其资产可以立刻贬值或荡然无存;第三,人力资本总是自发地寻求实现自我的市场。如果对人力资本产权的上述特点一无所知,要理解现代经济学中非常热门的"激励"理论就困难重重了。为什么土地和其他自然资源无须激励,厂房设备无须激励,银行贷款也无须激励,单单遇到人力因素就非谈激励不可?我的回答,是人力资本的产权特性使然也。

1996 年 9 月

刮目相看人力资本

我们原来的公有制企业里面有一个很大的问题，就是制度里面缺一样东西。几十年的实践证明缺了这样东西是不行的，你不管叫什么名字，用什么词，你要把这个东西请回来，你要让这个东西在我们的企业制度里面生根，否则，我们走不出去。这个东西就是人力资本。

国企问题是产权问题

我们国家的国有企业资产非常庞大，但从盈利能力来看，还比较薄弱。从经济效益来看，这是一个非常现实的问题。这样的现象，非常值得研究。

从理论上来认识，这个问题究竟是怎么造成的？现在有许多说法，一种说法是因为国有企业的历史太长了，包袱太重了。可是在市场经济中，历史悠久的公司并不一定就经营不善。相反，在长期的市场竞争中，反而会累积无形资产。你去看看IBM（国际商业机器公司）多少年了，福特汽车公司多少年了，英国许多老牌公司多少年了，它们并没有因为历史长就一塌糊涂、盈利能力就下降，所以这不是一个主要原因。主要的原因是，我们原来的公有制企业，里面有一个很大的问题，就是制度里面缺一样东西。几十年的实践证明缺了这样东西是不行的，你不管叫什么名字，用什么词，你要把这个东西请回来，你要让这个东西在我们的企业制度里面生根，否则的话，我们走不出去。这个东西就是：人力资本。

人力资本是关键

经济学家研究经济增长，通常会把经济增长看成是要素投入的结果。因为一个经济系统肯定要把许多东西放进去，它才有东西产出来。那么什么东西往里放呢？最早人们认识到是土地，然后认识到是劳动，最后认识到是资本。传统的观念把"资本"看作是物质的东西，就是财物的资本、货币的资本。机器设备、厂房这些东西都看作是资本。大概在20世纪60年代，一些经济学家通过对很多国家和地区的长期经济增长做了研究以后，发现有一些经济增长的速度是传统经济学没有办法解释的。舒尔茨认为，投入的自然资源有限没有关系，只要人的质量提高，把科学技术运用到生产当中去，你就会发现很多替代品。这个替代品就会使原来没有价值的经济资源变得有价值，原来利用效率低的资源变得利用效率非常高。这个理论是划时代的。它提出了人力资本的概念，认为对经济增长起作用的非常重要的因素，不是土地，不是数量上的劳动力，也不是银行的钱或机器设备，而是人力资本，是人的质量，包括人的进取心、人对风险的态度、人的知识的累积程度和应用技术的能力。

很多人认为，战后德国、日本的复兴，是美国援助的结果。可是研究表明，美国同样援助了拉丁美洲，而且援助拉美的程度，在早期要比援助欧洲、日本大得多。但是，拉美经济没有起来，德国和日本却很快起来了。芝加哥大学的经济学家认为，这两个国家主要靠的是它们优秀的企业家和工人。有了这个资源，再加一点物质流量进去，经济就起来了。

经济学家又进一步研究产权对人的行为的影响，研究一个界定清楚的产权，对人、对人的行为、对人的预期有什么影响，进而怎样影响经济效益。无论是人的受教育程度、受训练程度，还是他掌握的技术，拥有的创业精神、冒险精神和责任心，这些东西都有很大的经济价值。同样一个人，从数量上一样，但是他的状态、他的精神、他所拥有的知识是另外一个概念。它可能是1，可能是5，也可能是10。人身上所拥有的能力是真正的人力资本，是一种非常重要的资源。有些能力不仅来自后天的训练，也有天赋的成分。

人力资本产权形式非常特别，它只属于个人。其他资源通过国家政权基本上都能得到，唯独人的能力是天下最麻烦的东西。要是它不启动，谁都没有办法。能力附属在一个人身上，天然就属于个人。机器、厂房、工厂、土地都有可能是公家的，但能力是个人的。这一条在任何时代都没有改变过。计划经济体制下的售货员，他就是不对顾客笑。他不按时来上班，你可以扣他的钱，可以罚他，但这个笑你就没有办法，强制的笑比哭还难看。而笑在服务业中有非常重要的经济价值，它让顾客高兴，觉得花钱值得。所以说这是人力资源一个非常重要的特点。天底下的东西都不需要激励,一碰到人就有激励的问题。什么叫激励?就是他的目标跟你的目标能否一致。你外在的目标能不能转化为他的目标?如果不能转化为他的目标,他把这件事老看成是你的事,麻烦就大了,他的能力就不启动、不有效启动或者不充分启动。经济中的很多麻烦都跟这个事情有关。国家间的竞争、比赛,比什么?就是比这个,比什么经济体制能把人的潜能最大限度地挖出来。

启动人力三法

从经验来看,把人的能力调动起来有多种办法。第一种是强迫。这通常对简单劳动起作用,但对复杂劳动不能够持久。因为谁来强迫强迫者呢?你派个监工去,那么监工又为什么好好干,监工身上的能力怎么能持久调动出来?然后你会说,我会派人去监督这个监工。一层层派下去,到最后还是会碰到同样的问题。所以,强制搞经济活动是断然不能持久的,否则应该是那些奴隶制国家发展得更好,因为它一直是靠强制的。第二种是靠热情,类似于宗教的、意识形态的、信仰的东西。它的作用有,但不够普遍。因为不是所有人都相信这套东西,也不能持久。当然,我们认同意识形态或者我们中国人所讲的思想政治工作,也就是现在大家说的企业文化。它的作用不单单是说服,更重要的是它对人的尊重。

调动人力资本更重要、更普遍、更持久的办法应该是交换。要让人的资源充分调动起来。企业也好,社会也好,国家也好,你总要跟他换东西，而这种交换跟任何交换一样，都要遵循市场的法则。老板也好，经理也好，要调动职工的积极性，或者国家要调动国营企业的厂长经理的责任心，都要根据市场的原则来做交换，激发人的潜能，使之发挥极大的价值。

企业、公司是团队式的生产组织。团队性的生产是大家共同努力产生一个成果，这里包括了很多部门，从接线员到技术工人。所以对团队生产来说，员工更容易产生所谓"搭便车"的问题。因为团队生产计量不清楚，或者很难计量每个人的劳动和这个共同产品之间的关系，所谓多劳多得就很难贯彻，有的人就会偷懒，因为谁都不知道每个环节对最终产品和产出的影响。这时要设置所谓的监督机制、计量机制，要测定每个部分、每个工作与最终产品的关系。大公司层层分解下去，往往难以测定某员工跟产品的关系、跟这个公司的市场占有份额的关系，因此需要有一个很强的动力。这个动力机制就是剩余利润索取权。这个剩余索取最终驱动整个公司的运作。这时管理已经跟剩余连在一起，跟利润连在一起了。

不同经济体制之间最大的差别，是看能把人激励到什么程度，换句话说，个人在多大程度上认同企业的目标。所以激励实际上是找一套机制使得这两种目标能够一体化，或者最大限度地靠近。要提高管理水平，光引进国外的技术经验是没有用的，还要学习国外的激励机制。这个问题不解决，办再多的学习班也是没有用的。因为管理者自己不想使用已经掌握的知识，不把他的能力发挥出来，企业就管理不好。

办好企业，让企业盈利，中国人不缺这个能力，不比其他人差，甚至比别的民族还好一点。很多美国教授问,你们中国人为什么一到海外就这么厉害?从历史上看,都是非常穷的农民,到了美国就开个洗衣房、饭店,就靠这个谋生。几年时间,他就起来了,买房,让孩子上名牌大学,第二代一参加工作就进到中产阶级去了,然后就形成新一代的中国城。什么道理?说明中国人有才能,至少不会比美国人差。问题是我们的体制是不是承认人的能力,是不是把好人挑到管理的位置上,然后又开足马力去启动他的能力。

我相信中国人不缺这个能力,问题是我们缺乏这个体制,能够把这类人选到这个位置上来,然后激励他。当然下一步你还得能管得住他、约束得住他。现在第一个问题是激励不足。

激励企业家这种人力资本,不能光靠工资,还应该让企业家分享利润。这个利润分享不是短期分享,关键是把分享利润的权利资本化,变成一种股权。

比尔·盖茨刚创业时,虽然从风险投资人那里找了一些早期投资,但钱很少。那么他如何吸引最有竞争力的人才?就是给你股权。早期到比尔·盖茨那里工作的人都知道,微软的工资比市场平均工资低15%~20%。但是他不欺负你,他给你公司的股权,以弥补这个差距。结果微软公司的资本以火箭速度增值。早期跟他合作的人现在都拥有千万美元以上的家产。同样,当人们问雅虎公司总裁杨致远,现在竞争越来越激烈,你怎么找到最好的人时,他说我找人不单单是靠工资,他们都是我们公司的股东,都是公司老板的组成部分。

所以从体制上来说,不管是国有、集体,还是乡镇企业,管理者要跟利润挂钩。高级管理层做的决定会影响公司长期运转的资产质量和公司的市场定位，对利润的形成有重要的影响。管理者分享利润，就会关心利润。这是投资人的福音。想要投资人放在企业里的投资有回报，就一定要让这个管理层好好工作，这是为什么分享利润的计划会如此普遍的原因。当然，分享多少要由市场决定。分享利润的权利也不能够短期化，那些核心成员做的决定、行为对公司有长远影响，其分享利润的权利要资本化，要股权化。股权化有两条途径，一条是要把过去的贡献折成股份，另一条是给他期权。股东可以终身分红，也可以把这份股权出让。

归结起来说，企业改革就是要建立一个好的机制，能够把人的能力调动起来，把人力资本充分挖掘出来。否则，搞活企业就永远是空话。

1997 年 11 月

能力定价和高科技产业

人是否乐意"调用"知识存量,更重要的,是否乐意学习,取决于社会对其拥有的运用知识和技术的能力怎样定价。定价机制不简单,讲起来似乎只是钱、报酬方式和数量的斤斤计较,背后其实是完完整整的一部文艺复兴以来在人本主义基础上的从人权、产权到知识产权的现代文明史。

知识和技术的载体是有头脑的人。知识和技术转化为生产力的载体是企业。因此研究高科技产业的发展策略,不能不研究有头脑的人和企业。本文讨论人和企业诸多问题中的一个:市场和企业怎样为掌握知识和技术的人的头脑定价,以利于知识和技术在经济发展中得到更充分的运用。

定价问题:一般商品和特别商品

北京人都知道大白菜的故事。大白菜是居民的生活必需品,所以当时的政府很有理由地管制着大白菜的价格。管制的结果是,菜农不愿意供应低价白菜，而居民的"需求"又因为低价机制而毫无弹性。于是政府两头忙：一头要督促农民种够大白菜，另一头要组织低价大白菜在城市居民中的分配。后来开放了市场，允许价格反映大白菜的供需形势，价格就开始发挥所谓的资源配置功能。现在，政府再也无须为大白菜忙活了。这个故事说明，定价机制被扭曲，连大白菜都会供不应求。

改革二十多年，关于价格机制对一般商品供求的调节作用，大家的认识似乎一致了。现在的问题是一些特殊商品，比如所谓事关国计民生的粮食、油料、棉花，能不能放开由市场价格自由调节，政府和许多经济学家的意见还不那么一致。至于更特别的一些商品，比如货币（其价格是利率），能不能由市场价格机制来调节供求，人们的认识就更有分歧了。但是，今天的政府和中央银行，比以往任何时候都更注意主动利用利率杠杆，也是一个可以观察到的事实。

最后一类特殊商品，是否可以由市场价格调节其供求，各方的认识分歧更大。这类商品，包括本文讨论的人的能力，或者说人的头脑。困难的问题，首先还不在于应不应该运用价格机制为这些资源定价，而在于：（1）这些特殊"资源"是怎样一种性质的商品；（2）市场和企业怎样为这些特殊商品定价；（3）这些稀缺资源被正确定价之后，社会能不能接受。

本文集中讨论这三个问题中的前两个。根据大白菜的经验，只要解决好定价问题，第三个问题最后是可以解决的。

对"能力"定价：重要性何在？

知识和技术的载体是人。但是，人可不是一个被动地"存放"或"保管"知识和技术的"场所"。人是否把他掌握的知识和技术应用于经济过程，以及这种应用的效果如何，至少取决于两个因素：（1）能力，即综合已经掌握的知识和技能，并加以创造性组合或发挥的本事；（2）意愿，就是我们的这位知识和技术的主人是否乐意"调用"其知识存量。

人的意愿是知识和技术能否转化为生产力的十分重要的因素。知识和技术的载体，是具有自主意志的个人。这一点，把知识财富与任何其他物质财富区别开来。物质财富可以"随便拿走"，但是"臭老九"掌握的知识财富可是拿不走的，他不乐意"调用"，任你天王老子也没有办法。这是知识分子问题麻烦的全部根源所在。当然，如果社会制度足够野蛮，也可以"蓄人为奴"。但是根据巴泽尔的研究，即便在奴隶制下，法权上成为奴隶人身主人的奴隶主，也无法做到在奴隶不乐意的条件下，像享用自己的物质财富一样，享用自己的奴隶的劳动。恩格斯的著作中提到过的罗马时代那些聪明的奴隶在事实上支配着愚笨的奴隶主，现在看来并不是特别费解的事情。

人是否乐意"调用"知识存量，更重要的，是否乐意学习（即主动增加知识存量），取决于许多因素。其中一个基本的因素，是社会对其拥有的运用知识和技术的能力怎样定价。定价机制对头，人就乐意去"启动"知识和技能的存量，并变成经济增长的增量；反之，他不但不生产，还可以"反生产"。这样看来，所谓对人的头脑定价，就是对人的能力定价。对人的能力定价的重要性，完全在于历史已经证明，靠强制和威胁是没有办法动员"能力"资源的。仅仅靠说服（或宗教情怀，或意识形态），既不充分，也不可能持久。必须研究的，是平等交易。基本问题是：你在多大程度上启动你的能力资源，社会在多大程度上给你回报。平等交易，就要定价机制。所以定价机制不简单，讲起来似乎只是钱、报酬方式和数量的斤斤计较，背后其实是完完整整的一部文艺复兴以来在人本主义基础上的从人权、产权到知识产权的现代文明史。

回到大白菜。政府人为压低大白菜的价格，本质上不是"看轻"大白菜，而是"看轻"生产大白菜的人的"能力和努力"。你看轻了，人家的"能力和努力"就不充分"供应"，结果就是任你用尽各种办法，还是达不到大白菜满足供应的目的。

高科技、低科技，在这一点上道理是相通的。原则上，真正懂得"低科技"的大白菜供求之道的，也应该懂得"高科技"的发展之道。不过，"高科技"依托的能力定价问题有一些特别，需要做一些特别的探讨。

能力租

"能力"资源，作为一种要素投放到市场，有一些特别的经济性质值得注意。限于篇幅，本节只讨论其中的一个特点。这就是，生产"能力"的"成本"与"能力产品"的关系非常难确定。

20世纪60年代以后在美国流行起来的人力资本理论,通常把"体现在人身上的技能和市场知识的存量"(罗森,1977,1986),看作一种未来收入的源泉。更一般的,人力资本经济学家把"以教育、培训和扫盲为基础的工人技能的长期改善"看作"生产"人力资本的结果(舒尔茨,1961,1975)。由于这样的认识,社会用于教育和培训等方面的投资,就可以在收益率方面同用于非人力资本的投资相比较。但是,事情并没有这样简单。一个直接可观察的事实是,同样的教育和技能培训的投资,可以"生产"出不尽相同的、在某些方面差距甚大的"能力结果"。同等学力的学生,日后的能力差异颇大。一些低学历的"天才",在经济增长中表现得能力非凡。反过来,部分高学历者,虽然投入的成本很高,但终其一生,既没有重大的创造和发明,也没有惊世骇俗的企业家才能。这可以说明,投入的资源和产出的"运用知识和技能的能力"之间,并没有线性的关系。这对于习惯于"成本定价"思维模式的人来讲,要按照"能力"的"生产成本"来为能力定价,实在不是一个好消息。越是高科技,越是知识含量密集的地方,简言之,对转化已有知识的创造性要求越高的领域,生产能力的"成本"与"产出结果"的关系越难以确定,成本定价法,例如按照学历定薪资和待遇,就越是错误百出。

比较相近的,能力资源有点像矿产资源。我们可以根据矿产的稀缺性和矿产的品位定价,但无从探究和比较不同矿产的"生产成本",因为我们根本不知道矿产的全部生产成本。如果说矿产对于人类经济社会是自然所赠的礼物,那么那些杰出的头脑,就是文化历史所赠的礼品了。在经济学上严格一点，与其说为能力资源确定一种价格，不如说决定一种能力资源的"租"（rent）。关于"租"的经济学告诉我们，成本对于确定租的水平并不重要，重要的是能力资源的相对稀缺性和产权强度。

测度"能力"的困难

能力资源是无形的，因此直接为能力定价（租），首先要遇到测度的困难。矿产在物理上有形，甚至油气田都是如此，但是"能力"无形，于是带来无法直接测度（或者直接测度的成本太高）的困难。经济学家早就发现，凡是涉及对人的能力和努力的测度，问题就比较复杂。由于经济产出品常常是许多要素综合投入的共同结果，要测度能力的贡献份额，就更加困难。其实，许多经济制度安排就是为了解决测度困难而生的。例如计件工资合同，就是通过计量产出品数量来测度工人的能力和努力。计时工资合同，则通过计量工作时间来测度工人的能力和努力。显见的事实是，任何间接的测度办法都会有误差，因为无论产出品数量和劳动时间，都不足以完全准确地反映能力和努力的投入。因此，在任何一种市场性的合约中，总有一些"公共领域"（public domain）问题存在。就是说，总有一些误差带来的实际利益，落在一些力量的控制中。

对一般工人的能力和努力的测度误差，带来的后果也许并不严重，但是在高科技产业中，如果对以下两种能力的测度存在误差，从而引起能力和努力的供给不足，那么发展高科技，其结果很可能是南辕北辙。

这两种能力，一种是技术创新，另一种是将技术创新转化为市场盈利能力的企业家才能。我们首先分析，为什么这两种能力的测度误差常常很大，主要是因为：

第一，技术创新和企业家的能力，由市场的长期竞争来检验。

第二，技术和市场的创新能力的间接测度指标，常常不是单一的，而是综合性的，例如利润指标。

第三，综合性的间接测度指标，反映的是众多投入要素的共同结果，因此发明家和企业家能力的贡献份额，难以独立考核。

第四，这些考核的困难，带来了对经济制度安排的挑战。一个基本的问题，就是仅仅运用工薪报酬制度，没有办法激励技术创新和企业家能力的有效供给。

为什么股权安排很重要

正是创新对经济产出流的持久的决定性影响，要求在薪资制以外，以企业的股权来作为对重大技术创新和企业家才能定价的基本经济制度。

薪资制的经济特点是事先的"合同性收入"。当企业与员工签订薪资合约的时候，通常包含着一个确定性的承诺。因此，当员工一方完成合约规定的工作义务的时候，企业不论总的经营成效如何，都必须按照合约支付薪资，即使在企业破产的时候，也要首先支付拖欠的薪资。换言之，薪资的领取人对企业的存亡并不负有责任。

这类薪资合同，适用于经济行为影响企业成本，并仅仅影响企业成本的主体。

但是股权安排完全不同。首先，它不包含一个确定性的承诺。股权的回报是红利，也就是企业支付了全部确定性承诺后的剩余。有剩余，股东可以分享；没有剩余，股东也必须"扛着"，直至承受破产的风险。其次，股权不是短期安排，而是与企业生命周期同样长的制度安排。股权是不可退、只可转的制度安排，这保证了持股人的经济行为与企业持久地连在一起。

不难理解，为什么要考虑技术创新人和企业家的股份安排。道理很简单：技术和市场创新的行为，影响的是企业长远的、不确定的未来结果。对于行为影响长远而影响的方向又不确定的行为主体，仅仅给予短期的、确定性的激励制度安排，必定会发生经济学家所谓"激励不相容"的后果。股权分享是给发明家和企业家能力定价的主要制度，回避这一点，发展我国高科技产业最主要的资源就会供给不足，正如当年定价机制的错误，导致大白菜的供不应求一样。

理解当代的实践

对于利润分享、认股权、管理层收购（MBO）以及风险资本等，直到对硅谷的优秀头脑大下其注的当代西方企业制度和高科技经济体制的实践，我们有必要在理解的基础上加以借鉴。对于国内的探索，包括公有企业的股份制改造、经理持股、各类民营高科技企业的发展经验,我们更要下功夫研究实践的合理性和所面临的需要解决的问题。基本的判断是,政府根本无须"发明"什么高明的办法,只要顺应时势,在中外实践经验的基础上制定政策,并在与社会各方充分的信息交流中推进有关立法,就可以完成制度创新和组织创新,推进我国高科技产业的发展。

1989 年 9 月 16 日

学生质量考核的困难

学生考试作弊、真文凭贬值、假文凭泛滥,这些现象,在我看来,都与学生质量考核有关。问题的重点,不是学生为什么想作弊,以及为什么有人居然敢用假文凭。问题的重点是,那些防止考核学生质量出错的机制,为什么大面积失灵?

报纸报道,时下学生考试作弊、假文凭泛滥愈演愈烈,有成为潮流之势。怎样解释这些"有辱斯文"的现象呢?想来想去,这件事情不简单,因此我选择"考核学生质量的困难"作为寻找合理解释的入手之处。

特别困难的考核

大体而言,知识是可以分类的。学校里传授的知识是所谓"一般性知识",这种知识不同于那些特殊的知识或技能。特殊知识可以通过"专利"或"商业秘密"来界定其权利,并加以保护,以利于交易。那么,一般性知识靠什么来保护呢?张五常为此提出过一个理论，要点是一般性知识可以自我保护，因为想要获得一般性知识的人，必须花功夫"学习"。

学习的各种直接成本和机会成本，就构成获取一般性知识的"代价"。比如中学的语文、数学、物理、化学和外文，教科书可以用版权来保护，但是课堂讲授和基础训练并没有专利保护，正如大学教授在课堂上教的各门专业知识也不设专利保护一样。但是，古今中外的经验表明，掌握一般性知识的便捷之道，不是买本教科书自学成才，而是经过学校教育。有趣的是，学校里的知识既不可能直接买到手，也不可能立马"偷"到手。无论是谁，真正要得到这些知识都必须下功夫"学习"。除了支付学习的经济代价之外，学生还必须花费"求知的努力"。读书人都知道"十年寒窗苦"的意思，可不单单指节衣缩食。

但是，学生经过学校教育项目之后，究竟掌握了多少一般性知识，非常难以识别和鉴定。一个原因是，一般性知识是所有"直接有用"的专门知识和技能的基础，而这个基础对其"上层"的"有用性"和贡献程度，难以确认。我们不妨随便问一位"成功人士"，当年读没读过"唧唧复唧唧，木兰当户织"，或者有没有用方程式算过"鸡兔同笼"？要是得到肯定的回答，我们不妨再深究一个问题：当年熟读《木兰辞》或算得出同笼鸡兔脚丫子的总数，与日后的"成功"究竟有什么关系？我们也不妨扪心自问。拿我自己为例，当年高声诵读的"金戈铁马入梦来"，对于今天在大学教书领薪水，究竟有多大的用处和贡献呢？

答案是没有直接的用处和贡献。但是，从间接意义上看，一般性知识的用处和贡献又无所不在。古典诗文对于文字操纵能力的培养，应该无人否认的吧？而文字操纵能力，差不多又是其他一切知识的基础。至于韵律之中的美感及其对于性情的陶冶之功，那就是无论你从事什么行当，都可以受用无穷的。"大人"也许一辈子不再计算鸡兔同笼，但是由此培养而得的计算能力和逻辑思维能力，却让他们终身受益。难题在于，直接有用的专门知识和技能比较容易检验和识别，而直接"没有用"的一般性知识，其有用性就难以检验和识别。由此，掌握一般性知识的程度，也就难以评判，本文所谓考核学生质量的困难，就是这样来的。

考核出错的学问

其实，考核任何物品的品质都有困难。"你要知道梨子的滋味，你就得亲口尝一尝。"这当然管用，但差不多只能对付最简单的品质考核。复杂的呢？彩电的质量如何，当然你可以亲眼看一看，但是你看到的"那一片刻"的质量，究竟可以维持多久？更复杂一点，考核钻石首饰的真伪，莫非"你就得亲手砸一砸"？巴泽尔分析过市场里考核不同产品品质的方法，他的结论是，考核品质总是要破费的，而"考核费用"在不同商品市场里有极其不同的分摊模式。卖西瓜的可以让你尝一尝，"不甜不要"。那一点考核费用，其实摊入西瓜卖价，由全体买瓜者支付。要是西瓜的滋味实在太差，人们屡尝而不买，那个倒霉的卖家只好兜底了。也因为如此，卖瓜者多少总要为提高他自己识别西瓜品质的能力而投点资，保证进货的品质，降低兜底的风险,减少考核成本。

但是,西瓜交易中考核成本的分摊模式,却不能适用于所有商品。你要知道龙虾的滋味,就要先付费才能"亲口尝一尝龙虾的滋味"。作为耐用消费品的家电,其考核费用在卖方市场上主要由买方支付,而在买方市场上就更多地由卖家承担。张瑞敏砸冰箱以及这个"故事"被天下都知道,可不是免费的事情。市场竞争迫使生产商"实行三包"并对品牌投资,其实是在"一种产品的品质需要长期考核"的行业里分摊考核费用的具体模式而已。名牌瓜子并不能比非名牌瓜子多卖几个钱,那是因为考核瓜子品质的费用比较低。但是名牌珠宝就全然是另外一个故事了。名牌珠宝商的信誉要长期"投资",直到市场相信,品牌珠宝商不但聘得起一流的珠宝专家帮助顾客考核珠宝的品质,而且其专家系统绝不会因为短期的利益而贱卖名声、指鹿为马。

巴泽尔的工作,告诉我们以下几点。第一,产品的品质越难以直接检验和识别,分摊考核费用的模式就越复杂。第二,为了有效地考核品质并降低考核成本,需要各种各样的(考核)专家系统。第三,考核是容易出错的,为了减少考核出错,包括专家考核的出错,社会还需要投资于一些特别的组织、机制和制度。让我再补充一点:如果不能有效地减少考核出错,产品品质的生产过程就一定要受到连带影响。根据以上"预备知识",我们可以来讨论学生考试作弊、真文凭贬值、假文凭泛滥等现象了。在我看来,所有这些现象都与"学生质量考核"有关。问题的重点,不是学生为什么想作弊,以及为什么有人居然敢用假文凭。这是人性中固有的一面,不可能从中产生合理的解释。问题的重点是,那些防止考核学生质量出错的机制,为什么大面积失灵?让我们直指"教育专家系统"本身,研究考核成本的分摊模式,然后发现每个环节考核出错的原因。

2000 年 11 月 29 日

教育专家系统的可靠性

国有教育体制的"亏损"不是反映在财务账面上，而是集中反映在教育质量上，反映在学校品牌、教职员工和文凭的贬值上。无论如何，没有可靠的教师和学校，要指望由"学官"来解决考核学生质量的难题，是靠不住的。

教育考核靠专家

我们曾经谈到，由于学校"产出"掌握基础知识的学生，可是学生拥有基础知识的质量又难以考核，因此，教育专家系统不可或缺。孔子在两千多年前就专门"游教"办学，应该是教育分工能够很早完成的一个经验证明。不过，传统教育家一面"生产"可以教学生的知识，一面又"评价"学生掌握知识的质量，这样一个"自产自评"的专家系统，靠什么保证可靠性呢？

孔子是被尊为"圣人"的。我们有理由相信，他一定非常爱惜自己的名声，能够自律，决不会将考核学生的评价权廉价地出售，也不会因为控制了"评价标准"就轻而易举地减少教育努力的付出。

但是，靠圣人办学的规模总是非常小的。等到教育成为普遍的"行业"，就需要教育专家系统发生更复杂的分工，演化出种种机制来分担考核学生质量的费用，减少考核出错。

一个教育专家系统，其实是蛮复杂的。我们先来看一看，有多少"有关方面"参与考核学生质量之事：教师、学校、政府教育行政机构、社会舆论，以及聘用学生的个人和机构。我们很快就会知道，即便这样一个"多环节"的专家系统仍然远远不足以应付局面，还需要许多其他"看不见"的组织和机制来支援。

第一环节是教师。教师的功能可不是单单教书，而且要负责考核学生。教育的一项有趣的性质，就是"教的"与"学到的"不是一回事。自古以来，同级同科的学生，不会因为缴纳了同样的学费，用了同样的课本，上同一位老师的课，就学到了同样的知识。学生个人的努力、勤奋、悟性和灵气，对于知识资本的积累从来就有着重要的甚至决定性的作用。所以，自孔子以来，老师光"教书"是不行的，还要负责为学生究竟掌握了多少知识或技能"打分"。老师因此成为考核学生质量的第一颗"定盘星"。

不过，老师的考核是可能"出错"的。专业水平不够，自己肚子里的那杆秤就是错的，拿来量学生，怎么能不出错？另外一种情况，亲近的学生，错了也算对；不亲近的，再对也算错。那就是职业道德方面的错了。为了防止老师的考核出错，有许多传统的机制。比如，"老师资格"的获得，要通过竞争性的考试；各种专业教师协会，一方面组织教师的知识更新，另一方面提供"同行评议"；同学、家长和社会各界对于老师的操守有非正式的"口碑"和正式的评价机制；等等。但是，这些都是辅助性的措施。当年北大校长蔡元培，要是完全靠"评议"来选北大教授，怕无缘取得"兼容并包"、广招天下怪才的成就吧？靠学生或舆论来评价老师，也不一定靠得住。要是多数人偏偏"欣赏"那些要求不严、"分数放箭"的好好先生，如何是好？慧眼不识英雄的事情，是可能发生的。像1991年香港大学的学生们把张五常"选"为"最劣教授"的事情，难道不是一个教训？

另外，一位教师是不是很好地履行考核责任，也是很难加以识别的。但是，教师手握"打分数""下评语"的大权，有什么激励机制和制衡机制防止老师考核出错？这一套问题，丝毫不亚于政治体制改革的难度。比较"经济性"的问题是，要有较高的老师考核质量，首先要有较高的教师质量。为此至少要给教师的质量定一个合适的价吧？谢泳在他那篇《过去的教授》的出色文章里引证：梅贻琦时代的清华教授，月收入300~400元，最高500元还加一幢新住宅，讲师120~200元，助教80~140元，一般职员30~100元，工人9~25元。我想当年的梅贻琦不会没有预算的压力，他开出来这个价，总是觉得非如此不能聘到一流人才来清华任教。有了这个价码，当清华教授的竞争才能达到一定的激烈程度：没有当上教授的，争而当之的经济意义明了；当上教授的，一旦被发现出错的经济代价也一目了然。我的看法，无论几百元，给教授的薪水里都应该包含了教授考核学生质量这样非常难以监督的工作努力的市值。基础是什么呢？就是教师个人的人力资本（包括名声）的产权得到充分承认，而教师人力资本的产权是学校聘请教师合约的一个基础。

要是教师人力资本的产权残缺严重，知识不值钱，名声不值钱，那么这位教师履行考核学生质量的职责就只好凭"良心"了。但是，当一个社会形成这样的风气，宁愿把资源花费在贿赂考官上，而不愿用来提高教师所得的时候，教师要维持"良心"的代价是不是也太大了一点？这种情形下，考核学生质量的教师环节，从制度来分析就靠不住了。有关报道中讲到一位监考先生眼看大量考场作弊不闻不问，甚至参与策划并提供方便和保护。人们当然应该谴责这位监考先生的失责和败德，但是还有一个问题也应该问一问：我们这个社会有没有为监考先生们的不失责、不败德付出一份相应的费用？

防止教师考核出错的"企业"

教师环节"失守"，考核学生质量的责任就向学校转移。学校，应该是防止教师考核出错的最重要的制度安排。我想过学校制普行天下，而"教师个体户"在古今中外都没有经得住"生存检验"的原因。我的理解，除了其他方面的规模效应之外，"防止个别教师考核出错"应该是学校制度胜出的主要原因。这里的学校，就相当于市场里的企业。聘任什么样的教师、怎样组织教学、如何激励并监督教师行为、校正教师可能的考核出错，都是学校的责任。自古以来，学校讲究牌子可不是没有道理的。学校品牌的主要价值，是保证对学生的考核出错最小，从而节约社会挑选学生的信息成本。

悖论在于，学校发出不实文凭和假成绩，在短期内可以提高高考升学率、就业率甚至"出售文凭和成绩单的所得"。只有从长期看，才可能对学校的名声产生坏的影响。这里所谓的长期，就是不实文凭和假成绩被发现的期限。由于基础知识的质量识别非常困难，学校培养的人才究竟是不是实至名归，那要经过多少年才能被市场"看"明白。"百年树人"是有道理的，否则天下名校中最负盛名者，为什么不足百年的几乎没有？这就是说，教育品牌的形成比起一般商品的品牌，需要更长的时间。

因此，学校必须有足够的动力关心其长期声誉，才能顶住增发不实文凭和假成绩等短期获利的诱惑。但是，学校为什么要关心长期声誉？想来想去，"学校本位"是一个基础。也就是说，好学校像一家好公司，必须是一个长期的合约，通过长期行为才能积累声誉、培养传统。如果学校本位体制被打破，成为行政机关的附属物，学校代理人的产生不是基于学校本位和学校传统，而是变成通常的行政官僚的任命，谁有足够的动力来对"学校"的长期行为负责？相反，学校代理人通过自己手中的廉价投票权，"崽卖爷田不心疼"（在这里可能是"爷卖崽田"），谋取当期收益，不是更为顺理成章吗？要解决这个问题，根本问题是重建学校本位。我的记忆里，上一届全国人民代表大会就有人大代表提出"学校本位"问题，如同20年前经济学家蒋一韦呼吁"企业本位"一样。问题是，有谁在听吗？

学校"失守"，那就由"管学校"的政府教育行政机构来负责考核学生质量吧。事实上，现在各地报道的考场作弊和其他环节的作弊案件，恰恰多发生在教育行政机关直接管辖的范围内（考场一般设在学校，但由教育行政机构直接管理）。这提醒我们研究，教育行政机关是否适合充当学生质量的考核者。我是到了北大任教，才知道连北京大学的学生文凭也要盖了国家教委的官印才算"正式"这回事的。可是,国家教委怎么可能考核北大的学生呢?教委的公务员们就是全心全意,也不懂那么多专业;就是懂全部专业,也忙活不过来。现在的实际情况是"事权分离":所有教育事务的审批权力集中在教育行政部门,但"具体事情"还是要学校和教师来做。这基本上就是最传统的国有企业体制了。所不同的是,国有教育体制的"亏损"不是反映在财务账面上,而是集中反映在教育质量上,反映在学校品牌、教职员工和文凭的贬值上。无论如何,没有可靠的教师和学校,要指望由"学官"来解决考核学生质量的难题,是靠不住的。

用人方的考核

现在,考核学生质量的重任就全部落到用人单位一方的肩上。用人单位对于所要用的专门人力资本,应该具有更多的专家经验。但是,对于支撑应用专门知识的一般性知识或全面性的素质,用人单位的专家经验就不一定够用。因此,在一个成熟的知识市场里,学校教师的专家经验和用人单位的专家经验,在识别学生质量时是分工合作的。IBM到名校去挑尖子生,这些尖子生再通过公司的培训和考核。到了我们这里,由于"上游生产过程"在考核学生质量方面节节败退,"用人单位"就十分吃紧。学校"文凭"和成绩单不能提供可靠的识别功能,要挑选能力更强的学生,就只好由用人单位来支付几乎全部的信息费用了。现在办学机构要筹经费,希望公司商号解囊协助,不能如意,以为问题在于中国缺乏对于教育捐款的免税制度。我的看法,问题没有如此简单。哈佛大学每年得到的巨额赠款,其中一部分就是用来保持哈佛名声的。你要问哈佛的名声对捐款者有何用,我想至少有一个用途:"用人单位"可以节省挑选学生的成本。"未来的竞争是人才的竞争",可不是用来说说的。

当然,"用人单位"究竟是不是真正要挑能力更强的人?我的看法,大量"公家的"地方并不真正在意选用人的本事。比较听话一点,报上"好看"一点,是不是关系户以及能不能搞关系,可能占据更大的权重。这等劣质需求,日复一日刺激劣质供给。面对"滥用文凭"潮流,公家"用人单位"的人事政策恐怕要负相当责任。据报载,江西省前副省长、因为贪污被枪毙的那位胡长清,生前雇人购买了伪造的文凭,不知道那张"文凭"对于他走上高位起过什么作用。胡某就地正法已经多日,到现在也没有看到谁对这样的臭事负责。相比之下,学生考场作弊应该还算好一点吧,只是亏了那些真正下苦功夫读书的考生了。作弊可以"中举",假文凭可以谋职,苦读寒窗的岂不都成了傻瓜?

两木难撑天下

好了。考核学生质量的专家系统的可靠性,现在差不多就剩下两个支撑点。其一,那些迫于市场竞争压力要对挑选人才承担最后责任的用人单位,希望挑选到真正能力强的学生,并为此承担考核费用。其二,残存的好的学校传统和教师的"良心"(心理上的传统)。但是，靠这两点是否敌得过假文凭泛滥之潮流？看来蛮困难的。特别的困难是：用人单位面对的是毕业的研究生或大学生，而大量中间环节的学生质量考核，特别是中考、大考这样被视为"一考定终身"的环节，用人单位就鞭长莫及了。因此，高考考场里发生的问题，不是"严加监管"就可以解决的。好比把树砍了，把草皮也挖光了，水土流失一旦发生，只靠修坝就不一定管用了。治本之策，是政府退出直接的学生考核过程，把精力集中到界定学校本位和教师产权上，同时开放办学的市场竞争。无论如何，考试作弊、真文凭贬值而假文凭泛滥的地方，就是 GNP（国民生产总值）每年翻番也不好自称现代化的。

2000 年 12 月 3 日

第三章

企业家研究

景气低迷中的企业家行为

景气低迷对经济增长也会有所"贡献",因为它常常导致重组和创新活动密集进行,驱动经济增长沿着结构更新、品质提高和技术、组织创新的路径前进,很多出奇制胜的动作是景气低迷时完成的。最重要的学习也是这个时候进行的,因为在这个时候逼得你非学不可。

景气低迷,是目前许多企业面对的一个现实。本文试图提出,企业和企业家在景气低迷时期的行为,对长期经济增长有极其重要的影响。这样的题目从何谈起?我想还是先从几个故事开始。

故事里面大有学问

第一个故事是冰箱的门。冰箱原来都有个门把——鼓出来的那么一个物件。但是你现在到商场里看,大部分冰箱的门都是"暗开"的了,就是没有门把了,只是在门的边上开一道暗槽。这当然不是什么大不了的发明创造,但是对于住房面积比较小的许多中国家庭来讲,这个小小的改进有其功效。因为许多家庭希望冰箱有装饰功能,放在那里比较好看一点。没有门把的冰箱门,可以满足这么一点需要。事后来看,这件事平淡之至,但是对于第一个做出没有门把的冰箱的工厂来讲,就不简单。生产线要改,模具要改,其他设备要改,工人习惯的生产工艺和流程也要改。那么,是谁在中国第一个生产出没有门把的冰箱来的呢?据科龙集团主管技术的陈福兴副总裁讲,是科龙。什么时间?1988年至1989年。为什么在那个时间?因为不景气。冰箱生产过剩,要竞争图存,不拿出点新的东西,商场和顾客如何会买你的账?你听,这个故事是不是有点意思了?企业为了对付不景气,加快了创新活动。你再问下去,果然就是科龙的一条发展线索。冰箱的门可以两边开,第一个也是科龙在国内生产出来的。门可以两边开,冰箱在房间里的摆法就多了。冰箱可以就着房间,而不是房间必须就着冰箱。什么时候搞出来的呢?就是前两年业内人士普遍抱怨宏观调控把经济调下来的时候。去年以来,市场更"冷"了。科龙的产品可就更"花"了。他们率先引进"热转印"技术,在冰箱门体上压膜制成大面积图案,高温成型,永不脱落。冰箱的装饰性更强了。

　　这只是讲了一扇冰箱的门。创新的背后是投资、技术改造和管理。科龙的轨迹非常有意思:每逢景气低迷就大手笔投资。去年、今年,科龙在成都收购成都发动机厂的一个车间,在西南建起一个冰箱生产基地,一家伙投入25亿元现金,把原来整个车间推倒。潘宁(科龙老总)的理念是,市场低迷,大家难过,我扩大规模,提高竞争门槛,等到下个市场高潮来到时,科龙已经准备好了。你总不能说,等市场热点来的时候,你才去推倒车间建生产线吧。潘宁讲的这一条,不是什么点子大王的秘诀,但就是很难做到。就是把这个方子告诉天下所有老总,也不是个个都可以做到的。在景气低迷时大投资,得多么雄厚的实力、多么稳健的财务基础和多么好的信用!这样讲起来,后面的学问就大了。

第二个故事是酒。中国人早就知道"酒是陈的香"。但是,消费者买到的酒,究竟有多"陈",从来没有成为我们这样一个酿酒大国里酒品的一个卖点。欧洲的酒不但"越陈越香",而且"越陈越贵"。人家把酒的年头标在酒瓶上了,多一个年头多一分价钱。现在国内也有标明陈酒年份的酒了。第一个标明年份的是谁?据我所知,是古井贡酒。市场上有"五年古井"和"十年古井"等,年代不同,价钱不同,越陈越贵。什么时候有此"创新"的呢?1989年,市场低迷,连古井贡酒都不好卖时。从此消费者可以喝到不同年份的陈酒,多了一种口福,厂家多了一个卖点,增加了突破景气低迷的力量。

最近又有报道,上海两家很有名的超市,在国内首先改变了跟供货商的合约模式。原来流行的是所谓代销制,就是厂家的东西放到我这里来卖,商家只是代销,要是卖不掉,对不起了,厂家负担吧。但是这样一来,厂家与商家怎么可能一心?等到市场热起来时,商家竞争加剧,厂家就可以拿一把,轮到他做大爷了。如此循环,家家得到平均利润(或者平均没利润),谁可以出得头?上海的这两家超市"逆向"而动,偏偏在市道最不好的时候,主动跟上千个商品品质好的厂家签订了买断性合同,就是商家把产品买断,自担风险。在低潮的时候这样结成的联盟，到商业高潮来的时候就非常可靠。这也是景气低迷时投资的故事。

最后一个故事，"永和豆浆大王"。这是一家台湾食家的连锁店，把豆浆、油条、小笼包、牛肉面这样的小生意，从台湾地区做到了美国。你在洛杉矶中国城"永和"的铺子里，可以喝到地道的中国豆浆。几年前，"永和"进军大陆。北京海淀区三环路边上开了一家，墙上写的是"中国第26家"，卖的无非早先上海路边摊上的早点，但你看人家那个红火。就是在现在，市道不景气到了顶点，多少大小饭馆酒楼门可罗雀，"永和"一个卖豆浆的，绝没有什么"高科技"，冬天能把冰激凌卖得如此火爆，到了夏天还怕什么呢？

景气低迷另外产生的故事就不像上面的几个那么美妙。许多企业现在不是什么创新问题，更不是投资，而是能否活下去的问题。关闭、合并、重组，工人下岗、老总下台、公司换旗，这些都不是好事，需要政府谨慎对待。但是，事情也有另一面。景气低迷是完成市场重整和企业重组的良机。市场出清劣质公司，多半在不景气之时。所谓竞争优胜劣汰，多半不在景气高扬的时候。试想，谁的东西也卖得脱手，萝卜快了不洗泥，你说谁劣谁优？但是，一个经济体要是没有优胜劣汰，产品如何更新换代？经济结构如何优化？经营活动的质量如何提高？所以，市道越低迷，企业越两极分化。憋到一定时候，该淘汰的淘汰，该重组的重组，该兼并的兼并。要是日日景气，"六亿神州尽舜尧"，海尔到哪里去吃"休克鱼"，科龙又在何处精挑"生猛海鲜"呢？

经济萧条的正面功能

上面的故事都很平常，谁也看得见。但是，联想到经济增长，我们对市场不景气的认识恐怕也要"重组"。过去讲经济萧条和危机，只有灾难的一面，政策上就是如何调节，防止损害。原来以为经济波动只与资本主义制度有关，计划经济可以消除景气循环，至少可以主动调整加以避免。现在反过来，大家认定西方发达国家可以成功调节景气，值得中国人学上三招两式。无论怎么180度地翻转运动，就是不能面对景气波动在古今中外都消除不了的现实（否则奈特的"不确定性"概念，怎么可以"活"到今天），至于经济萧条对经济增长的"正面功能"，更被看作奇谈怪论。

但是，经济萧条对经济增长确有正面功能。妨碍我们看到这一点的，除了利益的原因，还有一些似是而非的概念和推理。比如，卖方市场和买方市场的分类。依我之见，这个分类之所以没有道理，在于它假设市场里产品和服务的质量是一样的。1989年，没标陈酒年份的古井贡酒卖不动，"五年古井"和"十年古井"买不到，问：古井贡酒是不是买方市场？1995年，单向开门的冰箱过剩，双向开门的冰箱短缺，问：冰箱是不是卖方市场？1998年，一般饭馆过剩，永和豆浆店短缺（否则为什么老是排队），问：饮食业是什么市场？三问下来，自知讲不清楚何谓买方市场、卖方市场。讲不清楚的原因，是分类概念本身有问题。冰箱、酒和吃食，每一个时期，买方市场与卖方市场都同时存在，某一品种质量的产品和服务"过剩"了，另一种或多种同时"不足"。推广开来，人类的衣、食、住、行、用，无不如此。在最不景气的时候，也存在着"卖方市场"，否则怎么会有经济增长？企业家不断开发新的产品和服务，不断提高产品和服务的质量，这就是企业家对经济增长的贡献所在。在这个意义上，企业家就是不断通过创新来制造"卖方市场"。这样的"卖方市场"多了，景气低迷就走出来了。

进一步去讲景气低迷对经济增长有所"贡献"，不免显得突兀。但景气低迷导致的密集的重组和创新活动，驱动经济增长沿着结构更新、品质提高和技术、组织创新的路径前进，恐怕是经济生活中不争的事实。这里有两种机制。一是商业低潮大大降低了企业组织在市场环境里"存活"的临界值，客观上会把在经济高潮时带来的滥竽充数的企业和企业家列入"淘汰名单"。二是低潮时期商业世界激烈竞争的冷酷现实，会以"不创新就死亡"的压力逼迫企业家发挥潜力。结果，"沧海横流，方显英雄本色"。越是景气低迷、难度大的时候，市场越可以识别出优秀企业家。从上面几个故事可以看出，很多出奇制胜的动作是景气低迷时完成的。最重要的学习是这个时候进行的，因为在这个时候逼得你非学不可。现在全球讨论东南亚经济危机，人们热衷于分析原因，总结经验教训，但是有一个重要的学习机会似乎被忽略了：那些最优秀的企业和企业家（包括中国的），在急速的危机之中究竟是如何应对、如何调整战略战术、如何创新图存的呢？

没有微观基础的宏观调控

凯恩斯以来，经济学家开始在景气低迷时呼吁政府运用经济政策刺激总需求、启动市场，但依我之见，把政府作为启动市场的诉诸对象，错得离了谱。我的道理是，政府是不可能直接提供突破"买方市场"的新产品和新服务的。能够提供这些的，只有企业和企业家中富有创新精神的那一族。诚然，政府对"市场疲软"（20 世纪 90 年代早期的流行语）的社会经济后果极为关心，并承担着很重的责任，但是，政府终究是生产不出不带门把的冰箱的，就像政府也从来没有向市场提供过一瓶"五年古井"一样。能够提供这些的，是企业，特别是"企业家控制的企业"。至于政府用多印刷票子的办法"启动"市场，除了为下一轮高通货膨胀创造了条件，不会有别的效果。讲到底，除非有足够的企业和企业家创新活动，不以未来的高通货膨胀为代价，政府断然"启动"不了今天的市场。

财政政策又会如何呢？我的看法，离开了企业家的行为，财政主导的基础设施建设是无法带动市场景气的。近十年来，中国的基础设施建设突飞猛进，但相应的经济问题也日积月累。多少富丽堂皇的机场没有几驾飞机起降；多少漂亮的高速公路一年跑不了多少车。按照常识，我们不免要问：这些耗资巨大而又无人"买单"的"宏伟工程"，究竟到哪里去下账？流行的回答是，"基础设施建设必须超前"。超前当然很好，问题是要谁来为"超前"付费？无人付费，如何超前得成？就是有人付费，还要问一问，这个"费"将来要不要还？如果要还，就要问，还本付息的财务基础在哪里，以及谁来事先估计、预测和决定？很显然，政府不合适来做这类决定，因为基础设施投资的还本付息期很长。政府定期换届，顾不了那么远。当期多修，政绩显著，但以后不能还，就会引起财政金融的麻烦。

现在不少经济学家说，为了拉动景气，中国需要一个"罗斯福新政"。这就是说，政府用税收修一批无须将来付费的基础设施。政府只是"投入"，而不是投资，因为根本不用还。这样既刺激经济景气，又形成一批"超前的"基础设施，岂不两全其美？按照传统的公共财政理论，政府用税收修公共基础设施，理所当然。凯恩斯以来，以财政政策刺激景气，为很多国家的财经精英们所津津乐道。但是，有几点要当心。一是"无须付费"的东西，"需求"会无限；二是不以未来的收益为标准，项目合理性的标准就没有了，这两条使得政府"投入"的经济效果必定不好；三是所谓"无须付费"，最终还是来自政府从企业和居民那里课来的税。不景气时期，政府增加课税和开支，但企业居民的开支要减少，一进一出，对景气的影响会抵消。考虑到从企业居民"溢出"的收入转化为政府较低绩效的"投入"，经济不景气还会加剧。

更实际的问题是，我国已建的大量基础设施有待整合，"超前"而无人付账的基础设施已经不少。"为了景气"，再由政府主导突击"超前"一批，老账未结又添新账，又找不到真正付钱的主，那样的话，用不了多久就会发现国民经济承受不了如此"超前"。

因此，把市场景气低迷看成绝对的"坏事"，并诉诸政府"启动"市场是错误的。景气低迷是市场经济不可缺少的一个阶段。经济突破景气低迷并不难，难的是不以"预支未来"为代价。至于能不能在景气低迷的突破中提升经济生活的品质，真正实现经济增长，那就要看各自的气数了。其中的一个关键，就是企业和企业家在市场景气低迷时期的行为。中国已经历多年的高速经济成长，数量上的 GNP 长出了一大块，但经济活动质量和品质的提高，与增长速度相比远不相称。当前亚洲的金融危机和中国的景气低迷，自有其形成的道理。如果今天可以快速为危机和景气低迷"解套"，那么它在昨天就根本不会形成。当景气低迷来临时，经济学家试图"教导"政府如何调控经济、启动市场、摆脱低迷，但是在看了一些杰出的企业和企业家在景气低迷时的行为之后，我不免要问，除了诉诸政府刺激景气之外，难道在景气低迷中真的别无他事可干了吗？

1998 年 7 月 3 日

新经济与企业家精神

创业,第一位就是企业家精神。能贡献新的东西,向一切方向去探索,这一点就是企业家精神。企业家精神的第二个定义是:要对市场潜在的机会敏感,对潜在的盈利机会敏感。

创业在线网站开通,本想多听点介绍。有这个机会很好,借此我想对新经济和创业简单地讲一点看法。

何谓新经济

"新经济"这个词开始是针对一种现象讲的,因为美国经济摆脱了二战后的一些发展特征。美国的经济战后通常是这样的:如果通货膨胀的指数又往下走,失业率就要往上升,就是说如果通货膨胀压低了,失业就增加;反过来,减少失业,通货膨胀就上升。这个现象、这个联系很稳定。但1990年以后,特别是从1991年以后,将近108个月,美国的经济有一点反传统。就是说通货膨胀率往回收,基本低于2%,但是失业率也往回收,2000年4月美国最新统计的失业率不到4%。这个现象很难解释：为什么通货膨胀率下降了，失业率也下降？新经济最早是从这里来的。

格林斯潘大概在两年前就讨论过这个问题。他说，如果说我们的经济（是指美国经济）每天有新的东西发生的话，这个新经济早就有了；但是，如果你们说它可以摆脱战后通货膨胀和失业率的这种一上一下、互相替代的关系，他不相信。这个判断是多年前做出的，现在美国的情况还是这样，失业率虽然很低，但价格指数没有往上走的趋势。这也构成一个难题。究竟怎么去理解它？我认为在这幅图像的后面，好像是有一点基础的。主要的基础是什么呢？经过20世纪70年代末至90年代的调整，美国经济在其制度框架下激发了活力。

新经济的诞生

我1990年在美国念书时，在加州，失业率是13%。什么原因呢？是因为原来的经济结构遇到极大的困难。由于苏联解体，"星球大战"计划搁置。"星球大战"大量的军费开支是通过政府举债筹措来的。这个计划搁置后，里根——我们知道是"星球大战"计划的制订人——把很多好项目就给了加州（他做过加州州长），结果加州是得了他的好处，也受了他的害。因为"星球大战"计划一搁置，很多工厂关闭，加州通过驾照统计发现，人口开始净流出，这是几十年来没有过的。加州属于阳光地带，一直是进来的人多，出去的人少。项目死了，大量的高级经理下岗，工程师失业，工人不得不重新学习新技术。这是我们在那儿念书的时候目睹的状况。但是你看它几年以后为什么就充满活力，进入了所谓新经济呢？主要有两条。

第一条，20世纪80年代，美国在各种因素的促成下，采取了所谓放松管制的政策。原来政府对很多特种行业，就是有高度发展潜力的行业，有很多管制，实际上就维持了行政垄断。80年代早期开始，从航空业开始，电信业、电力基础设施，这些过去所谓自然要占垄断地位的行业，一个一个改，一个一个冲破垄断，引进竞争。这个引进竞争是什么呢？就是准入。什么叫作准入呀？就是你可以到这个领域去创业，你可以从事新的行业。最突出的就是航空、运输和电信。你看我们中国昨天才挂牌吧，把中国电信分解成几个互相竞争！不要让一个独占市场，否则它对市场、对顾客、对技术进步都不敏感了。美国80年代就开始了这个过程。

第二条，大量的企业重组。企业重组是什么意思呀？也就是激发企业家精神。我们中国现在讨论的是社会主义原来的公有制，需要一个产权改革，需要所有者到位，这个都对，但是还有进一步的问题，所有者偷懒怎么办？必须要有一个竞争的市场，所有者不敢偷懒，甲要偷懒，乙就把它收购了。你不要玩了，你不要占着这些资源了，你不能再用这些资源晒太阳了，你效率低，有效率更高的人，有企业家才能更强的人，他可以在资本市场的支持下收购、兼并，把控制权拿过来。放松管制和企业重组这两件事情加在一起，让美国经济的活力得到了充分释放。

由于竞争机制的引进，原来只有一个AT&T（美国电报电话公司），后来是MCI（美国世界通信公司）加入，再后来十几个竞争商啊！大家供应电信服务，电信的价格就下降了。互联网就是在这种背景下发展起来的，从而使信息、知识传播的价格大大下降。我们知道，知识这个东西制造的时候很困难，你不知道是谁、什么时候能发明，但这个发明的主意一旦产生，你要把它运用到经济当中去，它就没有第二个成本了。一个东西你知道了就知道了，知道以后就没有成本了。它不像物质的东西，这杯水，我喝了，你就不能再喝；知识的东西我知道，我告诉你，我还是知道。这个传播在经济活动当中发生的作用，使整个传统行业的面貌变化得越来越快。大量的知识进去了，而知识这个东西，它会提高资源利用效率，它会找到那些稀缺资源的替代物。

今天很多发言人都提到硅谷了，从物质上看，硅是什么东西呀？硅是沙子，是世界上最便宜的东西。但是你说硅谷那个硅制成的芯片，为什么那么贵呀？因为它在沙子里凝聚了大量的知识、技术，因此它可以贵起来。你看现在通信用的这个光缆，光缆的技术材料还是沙子呀，这正是把沙子变成金子的过程。知识本身的作用，再加上知识传播成本的降低，看起来这是两个主要的因素。因此，它可以大规模地改变传统经济。美国是在它的制度框架内，体制改革在先，技术变化在后，新经济最后作为一个图像呈现出来。我们要注意它的经验，特别要注意这个经验本质的东西，而不是注意它表面的东西。

创业挂帅是灵魂

我非常赞成今天这个主题，就是创业。我不知道这个创业在线能不能搞成，这我不能保证。但是这个词很重要，为什么呢？你看整个工业化的结果,是产生了大规模生产:大规模、大批量。大批量的好处是显著节约成本。怎么做到大批量?分工越来越细,把每个人变成零部件。因此,它不但要丧失消费者的个性,而且首先要丧失生产者的个性。你现在到广东那边去看看,在大型的鞋厂,内地去的年轻女工,每人就做那么一段,一个动作,每天从早到晚重复。这是大工业革命的一个结果。它是一个进步,它比农业生产——日出而作,日落而息,自给自足,小而全——更有效率了。

当经济增长被知识驱动,就要更多地靠人的全面发展。因此大规模的工业化和依靠知识驱动的增长之间,存在着组织上的冲突,大工业革命的最高成就就是股份公司。我们现在一讲就是《财富》世界500强,其实500强在美国经济的整个份额里的比例越来越低,只不过它在媒体上的比例越来越高。大公司是什么意思呀?把每个个人变成一个零部件、螺丝钉,让每一个人都自觉地去当螺丝钉。这样做有好处,可以形成批量规模;缺点是人的主动性和创造性下降。这个矛盾,很多经济学家、社会学家都观察到了,也有很多批判,但是批判如果没有技术基础,就是空想。你怎么才能让人的全面发展跟物质水平大规模提高结合起来呢?非常难!现在有了这个可能了:生产组织模式开始变化。

刚才景安(张景安,科技部火炬办主任)讲了一连串美国创业英雄的出处,从地下室、宿舍到车库,这些东西我们都有(笑声及掌声),但是能不能从这些物质空间里头创造重大的变化?

我在北大教书,这句话应该讲,我们的教育方法,从小时候开始就扼杀了不少企业家精神。家长的权威、老师的权威……你们都是在这个标准下考上来的。要当心，教育如果不在根本上从启发出发，从主动掌握知识出发，我们就很难碰到那个东西——创造。光有地下室是不够的，我们顶多在地下室里考试，而不是在地下室里创造。我们教育的精神、教育的制度、教育的方法还要很好地改。现在学生里头有这个创业热情，我觉得不管后果如何，它对我们整个教育体系、对人才培养都具有战略意义，所以我赞成创业。

创业和企业家

创业是什么东西？第一位就是企业家精神。什么叫企业家精神？我比较赞赏的是熊彼特的那个定义：创新。你能贡献新的东西。你不能周而复始地沿袭传统的东西，创新就突破了周而复始。还有一句讲得比较好的是：向一切可能的方向探索。这个在计划经济时代为什么不行呢？因为它保证挑了很聪明的人，然后由他说向哪个方向去探索。市场经济要求向一切可能的方向探索，向一切可能的方向去找机会。这一点就是企业家精神，我觉得非常重要。我始终有句话：当不当企业家不重要，有没有企业家精神很重要。今天在座的人不见得都能当成这个社会某个行业里的企业家，但是一定要有创新精神，要找到新的东西。

企业家精神里头我比较欣赏的第二个定义是：要对市场潜在的机会敏感，对潜在的盈利机会敏感。这一点我想利用这个时间多讲一点，因为现在很多人讲创业，创业创什么？你首先要给客户创造价值！

我觉得中国的这一波浪潮里边，这个精神至少在我看来并不突出。很多人还说"我有什么,你来买吧,你看我有十八般兵器,你来买吧。你要不要?你不要,你就是傻瓜"。但是企业家精神应该是先去满足别人,开发市场。我的看法,这件事情是中国人的普遍弱项,旧经济也罢,新经济也罢,我们经常是看外国企业家怎么开发了市场,然后获得灵感。中国人自己的需要、需求,怎么去认识?你不给别人带来东西,就等着别人给你带来东西?

企业家首先是要为社会、为客户创造价值,这是非常重要的。现在由于经济情况的变化,使得这些特征很难抓住。温饱问题没有解决的时候,这个需求还容易把握,热量不够,那就多生产卡路里,生产出来总有人要,总是他的需要。但是温饱阶段过了以后,人们的需要、需求开始发散。满足了最基本的需求以后,多数人开始进入所谓中产阶层的时候,买更大的彩电好,还是买别的好,取决于有没有别的,有没有更好玩的。如果没有互联网,我相信有的人会把彩电越买越大;有了互联网,他就犹豫了,彩电小一点也可以呀。这是被需求竞争定位的。

我觉得有两件东西的开发,中国人是成功的。一个是 VCD(影音光碟),个人电脑买不起,把个人电脑中的 CD-ROM 扒出来,独立成为一个产品。这个东西卖掉了 4 500 万台。增加了多少税?增加了多少就业?把老百姓口袋里的钱吸引出来多少?满足了国人多大的需要?最近还有一个东西叫跳舞机,你说这算什么行业?你说是运动器械,还是什么东西?反正有人买。新经济的出现,降低了信息传输成本,因此可以在经济活动当中大规模利用信息、利用知识,但不可或缺的是要非常务实。

现在讲的孵化器，这个东西到底成功不成功，不知道，反正你去做吧。但是这个东西对头。创业精神从在校生开始体现、体验，至少是给了一个机会。你与其把自己打扮得漂漂亮亮地去大公司就业，不如试一试创业，因为你年轻，不成功，还可以去找工作嘛。找工作还是自己创业，这在市场经济条件下是可以互相替代的。我的观察是这样的，你哪怕创业失败，再到公司工作，你对公司组织的体验也是不一样的。这个对产业、对经济来说，不是什么坏事。

青年学子赤手空拳，有点子；投资公司找来了钱，一时花不掉，找年轻人试一把，总比瞎投了好。最近有个消息说，人力资本可以和公共资源组合到一起，注册无形资产可以占企业总股份的60%。在投资领域，各国都是承认的。钱，不跟合适的人结合起来做合适的事，是不会增值的。给你一堆钱，天天盯着看，是不会涨的。

去年，关于高新科技，中央有一个文件，在我看来堪称改革开放以来最好的文件之一。最好的是里面的一句话：要从近年国有资产中的净资产的增加值中拿出一块来，奖励给创业人员和技术开发人员。承认人力资本，承认人的努力、人的积极性、人对市场的敏感性，这些都是资本。中国现在已经开始放松管制，进行了一系列的改革：电信、电力、航空、金融。WTO（世界贸易组织）协议签了以后，也有许多国际规范对我们提出要求，从这些方面看，客观大环境是有可能激发企业家精神的。在座的年青一代在这方面应该也可以大有作为的。

2000年8月6日

家族经营与非家族经营是一样的

我们要当心，不要未加仔细检验就得出家族经营要被非家族经营取代的"规律"；也不要编造家族经营意味着原始，非家族经营标志着现代的标准；更不要以为，凭借我们臆造的规律和标准来改造家族经营模式，就一定有助于民营企业做大做强。在可以自由选择的市场里，家族经营和非家族经营可能长期并存，因为儿子接班与外姓职业经理接班效率等价。

创业成功的企业家老了之后，"交棒"问题提上日程。一些公司的老板，将亲手创立的公司交给儿子或其他亲戚管理。另外一些公司，管理大权落到市场上聘来的职业经理手里。还有一些公司，儿子与非亲非故的职业经理一起工作，其中有的是儿子领导职业经理，有的则是外聘经理当上了老板，领导创业者的儿子或亲属一起为公司工作。

同时并存，自成自败

效果如何呢？我国的民营公司，一时还看不出名堂。子承父业以浙江万向集团为代表，新一辈老总的分量究竟几何，市场还在拭目以待。没有家族色彩的联想集团，新一代接班的领军人物也还在接受竞争的检验。其他绝大多数民营企业，接班布局形形色色，但创始人仍然在位在岗，要论效果，还为时过早。

美国的自由企业历史比较长，是不是可以看出家族经营与非家族经营的效率差别？福特汽车公司历来是家族公司，到了福特三世手里，在T型轿车决策上的刚愎自用，差一点导致全军覆没。另外一个类似的案例，就是曾在新兴的计算机行业占有先机的王安公司后来走了下坡路，据说老板非要不那么优秀的儿子接班，是主要原因之一。这些应该都是家族经营败笔的证据了。但是，成功领导IBM完成从打孔机生产商向电脑蓝色巨人转型的，还不同样是子承父业的托马斯·沃森？通用电气的执行总裁韦尔奇在天下职业经理人群里笑傲江湖，创造了非家族经营的典范。但是，与创业人非亲非故，并不是把公司经营成功的必然保障。远的不说，最近一波美国公司CEO（首席执行官）的大搬风，走人的还不都是职业经理人？

所以，比较可靠的概括是：（1）企业的家族经营与非家族经营同时存在；（2）家族接棒与非家族的职业经理人接棒，都是有成有败。就是说，我们其实并没有什么把握可以断言，家族经营一定要被非家族经营的模式替代，并且一旦这种替代发生，效果就一定更好。我们可以看到的是，无论中外，公司的家族经营与非家族经营长期并存。此外，成功的家族经营与失败的家族经营，正如成功的非家族经营与失败的非家族经营一样，也长期并存。

一种"等价"的理论

在自由市场的企业制度下,为什么企业的家族经营与非家族经营长期并存?我的解释是,竞争的市场环境,使得创业的企业家选择儿子还是选择外人管理企业,终究要从效率着眼,因此没有大的差别。既然效率等价,家族经营与非家族经营就是一样的。至于儿子管理的公司在全部私人公司中的分布,我以为是随机的。这是因为,与其他可选的接棒人相比,合格的儿子的分布是随机的。

让我分三层意思讲解一下我的解释。首先是创业企业家的产权。经验表明,无论公司是否一人独资,创始人通常拥有最后决策权。这是对创始人为公司创办付出努力的回报。所以,创始人什么时候交班、选择由谁来接棒,是创始人权利的重要组成部分。是的,等到创始人考虑接班人问题时,他的企业家判断力可能已经下降,甚至已经过了气。如何防止公司创始人对公司的未来犯下晚年错误,或许是公司控制权代际转移的一个重要问题。但是,对创始人产权的任何限制,总会削弱创业动机。至于讲到效率,要当心的是,离开了评价主体,本无效率可言。比如在帕累托意义上,当不能增加一个人的边际收益而减少另外一个人的边际损失时,这里至少有两个评价受益或受损的主体,而评价主体是由产权来界定的。因此,在产权得到充分保护的场合,挑儿子还是挑外姓人来接掌公司大权的权利,是被包括在创始人的产权权利束之中,得到法律或习俗保护的。

第二层意思，创始人挑选企业接棒人时，可能有复杂的考虑，并不是单维取向。比如说，是任人唯亲，还是任人唯贤。真实世界里选企业接班人，最简化的模拟，也应该是在亲（可靠）与贤（能干）这两维之间，寻求尽可能好的组合。我们可以观察到的结果，无论家族继承还是职业经理人接班，其实都包括了创始人的组合性考量。选儿子不选外姓职业经理，是因为对创始人而言，儿子的可靠加能干，大于外姓经理的可靠加能干；正如选了外姓人，是因为其组合值大于选取自己的儿子。所以对于公司创始人而言，儿子接班与外姓职业经理接班是一样的。

最后一层意思最重要。公司创始人挑选未来掌门人，可能谨慎小心、深谋远虑，也可能刚愎自用、一意孤行。他可能慧眼识英雄，也可能看人看走了眼。但是无论如何，创始人挑选接棒人的决策，终究要由市场来检验。我原来讲过，企业家的权威不同于任何其他权威的地方，是企业家的决策要经受方方面面的检验。儿子也罢，外姓职业经理也罢，总要能把公司业务拿得起来才算数。因此，有幸被创始人选中的接班人可能各形各色，但是，经得起市场检验的接班人都是一样的：无论血缘关系如何，他们可靠和能干的组合值具有竞争优势。是的，创业企业家有权挑选接班人，但市场会校正企业家可能的错误。从能够通过市场竞争考验的角度来看，儿子接班与外姓职业经理接班在效率上等价。

鉴于历史教训，我们要当心，不要未加仔细检验就得出家族经营要被非家族经营取代的"规律"；也不要编制家族经营意味着原始，非家族经营标志着现代的标准；更不要以为，凭借我们臆造的规律和标准来改造家族经营模式,就一定有助于民营企业做大做强。在可以自由选择的市场里,家族经营和非家族经营可能长期并存,因为儿子接班与外姓职业经理接班效率等价。

2001 年 4 月 3 日

信誉与运气

产生出一点企业家创意或直觉,小运气而已;让别人相信你的企业家创意和直觉,才是大运气。市场究竟是怎样分派运气的?信誉在向潜在的企业家分派运气时,起了决定性作用。市场总是剔除那些缺乏信誉的企业家,而把更多的运气分派给兑现了承诺的企业家。由此,在企业家创意和直觉值钱的地方,信誉一定更值钱。

运气向来很重要

企业家获取成功,有一项极少被谈到的因素,那就是运气。大致的情形,是运气不好经常成为失败和挫折的理由,但论到成功,绝少有人承认其中包含着某种运气的关照。经济学理论当中,讨论运气的好像就更少了。这方面,阿尔钦也许是一个重要的例外。他在1950年的那篇著名论文中,提到市场中人的理性或利润最大化其实是竞争演化的结果,因为只有那些幸运地按照利润极大化原则行事之辈,才经得住市场竞争的生存检验而活下来。这里讲的"幸运"

（lucky），就是我们中国人所说的运气。

那么，究竟什么是运气呢？我的概括就是，市场里种种看似与你付出的努力没有直接关系的利好因素，挡也挡不住地一起向你汇聚而来。

举个例子吧。现在已经不讨许多人喜欢的比尔·盖茨，当年认定要为 PC（个人电脑）开发系统软件的时候，据说绝大多数的计算机硬件工程师都相信，要使计算机运算更快，唯有把计算机造得更大。就是说，大家都看好大型计算机的时候，盖茨创意的基础却是小型计算机将流行。后来，果不其然，小型计算机大行其道，盖茨和他的同伴们，也就挡也挡不住地发达起来。所以许多人说，盖茨成功的第一要素，就是他的判断。至于为什么他当年就能够拿个人计算机来下注，那可是没有道理好讲的事情，勉强找一条理由，那就是因为盖茨先生具有惊人的企业家直觉。

是的，创意和企业家直觉都是市场经济当中价值很高的资源。我向来深信不疑的是，对创意和企业家直觉的产权缺乏有效保护的社会，不可能获得经济增长，也产生不了有竞争力的公司。

但是，非凡的创意或惊人的企业家直觉，都不能直接变成产品、服务、市场份额和利润。要取得市场成功，至少还要加上一个条件，那就是社会的一部分资源能够汇聚到一位企业家手里，按照其创意或直觉来生产产品或服务。然后，这位企业家拿出产品和市场打赌，赌赢了的，当然就是成功者啦。

小运气和大运气

问题的要害清楚了。产生关于市场的某种创意或直觉,固然非常重要,但是更加重要的是,哪一些创意或企业家直觉,能够得到其他资源所有者的信赖,从而能够汇聚起码的资源,获得练一把的机会。这样来看,市场里的运气至少可以分为两类,一类是产生企业家创意或直觉的运气,另一类是获得社会资源来试试企业家创意或直觉的运气。倘若没有第二类运气的眷顾,纵然你翻江倒海、创意无限,对市场也没有半点影响。退而求其次,当个专业出售创意的点子大王吧,要是谁也不信,看客哈哈大笑,一哄而散,怎么知道那点子究竟是宝贝还是垃圾呢?关于行业标准的研究中,有一个谜团就是往往一些技术上二流的创意反而主导了市场。如果愿意听我的回答,我要说,那是因为后者的运气太好的缘故。

所以,产生出一点企业家创意或直觉,小运气而已;让别人相信你的企业家创意和直觉,才是大运气。微软的大运气,是早在20世纪70年代就拿到了IBM的订单。在那个年头,一张IBM的订单在手,找人找钱都不会太费劲。没有最初的大运气,日后的盖茨横空出世,可就是纯粹的神话了。中外成功的企业家,多多少少被神话的光环笼罩,我想看漏了运气,恐怕是一个基本的原因。

市场如何分派运气

要紧的是,市场分派了运气,也就分派了成功。于是,不妨好奇地问一下：市场究竟是怎样分派运气的？不知道读者如何作答，我自己偏爱的猜想如下：信誉在向潜在的企业家分派运气时，起了决定性的作用。

容我解释一下。从"每个人都是独特的"角度看来，"六亿神州尽舜尧"就不单单是诗情画意了。人人都有一点企业家创意，并不是太离谱的事情。既然未来的市场趋势具有不确定性，那么我们谁也没有充足的理由在事先就判明，究竟哪一个成员的哪一种创意是"对"的。因此，社会将资源交付给任何一个潜在企业家的创意或直觉来做实验，都是可以的。

由于资源相对于源源不断的创意永远不足，人类早就学会了区别性质完全不同的风险。例如，前几年流传甚广的一项创意，是要在喜马拉雅山上凿一个洞，让印度洋的暖风改变我国大西北以至华北地区的环境。这是不是创意？当然是创意。有没有风险？当然有风险，因为山洞可能打不成，或者打通之后引发其他环境灾变，等等。但是，这类风险含有一项潜在的收益，那就是一旦投入资源实现了创意，人类可以享受创意预期的利益；或者得到反面教训，知道这类事情干不成。

另外一种风险的性质截然不同。宣称凿洞的企业家讲完故事圈到钱之后，并不去凿洞，而是"募股所得就是利润"，大把大把地把人家的银子花光了事。为了避免这类绝对的损失，各类社会都不得不把信誉放在考核潜在企业家资格的首位。企业家和潜在企业家讲的故事（创意）有多大的技术风险或经济风险是一回事，他们的行为倾向的可信程度——能否尽最大努力履行承诺——是另外一回事。

由于评估创意提出者的信誉相对来说比较容易，可观察的结果就是，市场总是剔除那些缺乏信誉的企业家，而把更多的运气分派给兑现了承诺的企业家。由此我推测，在企业家创意和直觉值钱的地方，信誉一定更值钱。不相信以上推测的"老板"们，将一个接一个付出"悔不该当初"的代价。

2001 年 3 月 26 日

企业家是钱财不够用之辈

"企业家"与别的"家"不同的地方,首先就是要有企业家精神,也就是要有企业家的企图心。企业家要有特别之所"图"。"图"的就是要成就一番事业。企业家不但要有成就事业的企图心,而且这企图心还要非常大。大到什么程度呢?至少要大到企业家自己拥有的所有资源,就是全部用上,也还是不足以实现其成就事业的雄心。

我们读到过许多关于企业家的描述。如果读者愿意听我解释几句,会同意本文提出的"企业家是钱财不够用之辈",并不惊世骇俗。

企业家不是有钱人

许多人认为"有钱人"与"企业家"之间的区别很模糊。是的,企业家大抵是比较有钱的。无论哪一个社会,企业家阶层的收入水平总要高于社会平均所得,这一点甚至在苏联体制下都不例外,应该放之四海而皆准。在相当多的地方,企业家构成社会中最富有的一个群体，大体也无须质疑。

但是，企业家通常比较有钱，不等于可以说有钱就可以成为企业家，或者认为有钱就是企业家的特征。经济史可以表明，以往时代多少有钱人，都没有成为后来意义上的企业家。太多的有钱人不但没有成为企业家，好像连当一下企业家的尝试都不曾有过。《红楼梦》里四大家族，荣华富贵，子孙成百，但就是一个企业家也没有出。不要以为，在那个传统下中国根本不会有企业家。一个曾经在经济上领先于世界、创新层出不穷的经济，怎么会没有企业家在那里出没？至于皇权显赫，官气逼人，压住了企业家的风采，那是另外一个问题。

当代商业世界，人们印象中美国社会似乎是最可以让企业家人才辈出的地方。但是读读那本风行一时的畅销书《邻家的百万富翁》，我们或许可以知晓，在美国成为有钱人而不是企业家的，比想象的不知要多出多少。

有钱人不是企业家，当然原因有很多。我认为从个人心理方面来探究，有没有"在市场里成就一桩事业的企图心"，应该是有钱人与企业家之间的一道分水岭。企图心的意义是普遍的，千行百业，芸芸众生，要自成一"家"，总离不开旺盛的企图心。

"企业家"与别的"家"不同的地方，首先就是要有企业家精神，也就是要有企业家的企图心。换言之，企业家要有特别之所"图"。据考证，在最早创造出"企业家"（entrepreneur）概念的爱尔兰人理查德·坎蒂隆（1755）那里，企业家的意思首先就是一个事业家，"图"的就是要成就一番事业。至于在"成就事业"的前面加上一个"在市场里"的限制条件，无非是要把企业家的事业与在其他领域博取的功名区别开来。

企业家不但要有成就事业的企图心，而且这企图心还要非常大。大到什么程度呢？我的看法，至少要大到企业家自己拥有的资源，就是全部用上，也还是不足以实现其成就事业的雄心。这就引出了本文的命题：企业家自己的钱，相对于成就事业的企图心，总是不够。

各位读者，一般有钱人的特征可不是这样的。没有大的成事企图心，有些小钱也就很"有钱"了。当然，有钱人的钱也可能常常不够用。不过，倘若只是因为消费或奢侈的企图心太大而钱不够用，与企业家相对于成就事业的企图心而言的钱不够用，不是一回事。

借用社会资源成就事业

几十年前，弗里德曼讲解需求，提到过人的"需要"（wants）有两类：一类是"工作为了活着"（work to live），需要被看成目的；另外一类，"活着为了工作"（live to work），工作被看成目的。企业家无疑是后一类人物，而且活着不是为了一般的工作，而是为了成就市场里的一番事业。其企图心之旺盛，相比之下，自己有再多钱也还是不够用。

企业家要成就一番事业，自己的钱又不够用，怎么办？那就要动员、运用社会资源。所以，信用是一个企业家与生俱来要解决的问题。这个我会另外专门讨论。不过，信用总需要一个历史时间来发展。在信用不发达的"早期"，企业家想用别人的钱而不能够，只好用自己的钱财实现自己的事业企图心。

在经济学文献上,从亚当·斯密到奈特,企业家必须是"业主",也就是原本意义上的"资本家"。我以为,这反映了在信用不发达的社会条件下,只有有钱人才能当企业家的历史事实。

问题是,那些早期的企业家,还是本文所说的自己的钱财不够用之辈吗?我的看法,还是的,证据就是"企业家追逐利润"。

"逐利"的由来

大家都知道经济学关于资本主义企业利润最大化的假设。当然,像所有的最大化行为假设一样,企业利润最大化的假设,只有从阿尔钦的"演化"和"生存检验"的意义上来理解,才是真实的。但这里的问题是,人们似乎并不探究"追逐利润"或"利润最大化"本身是为了什么。用"财迷心窍"来解释追逐利润的行为,与太多的经验事实不相符。

我的理解,在社会信用发达的条件下,追逐利润是维持信用和增加信用(就是动员社会资源)的必要条件;而在信用不发达的"早期",企业家只好凭借自己的钱财办企业,事业企图心大而自己的钱财不够用,所以必须追逐利润,然后,将利润再行投入企业。这两种状况,其实源于一个限制条件,那就是企业家自己的钱财不够用。

其实,即便是今天在信用经济十分发达的北美和西欧,企业投资最主要的来源还是本公司的利润留成。我看过一份扎实的研究报告，结论是企业的利润留成用于扩展企业的资本，在统计数量上远远大于公司对外的债权融资和股权融资。

我没有机会亲眼看过任何一个西方"早期"的公司。但是20世纪80年代后期，我在淮北农村访问过一个生产工业筛网的私人企业。该企业创始人叫张化彩，当初是用了他自己家、兄弟家和邻居们的一点钱起家的。公司有了利润以后，兄弟和邻居要多分利润，张化彩要扩大投资买新设备，谈来谈去谈不拢，闹到"分家"的地步。我当时问张化彩怎么想问题的，张说，琢磨市场、管理生产、节约成本，都是非常费劲的事情，仅仅为了多几个零钱花，不值当。他当时讲出来他自己的企图心也并不大，就是要在淮北农村平地上起一座"山"，让方圆多少村庄的人到他的厂子里来工作。相比他那一点企图心，不但那个公司的本钱不够用，再多的利润也不够用。张化彩的故事我想了很多年，后来懂了：企业家自己现有的钱财相对于企图心不够用，是追逐利润行为的基础。追来追去，别人看你生产利润的本事比他自己搞大得多，企业信用——也就是公司融资的历史就开始了。

人很有意思，只有追"不够用之物"，才有非常疯狂和长久的劲头。不理解这一点，所谓利润最大化云云，不过方便了解数学题，对于解释真实世界里的经济行为，没有什么帮助。

2001年2月7日

驾驭不确定性

企业之间比什么？比的是谁的适应能力强。企业的研究要超越公共运算部分，从不确定性的角度来研究，增加对不确定性部分的注意力，研究规则变化后自己的策略，以及直接和间接对手的策略。真正能把企业做好的是艺术性的部分，是不确定性部分。

商业世界里已经发生的事，严格说不会重复发生

正如哲学家说人不能两次踏入同一条河流，商业世界里已经发生过的事件，严格地说，不会重复发生。为什么好的商学院都搞案例研究，而不太像经济学那样讲授原理，试图把知识变成很确定的东西？因为商业世界里确实没多少确定性的东西。个案研究的好处就是让人举一反三。

以消费市场为例。消费者的消费有很大的不确定性因素，消费者将买什么，没有办法用经验概率来推断。当人均国民所得很低时，大家必须把很多的资源用来买食品，以满足最基本的热量要求，这时的经济形态比较确定。消费者离开低收入水平越远，消费的不确

定性表现得就越显著；市场规模越大，这个不确定性也越大，很难知晓千百万人分散决策形成的潮流最终往哪里走。很多大的厂商做广告，就是想影响消费者的决策过程。但这只是试图影响，其影响的效果如何取决于竞争对手，甚至有时还取决于竞争对手的动向。如电视机生产厂家一般不把电脑生产厂家看成它的对手，但从消费者来说，购买电脑的购买力可能就会从购买彩电的购买力当中转移而来。那种认为只有同行竞争的思维模式是有问题的，现实是所有不相干的行业都在竞争。信息社会，知识的可分享性使得一瞬间可以造出无数的竞争对手来。这是不确定性的一个根源，能够感觉并把握潮流，这是不得了的学问。

不确定性是经验概率无法对付的

奈特认为，市场经济的本质特点不是风险而是其不确定性。所谓风险是一件事情未来是否发生不完全知道，但有一个或然率。人们可以根据这个事件过去发生的概率，大体推断出其未来发生的频率。奈特把这样的事件定义为风险事件。按照他的定义，风险事件是经验概率可以对付的，设一个保险系数就行了。保险机制、保险生意做的就是某一事件未来实际发生频率与所估算频率之间的差额，即对事件未来的可能性，根据经验概率估算一个值，然后收取一个保费。那么什么叫不确定性？就是经验概率没有办法对付的。

中国决定走向市场经济，就使我们越来越靠近市场的不确定性，这是市场经济的特点。我们过去的教育和计划经济的传统，使得很多人希望生活在确定性的事件中，但这不是市场经济的特性。WTO 所谓降低市场准入，就是大大增加市场过程当中的不确定性。

企业家不是做公共运算的人

什么叫企业家？有一种定义：企业家就是做出决策性判断的人。决策性判断不是公共运算。所谓公共运算是把数据拿来，什么人来算结果都是一样的。公共运算很重要，我们办大学、办中学、办小学，一个重要目的是，通过教育提高人们的公共运算能力。但是，人类的活动，尤其是企业的活动，在面对未来时，总会有一些东西事先不完全晓得。公共运算可以请幕僚做，可以请专业顾问公司做，可以请专家集团做，但最后报告送上来，总还会有一个未知的东西，那就是：今天所采取的行动，将有若干个可能的结果，到底是哪一种，今天不完全晓得，但企业家必须做出选择。这个过程被有些理论家称为决策性判断。这是企业家最重要的职能。

市场经济，特别是面临加入国际市场和新经济挑战的市场经济，事先无法完全搞清楚的这块东西相当大。真正的挑战是在这个方面。具备决策性判断能力的人，在人群中的分布是不均衡的。每个人都有一点企业家才能，但是其大小、储量差别很大。那么，如何使具备企业家才能的人被挑上来并愿意好好干？这要由产权制度来解决。世界上给人的能力定价，无非是这几样东西：第一是工资加福利；第二是利润的分享，不仅在成本里边起作用，在利润里边也有一部分；第三是利润分享权的长期化，即拥有股权；第四是长期化的利润分享本身能流通。

把企业做好的艺术

从加入 WTO 开始，中国的确面临很大的机遇。对有准备的企业家来讲，是做出决策判断的最好机会。从发展趋势来看，中国人应该有信心。过去几十年，开放越大的领域，中国人取得的成绩就越好。竞争范围不扩大，我们的能力是上不去的。中国的体育为什么成绩好，体育是最早加入了"WTO"的，比赛规则与全世界一样。

研究 WTO，其实重点不是研究加入以后中国的市场一定会怎样，其实没有人知道，也没有能力知道。专家知道的只是 WTO 的游戏规则，他们可以解释清楚新的比赛规则，什么叫输，什么叫赢，什么该挨罚。就像篮球比赛规则调整后，下一场世界篮球锦标赛是什么结果？谁是冠军，谁是亚军？不知道。游戏规则变了，各方的游戏规则就都要调整。如何在这种调整中找到自己的位置，要看各国各企业在新的游戏规则面前的反应能力。当然外国公司也面临挑战。我们有自己的本土价值、文明历史、行为规范，外国公司也要接受挑战，要学习，要本土化。

在更大的市场里面，企业之间比什么？比的是谁的适应能力强。这也是企业研究的重点所在。企业研究要超越公共运算部分，从不确定性的角度来研究这个问题，增加对不确定性部分的注意力。研究规则变化后自己的策略,以及直接和间接对手的策略。真正能把企业做好的是艺术性的部分,是不确定性部分。这里可以出奇制胜,这里可以产生新的激动人心的故事。

2000 年 4 月 19 日

企业家能力竞争的舞台

资本增值的真正来源是企业家才能在市场上的发挥。资本市场上"买卖企业"的背后是买卖企业的盈利能力，而归根到底是在买卖企业家能力。可以说，中国资本市场发展的基础就是企业产权改革。因此，我国资本市场的未来发展，取决于企业产权制度改革的进展。

资本市场买卖什么

初看起来，资本市场是一个以不同方式买卖企业的市场。从买方来说，购买企业可以直接持有企业的股本，也可以在场内场外的证券交易市场上买得企业的股票或债券，以此获得企业权益。从卖方看，为了获得资本而出让一部分权益，形式也可以多种多样。这就是说，在资本市场上买卖的是企业权益。那么，什么是企业权益呢？企业权益是一种获利的权利。买家如果看中的只是企业的产品或生产线，他只需要到商品市场或要素市场上去直接购买，而用不着到资本市场上来。到资本市场上来买入企业权益，目标是企业权益的增值，即通过企业产权的持有而分享企业利润。因此我们认识资本市场的第一步，就是看到在资本市场上买卖的是企业的盈利能力。

企业的盈利能力从何而来？我们从经验中可以知道，一个企业投入生产过程的各种要素，等到转化成了产品和服务，有可能卖出个好价钱（相对于投入要素的成本），也可能卖不出好价钱，甚至根本卖不出去而完全蚀了本。因此投入企业的资本增值与否，首先要对付由奈特定义的市场的不确定性。这就需要决策，决定企业生产什么，生产多少，以及怎样实现获得盈利潜能的创新。有了决断，还必须加以组织实施，直到实现盈利的潜能。这样来看，决策能力和生产的组织协调能力，是资本增值不可或缺的两个要素。这两种能力，就是企业家才能。在这个意义上，我们可以说企业的盈利能力说到底就是企业家能力的存量。钱本身并不能生钱。我们把钱存入银行，获得了利息，并不是因为钱能生钱，而是因为银行将钱贷给了企业，靠企业在运营中获得了增值。利润的本质不是对货币所有权的回报，而是对企业家才能所有权的回报。当然，银行贷款给企业是要冒风险的，因此贷款利息是对银行承担风险的回报。而风险回报——利息——最终来自企业运用资本的增值。有的理论把这两种回报混为一谈了。在我看来，离开了企业家才能的发挥，企业所有的其他投入品——劳动力、土地、资金和技术——统统谈不上增值。在资本主义发展的早期，由于资本家与企业家合二为一，使人们误以为利润来自货币资本本身。随着现代市场经济的发展，我们可以看到，是有钱的人在追逐企业家，竞相将钱交给那些有才能的企业家去运营获利。这就揭开了资本增值的面纱：资本增值的真正来源是企业家才能的发挥。有了这个认识，就可以看到资本市场上"买卖企业"的背后是买卖企业的盈利能力，而归根到底是在买卖企业家能力。

企业家能力与资本市场孰先孰后

这是一个容易循环起来的问题。不过我还是想冒一点险，把资本市场的发生看成是在企业家主导下发展起来的。我们知道，有一类交易是由生产厂家"想象"了市场需求，率先生产出产品和服务，然后刺激了消费者的消费欲望，从而把交易"开发"了出来。比如计算机的硬件和软件，常常就是厂商推出了一代又一代速度更快、性能更卓越、使用更方便的设备和软件，才刺激消费者不惜"挤"掉别的消费开支来购买计算机产品和服务。我相信资本市场的发展也是"供给导向"的。在一个经济中，首先要有企业家表现其才能的空间，要由企业家把企业的盈利潜能在市场上表现出来，才能吸引投资人向企业和企业家投资。否则，社会的剩余资源只好投向地产、贵金属、古董或别的什么东西来保值增值。在这个意义上，资本市场首先是企业家通过展示其盈利潜能"冲"出来的结果。

兴起于20世纪80年代的民间集资是我国资本市场的雏形。集资的兴起，正是有一些企业家通过发挥经营才能告诉周围的"潜在投资者"：我有市场看好的项目，又有管理经验，如果你把钱投到我这里，所得回报会比存银行高许多。于是许多人竞相将钱交给那些企业家去运营，形成所谓的"集资热"。集资当然包含风险，或者是企业家的预言失败，或者市场上有鱼目混珠的"企业家"。减少这种投资风险，需要很多条件，其中最重要的是要有界定清楚的产权和竞争性的市场。投资人可以在市场上挑选企业家，也可以在一个更大的范围内比较各自对企业和企业家盈利潜能的不同看法。资本市场与任何市场一样，一开始总是产权的自发交易。我们可不能小看自发的力量。自发的企业家才能的各种表达，自发的企业家才能的各种交易形式，是资本市场的基础。离开了这个基础，我们无从理解资本市场的发生和发展。但是企业家才能的发挥要成气候，要成"市"，需要大规模的市场导向的制度变迁。在过去很低的收入水平下，也有剩余资金在寻找"投资"的可能性，比如人们炒君子兰、炒邮票、炒各种"无价"票证等。但是只有经过十多年的改革，特别是90年代以来我国各类企业家争得了越来越大的空间，资本市场——企业家才能的交易——在中国的发展才有了一个"起始"的基础。

企业家喊价权和企业家定价

首先要承认，企业家才能与政府官员（或者叫公务员）的能力是不同的。企业家才能是面对市场不确定性，通过判断性决策和实施决策来获得盈利的能力。这同官员从事公共事务，主要是公正地提供公共服务的能力不一样。因此，首先要对把企业家与政府公务员混为一谈的"干部管理体制"实行根本的改革。按照我的看法，企业家才能本身就是资本增值的源泉，或者说是"未来收入增长的源泉"，因此这种才能本身就是"资本"，就是一种"人力资本"，就是人力资本中的一个特殊的类别——"企业家人力资本"。这种资本的定价同样要通过市场机制，要有一个"经理市场"或"企业家市场"。

但是，企业家能力并不是在给定的价格下交易的。交易首先是权利的换手，因此企业家的"喊价权"是经理市场的前提条件。其实，经理、厂长的喊价权早就存在，社会不承认其合法的喊价权，它就以"非法喊价权"的方式存在。现在流行的对所谓"企业内部人行为"的那些批评，无非是经理、厂长在行使"非法喊价权"。如同人民公社不承认农民人力资本的合法喊价权，农民就出工不出力和逮着机会就偷盗集体财产一样，经理的非法喊价权是通过损害企业利益来谋得个人利益的。解决非法喊价权的最有效途径是提供合法喊价权。横竖天底下没有免费的午餐，国家、企业和投资人，要想让投放在企业中的资本增值，就要为利用企业家的人力资本而付费；与其付给非法喊价权冤枉钱，不如让企业家有合法的喊价权。经理们都有了喊价权就可以竞争，买方也可以还价；通过喊价与还价，形成对企业家才能的市场评价。所以，企业家才能的市场均衡价格是合法喊价权交易的结果。

企业家的喊价当然包含许多内容。从经济收入来看，有一点要讨论，就是企业家的收入一定要包括对利润的分享。现在许多地方都规定，经理的收入最多可以超过职工平均工资的多少倍。我们看到，这个"倍率"的数值在各地正在逐步提高。这是一个标志，表明企业家的贡献在我国得到合法承认的程度正在提高。但是，我们还是要批评，这种倍率控制的办法仍然不适应企业家人力资本的性质。前面讲过，企业家决策与管理的基本功能是增加企业对付市场不确定性的能力，因此企业家的贡献，归根到底要由企业是否成功地对付了,以及在多大程度上对付了市场不确定性来检验。

那么怎么才算企业成功地对付了市场呢?最简单地讲,只要企业产品(服务)的市值超过其要素成本之和,即有了"剩余",企业就成功了,因为投入企业的资本增了值。因此,不但企业家才能主要由企业的盈利水平来衡量,而且企业家才能的定价原则是将企业家所得与企业的利润挂钩,而不是向企业家支付要素成本,即工资。用产权经济学的语言来讲,就是企业家要分享"剩余索取权",而不是获得事先可以确定的"合同报酬"。在市场上,我们没有办法事前知道企业的利润能有多少,所以也就没有办法事前规定企业家的报酬,更没有办法事先规定企业家的收入只能等于职工工资的多少倍。至于收入分配,可以通过个人所得税来调节,那是另外一回事。这里的关键是承不承认企业家在创造剩余价值中的作用,承不承认企业家的收入原则是与剩余权挂钩的。

另外,企业家人力资本除了市值到位,还要有资本化的制度安排。我们知道,企业家的能力是与企业家本人联系在一起的,而人总是会衰老的。如果企业家才能不能最终资本化而与人本身分离,那么企业家在对企业还具有控制权的时候,就会转移决策目标,去进行那些对企业发展有害而对个人有利的投资。控制权与控制权的收益不能分离,最终会损害企业的长期利益。比如有的企业,经理非常能干,企业经营得也很好,但由于没有企业家才能的资本化安排,就会发生所谓的"59岁现象":企业家临到退休大捞一笔,或者让自己的儿子成为接班人继续控制企业,而他的儿子偏偏又不是最优秀的候选人。企业家才能的资本化安排,使得企业的控制权能在竞争的市场中由一个企业家手中转移到另一个企业家手中。在这个过程中，企业得以始终保持生机与活力。

企业改革是资本市场发展的基础

我国资本市场的发展始终与企业制度的改革紧紧联系在一起。可以说，中国资本市场发展的基础就是企业产权改革。因此，我国资本市场的未来发展，取决于企业产权制度改革的进展。最近，我们在上海、山东、江苏等地调查，看到中国企业产权改革的实际进程比想象的要快、要活跃。比如"耕者有其田，经营者有其股"，讲的是上海纺织控股公司所属的埃通电器公司实行经营者群体持股的故事。各地还有一些早就在做但从来不说的案例。我们的印象是，我国企业改革的实践开始围绕企业家的人力资本产权做文章，而不是单单去"界定"国有的或集体的（物质）资本的产权。各地的具体做法当然还大有完善的余地，要讨论的问题非常多，但围绕这个方向的改革实在是抓住了根本。现在企业改革实践的一个重要特征是，企业家正在以各种不同的方式喊价，非法喊价权正在以各种方式"演化"为合法喊价权，而企业家喊价权的竞争性市场正在形成。这个变化产生了发展资本市场的巨大需求。如果说企业物质资本的产权交易引发了我国资本市场的萌芽和初级发展，那么企业家人力资本产权的交易，必将实质性地推进资本市场的深化。

一些地方把国有的或集体所有的企业股本出售给企业经理持有，还为解决国有股、法人股流通问题提供了富有启发意义的线索。许多人都在讨论国有股、法人股的流通，诸多障碍之中似乎有一个核心的两难抉择：允许国有股、法人股流通，怕一下子"砸"了市场；不允许流通，那么中国的股市上永远只买卖企业的小股份，而不能提供交易企业控制权的机会。没有企业控制权的买卖，股市怎么可以厚实起来？但是，把一部分国有股出让给企业经理，可以在某种程度上解决这个难题。由于经理持有的股权是锁定的，即在经理任期内不可以在市场上交易，但经理手中持有的股本，只要数额不再是小得不足为道，就会大大强化对企业家人力资本的激励，从而增强企业的盈利能力。企业的盈利潜能当然是扩展市场的基础。同时，随着经理人员的流动，经理所持的股权也逐步入市交易。因此，经理持股的不流动性只是暂时的。更重要的是，在这个过渡期，经理持股的效果会显著不同于绝对禁止流动的国家股和法人股。经理持股要研究的问题还有很多，比如经理自己没有多少钱，要他（她）买够一个对其经理行为确实有制约效果的股本额度，钱从何来？基层的一些自发做法是通过某种集资或借贷关系，这里有没有让金融组织，特别是叫作"投资银行"的机构大展拳脚的机会，值得研究。总之，我的判断是，有了资本市场的配合，目前的"放小"政策有可能放出一个前所未有的大局面。企业产权改革有了实质的、成规模的推进，资本市场的发展就有了最可靠的基础。

规范资本市场的动力机制

资本市场当然需要规范。不规范，"融资骗子"横行，投资人终究要被吓回去的,问题是"规范行动"的信息基础和激励机制。我刚才提到,一方面,企业家才能是一种主动性很强的资源,一有机会它就要"冒",非常活跃;但是另一方面,企业家才能要大规模发挥作用,需要一系列制度和政策方面的支持,否则,自发的企业家才能的发挥只能停留在一个临界水平以下,从社会经济的表层来看,就是所谓"企业家供给不足",样样事情没有政府精英的推动和组织,好像就没有办法实现。在一个长期以行政为中心的国家里,究竟能不能容忍企业家在经济舞台上人尽其才?有多大的空间?这是第一位的问题。因此,说到资本市场的规范,首先是我们整个社会是不是能够容忍和鼓励企业家的创造,而不是扼杀或抑制企业家才能的发挥。

当然,资本市场上可能良莠不齐。这就是人们提到的代理问题以及经营人员的道德风险问题。即使没有这些问题,由于市场变化的不确定性,投资者也存在其他风险。市场规范其实主要是用来帮助当事人定约并恰当地分配风险的。在这一点上,正如汪丁丁所讲,一个健康的资本市场需要一整套社会支撑体系。比如发达国家的资本市场都有一整套行为规范和执行这些规范的制度保障。我们把这套直接搬来,当然也是一个快捷的办法。但是我们也必须了解,人家那一套是"上当""上"出来的。最初的市场难免混乱,使一些投资者成为受害者,或者损害企业的利益。于是各方都要求规范已有的交易行为,以保护自己的利益。经验会告诉当事人,有"猫腻"的市场总是"厚实"不起来的,那对买卖双方都没有好处。因此规范市场的潜在利益会驱动规范进程。一旦规范市场的力量大到能够克服制度变迁中的"搭便车"行为时,资本市场就可以做到在发展中规范、在规范中发展了。

在这个资本市场的规范过程中,最重要的动力机制是那些"吃亏"的一方要保护自己的利益,然后经过一个公共决策的过程来建立保护产权的制度。因此,为资本市场立法要从"根"上下手,这个"根"就是良好的财产权利的界定。界定清楚的权利产生可预期的收益,可预期的收益驱动人们保卫权利,权利和收益的平衡才能产生规则。我们这里最大的问题是,在初级的资本市场里以"公有制"名义包装的"糊涂产权"(比如赢了归代理人,输了归公家)占据着主导地位,而得到良好界定的产权与之相比势单力薄。现在主要问题恐怕还不是资本市场要不要规范,而是规范的基础。我们的公有制企业如果不经过脱胎换骨的改制,资本市场就没有规范的基础。在目前的产权基础上强加许多管制,带来的只能是寻租活动增加,而市场秩序和纪律还是建立不起来。

1997 年 11 月 19 日

普通人投资的世纪

纽约股票市场里悬挂着一条警语:"保护了最小投资人的利益就是保护了所有投资人的利益。"在世界金融和资本的心脏里,为什么挂着这样看似平淡无奇的口号?它告诉你:资本市场最终是保护别人财产权利的地方。股民一旦丧失信心而逃走,完蛋的是市场和企业。真正有能力盈利的企业和企业家才能最终通过股民的挑选而留在资本市场内,否则就得出局。

多少受到年鉴学派的一点影响,我喜欢从普通人日常生活的变化来发现经济生活中的重大变化。

民间谁也不能不投资

在我们所关注的世纪之交,普通人经济生活中最重大的变化是什么呢?依我所见,重大变化之一是:老百姓手里有了一点钱。金融资产不再像以往那样只集中在政府手里。这件事情非同小可。

不过,有钱是另一堆麻烦的开始。

现代社会发展中越来越多的不确定性，使人们不得不考虑手里的钱应该放到哪里去。普通的办法是存银行，因为钱放在银行里有利息。可是利息从哪里来？银行把这些钱放贷给能挣钱的企业。好了，这里根本的一个问题是我们有多少挣钱的企业？这些企业挣钱的能力大到既可以支付银行的成本——人员开支、漂亮的大楼等，还能使老百姓得到利息回报。如果没有那么多好企业，银行只好通过增发货币来还老百姓的钱，换句话就是银行在较高通胀率的情况下来完成这类操作，所有在银行中存钱的老百姓，都贴给了银行和国有企业。比如，你存在银行100元钱，一年后，从银行领回110元，利率是10%，要是通胀率大于10%，你就贴给了银行，给银行交了"保管费"。

不存钱行不行？刚才说了，医疗、教育、养老、失业等要求你存一点对付将来。一般的规律是，社会现代化程度越高，不确定性或风险越大。每个人如果不准备一点钱来对付将来，在人的寿命越来越长的今天，是一件不可思议的事情。由于在银行存钱不能保证"正"利率，于是我们就有了"集资"的故事。大家还能记起那些非法集资案，一下子集到10亿或几十亿元。他们打出的旗帜是高利息回报。非法集资的生命力绝不只来源于人们的愚昧和贪心，它实际上表达了人们在找寻国家银行以外的金融通道。人们对于通货膨胀和未来不确定性的恐惧，驱使他们在存钱方面大冒其险。由于法律不健全，集资中出现诈骗行为，老百姓受到巨大伤害。但也有相反的例子：许多乡镇和私营企业的成功就是靠集资。它用了你的钱，做出了市场，获得了高额利润，真的给了你高回报。这就是投资的故事了。

投资是什么？是一笔钱放到一个经济活动中变得更多的过程，这个变多不靠通货膨胀，而是真实购买能力变大。有了比银行存钱更好的"投资"故事，中国人的投资意识就觉醒了，投资日益变成普通人的行为。依我之见，这大概是真正投资活动的开始。

"投资"为何物？

什么叫投资？计划经济体制下，把老百姓手里挤出的几个钱交到国家手里，由计委批项目，花掉一大笔钱建成一个项目就拉倒。这种国家投资的概念实际上是一种实物概念：只要路有了，桥有了，工厂、电站盖起来，有了东西就完了，并不要求100元钱花出去，110元钱挣回来。这种行为只能叫基本建设，只能叫投入，不能叫投资。"投入"这两个字相当传神，"增加国家对农业的投入，对教育的投入，对基础建设的投入，对高科技的投入……"什么是投入？投入就是一去再不回头。老百姓手里的这点钱可不能"投入"。"乱集资"的故事只不过是普通投资人为了避免"投入"的命运而东奔西闯。在这个意义上，老百姓实在有点投资无门。当然，现在投资的故事已经渐渐复杂起来，我们有了股票市场、房地产市场等，但我们看到的仍然是普通人在这些故事中的前赴后继。

和以前相比，我们的投资场所已经不少。发达国家有的，我们好像也有了。但决定投资收益的最重要的问题却还没有真正解决。不少外国人喜欢中国餐馆，但他们批评说中国餐馆可以在前面吃却不能到后面去看。目前中国的股市很像中国餐馆，因为真正经得起看的企业太少。B股市场比A股市场冷，原因是外国人要请专业人士来看，一看，他的胃口就伤了。A股市场上的股民却大多数是中国饭馆中的顾客，只吃不看。加上上市规则和审批中过多的行政干预：额度、按等级制分配等，把许多根本没有盈利能力的企业也搞进股市。大家为什么还跟着买？不是买能盈利的企业，而是买那些后面跟着买的人，这叫"斗傻"——"我傻，还有比我更傻的"。但老百姓的"傻"仅是一时，长久看，这种股市泡沫，总有一天要破灭。

股权买卖十分挑企业家

那么，在资本市场上人们买进卖出，分析报价，看上去是一些符号系统在运作，实际上大家到底在买什么？我认为，归根结底是在挑人。资本市场的真实基础是挣钱的企业，企业为什么能够使资本增值？理论很多。资本稀缺，少就贵，就能赚钱。我们原来说，资本增值是因为剥削，是因为工人创造了剩余价值。但到底工人应该生产什么？生产多少？如果产品卖不出去，就一文不值，哪里来工人的剩余价值？这个道理不复杂。所以要承认企业家的贡献。面对市场做出生产什么、生产多少的决定是非常困难的。因为生产过程中的变化因素在现代社会中难以预测。消费者的口味、供给的成本、技术等都会变化。比如电子技术日新月异，任何一笔投资的风险都相当大。现在国际交流如此频繁，谁也不知道明天会"热"什么。所以，现在大家苦恼的是新的增长点在哪里？

过去计委说我已经上了什么项目，你就不许再上，不许重复建设。现在市场就是重复建设，否则没有竞争。我们社会中有一个口号叫作反对暴利，实际上我们只应该反对非法所得，一块钱的非法所得也要反对。如果是通过创造更多的财富、产品和服务换来的，利润再多也不应该反对和限制。不能以数量大小来划分。比如微软公司的计算机产品由于技术先进，销售出去就是暴利，这种暴利如果反对的话，这个社会就不会再有发明和创新。要知道发明和创新是要冒极大风险的。如果不鼓励这种行为，社会怎能前进？企业制度改革就是要冲破这个壳。这是一点题外话。

所以，剩余价值理论解释资本的增值不完全，企业家的能力是更重要的因素。不是所有人都能面对市场做出正确决定的。这种能力是市场上最稀缺的一种资源。这种才能不是人人有，也不是组织部、人事部能够掌握和认识的。比如我只能讲理论，给我 100 万元，"投入"没有问题，但要"投资"就不行了，要去挑企业家了。为什么盈利企业这么少？一个重要原因是我们的制度和文化对这种企业家赚钱的能力极为歧视。这是资本市场发展中的要害问题。企业家为什么能够发现社会发展的机会？就是因为他在能力上和别人不一样。只有企业家成长起来，我们挣钱的企业多起来，资本市场才能发展。企业家的眼光和能力可以使社会产生巨大能量，甚至使世界改观。一个值得深思的例子是，世界上第一个提出保障工人利益的最低工资标准的不是工会，也不是什么政党，而是福特汽车公司。

要知道，资本市场是普通人投资的地方，这是由它的运行机制决定的。与其他投资方式比较，买股票是将直接实物型投资的风险降到最小的办法。在股市里,每个投资人发现对自己不利的因素时随时可以通过卖出方式跑掉。纽约股票市场里悬挂着一条警语:"保护了最小投资人的利益就是保护了所有投资人的利益。"在世界金融和资本的心脏里,为什么挂着这样看似平淡无奇的口号?这解释了健全资本市场中为什么要立那么多的法来使行业自律,它告诉你:资本市场最终是保护别人财产权利的地方。股民一旦丧失信心而逃走,完蛋的是市场和企业。真正有能力盈利的企业和企业家才能最终通过股民的挑选而留在资本市场内,否则就得出局。在观察这种独特的运行机制时,不能不感叹股票市场真是一项伟大的发明!

转向以企业和企业家为本的社会

一开始,在中国建立股票市场好像有点儿异想天开。几个留美的学生学者,出入了几天纽约股市就想把它搬回来。谁能想到几年工夫中国已经有了3 000万股民呢?中国的进步真是神速。随着社会成员向中等收入水平的发展,他们的需要越来越多样。现在人们的基本需求已经是要求有回报的投资。在这一阶段,政府处于经济活动的中心就不行了。老百姓把自己的钱交给政府,政府就是再想让它增值也做不到,因为政府不是一个追逐利润的机构。只有交给企业家,通过资本市场来挑选企业家。为此,要承认企业家这种资源相对稀缺,要保护他的产权。所以我说,股票市场在转折时期是个关键的东西,人们的投资需求已经不可阻挡,但是健全的股票市场需要一个庞大的真实社会来支持,涉及文化、教育、法律、企业制度、金融体制等。我们的社会是继续以行政权力、政府官员或者其他什么为中心，还是建立企业和市场在社会中扮演较重要角色的社会结构？中国的社会生活确实正在经历这样一种转变，即整个社会结构要以市场和企业为本位。原因是其他社会角色满足不了社会发展到今天的人们日益增长的投资需求。

当然，资本市场真正起到筛选企业的作用，使有持续盈利能力的企业撑起股票市场，绝非一日之功。中国正在沿着这个方向走，企业制度、银行制度都在改，资本市场也在完善，要让这套游戏玩得像样，企业、银行、企业家、社会公众对于借贷、信用、投资和回报的概念和行为都要及格。这很难，仅仅有一批高级人才集中在证监会，这不够。它要求资本市场的全体参与者都是及格的。所以我说，中国的资本市场要达到基本要求，还有一段很长的路要走。

1998 年 4 月

三种私人资本和中国经济

作为一种权利（right），产权首先必须正确（right）。中国的教训是，仅仅经济改革（包括产权改革在内）并不能解决何谓"正确"的社会标准的问题，全面解决产权问题需要在法治基础和更全面的行政和政治改革方面下功夫。

似乎在不经意之间，私人资本已经成为国民经济的重要组成部分。我的观察，现实中有三种私人资本，它们形态各异，需要解决的问题也不一样。三种私人资本的动向如何，影响当前投资需求，更影响中国经济的长远发展。为了理解的便利，我先说明，本文在费雪和张五常的意义上把资产定义为任何可能带来收益的资源，而资产的市场价值，则为资本。至于私人资本，那就是由个人拥有的、能够为其带来未来收益的资产市值。

私人企业中的私人资本

第一种私人资本，是私人企业中的私人资本。这是20世纪50

年代中期之后直到改革开放前完全不可以在中国合法存在的资本。改革开放以来,"私人经济、私人企业、私人资本"的合法性在实践中逐步重新确立,直到1999年新修改的宪法承认私人资本构成国民经济的一个重要组成部分。国家相继公布的《合伙企业法》和《独资企业法》,大体为20世纪80年代以来在"个体户""私营企业"等名目下存在的私人资本提供了一个法律框架。回想80年代早期"陈志雄雇工包鱼塘"和"安徽傻子瓜子"的故事,私企的合法性在中国早已不可同日而语。目前全国私人企业的总数当在1 000万家之谱,从业人员在几千万上下,每年总产出约两万亿元,固定投资大约占全社会总投资的1/4。很显然,要不是中国丢弃那些过时的教条,改变体制政策并修订法律,私人企业断然不可能在中国发展成现在这个规模。

一般而言,私企中私人资本的产权已经得到了清楚的合法界定。但是,把产权界定得一清二楚,无非是为了便于市场交易。要是交易受到非经济因素的阻碍,再清楚界定的产权价值也会打折扣。当前私人企业中的私人资本首当其冲需要解决的问题,就是市场进入,也就是从事市场交易活动的限制。

有一个管制条目,叫作"产业禁入"。各类政府管制机关,手中多有成文或不成文的关于私企禁入(或限制)的行业目录。根据为何?据说凡国家"战略性产业",私人资本进入就不宜。但是现实的市场活动中,人们只见一个个具体的产品或具体的服务,哪里见过什么"产业"?举个例子,卫星制造属于"国家战略性行业"应该没有疑问,但是,温州柳市镇私人企业产生的合格低压电器被安装在了国防卫星上，到底有何"不宜"？更一般而论，谁人真正见过什么"产业"？当下时兴的跳舞机，你说它算个什么产业？家电业，还是运动器械业？其实，对于市场来讲，跳舞机属于什么产业根本无关紧要，要紧的是它能不能满足某种需要、质量如何、价格是否可以接受，以及相应的商业服务如何。人为划定产业顶多为分类研究提供某种便利，但是我们可要晓得，当非驴非马的骡子同时挑战"马"和"驴"的分类时，真正要改进的是原先笨拙的分类，而不是骡子的存在。

问题是，一旦勉为其难的"产业分类"构成政府管制的内容，与什么审批权挂钩，超越分类问题的既得权力和既得利益就形成了。这时候，要是没有主管骡子的部门和审批骡子的条例，骡子就不能合法地存在，除非它有办法把自己化装成马或者驴。要是有人再来一通"产业高论"，认为马比驴更加"战略"，私人企业为驴尚可，但不得成马，那么对不起，凡是还想活出个马样来的真驴和已经化装成驴的骡子们，只好赶快研究化装成马的技术，并为此追加化装成本。我不是说笑话，神乎其神的"产业政策"加上"所有制压制和歧视"，主要功效无非就是增加经济活动中的"化装成本"。

当前经济问题的症结就在"战略性行业"。多数人已经认可，非战略性行业可以允许私人资本进入，但是战略性行业，比如金融、电信、航空、媒体、出版、进出口贸易等，至多只可以组织国有企业之间的竞争，而不准私人企业插足。我的看法，如果我们不是用"产业"这样大而无当的概念来讨论问题，向私人企业开放的空间还是大得很。比如金融，如果说由私人开办全国性商业银行不可想象，那么地方性、社区性的私人银行也断然不可一试吗？以资产抵押批量购买国有商业银行的贷款来从事转贷业务，可不可以呢？比如电信，全方位的基础电信业务不对私人企业开放，某些环节譬如线路分销可不可以开放？电信增值业务可不可以突破1993年规定的只对国有和集体企业开放的限制，按照市场竞争优者胜出的规则，让私人企业也有一个正式的、无须"化装"就可得的机会呢？总之，对私人企业的合法权益的保障，可以考虑开放更大的市场空间，扩大市场准入。这样才能进一步激发企业家精神，刺激私人投资，并进一步消除"战略性产业"国有行政垄断的弊端。同时，增强的市场竞争也可以加大私人企业优胜劣汰的力度，提高私人企业的整体素质。

与公有资源缔约的私人资本

第二种私人资本，是明显属于个人的财务资本或人力资本，它通过一个市场性的合约，与国有或集体资本结合成一个企业。这类私人资本形态很多，绝大多数上市公司、股份制公司、承包制公有公司（包括农村集体土地的农户承包制）以及各式各样改制的公有公司，都包含着这类通过市场性合约联系着的私人资本。媒体最近报道的江铃汽车公司，其营销业务通过长期合约全部由私人经销商经营，也可以看作是私人资本通过合约进入"公有企业"的一种形式。事实上，私人资本作为要素进入国有或集体企业之后，纯粹的"公有企业"已经变成基于市场合约的"混合制公司"。因此，我们也可以将第二类私人资本称为"在混合企业中的私人资本"。

这方面，联想集团的"国有民营"是一个重要的创造。国有，说的是 15 年前中国科学院计算所投了 20 万元钱，当时不讲股权、债权，无非钱拿去用，过两年你有了，再给所里做贡献。民营，说的是以柳传志为首的创业人负责经营，国家（科学院）基本不加干涉。现在联想集团净资产已达几十亿元，"国有民营"体制功不可没。但是，科学院和联想没有满足于企业家人力资本与国有资源在事实上达成的合作，而是审时度势，分步通过规范的利润分成合约，并在利润分成基础上进一步界定国家（科学院）、企业创始人、经理层和员工对联想集团拥有的股权。至此，"国有民营"已经发展成为"国有民有合股"的新体制，表明私人要素与公有资产之间的合约，可以随着经济转型而不断从初级和简单的合约升级为更高级和更复杂的合约。

另外一个私人与国有资本通过市场合约连接起来的例子，就是中国网通。读者一定知道，那是一家由中国科学院、中国广电网络总公司、铁道部和上海市政府四家国有股东组成的，旨在发展中国新一代宽带高速互联网的"国家级战略公司"。但是中国网通的 CEO 却不是国有机构行政性委派的官员，而是由董事会聘来的原亚信（一家在美国创办的高科技公司）总裁田溯宁。亚信已经在纳斯达克上市，而田本人是亚信最大的个人股东。用流行语言描述，田溯宁不但是"知本家"，而且还是"资本家"。国家公司聘用一位知本家兼资本家任老总，过去不能想，现在也不多，但是毕竟有了。私人资本与公有资源通过市场性合约结合起来了。

与公有资源混为一体的私人资本，凭借合约界定权利。因此，凡是影响合约有效性的因素，都会影响这类私人资本的产权有效性。

我们知道，中央计划经济公有制的一个传统就是不承认个人的缔约权。中国的改革大体从承包制开始，使个人逐渐有了缔约地位，从个人承包公有企业，到个人投资股份公司和上市公司。现在，首要的一个问题，就是个人缔约权还是不够普遍。举个我在讨论电信改革的文章里提过的例子，中国电信（香港）在海外上市，固然使境外的私人投资人获得一个与中国国有电信资产缔结股权合约的机会，但是，境内中国公民至今还没有这项投资权利。众所周知，垄断性的电信公司利润的一部分来自其垄断地位，也就是买方不得不付出的高价所产生的"利润"（其实是"垄断租金"）。为什么境内的我国公民，只有付高价以换取电话服务的"权利"而不能投资分享垄断租金呢？类似的事情，还有一些。比如国有垄断性资源到境外上市，使得持人民币的国人就是有意也无缘投它一把。有趣的是，这样的事情倒无人去问一声"正中谁的下怀"，可见某些先生是从来不把中国公民的个人财产权利包括在他们的"爱国主义"概念之内的。

第二个问题，是公有资源本身缺乏市场交易性，结果就阻碍了本来还可以更大规模与之订约的私人资本的进入。国内上市公司不流通的国有股、法人股平均达到70%，等于宣布这些公司的控制权不买卖。如此架构，市场收购企业的功能基本缺位，私人投资人虽然还是可以"用脚投票"，但却无法对公司管理层产生根本性的影响。再次，就是"国有资产流失"方面的"有罪推断"。无论什么企业，一旦要到境内境外上市，统统要到国有资产管理部门办"有关手续"。我曾经好奇，为什么不是国有公司的事情也要劳国有资产管理部门经手。答案是：任何公司必须先被认定没有国有资产；如果被认定有国有资产，那么就要证明没有发生国有资产的流失。

这个逻辑实在荒唐。本来管理国有资产是政府有关部门的职责，国有资产在哪里投资并享有权益，应该清清爽爽。怎么可以国有资产究竟在哪里拥有权益都搞不清楚，反而一屁股坐在交通要道，要每个过往人员证明没有占国有资产的便宜？如此有罪推断，会产生四个结果：（1）普遍增加证明无罪的成本；（2）增加另一类化装成本；（3）增加腐败动力和机会；（4）大大减少私人资本与公有资源结合的意愿，因为凡事粘上了国有就麻烦无比。

公有资源缺乏市场交易性的另外一个根源，是定价难题。回到本文使用的资产定义，资产价值是面向未来、由资源未来的盈利潜能来确定的。但是，面向未来的事情总是多多少少包含一点奈特讲过的不确定性。因此，资产定价有很大的主观性。因为"慧眼识英雄"，因为"情人眼里出西施"，不同的投资主体对未来不确定性的认知程度差别很大。资产在市场中定价，就是在交换不同主体关于未来认知的信息流中定价。可是，这套游戏规则，由行政机构管理的国有资产经济模式就"玩"不转，因为主观定价的要害是由"主"来定价。行政官员或准官员（国有企业经理）来代理国家资产定价，怎么识别是"投资的远见"还是徇私、疏忽甚至腐败呢？于是，只好根据"客观"标准定价，那就是看着"资产"的过去来定价。过去的事情当然很客观，比如投入多少，折旧多少，账面净资产还剩多少。但是，在资产定价这件事情上，过去的客观记录和资源的未来盈利潜能之间，往往没有什么重要的关系。就是说，即便按照客观标准定价，资产交易的要价也同样可能远离其真正的价值。

国有资产的定价悖论导致成交困难。按照盈利潜能估计的、可以为私人资本接受的国资价格，要是低于国资账面净资产值，就是"国有资产流失"，不可以合法成交；反过来，等于或高于账面值的国资，其市场盈利潜能又不为私人投资主体看好。能够成交的，仅限于高于账面值且还具有市场盈利潜能的国资，那可是真正的"黄金资产"。问题是，这样的黄金资产，不是已经成交了，就是还没有开放。我的看法，国资定价悖论对于政府被过度拖累在国企解困问题上，要负很大的责任。但是，国资管理方面的一个有罪推断，一个定价悖论，是不是也表明，动员更多的私人财务资本和人力资本与国有资源订约，在我国还有很大的余地，值得继续改革，继续努力。

公有企业里的私人资本

第三种私人资本，最不成形，但又几乎无处不在。这就是在所有公有企业中，尚未得到清楚的产权界定、尚未有合法缔约权的人力资本。按照我的理解，人力资本天然属于个人。像人拥有的体力，掌握的知识、技能，以及努力、负责、创新、冒风险、对潜在市场机会的敏感等，总是附着在个人身上，并且只归本人调用。问题是，事实上属于个人的人力资本，并不一定被法律承认并受到法律保护。于是，实际上控制着人力资本的个人，可能因为法律不保护他的人力资本产权，而不将事实上只受其控制的人力资源充分贡献出来。

传统的国有企业搞不好，根本问题是没有把国有企业也看作科斯所讲的"一组市场合约"。其中固然有属于国家的资源，比如财务资本，但也有不属于国家而属于私人的资源，比如经理和员工的人力资本。即便国家拥有企业全部的财务资本，也要与属于私人的人力资本订约，通过市场性的合同，承认并保护个人人力资本的产权，承认其价值。否则，国有财务资本怎么能够保值增值？现在讲国有企业要利用劳动力市场（包括经理市场），而不能靠行政机制配置资源，大家都接受。其实，所谓劳动力市场，就是承认工人、技术专家和经理的人力资本产权，并且用法律保护其交易的制度安排。

所以，第三种私人资本，早就存在于所有公有企业之中，只是尚未在市场化改革过程中转化为法律上的私人产权。因为尚未完成转化，所以争取向市场原则转化的有之（表现在各地改革公有制企业的大量经验中），利用事实上对公有资源的控制权加速"捣糨糊"的有之，"做和尚撞钟"混过大好时光的也有之。

私人资本的起源

这最后一种私人资本，竟然是我国所有形态私人资本的起源。历史上看，到20世纪70年代中期，中国的一切资源差不多都归了"公"。怎么20年后，平地就冒出一个私人企业部门，又冒出更大的一个私人资本与公有资源合在一起的混合经济呢？我的理解，除了外来户，中国本土的私人资本统统来源于天然属于私人的人力资本。比如在人民公社体制下，当然不承认"劳动的努力"属于农民个人，结果，事实上控制着"努力"资源的农民就在人民公社的公田里睡觉，其结果是饥饿和食物匮乏。于是，明里暗里的包产到户从1957

年起就没有完全断过。最后，还是农民拥有的人力资本产权与人民公社的公田达成了一个被普遍接受的承包合约。

城里的事情复杂一点，主要是工商业企业的资产比土地更容易贬值，对规模经济效益更敏感，因此必须承认企业家。但是，基本的逻辑在城里和乡下都是一致的：不承认私人的人力资本产权，公有经济中的人力资本就怠工；当社会政治经济结构无法承受普遍的怠工时，事实上的私人人力资本就在一个个初级的自发合约中获得承认，并扩大市场性合同的缔约权；最后，私人可以通过与公有经济的合约合法地赚钱和储蓄，可以将私人资本再投资于私人企业而形成第一种私人资本，也可以继续与公有资源订约而形成第二种私人资本。

当然，由于没有原发性的产权和契约，公有经济的产权变革，必定伴随着污泥浊水。相当一部分公有资源的实际控制者，在转型中攫取了远远高于他们"应得份额"的钱财，并且形成了与行政权力结盟的另一类"私人资本"。这类伴随着公共权力被滥用而形成的"私人（官僚）资本"，构成了对转型时期社会秩序的严重威胁。汪丁丁阐释过，作为一种权利（right），产权首先必须正确（right）。中国的教训是，仅仅有经济改革（包括产权改革）并不能解决何谓"正确"的社会标准的问题，全面解决产权问题需要在更全面的行政和政治改革方面下功夫。

2000 年 5 月 10 日

入世与中国企业价值的重估

这是一个几家欢乐几家愁的时代。加入世贸组织(以下简称入世)以后,老板的麻烦要比公司员工来得大。消费者增加了真实购买力和选择,欢迎中国入世是显然的。但是比较起来,我认为老板们面临的麻烦比起其他人来,要大得不可以道里计。入世后可能大大增加的,不是失业,而是"转业"。一字之差,当老总的可要辛苦啦。但入世以后中国市场上的好公司,会有更高的成长率。

至少两年前,中美两国政府就中国入世达成协议之际,入世就成为大势所趋。我和许多人一样,以为剩下的只是时间问题了。不料人算不如天算,"时间问题"居然也"问题"了两年。在将入未入的悬念下,研讨入世的潮流应运而生,涉及世贸协定的讲演、论坛、讨论和培训,在一些地方几乎无日无有。

我可不是什么"入世专家",只是因为前几年的一部分研究工作涉及电信产业的垄断、管制与市场开放,总有机会被人问及世贸协议的影响。我的印象里,不少"问题"——什么"狼来啦"之类——是不需要回答的。有人要发挥一下情绪,"讨论"就免了吧。

我也遇到过一些好的问题。有人问：我们的政府究竟与别人签了什么条款？那时双边和多边协议都没有政府公布的中文版本，只有声称在谈判中占了便宜的美国政府公布的英文文本。有人问：政府间协定与市场风险究竟是什么关系？有人问：我们究竟有什么机会？

没有例外，问题问得"实"的，不是企业老总，就是老总派来的能员干将。我知道，这是"存在决定的问题"了。古人诗云"春江水暖鸭先知"，那是错不了的。要是秋江水冷呢？当然也是鸭先知。《中国企业家》此次郑重其事，要做"世贸协定后中国企业重新估值"的文章，想必是依仗了搏击市场潮流的企业家们对水温、水势变化的感知，多少有把握赌一把关于未来的判断吧。

估值未来的困难

判断未来会遇到一些根本性的困难。在经济增长的环境面临重大变化的条件下，很难找到什么事情比预言未来还要危险。"不幸"的是，中国入世恰恰有可能——只是有可能——成为一场世纪大变局的开端。在这样一个历史关口，非要拿估值未来这件事情下注，怎么不是险上加险？

我想指出与世贸协定有关的估值的两项主要困难。第一，世贸协议作为政府间协定，决定的是一些新的游戏规则；而要从游戏规则的变化来推断未来市场竞争的胜负，中间至少还隔着两个重要的环节：（1）各方对手对于新规则的适应和调整的能力和潜力；（2）在新规则下还有哪些过去未上场的对手将要上场。所以，直接由规则改变来推测比赛结局，困难重重。这好比问，倘若篮球架统统升高一米、足球场一律扩大一倍，你估计世界篮球、足球比赛的排名将会有什么样的变动？

第二，已经签订的协议是一回事，怎样执行是另外一回事。我曾经当面听政府的一位贸易谈判代表对国内的一些行业"做工作"：党章关于党员的标准还不是很严格，但是已经入党的也做不到时时处处符合标准吗？我理解他的苦衷，因为当时离中国驻南联盟大使馆被炸事件发生不久，中国要不要入世重新成为问题，谈判代表的压力可想而知。更重要的是，他讲的是实情，任何字面协议无论写得多么清楚，执行起来在细节方面总还留有余地。英语中有句谚语早就说的精彩：魔鬼向来喜欢躲在细节当中。

没有哪一位专家指出，为什么世贸协议要由各国政府来签订，而不是由各国的公司来签。我的看法，世贸协定限制的是各国政府干预市场的行政权力，要是由公司来签，那还不成了公司叫板政府的造反纲领？政府来签订约束各自行政权力的协定，本身就承诺政府要加以执行的。倘若政府签署了协定而不执行，国际形象就没有了，这在开放的环境里，是一个不小的压力。但是，中国实在是一个大国，大国政府本身就是一个复杂系统：有中央政府、中央政府各部门、各级地方政府、地方政府各部门以及数不尽的"半政府"。方方面面硬是要搭"政府声誉"的便车，怎么办？

根据我国的情况，我认为比较可靠的判断是，因为中央政府的开放方针明确而坚决，中国走向全面履行世贸协议的大势不可阻挡。但是，由此认定凡是字面上写下的就一定在 960 万平方公里的国土范围内全面执行,就未免天真得离谱了。麻烦在于,我的这个"但是",对于我们估计入世对公司的影响至关重大。因为就我所知,没有任何一家中国公司是笼统地"生活在中国"的。他们都生活在中国之内的一个个"小环境"里。在那里,究竟什么因素——履约、"对付"还是背道而驰——居于主导地位,变数可就太多了。说"天上地下"可能夸大其词,但要说"南辕北辙",则是完全可能的。

把上述两项困难加以合并,要重新估计入世以后企业的未来价值将发生怎样的变化,并不容易。退而求其次吧,我只能提供如下三点粗略的关于入世之后中国公司可能状况的判断。容我交代一下,"粗略估计"的本事是从张五常先生那里学来的,无非是以"粗略的对"来避免"精确的错"。

竞争更上层楼

第一项粗略的判断,是入世之后国内市场竞争的激烈程度将更上层楼。对于这项估计,大家一般都是同意的。改革开放二十多年,任何产业只要开放市场,基于价格和产品、服务品质的竞争就一定比较激烈。市场中人都知道,要在开放的市场上靠创新、实力和策略成功地建立遏止对手进入的壁垒,从而在竞争中获取某种市场垄断地位,谈何容易。入世之后,将开放许多原先属行政垄断的产业,市场机会增加;但是国际大公司可以长驱直入,市场竞争对手也增加。合并起来,未来的市场竞争更趋激烈应该不会大错。

但是,我们还是可能把未来竞争的激烈程度低估了。以许多早就开放的产业为例,好几位老总说,我们不怕,因为早就经历了国际对手竞争的洗礼。不怕是对的,已经经受市场洗礼也是对的,因为对于已经市场开放的行业,中国公司早就在市场上"见识"过国际一流的对手。这与入世后才刚刚开放的产业部门相比,的确不可同日而语。

但是我以为他们还是看漏了一点:入世前后,国际公司进入中国市场的"战略后勤"条件将大有不同。什么叫战略后勤?那就是公司进入特定产品(服务)市场竞争的金融支持、信息支持和物流支持。军事专家讲,现代战争70%是打后勤。现代的商战,何尝不是如此!入世之前,中国的开放基本本着先易后难的原则,开放的基本限于制造业,而政府依然控制着金融、通信、资讯、大批发和物流等国民经济的"命脉"。在那样的条件下,国际知名公司参加中国的市场竞争,其战略后勤只好放在境外,打起仗来未免不那么顺手。

入世以后,中国政府当然还是控制着自己的国民经济命脉,但是有一个重大转变,就是变不开放为"控制下开放"。在新的条件下,国际大公司的战略后勤一定会前移,甚至和中国本土的金融服务、通信和资讯服务、物流和营销网络服务交融一片。那样的话,其竞争能力将大有不同。这一点,中国的老总们要好生记得。你拿起一本世贸协定,光看本行业的开放条款是远远不够的。你要翻阅全部条款,用"战略后勤"的概念重新估计风险和机会,也重新估计对手和你自己。

老总的麻烦比较大

我的第二项粗略判断是,入世以后,老总的麻烦要比公司员工,以及所有后备员工来得大。是的,这是一个几家欢乐几家愁的时代。消费者增加了真实购买力和选择,欢迎中国入世是显然的。由于每个人都是消费者,所以那些关于入世有违民意——其实是有违拥有特权的既得利益集团利益——的胡说,向来不值得认真驳斥。从供应方面来看,因为市场竞争将更上层楼,大家要"紧张"起来也是很自然的事情。但是比较起来,我认为老板们面临的麻烦比起其他人来,要大得不可以道里计。

这个认识与许多人的不一样。据说有专家系统"计量"出一个惊人的结果:入世后中国将增加失业人数千万!如果这样的"科学"使我们的老板们感到安慰——毕竟在失业增加的同时也会增加"提供就业机会"的老总们的"分量"——那么他们一定要上当。我认为,入世后可能大大增加的,不是失业,而是"转业"。一字之差,当老总的可要辛苦啦。

容我略做点说明吧。跨国公司来到东道国,形势所迫,早晚要完成"本土化",这是普遍被经验证明了的。我曾经见过一批台湾商界精英,个个都是炎黄子孙,国语都讲得很标准,但是拿出名片来,一多半是国际公司的。大陆这里何尝不是这样?去年我到郑州为河南移动讲课,提到诺基亚几句,大家笑了,原来诺基亚公司的几位也在座。交谈下来,知道她们很专业,也很敬业。不过,她们没有一个是从芬兰派来的,全部是中国人。

是的，国际公司用人的本土化，比人们想象的速度要快！除了到北大、清华这些高校招聘新鲜血液，它们最热衷的，就是到中国公司来"挖墙脚"。形势很清楚，举凡中国本土公司里具有本土市场能力、职业经验、特别技能的员工，其人力资产的市值在入世以后要大大看涨。跳槽纵然不一定蔚然成风，也一定会显著增加。如果过去若干年来，是传统的国有机构（包括政府）为民营企业和其他新兴企业"培训"人才，那么今后若干年，"为他人作嫁衣"的"人才供应商"将层出不穷。越是好公司，越难以"幸免"。

着急的还不是老板？半年前，一家颇有声名的私人公司在人民大会堂开会，老板要求讨论"职业经理人对公司的忠诚问题"。原来这位老板先后聘任的几位总裁都"跑"了，特别是有的还跑到竞争对手那里去。一时间，专家们纷纷进言，如何使职业经理人"遵守规则"，甚至要立法制裁经理市场里的"不道德行为"。我当时讲了一些不着调的话，其中一句是，无论老板们多么不喜欢职业经理的跳槽，这种流动在中国才刚刚开始。入世以后，我怕我的预言不幸要成真。

更高的淘汰率与更快的成长性

观察表明，我国著名的企业和企业家的寿命往往不长。商海竞争当中，各领风骚三五载的事情多有耳闻。关于企业和企业家的研究和报道，如何保护企业家，以及企业家如何好自为之，是两个永恒的题目。我也认为这两个题目有意义。但是我认为，我国一般的企业被市场淘汰的比率，还是过低了。可以支持我的判断的不是什么企业关门的统计数字，而是那么多产品和服务质量低下的公司，怎么还都"活着"？别的不说，你看满大街菜品乏善可陈、服务低劣、门可罗雀的饭馆，为什么硬是不关张呢？

比较可靠的解释，是五花八门的行政保护和市场分割，导致"优难胜、劣不汰"。是的，中国人均收入的增长举世瞩目，但是普通人享受的生活品质，与收入数量的增加不成比例。在这件事情上，我向来以为大有商机。而要拿下这个大商机，成百成千成万地淘汰劣质公司——首先是淘汰劣质老板，应该是题中应有之义吧。既然世贸协定的锋芒所指，正是各国政府对市场竞争的干预和保护。那么，哪怕世贸协议只是大致上被执行，我国公司的"死亡率"在入世后一定有所上升。这是我可以拿得出来的第三点粗略估计。

许多人认为，公司开张是好事，关门是坏事。还有许多人认为，公司开开关关的，是一种"浪费"。他们大错特错了。我的看法，市场里的公司无论是生是死，红白喜事，都是喜事。企业开关之间，损失是有的，但是一个市场体制要是不支付及时淘汰劣质企业的成本，损失就会更大。不妨看看传统的国有企业，倒是没有经常性的淘汰"浪费"，结果是——除开历史上大动干戈的关停并转不谈——"不死的公司"膏肓入骨、危如累卵，想"死"也不能利落。我们也不妨看看日本，当年以"终生雇佣制"傲人的日本大公司，现在怎么样了？

不要以为企业死了，企业里的要素也会跟着"死"。那是没有的事。实际的情形是，劣质公司死了，里边的生产要素就被解放出来，重新回到要素市场上"待价而沽"。是的，损失是必定有的——所有的专用资产要折价清理,而要素被重新组合到新的公司去要花费交易成本。但是,舍不得支付这些代价,哪里会有什么"经济结构调整",哪里会有什么"产业升级",哪里会有中国人随收入水准的提高而显著提高的生活品质!

这是令不少老板胆寒的钱币的一面。另外一面,无论中外,只要是好公司,今后都有机会胃口大开!因此我的第三项判断还有"乐观的"下半部分:入世以后,中国市场上的好公司,会有更高的成长率。同过去二十年相比——在那个时代,不少中国公司的成长性已经创造了世界经济史上的纪录——未来的十年、二十年,即便把所有折扣打在里面,我认为我们还是有机会见到成长性最好的公司。

让我定义一下所谓"成长性最好"的确切意思,那是说,不但成长率高,而且公司总规模会迅速达到"天王巨星"的量级。麻省理工学院的莱斯特·瑟罗在他的一本新书里指出,当今美国25家最大的公司,其中至少有8家在1960年根本就不存在;而欧洲最大的25家,全部是早在1960年就存在的老公司。在最大的美国公司当中,至少有8家仅仅在10年之内就把销售额做到100亿美元以上。这就是说,美国经济增长的一个重要基础,是迅速成长的大公司。

好吧,让我们来赌一下未来的中国吧。我以为——也是把种种折扣考虑在内——入世后的中国公司将更像美国公司的成长模式,而不像欧洲的或者日本的。未来十年,是成长一批销售额超过100亿美元中国大公司的最佳时机。为了表明我打赌的认真,我还愿意把政府用看得见之手"组织"起来的公司悉数划去,因为以今天中国的国力来看,只要魄力够,组合几家国际级的大公司不是什么难事。只是靠画圈画出来的"航空母舰",恐怕作不得数。我认定,就在这批 1980 年还根本不存在的公司里边,比如联想、华为、海尔、万科、万向、希望等,可望产生世界级的巨星公司。

当然,中小企业对中国经济无比重要。不过,要是中小企业老是中小企业的话,就没什么意思了吧。这也是瑟罗教授讲过的,我借了来作为这篇评论的结尾。

2001 年

不承认企业家人力资本价值会怎样

面对产品竞争,企业家得先做决定,雇什么人,将来生产什么东西,这是体现企业家人力资源最重要的一点。在眼光和判断力上,人与人的差别是很大的。

国企、国资改革是一个很难的课题。难在什么地方呢?地域范围这么大、行业领域这么多,组织形态千差万别,最终的"法人"却只有一个,或者叫"全民所有",或者叫"国家所有"。为什么会形成这么大的差异?我认为有两个原因:一个是历史原因,解放后没收了一部分私人企业,通过社会主义改造成为国有资产;还有就是历年国家投资生成的新国企。不同方式形成的国企,都有自己的历史生命——虽然都叫国企,但差异很大。

造成差异很大的第二个原因就是20世纪70年代末启动的改革开放。中国逐步选择了市场经济,国企在进入市场以后就形成了分化,这是我最为关注的差异。

国企为什么会出现差异

中国改革和俄罗斯不一样。后者试图通过一个理想的、规范的方案，先把国企改了，改出一个市场，中国不是这样一个改法。俄罗斯其他方面和中国各有长短，但开放上落后很多。中国是先开放，让外资进来，国有企业、乡镇企业、外资企业等各类企业在一个市场平台上竞争。国企在被推入市场以后首先面临产品竞争：不要谈国企历史怎么长、包袱怎么重——一根漏油的圆珠笔放到不漏油的圆珠笔中就卖不出去，这是最关键的。

所以，国企改革的最根本动力来自产品市场竞争。产品市场开放以后，又立刻面临要素市场开放，就是"工人怎么来，技术怎么来，土地怎么来，资本怎么来"。中国改革这些年把国企放进市场，放进去以后分化得非常厉害。分化的一个原因是垄断——这种垄断并不是市场造成的，而是行政性垄断，比如在战略性行业、基础设施、石油电力行业等等。这也不在我们的谈论范畴。我们需要讨论的是没有竞争限制的市场。在这里，产品市场、要素市场打开之后很多东西就发生了变化，出现了我们叫作"企业家人力资本"的要素。面对产品竞争，企业家得先做决定，雇什么人，将来生产什么东西，这是体现企业家人力资源最重要的一点。在眼光和判断力上，人与人的差别是很大的。从政治的角度考察，很多人都可以被认为是"合格"的厂长经理，但是企业家看市场的眼光，有的在天上，有的在地下，差异极大。所以，国有企业被推进市场以后，有的企业上来了，有的企业下来了（当然，因为历史包袱的存在，有的企业也会亏损）。

市场竞争导致一些企业家的人力资本升值，但这种升值在历史上是没有定价的，因为大家都是组织任命的——为什么给他的待遇这么高？为什么给他股权？这个很难提上议事日程。但是有一种变化是实实在在发生的，就是国企控制权的变化。为什么当年要提厂长经理的自主权？因为，只要是打市场仗，这个控制权就必然要从行政官员手里转到有市场眼光的企业家手里。企业家做了判断以后，就要执行其意图。国企在做，私企在做，外资企业、合资企业的企业家都在做这件事。这个过程就像战争年代挑将军一样。战争年代为什么没有那么多腐败？因为选出的将军必须是能挑大梁的。市场经济也是这样。去北大当校长，当然要有资历、声望，但是也要有筹资能力，否则这个校长就可能当不下去。市场竞争在客观上要求国企的控制权或者说决定权要发生转移，转到有能力"打仗"的企业家那里。

承认企业家价值，为什么要用股权形式

中国的国有企业改革首先把决定权下移了，麻烦也就出来了：用什么制度让企业家好好运用这个权利？因为对于国有企业，无论说资源是全民的也罢，还是说产权是国家的也罢，反正最终的所有者是非常虚的。我们说所有者缺位不是准确的概念，但至少真正的主人没法履行职责。国企改革于是遇到这样的问题，控制权不充分放，就没法"打仗"；充分放，国家就难以控制。放眼世界，无论国

外企业还是中国历史上的晋商都面临这样的问题：让掌勺的人怎样掌好勺？当然有些人是把控制权转化为一部分灰色收益，但也有很多人愿意在阳光下做事，愿意有一个合法的权益。第一是股权。股权是一种对将来的剩余利润索取的权利——不看好公司的话不会要股权；第二是有法律保障的支配权利，比如投资的权利。我们现在有些"江湖郎中"认为，干好了多发奖金就行了。多发钱是现金激励，而现金对于大权在手的企业家，其约束力一般是无效的。所以我们才会提出所有权分配的问题。

我们可以去看看海尔、联想、TCL，是否国有资产当初放在那里就可以自然增长起来？国有企业的企业家对资产的增加做出了贡献，但过去的法律政策、意识形态又不承认这个贡献，于是就产生了矛盾。那么，要不要承认它？我的看法是，你可以不承认企业家的判断、管理、决策是一个重要的资产，可以不开价，或者开价的时候不服从市场经济的规律，甚至把它算作他们对党的贡献。但是对于大权在手的企业家，如果是这样的机制和信号，会出现什么情况呢？一句话，他会自己给自己打算盘——当然觉悟很高的企业家不在我们的讨论范围内。因为人是有生命周期的，现在能干，不等于永远能干，人是要老的，是会变化的。绝大多数人会跟我差不多，根据游戏规则决定行为。对于以张瑞敏、柳传志、李东生为代表的一批企业家，他们在历史上做的贡献政府如果不认账，如果他们知道和党政干部一样到了60岁就要退下去，他们肯定会做事先"准备"。国企出现那么多问题，是怎样出现问题的呢？

当然怎样"认账"是个很难的课题。为什么呢？因为资产已经形成了，大家事先也没有约定，倒过去找贡献怎么找？所有资产，客观地看都是合作的结果：工人有贡献，出资人有贡献，管理者有贡献，市场约束也有贡献。但是同样 20 万元放进去，联想创造出多少资产？有的国有企业亏了多少资产？不公正也没有关系，人们的行为会有变化，企业家的行为会有变化，这是第一个问题。

第二个问题，要承认企业家的贡献，为什么要用股权这种形式？为什么现金不行？在已经开放的市场，大家都可以做，五年、十年、二十年，看谁能把公司做大做强。剔除偶然因素，如果在十年、二十年的时间里企业越做越好，我们就会发现，企业家的人力资本是一种重要的资产，这种资产跟机关干部不一样，跟普通工人不一样——不是因为你干得多就挣得多。所以，国企改革搞来搞去要搞股份制。股权是一种合约，这种合约不是当时套现，这种合约是要和公司长远经营联系在一起；在资本层面上，把大权在握的经理人和没有能力管公司的出资人连在一起。在这个问题上，西方、东方都是一样的。像历史上的山西票号，出钱的人叫"东家"，东家没有能力管就请一个掌柜，怎样让掌柜好好管？首先就给他"身股"，身股以后是"替身股"。

国有企业名义上是一家，但差异很大，我们必须想清楚为什么会有这么大差异。现在社会对"企业家人力资本"导致的差异还不大想认账，不认账，市场经济这条路就很难走下去。

从理论上讲，就是物质资本一定要和人力资本结合。原来人们讲"两权分离"，其实没有什么两权分离，是权和权的合约。出资人是一个"权"，有才能的人是另外一个"权"，这两个权在市场竞争当中达成一个"约",这个"约"的合适形式就是:哪部分付工资,哪部分给股权,哪部分股权在企业领导人离开以后、审计以后才能卖。这些约定都是市场当中"斗"出来的。

国企改革没法"全国一盘棋"

为什么 TCL 的制度被很多人看好呢?因为它很早就面向未来订立了一个合约,根据资产增值情况给企业领导人和管理层分配股权。但是 TCL 的做法是否适用于所有的国有企业呢?显然也不现实。

我曾经讲过,不可能由理论家找出一个通用的公式来解决企业家的人力资本贡献问题。因为企业处在不同的行业、不同的区域、不同的发展阶段,情况是很不一样的。比如海尔的问题拿到青岛讨论,就容易讨论清楚;找一个从来没有去过青岛的人,不知道海尔80年代初的状况,就很难公平地看待这个问题。现在有人喊出国企产权改革要经过讨论,没经过讨论就不能动。那么,我要问:海尔当年亏损的时候,"主人"在哪里?所以,复杂的问题要分解开,古代的办法叫"庖丁解牛"。联想改得也很早,但现在柳传志个人股份和李东生相比差很多,你说这是公平还是不公平?

我有一个意见,就是"国企改革不要刮风"。对于国企改革所面临的企业家人力资本定价问题,一要分开解决,二要在实践当中解决。企业各有各的"生命",要针对不同的"生命"寻找解决方案,要让企业家、工人,过去在这个公司干过的当事人一起寻找解决方案。为什么去年有人"炮轰"张瑞敏时我要出来说话呢?海尔20年,张瑞敏从头干到底,像这样的"公案"如果都不能解决,其他大量的国有企业的问题就更难解决了。有些国有企业的产权界定可能是高难度的,但是要相信市场会逼着大家去解决。

现在很多人所谓的"国有资产流失",理论基础错得一塌糊涂。资产定价不是看历史,而是看将来。一棵树值多少钱,不是看给它浇了多少水,而是看它能结多少果。我们不要认为市场经济体制中就是一个价,市场当中有无数不同的价格。央企怎么办?地方国企怎么办?不可能有一个解决方案,要允许各地实践,然后在实践当中交流。我相信中国人不蠢,中国人在市场环境逼迫下、在约束条件下的互相学习中,就会想出办法来。当然,监督机构、社会舆论一定的关注,我也赞同,但不要搞成"全国一盘棋",因为每家的历史情况都不一样。

其次,我非常强调合作气氛,国企改革需要这种气氛。前一阶段关于国企产权改革的争论,给人的感觉是,中国社会搞了那么多年的阶级斗争,好像现在还要搞。市场经济需要合作,工人有贡献,中层管理者有贡献,企业家有贡献,地方政府有贡献,资产是在合作中形成的,就要在合作当中去界定。好的商人需要有合作意识。

2005 年

第四章

公有制的改革

便宜的企业家和昂贵的企业制度

企业里最关键、最要害的是企业家，企业中非常重要的是人力资本与非人力资本之间的合同，工人有人力资本，技术人员有人力资本，而最重要的是对企业家人力资本定价，而不是定机器的价，不是定银行借的钱的价。

公有企业中的人力资本定价问题，在我看来是改制的入手之处。企业不光是物质资本，更重要的是物质和人力资本的结合。常常看到这样的现象：企业还是原来的企业，但是换了一个企业家，企业的面貌大变。这说明企业家的才能起着十分重要的作用。所以改制中承认企业家的人力资本并为之定价，是一个很普通的经验。它有点像农村包产到户，公开报道很少，但底下到处在做。有许多问题对我国今后经济发展会有重要影响，有许多问题值得提出来讨论，给企业家定价就是其中之一。

实践提出的问题

在南方不少地方，如杭州青春宝集团就提出了这个问题。冯根生是能力很强的企业家，这个企业做得很好，很有贡献。中外双方的董事，共同决定把青春宝的一些股份卖给员工和企业家，包括卖给冯根生本人，董事会允许他买2%的股份，相当于300万元人民币。这件事引起很大讨论，冯根生本人也提出一些问题，如用什么价来买，是原来股票发行时的价，还是现在的价？同时，他没有那么多的钱。我们社会主义企业的经理人员报酬都不高，一下子掏好几百万元，没有那么多的钱，就是有也不敢拿出来买股票，我们有许多法律管着呢，哪来那么多钱，得说明你的收入来源，否则是一项罪名，此外还需纳很高的税。

河南有个市，叫巩义，它的问题有点不同。那边有个企业，叫兴旺集团，当年它是厂长办起来的。开办的时候，同我们看到的很多乡镇企业和公共企业一样，它要戴一个帽子，要利用当地政府去给它提供当时条件下非有不可的合法性，如注册登记，包括银行的借贷，但实际的事都是这个人做起来的，做得很成功，越做越大。现在他提出问题说，这个集体企业是假的，实际上是我的，是私人企业。当地政府说，这种说法绝对不接受，这企业不是你的，这里有法律文书、注册登记为证，这是集体企业，是大家的。这个纠纷闹得很大，已见诸报上的公开报道。

如果下去走一走就可发现，这类问题非常普遍，我们有相当一部分企业，它的原始物质资本是通过很多办法筹集的。一种叫集资，但这种集资与规范的投资不一样，它集资时，你先拿钱，它用一段时间后连本带息还给你，有时光还本金。这样，企业的原始资本就查不清楚了，然后这个企业就越滚越大了。更多的企业是借贷，有时是有关部门打个电话，或拿个手写的条子，就到银行去借钱，借来钱就办企业，办亏了就拉倒了，成为今天银行的呆账，办好了，就滚出一个很大的企业来，这种情况城乡到处都有。最近改革中，都提出了这样的问题，四通提出了这类问题，联想提出了这类问题。苏南原来号称是集体经济的模式，前年开始，也提出了这类问题。

难题之所在

大量提出这类问题：公有企业的财产究竟是怎样形成的？或者，在企业工作的企业家、高级管理人员、普通员工有没有贡献份额？如果有，那么有多大？改革的实践要求重新界定。这个问题成为当前很大的问题。我接到北京市有关科技部门的委托说，中关村这么多企业要求分清产权，你们能不能设计一个模式，提出一个公式，只要输入有关资料，就会有一个结果。我对他们说，这样的模式恐怕设计不了。

不过，问题总要解决，很多地方一些很好的企业，就会因为分的问题，形成了一个僵局，僵在那里就有麻烦。还有些企业老总像鲁冠球、徐文荣等人，比较有控制能力，他们从实际出发，认为公有这个东西不能一下子改。我们同他们讨论：为什么不能改呢？他们回答说，你把企业停下来讨论企业怎么分，那么生产就要垮，所以他们一开始总是说公有制不能动。从他们的角度来看问题，不能把人们的精力引到怎么来分已有的财产,因为实际上很难查得清楚。我们也提供不出一个公式。这些现象大家也许多多少少都碰到过。那么,这些现象到底应该怎么来看,怎么来讨论?

谈谈我的看法吧。中国国有制企业非常特别,它特别在哪里呢?它的企业在构造的时候,没有一个原始性市场合约。在市场经济条件下,企业是一组极其复杂的合约。我是相信契约理论的,一开始就讲清楚,你拿多少合同报酬,工人也好,其他要素也好,土地也好,银行贷款也好,你的上游原料也好;还有产品卖出去,都是些合同,它是一组合同,一组合同就构成一个企业。而我们的公有制企业,无论是国有的,还是集体所有的、地方政府的,很大程度要打上引号。国有企业的要害问题就是它一开始就没有合同,解放军占领南京,国有企业就有了,以后又经过敲锣打鼓改造私营企业,改造完了后,把原来的合同都废除了,没有用新的合同去替代,变成了公有企业,所以我们的国有企业的基本性质不是一组合同,它事前就没有讲好。你去调查一下,任何一家乡镇企业,都没有一个原发性的合同,只是事前说好,将来办好了怎么着,办不好怎么着。等到十年、二十年以后,你倒过去讨论产权怎么分,我直觉反应,这几乎是不可能的,是讲不清楚的。因为你所谓的分产权就是分剩余收入,市场给的价格与你原来讲好的合同收入综合之后会有一个差额,这个差额可能是正的,也可能是负的,也可能是"零",即持平。所以剩余这个东西是与事先的企业连在一起的一个概念,你没有原发性合同就没法定义它的剩余。而公有企业都没有原发性的合同。虽然城乡公有企业都有财产,但没有原发性合同,所以很难找到一个根据。这是天大的难题。

当然，实践中并不是没有办法。农村包产到户按人头来分，或按人口、劳力比例来分。苏联的办法是按每个成年公民每人多少来分，一人发一份私有化券，根据一致同意原则，把企业财产分掉。大家都接受。但这是另一套准则，而不是交易准则，这种政治准则不能代替交易准则。从交易准则看，还是没有办法分这个东西，所以这是公有制产权改革中非常难的一件事情。问题还不在于意识形态不准私有化，就是讲私有化，国家立法通过私有化方案，操作起来也困难。所谓政治运作，操作成本是非常高的。实际上，最后像苏联、东欧国家那样，只好按人口平均分，按成年公民分，每人多少。这种分法实际上已经侵犯了或侵蚀了原来事实上的产权，因为公有制企业在形成时每一个要素对它的贡献是不一样的，你按人把它平分掉，你就侵犯了其中一些人的产权，虽然这些产权你讲不清楚，你拿"平均"这种办法去分它，它会在另一个方向造成社会损失。所以我的第一个回答，各地分财产，讨论股份，讨论怎么分，有很大的困难。严格讲，你要找到一个从交易准则来看合理的分配根据。公有制企业的性质就决定了它没有办法分，找不到这个公式，这是我的第一个看法。

再难也要转向合约基础

没有办法分，但还是要分。为什么还要分呢？因为我们今天是在订面向未来的合同，如果我们再不解决分的问题，对明天来说，它还是没有合同的基础。所以今天把所有产权清晰化，把产权改革看成是重新创造一个合同，就在原来非合同的经济基础之上开始转移到契约、合同的基础上。这个问题越往后拖越麻烦。二十多年来的改革历史已积累了一些经验，这些经验是什么呢？就是有些新的要素（资源）进来时是可以签约的，特别是公有制企业，它原来的工人是由政府的劳动局分配来的，上面命令毕业生进哪家厂，就进哪家，同劳动力商品买卖没关系，但它可以在中途进行改革，新的资源进来时可以给它订合同。

如1984年后，中国在国有企业中推行合同工制，下岗工人对企业的压力完全不同。对1984年进来的新的合同工，问题比较好解决，因为进来时就讲清楚了，你到我这里做合同工，这个合同在什么情况下可以解除；解除后，你可以得到什么补偿，一年加一个月工资，诸如此类。而老工人问题就很难解决，因为老工人开始时没有合同，拿很低的工资，他的退休金、福利、保险都在企业里头，现在企业要破产，要购并，这个问题非常难解决。新的合同工很好解决，你说不行了，他就另谋高就，因为他进来的时候就讲好了，双方同意。根据新的要素关系，一部分合同要素进来时，是可以签合约的。

现在产生了一个非常复杂的关系，就是一部分非合同要素关系。我理解，今年以来在底下搞的，试图扩大合同范围，特别是如何把存量——企业原有资源在非合同基础上产生的资源——合同化。这有点难，因为它不是面对新的东西，不是新人新法，比如今后请经理来，就给他订好合同。我们原来的存量相当大，这一块如果不改，你那块新的也坚持不了。两块拼在一起，非合同的一组要素关系与合同基础上产生的要素关系混在一起，没有办法形成一个统一的逻

第四章 公有制的改革

辑，形成企业管理制度的约束，对人们的影响仍然很畸形。最近一两年说内部人控制国有资产流失，不公平，我看都与此有关。

存量改革提上日程

在改革原来非合同关系的存量时，问题就被提到日程上来了，明明是很难分的，要我说是不可能分清楚的，但也要分，这是非常有意思的。从我接触到的案例来看，人们正在实践中解决这一难题。我们在上海、山东、山西做了些个案调查，各地在自发地找办法。如上面提到的青春宝集团，董事会经过讨论，一致决定冯根生可以买2%的集团股份，但冯根生不买，这是一类；另一类，公开说这企业是我的，公有是假的，这样的例子各地都有，材料非常丰富。在这多样化的解决过程中，有一个趋势我觉得是值得注意的，这就是：大家现在不是面对过去，面对存量来解决存量问题，而是面向未来解决存量问题。这句话很抽象，不好理解，我通过例子来加以说明。

很多地方怎么做呢？就是搞股份制或者是股份合作制，它的基本做法是把过去的国有独资企业，或把原来的公社、乡镇所有企业，经过我们已经生效的《公司法》，改成有限责任公司，规模大一点的叫股份有限责任公司，这一改非常重要的是增加了新的自然人的股本。自然人有三大类：第一类是经理，或经理群、老总、经理人、高级职员，有的搞得很窄，就是一个人，他们把持有的一大部分股本放到新的有限责任公司里去；第二类是企业内部工人；第三类是募集的社会持股者。

157

为什么我们说这是面向未来呢？因为在这种改制的过程中，我所看到的案例，大家都是把重点放在企业的将来，通过持股来解决产权界定问题，如上海纺织行业的几家国有工厂。我非常看重这些例子，认为意义重大。纺织行业现在是最困难的行业，这一点与农村改革经验有类似之处，非常困难，困难得不行了，它就会有办法。意识形态呀，干涉呀，那些尊神就会退避三舍，因为你找不出好办法来解决问题，反正困难（坏）到那样了，由它去吧。结果上海已经产生出一些重要的案例。企业家、经理人员，先拿出一笔钱来买股，买股是向企业投资，这等于新的合同，这合同是面向未来的，我买股是看将来回报会怎么样、将来有什么收益、将来有什么权益，而不是讨论过去。

面向未来界定存量

在这样做的时候，在面向未来时，也有助于解决过去的问题，这句话怎么理解？你叫他买，少了是不管用的，多了就是青春宝的问题，让他买 300 万元，他要拿得出 300 万元来。上海国有企业家拿出 10 万元钱就显得很紧张了，要家属共同签字，但 10 万元对 300 万元来说，还是太少。要把数量扩大，就会碰到一件事情：他买不够必要的份额。这时就产生了一个非常重要的飞跃，你买不够怎么办呢，憋来憋去就憋出一个办法：公司借钱给你买股，你自己拿 10 万元，公司借你 10 万元，有的地方你拿 10 万元，我无限责任负担，已等于是借钱给你。但这个借钱合同很特别，这笔借到的钱不能用作消费，只能用于买股，你只有收益权，有收益的时候你必须先用来还本付息。借钱时是有利息的，利息等于银行的利息，过若干年后还清了借款，股权就是你的了。

这个游戏规则在中国产生了。我们在上海、山东、广东都可以看到。我问公司，你们现金这么紧张，你拿什么东西借给他？回答说，借给他的是公司的存量。公司名义上划出一块存量，但解决的方式不像苏联按人头分，也不像我国各地制定出各种各样的指数，定出来不是为了平分，而是让你入股、持股、买股，只是当你买不起时，借给你，这个关系我觉得很根本。包产到户与苏联的平分不同，而且是相当大的不同，它不是拿一个简单的方式、简单的标准，或简单地一致同意把存量问题解决了。它是签了一个新的合约，所以订这个合约时，当事人都睡不着觉，回家讨论。他要负无限责任，借是要还的，要抵押，要通过法律公证，这时他考虑什么呢？他考虑的不是他到公司多少年了，他过去的劳动贡献多大，所以他应得到多少，而是考虑将来他当厂长、经理、副经理或总会计师时，这个企业有多大的盈利可能？因为只有盈利，将来才能还本付息，才能兑现债务合同，所以这是在考验他有多大的能耐、多大的承担未来风险的能力，能不能承担企业未来的责任。这一游戏规则非常妙，它想的是将来会怎么样。它不是考虑过去，不是讨论你来了几年、劳动多少、出勤情况、受过奖励没有、受过处分没有，这个本质上是面向过去。我们现在看到的是要求经理持股，钱不够借给你，在买、借之间他所有的注意力都集中在将来，市场会怎么样，盈利可能会怎么样，这是很有意义的事情。通过这种做法，新的股权方案出来了。

最精彩的是什么呢？著名的衬衫厂家海螺公司，它的销售公司首先改制，因为现在销售公司的好坏对企业有决定意义。它的江苏销售公司女经理个人持股，买了100万元。问她哪来的那么多钱，她说前几年搞了改革，销售产品有折扣，前几年赚了很多钱，都放在公司里，这次全拿出来了，还不够，公司还借给她一笔钱。我问公司哪儿来的钱借给她，公司说，借给她的是十几万件衬衫，衬衫就是流动资产，你把它卖掉，折扣率拿过来，你就有了还本付息的能力。通过这种生产性活动，就把改制问题解决了。换句话说，这是改制中制度变迁成本最低的一种方式。

从这里我得到一个启发，在企业改革中应想办法把大家的注意力引向企业未来的收入流，存量也好，收入也好，博将来的东西，要使所有人面向未来。而苏联式的平分式改革，其错很可能不是因为分掉企业，不是因为界定人们的产权。使产权清晰化，这没有错。错在什么地方呢？错在把人们的注意力引到去解不可能解的问题上。如果现在还有一定生产力的企业也这样去做，一定会破坏生产力。

回过头来再说海螺的例子。十几万件衬衫销掉后，用拿折扣赚来的钱还清债，这100万元就是我的了。在实践中提炼出来几个问题可以进行讨论，如为什么是100万元，而不是50万元？这是一个问题。第二个问题是他出多少，你借给他多少？这是极其不同的风险分布，最好的是你出10万元现金，我出10万元存量，这对公司来说比较合算。将来你即使出问题，我输的也不会太多。比较危险的是他出很少的钱，你借给他一大笔借贷持股，在总股本中这三种比例关系我觉得大有研究的价值。现在我手上的案例太少，上海的做法是，经理群体持股为 5%~20%；山东可占到总股本的 30%~50%，甚至更多。从借贷比例关系来看，有 1∶1 的，有 1 比若干的，甚至有 1∶50 的。我觉得做研究的要讨论，这个由什么东西来定，什么规则在里头起了作用。我想理解的是实质，人们在决定这些"率"，你出多少钱，我借给你多少钱，利率是多少，多少年还清，这些都要讨论，从而把制度的改革完全变成价格问题，把改革非常平滑地转移到怎么定这些"率"。

把问题转化为价格问题

定"率"，经济学家就有用武之地。定"率"，本质上就是定价。我的看法，企业里最关键、最要害的是企业家，企业中非常重要的是人力资本与非人力资本之间的合同，工人有人力资本，技术人员有人力资本，而最重要的是对企业家人力资本定价，而不是定机器的价，不是定银行借的钱的价。在实践当中，公和私转变成了股份，转变成了"率"，你出多少，借给你多少，什么时候还，风险怎么样，变得很好操作。我觉得这是非常重大的变化，因为对企业家定价很难。

对企业家能力定价，人力资本理论中还缺乏这个概念。把一个经济当中用于教育、培训、健康的费用看成投资；由于这些投资，提高了人的素质，然后把这些高素质的人投入到生产中去，这可解释一部分生产、劳动、土地、资本对产出的影响。投入多少劳动，这是一个量的概念。它忽略了"质"，质量会影响国民的产出，质量可解释一部分产出,这证明人力资本的存在,把花在教育、健康、培训上的钱看成一个投资量,然后再看成人力资本的投资,对经济越来越有影响。

把人力资本移到企业家身上来,又遇到很大问题,就是因为它同企业家的概念联系在一起。企业家概念目前没有统一内涵,企业家要创新,企业家对未来的盈利机会特别敏感,所有这些描述都是在描述一种能力。企业家最重要的能力就是决策能力,决策能力是企业家最重要的能力。这种决策像奈特所说,在不确定的环境下,在市场中,决定生产什么、生产多少、用什么技术等。这种能力与人力资本联系起来有很大困难,因为企业家的能力,无论在美国或中国看到的,不是用某种东西换来的,不是因为他上过学,或者受过某种训练。

能力有权收租金

企业家能力有些时候是需要些天赋的,而不是同教育联系在一起的。它像矿一样,分布不均匀。如王永庆,他上到小学六年级,鲁冠球小学六年级,徐文荣小学六年级,还有其他人,他们的人力资本很小,但他们的企业家能力很强。企业家有直觉,这没有人讲得清楚;企业家的直觉能力无法用人力资本来衡量,这与先天有关,是自然垄断。这里有一种租,不能给它定级,定多少工资,近似运动员、明星,不能用剩余价值理论去解释。企业家类似于"星",他的天赋、机会得有人去开发,所以不能用一般定价理论去讨论企业家定价问题。

在讨论定价问题时,要区分两种收入:第一种是合同性收入;第二种是企业家收入,它不是合同性收入,是承担剩余。我们的计划体制、公有制，最要命的是不区分这两个东西。照例行说法，大家都是国家雇员，所以人人都拿合同性收入，结果一破产就是国家破产，所有人都不承担责任。我们给企业家的报酬很低，虽然这是天下最贵的东西。而我们的企业制度，成了天下最昂贵的企业制度，大量亏损，没有人对创造剩余感兴趣。

年薪制不是等级制，它是一个剩余概念。农民就是年薪制，做完了才知道是多少，事前讲不清楚，这是企业家收入的一个原则。那么讲不清楚，你的收入怎么建立呢？这就是剩余。你支付所有合同性收入（支出），组织生产过程，然后卖到市场上去；如果市场认你，你的收入比你的合同性收入（支出）多，剩余就出来了。这是企业家定价机制中非常重要的问题。如果不同利润挂钩，它的激励机制调不通。这是第二个与企业家定价有关系的问题。

与股权挂钩势在必行

企业家能力定价的第三个问题是：现在要经理持股，开始我借钱给你，但这个企业家到底有多大的可靠性？讨论这个问题风险很大。这时你只能根据过去的信息来判断，它不确定，所以得有抵押物。在山东，现在允许买10万元，目前情况下，10万元对你的家庭不是小事，对你的家庭还是痛的，在这种情况下，公司借你一部分钱。

第四个问题，能否考虑在中国这一波改革中把期权概念引进来，做期货，给经理人员定个任务权，这在西方公司里是一种非常普遍的奖励办法。给你签约年薪多少，在职消费权利多大，同时同你签任务权，这是非常有趣的面向未来的游戏，中国现在也开始尝试这个游戏。期权怎么做呢？经理来的时候我同你定一个期货、认股权，企业今年每股1元钱，我先告诉你，你有权买3年后的100万股。什么价？还是每股1元。为了支持3年以后的100万股，我有两种做法，一种是先付2%的定金，像真做期货那样，先付5%或一点也不付，构成对你的激励。3年以后企业增值了，你想会发生什么事情？如果每股变成了2元钱，你还是有权按1元1股买100万股，你没钱没关系，卖掉一部分股权，就有钱了。激励机制在什么地方？你一定要想方设法使企业增值，增值越大，赚得越多，你将来的好处就越多。这合理不合理？合理。为什么？因为1股1元钱变成1股2元钱，不是天上掉下来的，这要付出努力，其中包括经理的努力。这个风险要有回报，但总有一部分要给经理人员。这个机制的好处是现在你拿出5%的资源量，就可以建立一个100%的预期。

社会主义企业的经理都没有钱，在大规模的改制当中它的矛盾在哪里呢？持股少了不管用，持股多了没有钱。现在我集中考虑这类问题，这是对企业家人力资本定价，因为企业是面向未来的，企业家考虑问题也是面向未来的，所以企业家定价机制也可以面向未来，只要考虑的是未来，我们这场制度变化的成本就可能节约。

这一机制新鲜在什么地方呢？3年后每股变成0.9元了，怎么办呢？你可以买100万股，当然你肯定不会买。不买，你的定金就没了。如果你把企业做坏了，等于你预付的完全没了。如果这样的话，下海20万元或50万元（经理拿出来的），他就可以有一个杠杆，如按5%算，3年后就是上千万持股。只要转到理性的基础上来，放到怎么计算这个"率"上来,凡事就好办了。如果你把它变成一个模模糊糊的姓"社"、姓"资",经济学家就没有办法了;要是转移到理性基础上来,现代公司文明中的大量东西就有用了,它就可以把大量东西变成一份合同或一组合同。

还有一个问题,我在研究中发现,现在所有做法都是自发地在做,缺乏中介。中介包括方案中介和金融中介,因为转移是要动用资源的。向公司借钱,有时光靠资产变现不能解决问题。20世纪80年代美国非常流行的MBO(管理层收购)有没有可能引进中国来?MBO就是说,游戏已经初具规模了,再加个中介进来,这个中介干什么呢?它是来挑什么人当企业家的。它借钱给你,支持你,让你在公司中搭股,借钱后,你就拿红利还它。它赌的是什么呢?它赌的是看人对不对。看准了放进去,给你融资,叫你完成经理人员持股。这种持股不是小股,甚至是控股,所以它不是国营控股,而是经理层控股,把原来的上市公司变成大股东控制。

中介机构有时会很有效,这里需要大规模融资。中介机构必须有融资能力,这是第一;第二,它有很强的识别能力,不断地在市场上挑,研究哪个企业家的潜力没有发挥出来,为什么没有发挥出来。我们老以为股份制加强了董事会的控制,董事会加强了对经理的控制,企业盈利就会增加。我们的逻辑就是这样。但有时情况正相反,董事长的企业家才能比总经理低,但董事会控制总经理和高级管理人员,好多投资计划董事会不批准。一旦发生这种情况,这家公司的潜力就发挥不出来。金融中介就做这个文章,他发现这种情况就去找总经理谈,我给你融资,你把公司控股权买下,买下后公司就听你的了，你来做决定。你不但管理企业，而且你来做决定，做对了，这个公司的整体表现会大不一样。这是一个办法。一般情况下，这种融资的利息会很高，而且还有很高的手续费。更重要的是，它借钱给你、让你控股的同时，放一个小股进去，搭便车，这个回报是很大的。

现在中国的钱借不出去，不敢借出去。过去借得出去，是因为借的钱是可以不还的，所以放心借；现在不行了，借钱是要还的，所以贷不出去，但要借的人又借不到。投资从一定意义上说是对企业家的投资。20世纪80年代美国MBO做得好热门，做得很新，不断地做，大规模地做。我的看法，企业制度在不断创新：早期是个人既当小老板也当经理；到20世纪30年代变成所谓的两权分离，投资者与经理人员分离；现在，经过MBO出现的这类企业，我看完全是新的企业类别，这个类别是经理因为有能耐，所以成了大股东。因为有了金融中介的参与，我们国内有一些企业，包括民营企业，就出现了一个问题，因为股权太分散，每年开股东大会，经理层胆战心惊，一旦出现一个相对多数，就可以颠覆你。这个结构不利于把企业潜力发挥到最大。如果这个企业负责人是企业家，人力资本存量最大，这时如果金融中介进去，替他融资，让企业家才能存量最大的人持有大股，它的结构就会很稳定，投资行为的长期预期就会改变。这些问题也是我们企业家人力资本定价需要研究的东西。

1998年2月13日

自然人持股：绕不开的话题

在决策中，决策者的能力至关重要。我们承认决策能力在人群中分布不平均，不是随便挑一个人就能做决策的。这种能力在我们国家不被看作一种资本，但在我看来，这是所有资本中最值钱的东西！承不承认具有这样能力的管理者与企业有长远的利益联系，承不承认他们的市场价值，要不要给他们股份，这是中国所有企业最终都要回答的问题。

我国20世纪五六十年代建立的企业现在大多已困难重重，而80年代诞生的企业也有不少已经消亡。因此，昂立公司提出"如何做一个长命的企业"，确实值得让人思考。

多元化股权结构也要进一步完善

现在有一种流行的说法，认为国有企业陷入困境的原因主要有两个：一是历史长，包袱重；二是过度竞争，重复建设。

第一条理由在我看来肯定是站不住脚的。企业历史长，并不一定就包袱重。在市场经济中，人们可以看到有很长历史的公司，一百年甚至二百年历史的公司，也没有出现这样一种局面。通用电气就有上百年历史，福特也有很长的历史，都没有产生这样的问题，这说明历史长的企业不一定就搞不好。我国的许多企业之所以搞不好，我看还是因为没有把一些根本性的问题解决好。

前不久一家著名高科技企业的创办人突然从董事会出局，在行业内引起巨大反响。这一变故有许多偶然因素，但其中也有一些带有普遍性的因素。我冒昧地认为，这些普遍性因素也许以后在昂立公司中也会反映出来。

今天我了解到，昂立的股权已比较分散，股份分别由数家股东持有，这样的股权结构在国有企业中已经比较合理。多元化的股权结构也许可以制衡各方利益，防止股东出于自身的利益过多地干预企业经营。但这里面还是有点问题，那就是五六家股东都是国有的，这些国有股股东派到董事会的代表，今天让你干你就来了，明天不让你干就又要换人了。我们讲企业的责任链，总要有人负最终的责任。但是国有股的所有者是一个抽象的"国家"，没有最终可负责任的自然人。

要确立自然人在股权结构中的地位

在这方面，必须解决的下一个问题，就是自然人在股权结构中的地位问题。影响一个企业的关键是自然人，不管他是董事长、董事还是总经理，作为一个个人，他在股权结构中有没有份额，我认为这一点非常重要。

我们可以看到，在欧美的现代企业中，非常重要的一点是股权最后都是同自然人联系在一起的。其中，一大部分是自然人委托多种基金、机构到企业持股，还有一部分是自然人直接持股。我们首先要研究为什么欧美公司要做这样的制度安排。保健品行业中曾经名噪一时的一家私营公司，其股权结构似乎不应该有什么问题，但是其庞大的号称15万人的营销队伍与公司只存在一种现金交易关系——多销就多提成。这样的体制是导致该企业悲剧性结局的一个重要因素。企业的品牌与营销是一种长远行为，不能光靠年度和季度的销售额来考核。公司的骨干层、关键层如果与公司没有长远的资本纽带，就必然会导致短期行为。私人公司尚且有这样的问题，国有公司的问题就更大了。

国有企业或具有国有背景的公司，传统上是否认个人与公司资产的合法联系的，但在公司的实际运营中，个人的作用又是举足轻重的。

企业决策者的能力至关重要

昂立在面向新世纪时遇到的很多问题，在我看来都是决策问题。人们对于决策有很多误解，总认为可以科学决策。怎样才能称为"科学的"呢？他们认为就是公共决策——将信息收集过来，召集许多专家来讨论，最后得出一个结论，说这就是决策。

其实这不叫决策。决策的本质特征是主观选择，决策是在信息不完全的情况下在未来的几种可能性中做出一种选择。当然在决策中可以缩小主观性，但讲到最后，决策都是主观的。你说专业发展好还是多元发展好？在商业史上两方面都有成功的例子，也都有失败的教训。像通用电气这样能做多元化的，多元化一定是最好的。但是有一点要注意，你选了一种战略后，实际上就是放弃了其他战略。因为你不可能同时做许多事情，这在经济学上叫作机会成本。

因此，在决策中，决策者的能力至关重要。许多人都在问，决策能力从何而来？教育是一方面，个人的悟性是另一方面。我们承认决策能力在人群中分布不平均，不是挑一个人就能做决策的。这种能力在我们国家不被看作一种资本，但在我看来，这是所有资本中最值钱的东西！承不承认具有这样能力的管理者与企业有长远的利益联系，承不承认他们有市场价值，要不要给他们股份，这是中国所有企业最终都要回答的问题。

中国企业应普遍解决自然人持股问题

比较而言，联想处理得就比较好。三年前它就与中科院达成分成协议，税后利润的 65% 归科学院，35% 归联想集团。联想的 35% 利润中，1/3 归 12 位创办人，分到个人名下；1/3 归 120 位对企业创办有功绩的中层以上骨干；还有 1/3 作为特别奖金，奖励销售和技术开发人员。

把这种分红体制发展成股权结构，只有一步之遥。因为我们知道分红与股权有区别，分红是你在位时就能分，走了就不能分。股权不一样，你离开了联想仍然可以当股东。现在联想集团正在与有关方面洽谈将分红转为股权的事宜，那将是重要的一跃。

联想创业时中科院的计算所投了 20 万元人民币。现在其净资产为 22 亿元，增长了多少倍？这里面必有一部分是属于创业者、骨干人员、开发人员和市场人员的。我们过去总想绕过这个东西，传统经济理论试图把所有者变成国家公司的雇员，只领工资；把经理层看作党政干部、公务员。这套体制在我看来肯定经不起市场竞争的考验。美国的投资者不笨，凭什么给 CEO 看似天价的年薪？其目的就是把经营公司的长远利益与 CEO 捆在一起，这样做也容易进行人事管理。

2000 年 2 月 22 日

企业改制，何谓成功

传统国有、集体公司的效率低，根源在于进入公司的要素产权不清，所以流动、组合和重新组合困难重重。许多国有企业落到今天这步田地，主要是得了"不流动、不重组、不死亡"的不治之症。

不少人以为，公有制企业的产权改革，应该把企业改得在商业上更加成功。我对这个看法持有保留意见，由来已久。

公有制企业的问题，在于参与的各方要素之间，没有基于市场竞争规则的合约。没有清楚合约的原因，是各种要素的产权没有得到清楚的界定。科斯以来的企业理论说，市场里的企业是基于合约的组织。企业的效率不但使各种要素各尽其力，而且在市场形势的千变万化中，不断重新缔约和重新组织。一个可见的证据，就是市场经济里的公司，重组率甚至死亡率很高。许多公司在市场上"失败"了，但那不过是公司里的要素有了"更成功去处"的代名词。

因此，经济要素可以合法地、顺利地流动和重组，是"自由企业体制"真正的生命力之所在。为什么公司的管理层要非常尽心和努力？答案不仅仅是因为公司的"老板"——股东们——会盯着公司管理层，而且是因为公司里的各种要素随时可能在市场上另谋高就。许多时候，一家公司什么错误都没有，"失败"仅仅是因为冒出了一家更厉害的对手。历史上的三国时代，周瑜打仗本事很大，但遇上了诸葛亮，"错误"就数之不尽。倘若没有诸葛亮，周瑜的那些"失误"会不会也都是神来之笔？市场和战场差不多，不大理会"既生瑜，何生亮"的叹息。

我认为，传统国有、集体公司的效率低，根源在于进入公司的要素产权不清，所以流动、组合和重新组合困难重重。许多国有企业落到今天这步田地，主要是得了"不流动、不重组、不死亡"的不治之症。所以，那些提出"产权再清晰的西方公司，不也有许多失败的例子"的质疑者，实在是错得不可救药。问题提得不高明，求好的答案就难啦！

当然这不是说，重新组合或失败是企业产权改革的唯一结果。我只是说，清楚界定的要素产权与改制企业的市场成功不是一回事。产权改了，公司又非常成功的，可遇而不可求。这是因为，企业的市场成功涉及太多其他因素，不是清楚的产权体制这一个因素决定的。清楚的产权制度只保证一点，企业在要素可以重新流动的环境里缔约、再缔约，无论公司"做大了""做小了"，还是"重新来过"，从经济效率上看，基本上是等价的。

所以，那些增加了企业改革可选择空间的改革先行者，无论他们后来在商业上是否成功，其贡献都不容抹杀。先行者的公司能否春风常在，让我们为他们祈祷吧。农村改革中，率先包产到户的小岗生产队，今天远不是安徽最富裕的村庄。但是发轫于此地的"土地承包密约"，难道就没有独立的价值？结论是：以商业成败来论企业改革的英雄，浅见罢了。

2001年10月14日

国有企业：不能不谈"方丈"只说"庙"①

那些在某种程度上面向市场竞争而又能搞得比较好的国有企业，其根本的原因就是对企业家人力资本产权的承认、尊重和保护。几乎所有搞得好的企业都有一个非常稳定的共生现象，就是企业里至少有一个"厉害的家伙"，长久地保持对企业的控制。

视野不同，问题不同

记者：您近来强调人力资本产权问题，而我们以前似乎不很注意这个问题。

周其仁：不是不重视，而是我们从什么角度去看。

记者：那为什么很多人就没有注意到适当的角度呢？

周其仁：我们不妨联系我最近做的研究讨论这个问题。比如人们在讨论公有制问题时大致只有两种意见：一是要对公有制进行大规模私有化；二是认为公有制是国家的命脉，绝对不能动。这两个

---

① 本文是《经济学消息报》的一篇采访稿，文字经作者订正。

认识有个共同点，就是认为确实存在着一种"公有制经济"。但我没有从这个角度看。我认为所有公有制经济都有私有成分，因为人力资源、人力资本的产权天然属于个人，也就是"私"的。这是我的一个基本观察。在一些公有制经济中，对企业家和其他人力资本的产权由于各种原因事实上是尊重、承认和肯定的，并用不同方式给其以激励。然而，另外一些公有制经济中是不认这套东西的。这就导致了公有制经济效率会有很大区别。

现在讨论国有经济问题时，有学者举出很多国外公有企业搞得很好的例子，比如新加坡的航空公司、法国的雷诺，还有纽约的港口等。其实大可不必舍近求远，中国也有搞得很好的公有制企业。但这里有两个问题需要解释：一是公有制企业搞得好，到底是什么条件、什么原因使它搞得好？二是为什么搞得好的公有制企业少？

汪丁丁： 的确，很多人举例说公有制企业搞得好，这都只是名称上的公有制。它们为什么搞得好，你必须钻到它们的"肚子"里去看，看是因为什么样的因素、什么样的制度安排使它们搞得好。

国有企业里的个人地位各个不同

周其仁： 首先我们可以看到，国有企业的效率源泉很复杂，有的是与行政垄断有关，由于垄断，谁来做企业领导人大体都可以盈利。我不想讨论这类企业。我讨论的是那些在某种程度上面向市场竞争而又能搞得比较好的国有企业。我认为其最根本的原因就是对企业家人力资本产权的承认、尊重和保护。几乎所有搞得好的企业都有一个非常稳定的共生现象，就是企业里至少有一个"厉害的家伙"，长久地保持对企业的控制。如讨论联想必须提到柳传志，讨论浙江万向集团离不开鲁冠球，讨论横店集团必须提到徐文荣，等等。这些企业家由于各种各样的条件，有的是政府的安排，有的是谈判的结果，反正他能长时间待在企业里。企业家稳定地留在企业并控制着企业，是我所观察到的企业能搞好的一个条件。

上面提到的企业家大家都很熟悉，但大家在讨论公有制企业搞得好的时候却忽略了他们。我觉得这是以往理论框架的一个缺陷。过去一讨论企业，就认为是一个资产所有权的问题，而一讨论资产就是土地、厂房、设备、货币等，却不知道企业的各种要素之所以能组合到一起，首先是立足于企业家对市场走向的判断。卡森讲企业家最重要的就是从事判断性的决策。从事判断性决策的能力恐怕是企业家的一个非常重要的含义。用我的话来说，是一种非常重要的企业家人力资本。企业家对市场的准确判断才使刚才讲的要素组合在一起有意义。因此，任何面向市场的企业是没有办法回避企业家才能问题的。而我们原来的资本理论也好，企业理论也好，产权理论也好，都不重视企业家的才能。一提到公有制、私有制，人们就仅仅看那些物的产权，看机器、厂房、设备的产权，而不去看人，看人的能力的产权。这些理论影响很大，以至我只好套用联想的广告在课堂上问我的学生："如果失去柳传志，联想将会怎样？"

控制权成为一种回报

周其仁：最近我就横店集团的发展做了一个案例研究。我发现，能长久地控制企业，是横店集团的企业家能努力工作的一个条件。企业家的努力工作能得到一种回报，这个回报就是企业控制权。人们通常看到，在标准的西方企业中，企业家拥有剩余索取权，也就是在付清工人的工资、借款的利息以后，剩下的就归企业家所有的权利。西方企业就是用剩余索取权来刺激企业家做各种决策的。因此，产权经济学家讲剩余索取权是非常重要的。但在公有制的框架里，人们看不到很明显的剩余索取权。企业干好了，剩余与企业家无关。

但在企业活动中，无论东西方都有一个很重要的东西，就是企业的控制权，就是谁来做企业的决策。我前不久见到了崔之元，我们谈到了南街村。这个地方10年中产出增长了1 100倍。人们说这是由于他们学习"老三篇"的结果，是经济民主的结果。我说，我同意经济民主对效率提高有很大作用，据说日本企业在管理中很讲民主。但我问：谁在做投资决定？是南街村全体村民投票决定上什么项目、从事何种生产、生产多少吗？恐怕不是。这就像我们还没有看到过一部好电影是由集体导演出来的一样。投资决定和导演电影一样，就是一个人，其中没有什么道理可讲。

汪丁丁：因为判断是主观的，人们能用投票投出某个人的判断吗？

周其仁：是的。这就是卡森讲的什么是企业家做的决策。企业家不是根据什么客观的信息进行边际主义的理性计算就可以做决定的，他要根据主观判断，而这些主观判断一般是说不清楚的。我们看一看中西方的很多企业的成功投资都是无理可讲的。比如横店集团的老总徐文荣曾做了这样一个投资决定：投资 100 万元买西安交大的一项专利。这项专利当时只是小试成功，中试还没有完成。也就是说，成果的市场前景很不明确。但徐文荣就想，如果这 100 万元不成功，西安交大这样大的研究单位就等于欠了横店一个人情，以后有了好的科研成果就会再找横店。当然，最后这项专利给横店带来了很大的收益。我们可以试想，如果让全体横店集团成员在完全看不到收益的情况下做这项投资，可能吗？

人与人能力的最大差别在于，能否在对不知道后果的事情上做出正确的判断。就体力劳动而言，人与人之间的差别不会很大。像在农村割麦子，技术好的和差的相差不会很大，但一到涉及决策的时候就完全不一样了。

汪丁丁：这就涉及我们曾讲过的"N-1 问题"了。也就是假设我们有 N 种要素，如果我们搞了 N-1 个市场，像资金、人力、土地都市场化了，但就是没有企业家市场，最后的结果就一定是个非常平庸的经济，而且根本不是市场经济，而是熊彼特讲的"周而复始的经济"。

周其仁：对。这时的经济叫市场经济也罢，叫计划经济也罢，都无所谓了。因为这种经济的发展总是周而复始的，总超不出前人的框架。

再回到前面讲的控制权问题。我认为刚才讲的投资决策是一种非常重要的权力，因此，也是非常重要的一种激励机制。因为，这种控制权能转化为一种回报。我们再分析为什么这种投资控制权能转化成一种激励机制。所谓激励机制就是讲人们的行为和行为的结果之间是一种怎样的反馈关系,我干得好,可以得到更多,这是一种逻辑。而我们发现,还有另一种激励机制,就是强调你现在干得好,那么下一步就能干得更好。企业家做了一个好决策,其回报就是将来的舞台更大。只要这个机制不被破坏,就会从中涌现出一批有能力的企业家。这些企业家会意识到,做了好的决策,将来的地盘会更大;而做了错误的决策,地盘就会越来越小。在许多现实中的成功企业里,这两种激励机制是并用的,企业家在分享一部分剩余的同时,稳定地得到控制权。比如在横店,我们看到,领导人的工资、奖金的制度安排有足够激励性,同时享有企业决策权。

讲到这里,我们也许会明白为什么一些企业家没有股份还可以好好干,他们就是为了企业的控制权。控制权是一种工作权力,通过给企业家更多的工作权力,让他更好地工作。

1997 年 9 月 5 日

"庙"里的"好方丈"为何那么少[①]

公有制企业为什么搞得好的少,其原因有三个:第一,行政控制会将企业中仅存的效率机制破坏;第二,它不能保证相对更优,保证能力相对较强的企业家控制更多的资源;第三,没有解决企业家代际更替的问题,从而影响高龄企业家的长远动机。

"资"源于何处

周其仁:如果我们对那些搞得好的乡镇企业做调查,会发现企业的资产形成很有意思。比如一些企业最初的资本来源于农户的集资。一类集资是社队出面,每家每户出一点钱,等企业办成,有了收入再还;另一类集资由一些企业家个人出面。

汪丁丁:在其仁所做的横店调查中,是企业家徐文荣凭自己的信誉得到了乡里农户所集的资金。

周其仁:农民们为什么信任徐文荣?因为他们看到徐文荣以前

[①] 本文是《经济学消息报》的一篇采访稿,文字经作者订正。

办小企业的时候就干得很好，办事认真、公道，有事业心。这就是徐文荣的个人资产，是他的信誉资本。有了这种个人资产，农民们的钱才能集中到他手中。这个道理和华尔街的道理基本是一样的。徐文荣再用得到的集资，到银行贷款，这样横店集团就有了原始资本。后来企业把农民的集资还了，除去对银行的负债，企业还剩下一大块，这就是企业的净资产。从这个例子，我们可以考虑一下资本的源泉到底是什么东西？是不是钱本身就可以生出钱来？还是因为钱加在稀缺的企业家人力资本上才能生出钱来？我的看法是后一种。企业尤其表明了财富的这一特点。

汪丁丁：再向深一点说就是剩余价值理论了。实际上熊彼特在重新解释马克思的剩余价值学说的时候，就讲了这样一句话：财富的真正来源是什么？是剩余价值。而剩余价值只是与活劳动，就是人的创造、创新联系在一起的，是与企业家创新联系在一起的，其他的财富都是死的。马克思说的地租、利息等只不过是剩余价值的转化形式。

周其仁：马克思强调活劳动中的工人劳动。但是在活劳动里，最重要的是企业家的劳动，这主要体现在对市场的决策性判断和企业管理方面，而这种企业家的劳动在古典时代很难识别，因为那个时代多半是由出资者来当企业家。所以连布劳代尔都认为，"资本主义"是个误导的词，让大家都认为资本非常重要。布劳代尔有两个非常重要的观察。一是资本产出比在任何时代都是差不多的，基本是 3∶1，也就是固定资产的存量与每年的产出流量之间的比值在任何时代都差不多。另一个很重要的发现是，在过去的许多时代都能找到钱无处用的记录。那么以前的发展为什么这样缓慢？我理解是企业家的才能发展不够，或者没有制度来保护企业家才能。

汪丁丁：对。像高利贷，资本主义都有上千年历史了，但就一直发展不出来近代的资本主义。而只是到了近代，文艺复兴之后，才有了个人主义，才有了创新，才有了艺术繁荣和企业家精神的勃发。

周其仁：因此，我们到底应该如何理解价值的源泉、财富的源泉，到底什么因素在长期的经济增长当中起了重要的作用？我并不是说钱财不重要，但钱财是如何起作用的？"资本主义"这个概念误导人们认为财务资本本身很重要。在改革中，人们认识到资本重要，提出要保护资本的产权，这当然是重要的。如果谁都可以把别人的钱财拿走，那谁还有努力的动机呢？这种逻辑我很赞成，但我觉得这里隐含着一种可能的误导因素，使人们看不到保护产权实际上还要保护人的能力，而保护人力资本是发挥全部资本作用的条件。如果社会不保护企业家才能，那些受保护的钱财到底有何用？再往深处想一想，资本本身生出的利到底来自哪里？是不是钱就会生出钱来？如果没有企业家将钱拿来作为要素，到市场拼搏，钱是生不出钱来的。

汪丁丁：我们一直忽视奥地利学派的理论。我认为当奥地利学派的企业家创新理论进入新制度经济学产权理论之后，可能会产生一些新的结果。

周其仁：我们有必要想一想，改革到底在改什么？过去的公有制什么都姓"公"，这样做所产生的动员资源强度确实超过了其他任何时期，但这就构成了财富的源泉吗？没有。道理在哪里？就在于天底下有一种资源是无法公有化的，它就是人的创造性活动的能力。

一些公有制企业之所以能成功，并不是因为它们叫"公有制"，也并不是企业的物质资本在法律上属于国家，或者属于集体。如果仅仅是这样的原因，是不能解释为什么另外那么多公有制企业表现很差的。所有能被证明有效率的公有制企业，除了靠行政权获得垄断利润外，都或多或少以不同方式承认了企业家人力资本的产权。这种承认的方式可能不同于经典的"资本主义"下的以剩余索取权为主要表现形式的激励机制，比如横店集团的"控制权回报"。西方的控制权也很重要，他们激励经理们好好工作也不仅是付他们多少工资，给他们多少股票，也要包含控制权。

"好的少"有制度根源

周其仁：我们现在来解释第二个问题，为什么公有制企业搞得好的非常少？我的研究表明，控制权回报机制起作用需要很多条件。第一，企业家必须在位。第二，在位的企业家的能力要始终很强，不但是绝对的强，而且要相对的强。相对强的含义是，在位的企业家对企业资本的运用一定要比企业内外的所有其他人好。据我观察，要在公有制条件下满足这两个条件是非常难的。因为有企业家才能的人难以在位，更难以长期在位。

汪丁丁：因为他没有合法性。

周其仁：行政的力量总在起支配作用。行政的干预最后就是破坏对企业家的控制权回报。因此，很多能干的人要不然就是不能在位，要不然就是干了一段就被调走了。这是第一个原因。下面是第二个原因，公有制经济的一个主要特征是拒绝产权交易。比如至今国有股、法人股还不能交易就是一种具体表现。不能交易的一个结果就是使在位企业家的相对优势不能得到保证。产权交易本质上是让更能干的企业家获得更多的资源。比如 A 企业兼并 B 企业，为了获得 20% 的控制权，就要购买 B 企业的股权，而大规模的收购就会引起 B 企业股权价格的上升，比如从 5 元一股涨到 6 元。那么，为什么同样的股票在 B 企业的企业家手里是 5 元，而到了 A 企业的企业家手里就变成 6 元了呢？在我看来，其中的本质是两个企业的企业家的人力资本的差别。所以，企业到底值多少钱，也取决于谁在控制它。资本市场的本质就是让企业家经营企业的过程永远不要停止。企业家和资本任何时候都可以结合。我想任何其他人类组织机构都没有这样灵活。

这也引出了崔之元提出的"所有者偷懒怎么办"，也就是"委托人偷懒怎么办"的问题，同时也涉及和张维迎的分歧。丁丁曾对维迎的书写了《有恒产者有恒心》的书评。对有恒产者有恒心的观点我很赞同，但是有恒产者不一定有雄心，更不一定是最有企业家能力的人。在有资本市场存在的情况下，光有恒心不行，因为你没有雄心和能耐，别人就可以出高价收购你，就接管你的企业了。市场就像一双奇怪的红舞鞋，你一穿上就永远停不下来了。所以，资本市场的存在不仅使有产者可以保持控制，而且使最强的人力资本在市场中扮演积极的角色。因此，仅有对物质产权的保护是远远不够的。

前几年，北京人艺曾上演过一出戏——《天下第一楼》。戏里的故事就讲一个烤鸭店的经理想好好干，但两个子承父业的少东家却一个热衷练武，一个爱好听戏。最后，试图振兴烤鸭店的经理失败了。所以，资本雇佣劳动的说法在我看来是有局限性的。企业市场的本质是人力资本的竞争。公有制体制下抑制了这个过程，使国家的所有权和集体的所有权不能买卖，也就不能持续地选择企业家能力最强的人控制企业。这也是公有制下公有企业不容易搞好的第二个原因。

第三个原因，也是最重要的，就是控制权回报机制无法向下传。当企业家能力不行的时候，怎么处理？如果你因为他过去干得好，就把控制权给他，那就会有危险。因此，我们看到很多企业的经营业绩变化很大，原因就是企业家的变化很大。

控制权资本化

周其仁：要解决这些问题，只有将控制权资本化。资本化就是将剩余索取权和支配权分开，以索取权替换控制权，使那些干得好的企业家得到一部分剩余索取权，等到他们没有能力做决策的时候，可以享受。而控制权回报的机制没有这个作用。现在我们的很多企业还在第一代企业家的控制中，这些人年龄还没有到退下来的时候。但研究制度不能以一代人为限。股份公司作为一个重要的制度创新就是它能使企业几乎变得永久有生命。长期来看，如果我们不解决控制权的资本化，就会产生一个悖论：一些过去很能干的企业家，在他们能力不行的时候，仍让他们做企业明天的决策来奖励他们过去的贡献，结果就让一个低质量的决定来作为对企业家过去成功的报酬。作为激励机制来说，这是没有问题的，可是决策的质量会降低。当然，解决这个问题也有替代的办法，比如将控制权传给儿子等，但效果如何，有待观察。

我们这里再总结一下，公有制企业为什么搞得好的少，其原因有三个：第一，行政控制会将企业中仅存的效率机制破坏；第二，它不能保证能力相对较强的企业家控制更多的资源，因为产权是以部门、行业等划分得非常零碎的，相互之间是不能进行交易的，只能局部优化；第三，没有解决企业家代际更替的问题，从而影响高龄企业家的长远动机。因此，我认为，如果我们找不到控制权资本化或者类似的制度变迁的话，传统的公有制企业无法与股份制等其他类型的企业进行长期竞争。

企业在市场上被定价

汪丁丁： 反过来我们也可以看到为什么很多公有制企业搞不好，只要上面三个条件不能满足，企业经营就会出现问题。为什么在公有制体制内有搞得好的企业？这就涉及企业定价。我们可以先看看资本市场上企业是如何定价的。资本概念本身是指有一个投资项目，这个项目在每一时期有一定回报，也就是有一个净利润，我们根据这些净利润按一定贴现率贴到现在，得到一个现值，如果现值高于投资总成本，那么这项投资就叫资本投资。也就是预期的回报利润流的现值大于投入值，这是资本最原始的定义。在充分竞争的资本市场上有某项资产，由 A 去管。人们根据该企业各期的收入，也就是净利润流，再"用脚投票"。企业各期的成本或利润，也就是 A 如何压低工资、如何降低成本、如何发展新的供应商、如何开发新市场等，这些都是 A 的函数，都是 A 经营者的结果。将各期的净利润体现到现在就是该企业在市场上能卖的价钱，也就是 A 的价值。所以当投资者或机构持股者买该企业股票的时候，依据的根本不是企业的资产，那是不确定的，而是看资产是由谁来经营的。如果 A 经营就值 5 元钱，换别人就不行。所以其仁强调的企业家的选择范围非常重要，道理就在这儿。在我们的体制内，适合于上级"胃口"又有能力的企业家是极少的。如果是乡镇企业，恐怕就在本地选人。

周其仁：这就好像不举行全国、全世界的乒乓球比赛，各个地区自己赛，出来了很多冠军，而这些冠军的水平孰高孰低，我们不知道，因为他们之间不进行比赛。

汪丁丁：对。像"小老树""重复制造"等都是这个原因。

周其仁："公有制"本来以在整个社会内优化资源配置为号召，可现实是，层层切割，最后变成一个个互不相通的"小公国"。

汪丁丁：从上面的讨论，我想谈一谈张维迎教授和其仁对"资本"的看法。维迎的数学模型中的一个定理有三个命题，每个命题都对应着一个解，等于是一个内点解和几个角点解。也就是说，它概括了各种各样的情况。即便以人力资本为主的情况，这个模型也能概括。因此，维迎认为他的模型是最全面的。但是问题的实质是你相信哪个解是最现实的。如果一个理论的解太多的话，那意义就不大了。就像天气预报似的：今天下雨，今天也不下雨。因此信息量最大并不一定就最有用。真正有用的理论，不是东方式的"道"，而是充满了规定性。对一个现实问题就有一个解。维迎最后为了

第四章　公有制的改革

应用他的理论，根据自己多年来对我们经济体制的了解，根据自己的直觉，认为目前最现实的解就是他提出的这个解：物质资本作为信号来反映个人的经营能力。

我们从前面讲的资本定价最基本的定义中可以看到，其中显然有一个未定的因素，当我们说生产的三要素——土地、资本、劳动在确定性情况下都获得了固定回报的时候，剩下的就是给企业家的，这是我们经典教科书中所讲的。但实际上计算的过程不是这样的。三要素的价格都是反过来依赖于企业家的经营能力，而经营者的行为是它的函数。企业家发明了一种新的方法，或发现了一种新的原材料，才能将成本降下来，净利润才能提高。这就与新古典经济学一般均衡理论，或者说是完备的市场信息理论之间产生了非常重大的冲突。这一点是非常重要的，也是奥地利学派为什么不能融入新古典经济学的原因。因为，新古典经济学家坚持认为，企业家能够从劳动力市场上取得充分竞争的劳动力工资，这是给定的。在资本市场上，企业家只付利息，然后是土地的地租，这些都给定后，剩下的就是企业家的。但实际的市场竞争是千万个企业家行为的竞争，市场竞争使得每一个企业都自成一个非常独特的形态，一个"unique"，它给工人的工资可能比市场上的工资高很多，就像大海的波浪似的，有很多很多细节、很多很多不平衡。新古典经济学只是在概率的意义上试图找到一个平均的利润率、平均的利息、平均的地租等。这些都是事后的观察。奥地利学派始终将市场看作一个过程，是动态的，在这个过程中才出现创新的可能，如果没有这个过程，就根本没有创新了。将奥地利学派和新古典经济学的理论结合起来是一个非常棘手的问题,但在中国这样一个全面转型时期,如果不做这种结合的努力,而只接受新古典经济学的假设,很多研究就无法展开了,尤其是在研究企业家行为的时候,我们就没有理论武器了。

记者: 刚才提到所有价格的确定都是事后的,能否谈具体一些?

周其仁: 好比你想让我到《经济学消息报》工作,你开始对我有个估价,另外一家报社想雇丁丁,对丁丁也有一个估价。最后大家统计出一个结果,确定我值多少钱,这已经是结果了。这个工资率怎么来的,与个别的定价有关,与一个个独特的评价机制有关。实际是你一面看着将来的市场,一面看着我,想着雇我以后,在工作岗位上面对市场会带来多少收益。这都是需要企业家来做的工作。

再说刚才我们已经谈到的"资本"的原始定义,现在很多人在讨论国有资产流失,但我们应该仔细想一想什么是国有资产。实际上,国有资产流失从人们将流动性很强的货币投资于固定资产时就已经开始了,计划投资失误的项目,不就是国有资产流失吗?仅仅根据账目上的价值来看是没有意义的。企业本身是一个未来的收入流,投资企业是投资企业的将来,是投资企业家的眼光,是因人而异的。资本市场永远是一个慧眼识英雄的过程。

挑企业家的凭据

记者: 那么如何发现企业家呢?是否根据张维迎教授讲的依据个人的资产来判断呢?

周其仁： 只要放松限制、鼓励竞争，企业家就会自己冒出来。出资人的挑选当然是一种挑选，但离不开全部要素市场和产品市场的挑选。对维迎的观点我有两点不同意见。第一，维迎认为人的才能是一个主观的东西，因此，要用一个客观的标准，比如财富来作为象征，作为信号。但我认为个人拥有的财富是私人信息，而人的能力才是公共信息。西方公司里董事会聘经理的时候并不知道候选人有多少个人财产，而是看他们过去的工作记录。同时，财产是指存量，如果 A 和 B 的年薪同样是 100 万元，但 A 偏好储蓄，而 B 喜欢消费，那么过了若干年 A 的财富就比 B 多，但能说明 A 的能力就比 B 强吗？实际上我们只能知道两者的市场价格，比如他们在上一年的年薪是 100 万元。所以，我认为企业家的能力是公共信息，而企业家的财产是私人信息。

汪丁丁： 我对维迎观点的理解是这样：他较极端的假设可能与社会发展形态有关。在目前中国非市场化的环境里，一个人的富有可能是他能力的信号。

周其仁： 还不一定就是这样，即便在现阶段我们也是首先看人的能力和信用。人是社会动物，每个人在社会和经济交往中都是有记录的。找经理不是看他有多少财富，看他有多少房子，而是看他有什么记录，有什么经营行为，后果如何。因此，我的经验就是企业家要积累个人的信誉。我只找到了一个例子似乎可以支持维迎的观点。当初，美国要援助中国台湾地区一些项目，其中有塑胶工业。美国人遇到的问题就是不知道谁有能力做。于是美国人就查当时台湾地区的个人存款，发现王永庆的账户上存款是普通人的好几倍。

然后美国人就去进一步了解王永庆，发现他经营过林木生意，有一定能力，于是找到王永庆让他干。这是一个通过个人财富发出信号的例子。但并不是说，美国人看了王永庆的存款就敢让他做，他的存款仅仅是第一步的信号，实际上美国人还要调查他凭什么有很多财富。

维迎的第二个论据是：因为人力资本属于个人，所以不能抵押，按照"跑了和尚跑不了庙"的说法，财务资本就具有抵押功能，而人力资本没有。我觉得这也是可以商量的。首先，大公司的委托—代理问题永远不是靠抵押可以解决的，因为风险很不对称。比如像通用汽车公司的资产有 100 亿美元，如果要聘一个人当总裁，要他拿出 100 亿美元做抵押，那么天下就没有公司了。所以，我们需要研究：在面临风险不对称且抵押机制行不通的情况时，以何种机制来防止经理的机会主义行为。这些机制就包括了我们上面讲的企业家名誉、企业家控制权、上市机会和资本市场等。

对企业家的控制确实是个难题，西方现在因董事会选错经理而使企业经营失败的例子比比皆是。但是从阿尔钦讲的生存的检验来看，我们就必须回答为什么在非对称抵押的情况下，西方社会找到了约束和激励企业家的机制。因此，我认为现代公司不是靠抵押来选人经营的，靠抵押的只能是很小的企业，即使市场里的小公司也难以全额抵押，而要看看掌门人几斤几两。

其次，我们应该如何看待抵押？"和尚"和"庙"之间的关系是值得讨论的，问题是，如果没有"和尚"，"庙"的市值若何？我的观点是如果没有"和尚"，"庙"就根本不重要。"庙"的价值在于如果一个"和尚"跑了，还会有其他的"和尚"来"住持"，还会有香火，还会有人来上贡。如果一个庙里的"和尚"和"住持"都跑了，那座空庙到底还能抵押出什么来？我并不否认应该保护私人的所有权和物质利益，但我觉得这对于理解目前的企业改革而言是不够的。

汪丁丁：现在在北京做一些计算机网络和电信业务的时候，也不是取决于公司的大小，而是取决于各个公司以前做过哪些项目。因此真正涉及信息不对称的巨额投资的时候，个人的记录就非常重要了。

周其仁：记录对企业家很重要。像企业家才能，企业工人能知道，企业的供应商能知道，买商品的顾客也能知道，这些信息都是抹不掉的，都是作为公共信息在市场活动里"存档"的。

汪丁丁：企业家就是社会的企业家，有人曾研究过哈佛商学院毕业生业绩好和薪金高的原因。结果是，除了这些毕业生素质好、曾有过工作经验外，很重要的一点是，这些毕业生已经形成了一个小社会，相互之间都进行商业合作。这时，如果有人在学校的时候信誉就不好，那么毕业以后就没有人来找你。

记者：上面我们已经讨论了公有制企业难搞好，以及搞得好的原因。那么如何对症下药，让更多的公有制企业搞好搞活呢？

周其仁：我想有两件事要做。第一，让各种企业家能力的市场价格显现出来，不要先考虑企业家占不占有企业资产，实际上，只有企业快破产时，人们才想到分企业资产，但凡企业还能经营，如果人们想去分资产，就是破坏企业的生产。因为人们将真正企业家的份额分掉了，将企业控制权平分掉了。所以，我认为第一步的任务可能并不是去分资产,而是先经过政企分开,明确企业家的市场价格。其道理在于,如果没有契约在先,事后得到的剩余是讲不清楚的。有经验的企业家凭直觉就知道,如果讨论企业内每个人应分多少股权,那企业离破产也不远了。

第二件事是将现在到位的企业家才能的市场价格资本化。到位的价格都很容易资本化。只要市场价格是稳定的,再倒过去算资本的份额,就很容易。

汪丁丁:这就是我理解的产权,就是我们必须用宪法将契约关系保护起来。

周其仁:对,这就是产权。要将它稳定化,除了市场力量,没有其他力量能改变它。

1997 年 9 月

攫取与公有制企业改革[1]

一方面，公有制企业没有办法普遍地找到合格的"代理人"来担负企业有效运营的责任；另一方面，公有制企业又无法消灭个人在事实上控制着他自己的人力资本的现实。个人的人力资本产权得不到合法承认，其结果，或者企业里的各种人力资源得不到充分"发动"，或者个人用各种方式来"非法地"获取其人力资本价值，也就是攫取。

公有企业难防"攫取"

记者：你1996年回国不久就发表了关于企业是财务资本与人力资本之间一个特别合约的文章，这些年又围绕经理持股、经理融资收购——包括近来的四通——做了不少案例研究，我理解你的研究重点就是国企改革，或者说是公有制企业改革，而切入点是企业家人力资本的产权。能不能从你的研究角度，谈谈中国的公有制企业

---

[1] 本文是《财经》的一篇采访稿，文字经作者订正。

改革到底该怎么走？你的基本思路是什么？

周其仁：有一种普遍的误解，认为公有企业的改革就是把公有的公司变成私有的，然后争论该不该私有化，或者哪些部分可以私有化。但是，我的问题首先是，原来被叫作公有制企业的组织，实际上究竟是怎样"公有的"？进一步说，如果把公有制企业看作"无主财产"或是所谓"所有者缺位"的组织，那么这些无主财产的实际财产状况是怎样的？而在"所有者缺位"的组织里，一切所有者应负的责任和应得的权利，真的就消失了吗？

为了简便起见，我想从公寓或大院的公共过道开始讨论。在我们的公寓大楼或居民大院里，都有一些空间被留做公共过道。这些公共过道不能由任何私人住户排他性地拥有或使用，因此，公共过道属于公共所有是天经地义的安排。但是，我们几乎可以到处看到，公寓或大院的住户将他们的私人杂物堆放在公共过道上。当然，情形因地而异。有的堆放得比较"礼貌"，既不妨碍他人通行，也几乎不妨碍观瞻（取决于"妨碍观瞻"的标准）；有的肆无忌惮，使得剩余的过道窄到除非你身怀绝技否则休想通过的程度；还有不少公共过道由于放肆地堆放而像个垃圾桶。

这些事情司空见惯，以至于我们不再思考：这样的公共过道是不是还是事实上"公有的"过道？这些财产（空间），是不是还可以被叫作"无主财产"，或者可以被叫作"所有者缺位"的财产？

回答这些问题并不简单。有两个主流经济学从来不用的概念可能是必要的。这两个概念都来自美国华盛顿大学经济学教授巴泽尔。他提出，由于界定产权要花费成本，因此，总有一部分权利会界定不清楚，从而形成一个"公共领域"。更重要的是，巴泽尔发现，公共领域并不能自动维持其公共性质，因为只要处于公共领域的资源对私人有价值，总有一些人会以各种方式来"攫取"（capture），使之在事实上由私人获得。

为什么叫"攫取"？在这里，攫取的意思是"掳掠"和"掠夺"。这当然首先是不合法的行为。但我更关心的是攫取行为的经济含义。在经济上，攫取就是一方获得资源，而相应的成本却由其他方非自愿地来负担。公共过道的攫取者，得到的是可供私家免费利用的空间，但相应的租金、灯光、通行不方便、增加的火灾危险和潜在的逃生困难以及有碍观瞻的"成本"，可就由邻居们来分担了。简言之，公共过道被部分地攫取了。在这里，资源的受益是"有主"的，资源的成本也是"有主"的。在得益和成本两个方面，被攫取的公共过道从来也没有处于"所有者缺位"的状态。这里的真实状态，是资源的受益权利与负担相应成本的责任脱节。被攫取的公共过道，其公共性质早就变质，因为全体住家与这样的公共过道的利益关系，早就不再是公平的了。

因此，当我们面对一个堆满了私家日用杂物、被攫取得面目全非的公共过道时，我们首先要把问题提得对头。我们到底要改革什么？是改革公共过道的公共性质，还是改革公共过道被攫取的状态？我的一个发现是，真正死命反对改革公共过道的，常常是那些最肆无忌惮的公共过道攫取者。他们"捍卫"公共过道的"公有制性质"，是因为他们从如此名义上的"公共过道"里可以攫取最大的、由国家和人民承担成本的私人利益。

但是我们却要坚持讨论，攫取行为对公共过道，乃至对整座公寓或整个大院市场价值的影响。我们要根据经验来研究，是哪些最重要的因素在决定着攫取行为？为什么有的公共过道被攫取的程度轻，有的就重？攫取行为究竟是怎样影响"效率"的？最后，如何改革被攫取的公共过道？我想强调的是，在讨论各种各样"可操作的改革方案"之前，增加对公共过道里攫取行为的理解是非常重要的。热衷于可操作的改革方案而对问题本身缺乏理解，是近年国有企业改革打转转的原因之一。

怎样界定公共过道的产权

记者："公共过道"是一个有意思的比喻。不过，比喻终归是比喻。我们的读者可能更关心公有制企业改革问题本身。你是把一个公有制企业看成类似公共过道的组织吗？

周其仁：准确地说，我把整个公寓或大院看作一个公有制企业，而公共过道，只不过是公有企业里的公共部分。你可能奇怪"公有企业里的公共部分"这个说法，难道那里还有资产的私人部分吗？我的回答是肯定的，任何公有企业在事实上都有私人资产参与其中。社会主义公有制企业并不例外，只不过它的形式比较特别。

我在 1996 年的论文里，把企业理解为市场上一个财务资本和人力资本之间的特别合约。其实许多经济学家早就指出企业是一个合约（或一个"合约网"）的性质。重要的是，凡是把企业看成一个合约的，都把企业理解成若干不同的资源所有权之间的一个协定。

企业远不止是一个所有权构成的,而是许多个所有权之间的一种关系。古典经济学家把企业看成"资本雇佣劳动"的机构,实际上也是把企业看成"资本所有权"与"劳动(力)所有权"之间的一种关系。不过,过去关于"资本"的定义太狭窄,仅仅指财务资本或物质资本,或者原来的政治经济学教科书上讲到的"生产资料"。但是,20世纪60年代以来经济学对现代经济增长的研究发现,人力因素——主要是人掌握的知识和技能——对经济增长的贡献非常之大,同样构成"未来收入流的源泉"。因此,一些经济学家不再满足于把"劳动力"仅仅看作一种被动的、只能被"(财务)资本"来雇佣的要素。劳动同样是资本,是"人力资本",并且人力资本对于长期经济增长可以做出更重要的贡献。

"人力资本"是人掌握的知识、技能、体力、企图心和创新精神等一切具有经济价值的资源的总称。人力资源的一个很特别的、不同于任何非人力资源的特性,在于这种资源总是负载在具体的个人身上,并且只有他个人才可以启动,只有他个人才能真正控制这些资源的供给程度。由于这一点,人力资本天然属于个人。无论法律上是否承认个人对其人力资本的所有权,在经济现实中,个人总是实际上控制着人力资本。"超越私有产权"也许是一些人的理想,但是就人力资本而言,私人产权在事实上从来不曾被超越过。

公有制企业与天下任何企业一样,绝不能离开人力资本而存在。机器、设备、厂房、原料和半成品,离开了人力资本(决策和管理、技术贡献和生产劳动)是断然生产不出任何产品和服务的。人力资本总是企业组织的一部分。差别在于,个人事实上拥有的人力资本所有权，是否被法律承认，以及被承认到什么程度；而在经济上，是否允许个人充分利用其拥有的人力资本产权来做交易。毕竟，只有做交易才有可能缔结合约，才有合约或合约网意义上的企业。

交易是一种权利，在我看来还是产权当中最重要的权利。交易权包括喊价权。讨价还价，总要先喊个价吧。经验表明，一种资源一旦进入讨价还价的市场过程，就会根据市场供求来定价。劳动力市场，以及各种专门的人才市场，其实就是人力资本价值得以实现的场所，也是被叫作"企业"的这种合约赖以存在的基础。

中央计划体制消灭了市场交易。劳动力市场被劳动力的计划分配替代，技术市场被国家对研究单位的拨款替代，经理市场则被行政官僚的任命体系替代。人力资本的产权在法律上不被承认，人力资本的市场交易权也消失了。这时，"国有企业"或"集体企业"变得名副其实：所有财务资本归国家或集体，而人力资本则由于失去了法律上个人所有权的地位，不可能构成"企业合约"的一个缔约方。"国有企业"成了只有一个所有者的"企业"。它还叫"企业"，但早已经不是市场经济中作为"合约"的企业了。但是，中央计划的公有制企业并不能消灭"人力资本天然属于个人所有"的特性。

"国家"是一个抽象概念，正如后来十分流行的"法人"概念也只是法律上的一个虚构一样。国有资产也罢，集体资产也罢，法人财产也罢，其经济运行总要被交给一个个具体的个人去管理、去控制，总要同具体的工人和技术员的劳动相结合。问题是，公有制企业是否具有特别的能力，可以在不承认人力资本产权、不给付市场价位报酬的基础上，有效地动员、命令企业里的人力资源呢？答案是现成的。要是公有制企业有此"法道",我们就既不用研究国有企业的脱困,也不用研究公有制企业的改革了。

公有制企业包含有资产的私人部分吗?答案是肯定的。人力资本天然属于个人所有,这一点并不因中央计划的公有制企业而消灭。那么,公有制企业是否具有特别的能力,可以在不承认人力资本产权、不给付市场价位报酬的基础上,有效地动员、命令企业里的人力资源呢?答案是否定的。

记者:其实任何企业都有公共资源的公共利用,为什么被我们叫作公有制的企业更容易发生攫取行为?

周其仁:正是由于不承认个人人力资本的合法权利和交易权利,攫取行为才在公有制经济里大行其道。公有企业的前提是,外部没有市场竞争,内部不是一组权利合同,用命令调拨形成资源组合。一方面,计划体制建立在不承认个人的人力资本产权的基础之上,这种体制没有办法良好地界定个人在公司里的相应地位,于是它就没有办法普遍地找到合格的"代理人"来担负企业有效运营的责任。但是,另一方面,公有制企业又无法消灭个人在事实上控制着他自己的人力资本的现实。其结果,或者企业里的各种人力资源得不到充分"发动",或者个人凭其事实上的控制权来"非法地"获取价值,也就是攫取。

国有企业几十年,相当普遍地困成这样,不是自然状态,而首先是过去一系列决策的结果。但你要问投资决定谁在做,做对了怎么样,做错了又怎么样,你最后会发现没有任何清晰的责任链条可供追溯。追到最后一句话:都是上面让干的。上面是谁呢?政府某部门、某部门某官员，根据的又是当时的某种形势、某号文件。追来追去"一股烟"，其实还是无人负责。

决策是相当重的责任，对企业的资产质量、战略定位有决定性的影响。承担决策重任的人需要相当特别的人力资本，也就是企业家人力资本。中央计划体制根本不认企业家，只认行政官员和行政级别。行政任命制下，"说你行你就行，不行也行；说你不行就不行，行也不行"。而消灭了产品市场和要素市场之后，确实也说不清谁行谁不行。于是，"一朝权在手，便把令来行"；于是，"你方唱罢我登场"；于是，"张书记开沟李书记埋"。反正，怎么干怎么有理，怎么干最后都由国家和全民承担责任。

决策完了要执行，要日常管理。企业的日常管理主要是计量、监督和协调，都是非常磨人的事，也需要特别的人力资本，即经理人力资本。但是，挑什么人来管呢？拿什么标准来衡量他管理得好不好呢？管得好怎么着，管得不好又怎么着呢？中央计划经济的公有制企业体制没有好好回答这些问题。不能好好回答的要害是：不承认经理的人力资本产权及其交易权。

再讲技术。中国的专利法是 1982 年通过的，在此之前没有个人发明获利的实现机制。即便专利法出台之后，在公有制公司内利用公有资源而得出的发明，产权归公。创新和发明，是最依赖个人头脑的行为，都要公有化处置，那就不要指望技术要素的充分供给了。

一家公司，决策没有责任制约，又没人好好管理，缺乏技术进步的内在动力，剩下可以干的，恐怕只有攫取了。你想，即便是一个本分的工人，不能为自己好好干而喊价，也不能"人往高处走",看到身边的"混混儿"少劳不少得,又目睹"上面决定"带来的惊人浪费,他怎么还能持久地好好干?好比家家门口都放上个破筐,你要是不也放上个破篓子,对不起自己不说,不也"脱离群众"嘛!要知道,攫取是会互相传染而形成风气的。

"例外"的道理

记者:在成熟的市场经济国家也有大量公共资源,有成功的公有企业。怎么解释在那种环境中公有企业的成功?或者说,为什么在那里的"攫取"并不像中国那么"猖獗"?

周其仁:我认为不能离开产权讲市场,离开市场谈企业,更不能笼统地看到相同的名称就以为必定是相同的内容。发达国家的国有企业大体上是这样运转的。第一,关于国有企业的设立,要经过政治市场上的竞争,大的项目国会要辩论,所有决策有案可查。第二,政府要聘任专门董事和独立董事,并从声誉、收入和行政责任三方面建立对董事个人的激励机制和约束机制。第三,国有企业的经理从经理市场上招聘,其综合性报酬不脱离市场水平,同时用经理市场的声誉机制来制约这些经理,外加对公营公司(特别是垄断行业)的政治或行政法规的约束。第四,技术人员和工人在劳动力市场上流动。讲到底,那里的国有企业没有否认其中的个人人力资本产权,也没有否认各类人力资本的交易权和喊价权。

好比两座公寓,其中一座每套单元都是住户买下的,有界定清楚的私人所有权;另一座呢,全部单元都是公家的,连里边住的人也是"公家的"。你看哪座公寓的公共过道上攫取行为会严重一些？我看是第二座。生活的逻辑就是这样：越蔑视个人的合法权利，公共资源被攫取的程度就越严重。

话说回来，我们的公有制企业，无论国有制还是集体所有制，都有搞得好的。好比我们的公寓，也有公共过道整齐利落的。一个原因，是存在着市场禁入，也就是行政性的市场垄断，而高额垄断利润足以掩盖这些"好的国有企业"的决策错误和管理不善。在竞争性的行当里，那些搞得好的公司事实上都有承认企业家、经理、技术人员和工人人力资本产权的"暗器"。首钢的周冠五、万向集团的鲁冠球、华西村的吴仁宝等，事实上终身保有对他们的"公有公司"的控制权。根据报道，其中几位已经做了把企业控制权"传"给儿子的安排。换言之，公司控制权在那里已经是企业家的个人私产了。那样的公司，决策有人负责，也有人瞪起眼睛管理，敢于重用重奖技术尖子，所以公司可以搞好。我写过横店集团的个案研究报告，指出那是一种"控制权回报"的机制，是比"股权回报"稍微弱一级的激励和制约的机制。联想集团前期靠控制权回报，后期和开明的科学院达成"35∶65利润分成"的体制，而联想公司可以分享的35%利润中的1/3（差不多等于总利润的12%），是明确分到柳传志等十来位公司创始人个人名下的。就我的见识，竞争性行业当中搞得好的公有公司，都有这样那样确立个人人力资本产权的办法。问题是，没有普遍的法律保障，没有大规模的各类人力资源市场，公有制企业中好公司总是少数，而且搞得很累，正如公房的公共过道未被攫取的是少数一样。

记者： 按你这种思路，可以看出社会主义公有制企业的改革任务，就是更好地界定企业中人力资本的产权。是否可以这样理解？

周其仁： 我觉得可以这样讲，但要知道这个界定是很困难的。作为企业，它不是直接界定人力资本，而是间接界定，企业是在组织内界定，企业这个组织的总产出要被市场界定。所以这是两级界定的过程。既有企业内部的界定，也有来自市场的界定，后者是最终的。

市场评价你这个公司的产品到底值多少钱，能不能实现价值，然后这种评价的方式要有一个机制传到企业内部来，间接地评价企业家、经理、技术员和全部工人。所以，除了产品市场，还要有要素市场，包括经理市场、劳工市场、技术市场等，这些都是改革的重点。市场化改革和界定产权是一致的，甚至是统一的。所以我对一些经济学家强调市场竞争而忽视产权改革，或者反之，总觉得不可理解。

人力资本不只是人的教育和训练，更关键的是能力、创新精神、企图心和对风险的态度，至少企业家人力资本主要由这些特质构成。经验表明，企业家人力资本不仅来源于正规教育，还来源于个人对环境的悟性，来源于那些我们现在还说不清楚的东西。现在大家讲"要培养一大批企业家"，严格地说，谁也不知道如何培养。目前看，主要还靠市场的"生存检验"。"一将功成万骨枯"，战争挑选将军，市场挑选企业家，都是非常破费的事情。所以，企业改革并不是要把企业改得永不失败，没有那事。破产机制和其他退出机制永远需要。国有企业困境产生的一个原因就是没有破产机制。

当心"草包经理"的攫取权

记者：你强调在企业中清晰界定人的权利，那么在实践中如何操作呢？计划体制这个东西非常麻烦，它首先把市场环境给消除了，全面恢复起来非常困难，因此人力资本的定价体系根本就不能有效运行。在这种现实环境中，怎么推进改革？

周其仁：国企改革必须市场开放和产权改革双管齐下。对不同类型的企业，需要有不同的优先顺序。那些行政性垄断公司的主要任务是放开市场管制，引进竞争。至于已经处于市场竞争中的公司，那就要在董事和经理聘任的竞争性、激励机制和制约机制等方面做文章。我要强调，顺序不要错了。那些坐拥行政性垄断特权的公司如果先搞产权改革，把垄断利润资本化为经理的股权，那不是产权改革，而是"攫取权"的资本化。这可能激化转型时期的社会矛盾。产权是一种权利（right），而任何权利的合法化首先必须"正确"（right），也就是合乎理义，可以被多数人接受。

行政性垄断公司的头等大事不是"产权改革"，而是要增加市场竞争。孤立地讨论产权会歪曲问题。市场化改革就是产权改革，因为引进竞争，一方面增强了消费者的购买力产权，另一方面削弱了垄断供应商非分的索价权。更重要的是，产品竞争会传导到要素市场上去。如果没有要素市场的竞争，永远无从识别不同类别人力资本的优劣，更无从为企业内的人力资本定价提供参照。

对于一时不能引入市场竞争的行当，千万不要搞什么"产权改革"，还是先强化行政责任和财经纪律，哪怕用一点"老办法"。至于"规制改革"(regulatory reform),要把对垄断行业和垄断公司的管制结合起来考虑。基本思路是,用政治竞争来部分替代市场竞争,但不放弃引进市场竞争的努力。

三分天下看改革

记者: 你认为垄断性行业的首要任务是推动竞争,对多数已经充分竞争的行业,如何给人力资本定价呢?定价总是有风险,定高了或者定低了怎么办?市场还没有形成的时候该怎么办?

周其仁: 根据在上海、山东、浙江、广东和北京对一些企业改革的调查和参与,我想基本思路还是从产品市场到要素市场的竞争传导。到了要素市场上,还有不同的步骤。

以企业经理为例。第一步,企业经理的工资性报酬要在市场上有竞争力。公有制企业的经理工资偏低,拿在职消费或其他"攫取权"去补充,对公司不是什么好兆头。第二步,经理层要分享利润,比如联想的"35:65利润分成"模式或横店集团关于总裁分享1%税后利润的规定等,使高级经理在决策和管理中不只是考虑成本,还必须关注利润。第三步,经理层分享利润的权利资本化,即经理不再仅仅是支薪经理,而且成为股东的一部分,与企业有长久的关系。第四步,建立经理股权可以交易的机制,比如在职期间不能出售,但离任后可以,使之有通过市场实现股权价值的预期,并使相形见绌的经理可以从岗位上退出。

这些步骤当中,第三步最具有跳跃性。以四通公司 MBO 案例为例，根据四通集团总裁（现在是集团董事长）段永基披露的方案，有两条值得注意。一是四通的经理和员工都出了一部分资（共 5 100 万元），以个人股权清楚界定的形式与老四通集团的"集体产权"共同组建新四通。二是引进外部投资人，由外部投资人给新四通的高级经理以期权。按照方案，四通重组不是经理们自己开价，而是由外部投资人来定价。企业的现职经理持有企业较大比例的股权，等于为公有企业重建了界定清楚的个人股本结构。这好比把公房可以界定为私人住宅的单元卖给私人住户。改制后的公司，仍然有公共部分，就像出售后的公房仍然有公共过道一样。但是，关键的区别在于，企业内公共部分的资源少了，而监督公共资源不被攫取的动力机制建立起来了。

四通重组完成后，也只是一个公司对人力资本产权界定的阶段性结束。你问，没有市场怎么办？其实由于是两级界定机制，公司内人力资本的定价不一定等于所谓行业的市场价。所谓行业市场价，也只是各公司定价的事后的统计平均值。每个公司给它的经理或其他人力资本所有权定下的价格，都会影响所谓的"市场平均价"。在这个意义上，先从企业内定价还是先根据市场定价是相互作用的。重要的是有定价机制，可以讨价还价，可以谈不拢就走，可以再调整。我的观点是，每个公司的单独定价行为都参与了市场的形成。

还要强调，每个公司究竟走哪几步、先走哪步、后走哪步，自有其出发点和约束条件，强求一致没有意义。经济学家至多可以提供一些信息，增加企业改革时的选择。

竞争性行业公有企业改革的两条原则是：动员经理们自己出一部分资金来买；安排外部投资人参与未来的人力资本定价，谁错了谁负责。

记者：四通的MBO项目做完之后，我一直想请你由点及面地谈谈对公有企业改革的看法，你一直不愿意谈，主要担心什么？

周其仁：企业改革是非常细致的事情。四通方案做了一年多，还没有最后完成；做出来的方案也不一定真的照着做。企业各有各的生命，各有各的不同起始点、约束条件和内外部平衡机制。要改革，还有小环境和大环境的配套。所以企业改革没有办法"化"。中国的老话讲，"病来如山倒，病去如抽丝"。即便是流行病，发病原因一样，每个病人的情况还是有异，康复的办法和路线也不尽相同。所以还是要按个案来办，一个一个地探索。前几年股份合作制刮风，有的地方下行政命令要求全部乡镇集体企业在限定时间内改成股份合作制——哪里来的那样大的把握？！

中国还要当心，攫取行为习惯成自然。任何改革，都可能成为攫取的机会。四通案例经报道后，许多公司来找我们做MBO，就是给经理融资收购企业。个别电力公司也来了。行政性垄断的问题还没有解决，怎么把股权明确给经理？四通是在市场开放的IT（信息技术）行业里，拿新四通总裁的话讲，这个行当里已经没有什么不讲道理的事情了。竞争形成的利润部分由经理层分享，再资本化为个人的股权，比较"正确"，合乎理义。但垄断性行业的故事另当别论。中央计划体制下垄断性行业可攫取的资源本来就超出公司的范围，如果它们率先把行政垄断特权转化为私人产权，那还"正确"

和合乎理义吗？

所以，不要刮风，特别不要刮攫取的歪风。历史经常嘲弄人，你的目标和你实际到达的地方不一致。戈登·塔洛克（最早研究寻租行为的经济学家）在观察东欧剧变和苏联解体时发现："过去是政府所有制糖厂的草包经理，而今成了所有者。他们仍然无能，仍需要专门的政府保护以维持其活动。在这两种情况下，他们认为自己都干得很出色。"怎么样，要为这帮草包"解决产权问题"吗？

记者：你谈到垄断行业的企业改革问题，我觉得垄断行业也有不同，有些是寡头垄断的，当然独享超额利润，但也有些行业是许可证制，准入壁垒很高，但进入之后还是有竞争的。

周其仁：对不同的行业、不同的企业如何改还是要逐个分析。中国第二产业差不多都已经走上这条竞争道路了，现在还剩下很多垄断的领域属于大服务业概念，像金融、保险、电信、电力、基础设施，还有媒体等。这些行业放开竞争，推进市场化进程其实不仅是改革企业、增加效率的需要，未来中国经济发展的很大机会也在这里，否则就业问题都解决不了。

至于行业准入的许可证，有好几种获得办法，一是竞标获得，二是分配获得，三是审批获得。审批获得就是把这个权力给官僚，他愿意给谁就给谁，然后是官商勾结，这是最腐败的一种制度。

所以要从现在开始尽量减少用行政权力去分配市场资源的可怕做法，那会断送产权改革的前途。逼得不能改，一改就歪了，变成社会矛盾的冲突点。但是，一定会有人利用这个潮流。攫取永远比获得要容易。是实质性的改革快，还是攫取成风更快，我不乐观。

记者：按照你的思路，在国企改革中给经理定价的任务非常重大，那怎么理解股东与经理的关系呢？

周其仁：国家的资产、公有的资产，最后总是要找到个人来当行使所有权的代表。由于国有资本数额巨大，也由于国有资本通常要在存在着行政性垄断（有人愿意称为自然垄断）的领域活动，所以，仅仅凭借经济上的权利安排，能不能对"国有股本代理人"（董事）的行为实施有效的激励和制约对称，还是一个问题。我想政治市场的竞争机制及其监督效应，也应该加以考虑。但是无论如何，我们要承认，规范国有股本代理人的行为是一个困难的任务。在这个意义上，国有股本只有少搞一点，少到与有效的监管、激励和制约的能力相适应。国有股本搞得无处不在，对国有股本代理人的监督又跟不上，必然使国有资本成为被攫取的对象。

因此，国有股本收缩的政策是对的。但国有资本在退出时要防止被更严重地攫取。办法就是引进市场竞争，包括产品市场和要素市场，并且分步收缩（如上市公司国有股本减到51%以下，再减到30%或20%）。对于大的国有公司，引进竞争是第一位的，不能轻而易举地把垄断性资产的股权量化给经理个人。已经进入竞争状态的中小公有企业，则应该加快产权改造，其中大部分小的企业可以一下子把全部股权或控股权卖给个人，使之成为"大股东当经理"的运营模式，减少所谓的"代理成本"。部分有点规模的公司，比如四通这样的，可以通过类似MBO的办法，由管理层收购企业控股权，成为"持有部分股权的经理"运营模式。目前能想到的，基本是这么个三分制。无论哪一类，股权资本都是重要的。如巴泽尔所说，全部企业合约是由股权资本担保的。但是,巴泽尔和其他经济学家可能忽略了,企业家和经理们的人力资本也可以成为股权资本的一个源泉。这一点对公有制企业的产权改革非常重要。

1999 年 12 月 23 日

第五章

竞争、垄断与管制

选一个角度看"垄断"

垄断的语义是"排他性控制"和"独占"。用到经济行为上，垄断的含义就是单一的个人、组织或集团排他性地控制了某种经济资源、产品、技术或市场。从这一点看词义上的垄断，其实不过是一个描述性的中性词。当然，排他性控制行为可能妨碍经济增长和经济效率，有或大或小的负面效果。但是同时，排他性控制也是经济秩序的一个重要支撑点。比如产权的基本特征就是排他性专有，而行政权在几乎所有文明国家都只由一个政府独占。如果两个以上的财产主体声称对同一块土地或同一幢房子拥有同等的财产权利，或者两个或两个以上的政府声称对同一个管辖区拥有同等的行政权，那必将群雄四起、天下大乱，断然不会有经济增长和经济效率。

经济学上的"垄断"概念，是从日常词汇里借来的，但比语义上的垄断定义要来得复杂。虽然我们可以直截了当地说，经济垄断（或市场垄断）就是在一个产品市场上只有一个买家或一个卖家，或者略微放宽一点，那里有少数几个卖家或少数几个买家。但是，在真实世界里导致某个市场被独占或寡占的原因，却是各式各样的。

更为重要的是，由种种不同原因引起的市场垄断，对经济效率的影响很不相同。经济理论和政策的分歧，常常发生在对垄断行为不同的因果关系的认识和分析上。

出现市场垄断的成因，大体有以下五种。

第一种，由资源的天赋特性带来产品（或服务）的独到性。比如龙井茶、莱阳梨、阳澄湖大闸蟹、某某球星或某某歌星。这类产品，在市场上独一无二，消费者又非常愿意出价来享用，卖方因此就获得排他性的独占权。

第二种，发明专利或版权，或者像可口可乐配方那样的商业秘密。这些资源并没有天赋的独特性，但是在想象力和科学技术的商业应用方面有独到性。经验表明，如果一个社会不通过法律来保护专利和商业秘密，那么这个社会的发明创新就可能供给不足，对经济增长不利。当然，技术一旦被发明出来，由社会共享共用也可以加快新技术的普及，所以各国对专利的保护通常设一个时间区间，过了时限就让此专利对社会免费开放。

第三种，赢家的垄断。凡竞争就有输赢，市场竞争也不例外。市场竞争的胜出者可能凭实力、战略和策略，将竞争对手一一击败，赶出市场。典型案例数不胜数，美国如IBM、微软和苹果公司，欧洲也不少，小国如荷兰，出了一家光刻机制造企业阿斯麦尔（ASML），居然打遍全球无敌手。这些独家或寡头生产的产品，不是别人不准做，而是一时之间，没有哪个在市场上做得过它们。

第四种，成本特性产生的垄断。一些产业，需要巨大的一次性投资，才能形成供给能力。这些投资一旦发生，就成为沉没成本（即几乎别无他用)。由于沉没成本不再是成本,所以对这些产业来说,新的竞争对手面临极高的进入门槛,因为必须支付一笔巨大的投资,才可能与在位厂商竞争。这就是通常所说的"自然垄断"。

第五种,强制形成垄断。这就是运用非经济的强制力量,清除竞争对手,保持对市场的排他性独占。这种强制势力,可以是高度非制度化的,如欺行霸市、强买强卖;也可以是高度制度化的,如政治性禁入或限入、行政管制牌照数量,或由立法或行政命令阻止竞争而产生的行政性垄断。需要说明,强制形成的垄断,虽然动机完全不相同,但在行为上,垄断者的独占或寡占地位都是由非经济力量造成的。

在真实世界里,一果常常多因。垄断的成因可能是混合型的。以美国 AT&T 公司为例,早年是创新带来的垄断(发明电话),后来是自然垄断(铺设了全国电话网络),而到了 1926 年以后就享有强制垄断(法律确立该公司的电话市场独占权)。再看前不久热闹非凡的微软反垄断案,微软公司创新的垄断是否伴有其他"不正当手段妨碍竞争",成为控辩双方分歧的焦点。

这些复合型的垄断成因,进入细节之后,尤其纷繁复杂。为了制定及执行相关政策所需要的明了和准确,我们应该进一步化繁就简。本文选择从产权角度,对形形色色的垄断做进一步的清楚区分。

让我们首先明确,许多所谓的垄断恰恰是产权的同义词。譬如上文提到的基于资源独特性、基于发明和创新、基于市场竞争的胜利以及成本优势带来的垄断,都是从产权排他性里派生出来的垄断。保护产权,同时就保护着这些垄断,两者是分不开的。产权是由社会强制执行的关于资源利用的排他性专用权利,那恰恰是市场经济的基础。产权像一切权利一样,依托于社会关于"正确和正义"的道德共识,并由正式的和非正式的社会强制机制来界定行为自由。其中,政府依法保护产权是现代经济秩序最重要的基础。政府保护产权,当然就是保护这种排他性权利。在这个意义上,保护产权必定派生出某些垄断(排他性控制资源利用)的结果。

我们也要明确,政府保护产权的原则,是保护产权主体对于其拥有资源的排他性选择权,但必须以这种排他性权利不妨碍他人行使其拥有的产权为限。比如,政府保护房屋主人排他性的居住权,但是,房主在其房屋里产生可能损害他人利益的行为,从发出噪声到窝藏毒品,都受到限制或法律的制裁。

到了市场上,产权的界定和履行变得复杂起来。因为这里有众多买家,也有众多卖家,各有各的产权,行使起来难免互相影响。甲、乙都要卖货,竞争导致价格下降。在这个意义上,甲乙双方都受到对方的"损害"。能不能为了保护甲的产权,而将乙逐出市场呢?不能。因为那样就侵犯了乙的产权(交易权)。能不能同时保护甲乙双方,但下令提高市价?也不能,因为那就侵犯了买方的产权。所以,在市场上,政府只能遵循一个原则:保护各方平等交易的权利,但不保护任何一方自愿参与交易所能获得的市场价值,否则,必定违反对产权的普遍性保护原则。

上文提到的第五种垄断——强制性垄断——就是在保护某一方产权的同时,限制甚至禁止了其他方产权。与前四种市场垄断不同,强制性垄断不是普遍保护产权的结果,而必定含有某种侵犯他人产权的结果。

哪一种垄断扼杀市场竞争？

要是笼统反对一切垄断，发展成不分青红皂白反对一切大公司、反对一切市场赢家、反对任何情况下市场份额的寡占和独占，甚至反对创新领先，那就变成反对产权、反对市场竞争、反对技术进步和反对经济增长。

传统理论没有清楚地区分不同的垄断，也没有清楚地区别不同垄断对经济行为和经济效率的不同影响。流行的教科书讲，垄断——市场上只有一个供应商——带来的市场权力（market power），使得垄断商可以通过控制产出数量来提高价格，赚取垄断利润。此外，由于独占或寡占市场，技术创新的动机遭到削弱，产品和服务的质量也会因为竞争压力不足而变得比较糟糕。

问题是，以上"规律"忽略了在真实市场过程中保护产权所产生的垄断，与侵犯他人产权产生的垄断，行为及其效果是很不一样的。

仅仅拥有独特资源，能不能持续控制价格、获取垄断利润？经验证明，不能。这是因为，绝大多数靠拥有独特资源生产出来的产品和服务，都有可替代的产品和服务。龙井茶叶的替代品包括黄山毛峰、福建乌龙、雀巢咖啡，可口可乐的替代品是百事可乐，而百事可乐的替代品不仅有可口可乐，也可能是龙井茶或任何其他饮料。邓丽君、毛阿敏、"四大天王"等歌星个个都很独到，但并非没有可替代的艺术享受。物以稀为贵永远成立，但是市场规律是，任何独到的资源或产品要是身价太高，那各种替代品一定源源不断进入竞争替代过程。讲到底，技术进步的本质是什么呢？就是不断地发现替代。

创新带来的垄断也不能持久。商场如战场，既生瑜，又生亮。一种创新带来的市场成功，常常会刺激更多创新上位。一个经济体当然要保护创新专利，但只要不因此剥夺其他人推陈出新的权利，那么创新带来的垄断通常不能持久。靠创新一时领先获取超额利润，是市场给予的奖励，也是创新努力的正当回报。恰恰是这笔"超额奖励"，激励天下更多英雄投入创新发明，动员世间好汉加快寻找发明替代，竞争因为有大奖而变得异常激烈。

市场赢家取得竞争优势之后就减量提价，是可能的。但是，只要他的产品或服务受市场欢迎，那么减量提价恰好起到"补贴"所有潜在竞争对手的作用。标准教科书举证的垄断行为，前提是看不到潜在竞争者的存在，更看不到所谓垄断超额利润对潜在竞争活动的强大激励作用。经济学家在黑板上画得满是那么一回事的"垄断行为逻辑"，当黑板外的潜在竞争者冲进来的时候，难免就溃不成军了。

最后，是所谓"自然垄断"。过去的分析认为，巨大的沉没成本提升了潜在进入者的进入壁垒，从而构成在位者似乎不可动摇的垄断优势。但是，只要进入壁垒真的只是"自然的"，没有政治的或行政权力的人为禁止或限制，发明寻求替代的竞争压力就无时不在。

这里讲的发明，不但包括技术发明，也包括市场里筹资方式的发明。我们都可以看到，现代资本市场的筹资总量和筹资速度，根本不是传统时代所能想象的。究竟多大的资本量能构成进入壁垒，要看投资主体对潜在市场收益的预期，只要预期收益足够高，筹集多大的资金也不在话下。换句话说，以筹资量来保障在位者垄断利益的难度，越来越高了。潜在的竞争压力，势必对在位垄断行为构成现实的约束。

在所有垄断类型当中，唯有强制限制市场准入，才能真正抑制竞争，从而妨碍技术进步和经济增长。因为唯有对市场机会的强制性禁止和限制，才可能完全地或部分地消除可能的替代，也就是妨碍潜在的竞争。

可以说，由于没有清楚的产权理论认知，150年来的垄断经济学理论含混不清。含混的理论带来许多错误推理，以致谬论流传、以讹传讹。本文以为，最为严重而普遍的错误，是以下两大推理。

第一个错误推理是：政府为了保护稀缺资源、保护创新、保护成功和保护自然垄断，就应该设置政治性或行政性的市场进入限制，以减少社会资源的浪费。

这个推理，把保护产权与保护市值混为一谈。政府当然应该保护产权，但是不应该也不可能保护特定资源的市值。资源的市值由供求关系决定，并以变化的成本收益来引导资源配置。政府对产权负有普遍提供保护的职责，但不能被理解为靠限制或取消一部分产权的保护，来达到保护另外一部分产权的目的。更危险的地方在于，只要政府有理由为保护一部分产权而侵犯其他方的交易权，终究就有理由侵犯任何一种产权。如果政府为了保护龙井而禁售乌龙，为保护可口可乐而禁售百事可乐，那并不符合法治下普遍保护产权的要求。

更广泛的错误，是认为凡自然垄断行业，只能由政府自己投资或由政府严格限制行业准入，才能"减少严重的重复建设和恶性竞争"。问题是，加上行政性垄断排他的因素，自然垄断就再也不"自然"，从而使这个推理内生逻辑悖论，不能以理服人。在实践上，人们难以分辨：究竟是规模经济导致独家供应商在技术上更优，还是行政性垄断排除了潜在的可进入的竞争对手？究竟是成本优势令潜在对手裹足不前，还是行政权力压制了市场竞争、消费者选择、技术进步和替代？

要明确，行政独占或寡占并不能消灭竞争，只不过是改变了竞争的内容。行政权力创造的垄断租金，会不断引诱各方不惜耗费资源来攫取。假以时日，行政垄断租金耗散，终究会抵消通过行政垄断减少重复建设所带来的节约。政府垄断产业"是否节约社会资源"，要长期看、全面看，才知道最后的结果。

另外一种情况，即便政府控制了自然垄断行业的市场进入，替代还是难以完全杜绝，只是路径更为曲折，代价更为巨大。举一个实例，如果自来水供应早就开放市场准入，现在还有没有对瓶装矿泉水如此巨大的需求？社会关于可饮用水的总投资，是不是也可以节省许多？所以，武断地说政府控制自然垄断行业准入，注定可以"减少浪费"，不过是更多浪费被忽略不计的结果。

第二个错误推理是：由于看到竞争是保证经济增长和技术进步的基础，所以，政府要运用行政力量，反对在市场里形成的任何一种垄断。

这里的错误,还是上文指出的把保护产权产生的垄断,与侵犯产权的垄断混为一谈。市场竞争固然是技术和经济进步的基础,但竞争要用清楚的产权界定和有效的产权保护来加以约束。缺乏有效产权约束的竞争,并不是市场竞争,终究会让社会付出经济秩序方面的巨大代价。

在政府普遍保护产权的条件下,市场上的确会发生各种各样的垄断。但是,未曾侵犯他人产权的垄断,恰恰是市场竞争的内涵。独到资源和独到的资源利用方式,是垄断;成功的赢家获得某种市场权力,是垄断;专利在有效期内,是政府保护的垄断;商业秘密,更是企业与政府或法院合作维系的垄断。所有这些垄断,都不能贸然反对。因为这些垄断,有的本身就是排他性产权的同义词,有的是市场竞争的手段、目标和结果。因为我们赞成保护产权、赞成市场竞争,所以无法贸然反对这类垄断。

要是笼统反对一切垄断,发展成不分青红皂白反对一切大公司、反对一切市场赢家、反对任何情况下市场份额的寡占和独占,甚至反对创新领先,那就变成反对产权、反对市场竞争、反对技术进步和反对经济增长。

以上关于垄断的第一个错误推理,强调经济落后,民间经济不成熟,所以必须由政府限制产权,特别是限制市场交易权,才能加快经济增长。关于垄断的第二个错误推理,强调的是在发达市场经济里,成功的大公司拥有过多的市场权力,需要政府施加法律和行政干预来加以节制。殊途同归,两大推理都在于没有找准竞争、产权、政府和垄断关系的重心所在。

当前我国正在从低收入经济向中等发达经济增长、从计划体制向市场体制转型，需要研究以上两类错误推理带来的实践教训，防范两大错误推理对我国反垄断法律和政策框架产生不良影响。我们更要当心，防止两大错误推理在我国特殊国情里成为混合变种。

概括以上分析，我们认为，真正危害技术进步和经济效率的，是强制禁止或限制自由进入市场。其他诸项，包括独到资源控制、创新领先、企业规模大、技术实力强、已经支付了巨大的沉没成本、占有很大的市场份额，以及莫须有的"垄断意愿"等等，统统有其名、无其实。

清楚的概念，才可能产生明了的政策。政策明了，解决问题才可能抓住重点。因此，本文建议，作为转型经济，深化经济体制改革的一项重要任务是"开放行政性垄断市场"，而执行重点则是"消除不当的市场禁入和限入"。本文还认为，权衡利弊，兼顾当前和长远，在舆论上要避免笼统地反垄断，特别要防止将反垄断混同为反大公司、反市场成功、反创新，甚至是反一切排他性的财产权利。

现实的市场垄断形态是复杂的。保护产权的垄断，可能扩大保护而转变成侵犯他人合法权利。资源独特、创新、成功和成本优势带来的垄断，也可能派生出形形色色的强制性、排他性独占的要求。我们承认实际情况非常复杂，但是，正是因为实际情况复杂，才需要简单明了的准确概念作为政策制定的基础。政府在反垄断政策的制定和执行中，应坚守如下原则：普遍保护产权，反对市场禁入。对付所有"复合型"市场垄断，关键是消除市场准入的强制性障碍。

扩展管制的动力与效果

实际上，能够从形形色色的管制中获得实在利益的，不仅有消费者，还包括被管制行业的厂商、相关利益方以及政府管制机构和官员本身。正是这些复杂的多方利益主体互相作用，才在国际国内政治、思想舆论潮流以及偶发事件的推动下，形成管制以及管制变化。

当政府确立了反垄断、促竞争的政策目标，在实施过程中，如何管理基础设施行业的投资和营运？现在的主要思路是，开放市场与加强管制（或说加强监管）两手并重。本文讨论管制或监管问题。我想说明的是，"管制"是发达国家政府管理市场经济的一种特殊形式。伴随市场经济发展和管制实践，发达国家提供的从"管制建立"到"解除管制"，再到"重新管制"的连续改革经验，值得中国借鉴。在最早实施管制改革的国家，发生了"再管制"和"管制消亡"的争论，也值得关注。

"管制"的字面含义包含"控制、规章、规则"等多种意思。作为一个外来词，管制（regulation）反映的是一种政府与工商企业的关系，即政府运用具有法律效力的规章干预工商企业的行为。

经济学和法学有不少关于管制的定义。但是，根据《管制与市场》作者丹尼尔·史普博的断言，"一个具备普遍意义的可有效运用的管制定义仍未出现"。有经济学家指出，管制是政府针对工商企业的公共政策。也有学者强调，管制的实质是政府命令对市场竞争的明显替代；或者，是在一般法的正规执行之外，运用政府强制力来迎合某些特殊目的。有的定义干脆说，管制就是管制者们的所作所为。

但是，所有管制都包含一个共同的行为特征，即政府依据法规对企业的市场进入、价格决定、产品质量和服务条件施加直接的行政干预。撇开关于管制起源、效果和价值评判等意见分歧，撇开管制手段和管制重点的历史演化和各国之间的差异，管制总是政府对企业在市场上活动的某种直接干预。这是管制的基本特征，不会因为"regulation"被翻译成别的名词，例如"规制"或其他，而有什么实质不同。

如此"管制"，发生在西方发达市场经济国家，受到那里系统性制度环境的限制。首先，政府依法行政的传统已经确立。其次，政府和企业之间的界限比较清楚，没有计划经济体制里政企不分的问题。最后，除非有法律限制，一般的财产权利包括资源使用、收益和交易的权利不受侵犯，而法律限制是一个公开的、各方可参与的立法（或修法）程序的结果。作为一个转型经济，本文强调，不能脱离以上背景来照搬发达国家的管制经验。

这就是说，管制不过是西方发达国家政府管理经济过程诸多形式中的一种，在管制与其他政府干预企业行为的形式之间，有着非常重要的联系和区别。

简要说来，西方发达国家政府管理经济的形式，包括以下五种。

1. 普通法（主要是财产法、合同法和民事法）。普通法管理着私人经济行为。核心是保障产权的有效界定、不受侵犯。由于产权在行使的过程中会发生互相作用和影响，所以需要一套一般性的行为规则来对产权的利用加以限制。尽管如此，产权执行中还是可能发生大量纠纷，需要公正的判决、裁定和调解。因此，在立法之外，"国家的作用仅限于提供一套法院体系"。像中国老话所说，"民不举，官不究"。只是这里的"官"，不是无所不管的"父母官"，而是专司司法职能的法官。历史地看，普通法是西方管理市场经济的基础。几百年来，西方国家在其普通法的基础上形成了它们的市场经济文明。

2. 《反托拉斯法》。这是1890年后率先在美国形成的新的政府管理经济的传统。鉴于大公司市场权力扩张引发的社会紧张，美国国会通过这套特别法案。此后，不但私人可以提出反托拉斯诉讼，而且司法部被授予特殊权力，用于审批企业合并案例，并对违犯《反托拉斯法》的公司提出调查、取证和公诉。要注意，原先的美国政府被限制在公法领域活动，只能对刑事案件提出公诉，现在，政府可以因为特别的民事事项（涉及《反托拉斯法》）公诉市场里的公司，所以反托拉斯也被看作一个公私法混合的新领域。不过，美国政府反垄断的行政权，依然受独立司法系统的制衡，因为司法部提出的任何反垄断公诉，最后都由独立法院和法官来裁决。那里有不少案例，政府花费了巨额行政经费调查取证，但最后还是败诉。

3. 宏观调控。就是20世纪30年代大危机之后，借用凯恩斯经济学说逐步形成的政府通过货币政策和财政政策调节经济景气的实践。宏观调控是政府对经济活动的一种间接干预。就是说，政府仅仅改变企业和个人做经济决策的环境参数，但不干预、不限制，更不替代企业和个人直接的经济决定和行为。目前，许多人把政府的所有干预，甚至政府管制价格和限制市场进入等直接的管制，都当作宏观调控，其实是一个不小的误解。

4. 管制。就是政府依法对企业和个人的经济活动施加的直接行政干预。管制的起源和发展，因时因地不同，但共同特征是：不但受普通法的约束和调节，而且反垄断和宏观调控的实施都被看作因不足以满足市场秩序而不断提出来的新要求。与反垄断不同，管制是政府部门依据法律的授权采取直接干预措施，而不仅仅是充当《反垄断法》的公诉人。与宏观调控不同，管制要改变的不是决策参数，而是直接干预、控制决策和行为。当然，我们也必须看到，发达国家的管制仍然植根于普通法传统的深厚土壤。这具体表现在：（1）管制需要立法提供法律根据；（2）管制部门要得到国会特别授权；（3）受管制市场的企业和个人，可以根据普通法和行政法对政府管制行为提出法律诉讼。

5. 国有化。就是政府依照法令，并运用财政资源新建国有公司，或者收购公司全部或部分股权。由于政府是国有公司老板，所以可以通过对公司的内部控制来直接实现政策目标，而不需要经过反垄断、管制等外部干预方式。但是，西方国家的国有公司要受立法机构、选民和舆论的监督，并参加与其他非国有公司的市场竞争。此外，国有公司在国民经济中占据的份额，二战后在西欧高一点，在美国比较低。美国拥有不少国有资源，但一般来说，国有资源常常被排除在市场营利性活动之外，政府不利用国有企业与民营公司争利，所以很少把国有资源组织成国营公司来搅市场里的买卖，即使在特殊情况下不得不搞一把国有化，也会在常态化后退出，即把政府持有的股份重新卖给非国家股东。

以上五类中，国有化是政府直接控制"自己的"企业，管制是政府从外部对企业施加直接行政干预，宏观调控是间接的参数管理，反垄断是间接的司法干预，普通法则是对私人产权最一般的法治约束。

据上所述，管制是政府直接用行政手法干预企业的一系列行为。现在我们来理解，为什么在发达的市场经济里会出现管制？

许多人以为，自由竞争的市场不可能做到商家的个别利益与消费者利益以及社会利益的完全一致。由于自发形成的价格，没有，也不可能完全反映商业活动的社会成本，所以仅仅依靠价格机制，不能完全消除企业和私人行为带来的负面"外部效果"，甚至有了普通法、宏观调控和《反垄断法》还不足够，非要政府对企业施加直接干预不可。西方主流经济学有关"市场失败"的理论，强化了人们对这一问题的认知，从而为政府实行行政管制提供了系统的理论根据。

如此说来，管制是政府应消费者需要，为保护消费者和全社会免遭企业营利性活动可能产生的损害，而提出并实施的行政措施。

但是，管制实践的经验表明，对管制的"需求"不仅仅来自消费者，更来自市场里的企业和政府权力机构本身。虽然政府权力机构常常声称管制是为了社会利益，但是实际上，能够从形形色色的管制中获得实在利益的，不仅有消费者，还包括被管制行业的厂商、相关利益方以及政府管制机构和官员本身。正是这些复杂的多方利益主体互相作用，才在国际国内政治、思想舆论潮流以及偶发事件的推动下，形成管制以及管制变化。

以美国为例。最原始并延伸至今的管制，以政府对含酒精饮料的生产和销售的直接干预为典型。在历史上著名的"禁酒令"失败后，美国各州政府都通过发放营业牌照，直接控制酒类销售市场的进入者、消费者年龄和合法出售酒类的场所和时间。是的，关于酒精饮料的管制从来就以未成年人、社会公众甚至嗜酒者家庭的"幸福"作为公开的诉求。但是，这套管制严格限制了酒类销售市场的竞争程度，从而保护了已经在位者的利益，而政府相关审批、发牌机构和官员的权力和利益，也因此显著增加。由此，推动并维持酒精管制体制的，可不单单是可能受"酒精饮料自由交易"损害的家长和嗜酒者亲属，而且也包括受管制体制保护的在位厂商、有关政府机构及官员。

需要探查的是，为什么像反托拉斯那样的政府行动，还不足以满足"社会对政府管理市场交易的要求"？流行之见是：相比反垄断诉讼，管制可能节约更多执法成本（包括时间），并可能带来更有效的资源配置。这是因为：（1）管制机构分工精细，拥有比政府反垄断部门和一般法院更专业的知识；（2）管制机构拥有法律授权的直接裁决权，所以处理问题无须等待漫长的司法程序。曾任美国证券交易委员会第二任主席的詹姆斯·兰迪斯——美国新政时代的"管制先知"、哈佛法学院院长和罗斯福任命的证券管理委员会委员——写道："要符合专门化的要求，就必须通过创立更多的行政机构来扩大政府在经济发展各个阶段的影响力，创立更多而不是更少的机构最有助于提高政府管制过程的效率。"他明确主张，各种独立的管制委员会应当是政府的第四分支，应当是"半立法、半行政、半司法的"。

是的，随着市场范围扩大、分工程度的增加和交易活动的高度复杂化，对政府管理经济提出越来越高的知识要求。关于管制知识专业化，以及由此产生的大批"管制专家"，既是分工的结果，也是产生更复杂管制结构的原因。像市场里任何专业化分工一样，管制专家天然倾向于建议使他们的专家资产增值的管制体制。但是，与一般分工专业化有所不同的是，管制专业知识和专家的"买方"，唯有政府一家，本身就缺乏市场竞争的筛选和淘汰。因此，如果没有适当的抑制，管制——作为政府直接干预企业的行政行为——就会不断地自动加码，直到在"社会利益"等政治正确的名义下，使整体经济增长因过度管制而失去活力和效率。

"管制资本主义"的教训

解除管制并不意味着政府什么都不管了,而是政府从最不适应的领域或环节退出,从而集中精力和财力,在需要的环节加强管理。

美国曾是"管制资本主义"的一个典范。虽然像许多其他国家一样,美国政府也直接拥有一些重要机构(比如田纳西流域管理局、地方公共电力事业、邮政体系、机场、码头和运输公司),但是相比之下,美国国有化程度是比较低的,而美国拥有的许多资源,如国有土地和国家公园,在宪法原则下不可以从事商业性营利活动。也许正是这个原因,导致美国政府对经济的干预,更多地集中在政府管制私人公司的市场行为方面。

事实上远在《反托拉斯法》之前,美国成立于1887年的州际商业委员会(ICC),就拥有管制铁路的权力。这家标志经济管制开端的联邦机构,职责就是确保铁路运输价格的"公平合理"、运货人与公众的"公平待遇",以及限制铁路巨头对铁路商务的操纵。在开始的时候,美国法院还限制着ICC,但是,随后"进步主义"(以揭露商业活动中各类丑闻、邪恶和堕落为主旨的思潮与社会运动)的压力加大了 ICC 管制市场价格和进入的权力。

1913 年，美国建立了联邦储备系统（中央银行）和联邦贸易委员会（FIC），随后，建立了罐头业与畜牧围栏管理局（1916）、食品和药品监督管理局（1931）、联邦通信委员会（1934）、联邦证券与交易管理委员会（1934）、联邦海运委员会（1936）、民用航空委员会（1938）、联邦公路局（1966），进入 70 年代后，又设立了联邦铁路局（1970）、环境保护署（1970）、联邦邮资委员会（1970）、国家公路交通安全局（1970）、消费品安全委员会（1972）、能源管制局（1974）和核管制委员会（1974）等等，连同州一级的政府管制部门，到 1975 年美国共有一百几十个政府管制机构，而受管制行业的产值约占全部 GDP 的 1/4。

物极必反。过多的政府管制直接干预市场进入和企业定价，不能不阻碍市场机制正常发挥配置资源的作用，抑制企业家创新精神，助长官僚主义和各种转嫁自己行为不良后果的道德风险。20 世纪 60 年代，甚至连在罗斯福新政时代为创建美国式管制体制做出重大贡献的詹姆斯·兰迪斯，也开始指责管制体制的僵化和无能。他认为"拖沓已经成为联邦管制的标志"，并举例说完成待决的天然气价格申请要 13 年，即使把人员增加 3 倍，在这 13 年内累计起来的新的申请批准也要到 2043 年才能处理完毕。

美国的"管制改革"（regulatory reform）起源于 20 世纪 70 年代中期。像一切制度变革一样，思想解放发挥了前导性作用。注重经验研究——就是从实际后果，而不是从事先所宣称的伟大意图来检验经济制度和政策的正确性——的经济学、法学和其他社会科学，从美国 30—70 年代发展到登峰造极的管制实践中发掘出大量资料，证明"管制失灵"对经济效率的负面影响，要比所谓的"市场失灵"更加严重。芝加哥大学的施蒂格勒教授以他关于"管制者是被管制行业和企业的俘虏"的著名发现，获得了诺贝尔经济学奖。不过，只有当奉行中间政治路线的布鲁金斯学会以及耶鲁、哈佛大学的名家们纷纷加入之后，挑战管制主义的思想理论才成为不可阻挡的洪流。

在操作层面，最先对新政传统开刀的不是保守的共和党人，而是时任参议院"行政实践与程序"委员会主席的民主党人爱德华·肯尼迪。1974 年，肯尼迪请哈佛法学教授布雷耶为他准备了一份调查清单，而首批由参议院决定调查的项目当中，就包括航空管制。当然，解除管制的政治荣誉还是要归里根总统。因为正是这位政治能力常常被低估的共和党总统，下决心起用纽约州公共服务委员会主席、前康奈尔大学经济学教授卡恩担任联邦民用航空局局长。卡恩的施政纲领别具一格：在事事要靠行政审批的民航业引进竞争，由市场代替民用航空局的 5 个委员会做出经济决定，最后甚至要解散联邦民用航空局。

卡恩的改革后来被冠以"开放天空"的美名而载入美国管制改革的史册。主要的做法是：政府不再用行政审批（包括听证程序）的办法来干预民航的票价和市场进入。航空公司可以竞争性地决定机票价格，也可以自行决定进入还是退出某个市场或某条航线。所有其他公司、新投资人也可以决定是否组建新的航空公司。结果，美国民航的票价大幅度跌落，而对民航服务的市场需求量急剧上升；一些老牌航空公司走向破产，而新的成功者因为适应市场形势而欣欣向荣。最重要的也许是,美国航空业在竞争的压力下创造了"枢纽港模式"(就是用支线小飞机把各地旅客集结到一些中心枢纽航港,然后高频率地飞向全国和世界各地的枢纽港),带动了全球航空业商业模式的创新。

"开放天空"的成功,为里根政府赢得了声誉,也开了美国"解除管制"(deregulation,可以直译为"反管制")的先河。随后,铁路和货车运输、电信、金融、电力等部门纷纷开始解除自罗斯福新政时代以来形成的"管制下的垄断"体制,按照各行各业的技术特性,引进市场竞争。解除管制甚至深入到传统上被认为只能由政府独家经营的业务,比如新兴的快递公司挑战老牌的政府邮政,将美国快件业做成了全球领先的大行业。此外,彼此竞争的民间保安公司部分替代了"独家经营"的警察部门,向社会提供了按照市场规则运行的安全服务。环境保护也成为一门"生意",因为一些地方接受了经济学家的建议,由议会决定年度性可污染的"额度",然后各方投标竞买"污染权"。甚至在加州还出现了"民办监狱"这样的新鲜事,就是由"公司化的监狱"通过竞标向政府司法部门"接单",承担市场化的犯人管理(到1996年,全美有170家公司制的监狱和看守所)。当然,还有美国式私有化:联邦和州政府通过证券市场出售政府拥有的公司权益,包括国有铁路公司、港口和机场、军队的商业服务资源,以及部分城市供水系统。

解除管制并不意味着政府什么都不管了,而是政府从最不适应的领域或环节退出,从而集中精力和财力,在需要的环节加强管理。例如,联邦民航局果然如卡恩和里根之愿被撤销,但是随后又成立了联邦航空安全局。不过,航空安全局不再从事票价控制、航线分配和市场进入管制,而是依法监督、管理各航空公司的飞行安全。在运输、电信、电力和金融领域,解除管制与"重新管制"(re-regulation)交替进行。但从实质而不是名称来看,所谓"重新管制"就是政府开放所有这些敏感的"战略性制高点",并在开放市场的基础上探索行政管理的新经验。

比较起来,20 世纪 70 年代末撒切尔夫人领导的市场革命,中心旗号是"私有化"而不是"解除管制"。这是英国国情约束的结果,因为二战以来,英国经济的国有化程度达到了很高的程度,如何提升英国国有企业的市场竞争力,成为英国改革议程上的首要难题。这表明,各国总要在各自经济、政治和社会的具体环境中解决各自面临的紧迫问题。

作为老牌资本主义国家,英国国力的逐渐下降源于其竞争力的丧失。到 20 世纪 70 年代,"英国病"已经进入膏肓,差不多"沦为欧洲的穷国"。要害问题如撒切尔夫人上台前指出,是"垄断的国有企业和垄断的工会"导致英国生产率停滞不前,而国家福利、补贴开支却如脱缰之马。"食之者重,生之者寡",再老牌的资本主义国家也照样不堪一击。撒切尔夫人的保守党政府对症下药,选择"私有化"和削减英国工会脱离生产率增长的福利诉求。

更值得注意的是,英国政府并没有简单照搬"管制市场"的传统模式,而是直接吸取美国管制改革的经验,探索建立更加有效率的政府管理市场的体制。本来,如上文说明,国有化是政府直接运用对国有公司的控制权,从内部直接控制国家经济命脉,因此,在国有化模式下，政府与大公司本为一体，国有大公司也不以盈利为目的，所以一般也不需要政府从外部"管制"。当国有公司私有化之后，政府获得财政收益，公司也引入私人股权，甚至被私人资本控股，公司因此有了盈利动机。此时，这批改制的英国公司会不会利用其既有的大公司"市场权力"，将国家对市场的垄断转化为私人资本对市场的垄断呢？

于是人们看到，在美国解除管制的同时，英国有了"重新管制"的需要。事实上，撒切尔政府在准备英国私有化方案的同时，非常注重美国的政府管制市场的经验。但是，撒切尔夫人及其智库对英国病的深刻反思，使得他们对"通过管制重回政府至上"的倾向保持直觉的警惕，加上里根"解除管制"的革命如火如荼，英国得以直接从管制改革的经验中汲取营养，而没有掉入传统的政府管制市场的泥潭。

具体说来，英国的如下四点经验值得中国格外注意。第一，出售国有资产（"私有化"）与开放政府垄断市场并举。必须指出，这不是一件容易做到的事情，因为从财务操作的角度看，政府在保持国有企业市场垄断的条件下出售国有股份，卖价通常可以更高。所以，仅仅由增加短期财政收入的动机来"推动"改革，虽然在短期内可以把"行政垄断权"高价卖出，但是竞争的市场没有形成，产业的生产率没有显著提高，公司就不可能更有市场竞争力，也不可能有长久和持续的融资能力。

第二，政府推动市场竞争结构的形成。由于英国国有化范围很大，严重窒息企业家精神，因此与美国有所不同，并不是政府宣布开放市场，马上就可以形成竞争性市场结构。在这种具体约束之下，英国政府通过立法，设立新公司进入原先政府独家垄断的市场，先形成"双寡头垄断竞争"的局面，然后通过逐步增发经营执照，增加市场竞争者数目，直到最后完全开放市场准入。英国这样的做法，缺点是政府"挑选"先进入者，可能挑错；而在市场有限开放的条件下，一旦政府挑错了"候选人"，并没有别的办法能够加以纠正。例如，英国电信市场上由政府特别法令组织的水星公司，拥有与大英电信同样的经营权，但是7年之后，其市场份额还是不足10%，与"双寡头竞争"的设计相去甚远。但是，政府有一个大体的开放市场步骤的时间表，有利于投资者、经营者和消费者对未来体制变化建立起一个框架型的预期，有利于转型时期协调各方利益矛盾。

第三，管制机构非行政化。因为政府对正在开放的市场实施必要的管理，涉及多方巨大的利益。如果建立纯行政机关来管制市场，不但导致管制过程中信息垄断、权力过于集中而顾此失彼，而且容易发生寻租、设租行为，出现行政腐败甚至政治腐败。因此，英国建立了许多包括产业、消费者、独立专家系统与行政官员组合而成的市场管理机构，由专门法令规定其信息交流、权力运作的程序。就是说，从一开始，英国就特别注意到"如何监管监管者"的难题。

第四，逐步扩大市场性监管、减少行政性监管。事实上，政府设立专门机构管制市场所要达到的目标，比如物美价廉、品质保障、非歧视和市场秩序等等，可以，也应该经由各种手段来达成。以英国电信管制机构（Oftel）1999年5月发表的《关于1999/2000年电信市场管理计划》为例，可以看到他们把"监管"分为"专门管制机构的监管"、"行业自律性监管"、"竞争对手互相提供的行为约束"（也就是消费者增加了选择权后，厂商竞相"讨好"消费者以保有市场份额）和"其他政府机构的监管"四类。在私有化和市场开放的早期阶段，"专门管制机构的监管"要占全部监管的绝大部分。而后，伴随着市场竞争程度的逐步提高，"行业自律性监管"的比重提高，而"竞争对手互相提供的行为约束"占有越来越重要的地位。

如此一来，管制机构非逐步"自废武功"不可。这与通常可以预期的管制机构不断强化自己权力的"理性行为"就冲突了。英国人是怎样解决这个矛盾的呢？他们的办法是，"承诺"逐步减少管制预算，并给出逐渐改变的时间表。还以Oftel为例，作为英国电信业的专业管制部门，不但制定了逐年减少本部门财政开支预算，将年度预算从1998/1999年的1 279万英镑，减为1999/2000年的1 263万英镑、2000/2001年的1 201万英镑和2001/2002年的1 197万英镑，并且向社会公布！

新管制经济学点评

市场竞争从来就不是理性设计的结果。管制改革的实践已经表明，所有行业的市场禁入都是可以突破的。而只有突破了市场禁入造成的垄断，才可能重新应用市场价格机制。

不过，许多学者还是强调管制的不可废除。为了解决老式管制带来的种种问题，一门被称为"新管制经济学"的学问在近年发展起来。这门新学问的背景是"机制设计"理论，就是要用高深的现代经济学理论为理性管制提供"指导"，改善政府管制市场的传统模式。

例如，新管制经济学提出了"激励性管制"的概念。传统的价格管制原则是"成本加成"，就是管制者依据企业成本加上一个合理利润来决定价格。但是这样一来，被管制公司就没有足够动力去降低成本。当然，管制者可以去核查企业的"真实"成本。可是，成本并不那么容易被核查清楚，因为公司会掩盖低成本事实。况且，即使管制者能够神奇地把垄断公司的真实成本核查得一清二楚，由于缺乏控制成本的内在动机，已发生的真实成本是否真正是"低成本",还是大有疑问。结果,无论引入多么高明的成本核查程序,被管制企业的成本状态还是"糟糕"和"不尽如人意"。这就给新管制经济学提供了用武之地,一个"高效能激励性方案"被提了出来,这就是所谓"最高限价管制"。

按照设计,政府管制部门的最高限价等于一个固定价格合同,公司每增加 1 元成本就减少 1 元净收入,这可以激励企业节约成本。另外,最高限价可以纠正成本加成管制模式的价格结构不合理。在最高限价的新模式下,只要(平均的)价格总水平不超过最高限价,公司就可以针对不同的客户收取不同费率。这样,最高限价在理论上可以符合拉姆齐定价法则,那就是在保证被管制公司利润不为负的条件下,定价使"社会福利最大化"。

其实,从斯密(1776)到科斯(1945),经济学的"古老观点"就已经指出,那些具有高固定投资成本、平均成本高于边际成本的行业,如果按照边际成本定价,一定导致经营亏损。可是,高于边际成本的定价,又怎样保证"社会福利"不受损失?理论上的出路就是"适宜的价格分歧",即"必须在那些给公司带来正效益的价格中找出各种受消费者欢迎的服务价格"。这里的关键词是"各种",就是说,区别对待、差别定价。

但是,切莫过早欢呼理性的胜利。因为至少还有一个问题没有解决。最高限价怎么就能够恰好被政府管制者定在"保证公司不亏损的同时使社会福利最大化"的水平?这里,经济学理论的精妙又一次依赖于一个前提性假设,那就是管制者要知道被管制公司"成本状态"的充分信息。否则,在"保证公司不亏损"里,就可能已经包含了一块不小的租金，成本被高估的公司在最高限价规则下，照样可以得到与其控制成本的努力无关的收益。这表明，新管制经济学的最高限价方案并没有因为利用了更复杂的理论工具就注定"优于"成本加成合同，因为传统模式"尽管对降低成本的激励不够，却能够有效地榨取公司潜在的寻租"。

换言之，在市场存在禁入（限入）的条件下，无论政府管制者多么高明，也只是在两种均未完全消除浪费的管制模式中选择一种：是用成本加成办法"榨取租金"，还是用最高限价激励被管制公司节约成本？这说明，天下并没有可以"指导"价格管制优化的理论。事实上，没有一种万能的模式适于"制定一项对所有运营商都适用的法规"。

新管制经济学没有指出的是，在市场禁入的约束下，由于竞争的缺乏，根本就不可能依靠精确表达的理论，完全消除价格管制中的"社会福利损失"（也就是"租金"）。种种精心设计的管制机制，至多改变垄断租金的分布，从而引导当事人寻租方式的改变。更一般的结论是，市场竞争从来就不是理性设计的结果。管制改革的实践已经表明，所有行业的市场禁入都是可以突破的。而只有突破了市场禁入造成的垄断，才可能重新应用市场价格机制。归根到底，在处理发散信息流方面，竞争定价的体制比新管制经济学的"机制设计"更具比较优势。

另外，早就有一些理论家讨论过"管制消亡"的问题了。这方面开创性的经典思想可以追溯到1959年科斯对美国联邦通信委员会（FCC）的研究。他追问这家权威管制机构的权力起源，结果发现，恰恰是一项特别资源——无线电波——的分配难题，才奠定了FCC耀眼的权力的基础。早期，无线电频道的占用涉及航海安全——远洋船只靠无线电定位并发出紧急呼叫。因为从来没有关于看不见摸不着的频道资源的市场，只好靠政府分派（管制）频道。但是，政府从运用行政手段配置稀缺经济资源的第一天开始，经济效率和行政效率的问题就挥之不去。同那些念叨"外部经济效果"教条的经济学家不同，科斯问了一个问题：为什么政府不可以避免直接分派频道，而出面组织"频道资源的拍卖"？

科斯的经济学思想深不可测。政府组织频道资源的拍卖，等于政府将原本"无主"的公共频道资源，通过"出价高者得"这样一个简单准则，转化为可以由价格机制来配置！既然价格机制死而复生，管制（用行政手段直接控制价格和进入）当然就不再必要了。受到新思想的启发，人们扩大了研究视野。只能有一条铁路吗？那么为什么不可以将这"唯一铁路的经营权"放到市场上拍卖呢？城市要限制出租汽车的数量吗？为什么不可以拍卖出租汽车的牌照呢？进一步，为什么"污染"不可以成为一种权利，从而通过拍卖来实现"出价高者得"呢？

要明确，这些经济学家都不是无政府主义者，因为管制消亡并不等于政府消亡。这里的重点在于，政府管制——直接的对价格和市场进入的行政性控制——也可以经过新的权利界定、启用市场机制而再次被替代，从而重新回到"民法协调产权交易"的基础上来。在提供权利界定和法院裁决及执行等方面，政府是不可或缺的，但像产业管制这样复杂的利益协调问题，由政府站在控辩双方之间充当裁判，比用"看得见的政府之手"去直接分派稀缺经济资源，无论从效率、公平还是秩序来衡量，都要更加可行。

"管制消亡"思想已经渗入实践。一个例子是美国朝野至今坚持对互联网的"无管制"政策，虽然美国社会对管制互联网的呼声一浪接着一浪。笔者曾当面请教过美国 FCC 官员，他的解释是，并不是不要管理，而是不需要专门管制，"在任何情况下盗用信用卡都是非法的，网上交易并不例外，正如向未成年人传播色情资料的行为，在哪里都非法一样"。是的，在科技迅速变化的时代，如果针对每一种技术手段都设计新的立法和专门管制，社会就会因为管制负担太过沉重而寸步难行。

在新西兰，电信管制机构已被正式撤销。新西兰在 1989 年放开了电信市场竞争，原来的垄断经营者 Telecom 随后开始股份私有化。由两家美国的小贝尔（Ameritech 和大西洋贝尔）组成的联盟拥有的 Telecom 面对两个主要竞争对手：提供长途电话服务的 Clear 公司，以及移动通信市场上的南方贝尔新西兰公司。所有电信业的问题统统由 1986 年通过的新西兰《商法》协调，市场上的各种矛盾由控辩双方到法院解决。新西兰的实验让检验离开专门的、权力通常难以被制衡的政府管制部门，电信市场是否就真的玩不转了？

市场难免要出错，也常常能够通过自发的利益交易过程纠正各参与方错误的预期、决策和行为。市场就是在不断地出错和纠错的过程中，交换、处理专业化带来的巨大信息，刺激各方学习并获利。但是，市场作为一个过程并不免费，无论出错还是纠错都需要耗费时间和其他资源，总有人要为市场的出错、纠错过程付费。因此，人们总是希望减少市场过程的代价。

政府管制就是在这样的背景下发生的。管制的严格含义是政府运用行政权力直接干预价格和为市场准入设置障碍。即便在实行法治的西方资本主义国家里,管制也容易被认为能够替代市场出错和纠错,政府可以直接防止错误的发生。至于政府管制产生的代价,那通常由社会和全体市场参与人支付,所以它总是显得比市场代价更不引人注意,甚至让人觉得可以接受。

管制容易形成巨大的既得利益集团,包括以接受管制为条件换取阻止市场竞争威胁"好处"的市场参与者,也包括作为政府分支的专业管制官僚以及相关专家。后者凭借高度专业化的管制知识,攫取了凌驾在市场竞争之上的、往往难以制衡的管理权力。在各种不同的政治约束机制下,这些权力或大或小地成为腐败源泉。过度管制的另外一个重大影响是,烦琐的审批制加大了市场交易成本,大大压制了企业家精神,导致创新严重不足。西方主要资本主义国家的历史经验表明,即使"成熟的市场经济"也不能自动免除"管制自我扩张"的逻辑。

但是,"管制"引发的经济增长低效和停滞,也是可以观察到的现象。在任何一种政治框架下,政府运用行政手段直接干预价格和市场准入,无一例外会导致经济损失。管制体制越庞大、越完备、持续时间越长,资源配置的效率损失就越严重。这里最基本的经验,就是没有任何一种行政机制,可以与开放市场条件下的竞争定价机制在经济效率方面等价。管制市场准入,等于宣布政府有能力"挑选"所管制行业里最能干的企业家和最优秀的公司;管制价格,等于宣布政府有能力通过诸如成本加价等计算公式来制定所管制产品的"合理价格"。遗憾的是，在经验事实可以检验的意义上，政府——作为市场经济必不可少的守夜人——从来就没有能力做到以上两点。

持续的、大规模的管制积累起来的巨大利益矛盾、不协调和停滞，要求全面改革管制政策、法律和相应的经济体制。"管制改革"的出现不是无缘无故的，它需要一定的政治条件，也通过释放巨大的经济潜力给主政改革的政治集团以巨额回报。

重视中国自己的经验

中国在国有经济改革、政企分开和政府职能转变的进程中，早就遭遇"国民经济命脉"部门的改革攻坚战。

20世纪80年代末，中国就着手开放原来半军事化管理的民航业，实施独立核算的公司化经营，并组织多家航空公司竞争，有限引进市场机制。90年代开始了电信和邮政体制改革，并提出电力、高速公路和铁路投资及营运体制改革的新任务。根据已有改革实践，本文概略地讨论中国在这些部门开放市场的经验和教训。

基本经验和教训之一：坚持开放市场、引进竞争、打破行政垄断的基本方针。民航、电信、铁路、电力等部门，历来被看作国民经济命脉。从技术经济的角度来看，这些部门是国民经济运行的基础设施，担负着向所有其他一切部门提供服务的职能。此外，这些部门对国防和广义上的国家安全具有重要影响，其战略价值不能单单用货币来加以衡量。要在这些部门形成全国性服务能力，需要数额巨大的投资，而且建设周期很长。由于这些原因，人们长期以来一直认为，国民经济基础设施部门，只能够实行行政垄断经营。如果说美国对这些部门长期实行的是管制下的私人公司垄断,在我们这样的社会主义国家,就必须实行公有制垄断,或者说国有制垄断,即政府垄断。

但是,运用行政力量实行垄断经营、排除市场进入,必定受经济逻辑支配而形成特定的经济行为和经济效果。这就是说,行政垄断部门因为过分的政府保护,特别是排除任何潜在市场竞争者的进入,而变得不求进取,导致服务质量低下,价格高昂,缺乏创新和进步动力。在投资总量上,行政垄断部门还受到国家财力的限制,表现为投资短缺。但是由于行政性独占或寡占,基础设施部门可以向国民经济其他部分转嫁其低效营运结果,结果就是拖累国民经济整体效率,并引发国民所得分配的不公正。

中国的基本经验是,以探索、实验、渐进的态度,逐步开拓原本由国家行政垄断的命脉部门,逐步走出了一条打破行政垄断、引进竞争和开放市场的发展路径。在思想冲破禁锢的态势下,各基础设施部门可以根据本部门的技术经济特征,在不同环节、不同层次上,分步引进市场竞争。以电信为例,早先的认识是,电信增值业务可以开放竞争,但基础电信业务不适宜开放。但是,随着开放电信增值业务收到良好效果,探索开放基础电信业务的竞争也提上日程。再接下来,探索开放基础通信网络的竞争也成为可能。这表明,只要基本方针对头,就会产生逐步推进的力量。否则,无论如何也不可能形成在全国范围内数家拥有独立网络的电信运营商既互相竞争又互联互通的格局,也不可能引发我国电信服务领域生机勃勃的业务发展,帮助中国抓取信息产业科技革命的新机遇。同样的道理,在航空、铁路、电力等大部门的市场开放,都是分层次、分环节展开的。这里共通的经验是,开放市场的方针坚定不移,操作上的推进则可以渐进或迂回。

基本经验和教训之二:必须实行政企分离。国家行政垄断的实质是政府直接控制经营活动。因此,中国不能仅仅注意美国管制改革的经验,而必须同时注意西欧国家国有经济的经验。更重要的是,我们必须认识到计划体制的"行政全能"特征,就是经济活动,特别是命脉部门的经济活动高度行政化甚至军事化。在这样的背景下,仅仅成立一些附属于政府管理部门的挂牌公司,断然不能解决问题,必须在参与市场竞争的国有公司与承担市场秩序管理的政府部门之间,划定清楚的制度性界线。1993年,中国政府决定成立联通公司来与中国电信开展竞争,方针正确,改革时机在全世界看也相当领先(其时,新加坡和香港地区还没有类似行动)。但是,我国电信市场的发展程度到1998年还远不尽如人意。1999年,中国对原邮电部实施进一步改革。2000年,电信重组最关键的一招,就是政企分开。这表明,政企分开才能为市场秩序奠定一个必要的制度基础,防止政府管理权力与市场利益搅在一起。

基本经验和教训之三:价格机制是关键。传统观念把基础设施部门排除在市场竞争体系之外,最基本的"信念"就是作为命脉部门的经济资源配置不应该以价格机制为依归。基础设施部门的供求远离市场竞价的基本原则,而主要靠计划价格加数量配给来调节。结果,我国基础设施部门长期以来就被两种偏差主导,造成大量的资源浪费。第一种情况,基础设施部门产品和服务的计划定价偏低,导致严重的供不应求。第二种情况，为了补偿基础设施部门长期投资不足，把资费水平定得偏高，又人为加大了国民经济其他部门和居民消费生产和生活成本。大体来看，在对基础设施部门未加以改革的时候，第一种偏差是主流，基础设施部门因为发展不足而拖了国民经济的后腿；而当对基础设施部门实施了初步改革，但行政垄断尚未根本打破之际，第二种偏差又很快上升为主流，基础设施部门的价格上涨过快，既刺激重复建设，也抑制经济需求。

这实际上已经表明，用行政定价这样笨拙的办法，是不可能在技术变化加速、分工体系日益复杂的条件下，把基础部门与它们形形色色的"客户"有效连接起来的。基础设施部门无疑是有特殊性的，但是它并没有特殊到可以使价格机制失效。多方竞价体制看起来很"乱"，但唯有如此，才能灵便地调节供求、适应技术和市场千变万化的需要。

但是，至今关于基础部门定价机制的认识还是没有完全摆脱"特殊论"的主导。这不奇怪，因为迄今为止，我们还没有在基础设施部门大规模实践市场定价的经验。可以总结的是一些局部的经验和教训，比如民航票价的折扣竞争、禁折令风波和最近再次松动的尝试，部分地区电信与有线电视之间的"违规竞争"，两大移动通信公司的价格竞争及其刺激需求和扩大市场的效果，新兴的 IP 电话市场的价格与市场需求之间的对应关系，铁路票价与"票贩子"活动的关系以及关于春运铁路票价问题的争论，还有已经立法并在一些地方和部门开始执行的"价格听证制度"，等等。所有这些，都部分涉及基础设施部门价格机制问题，值得仔细总结和讨论，为在基础部门更大规模运用价格机制做体制准备。

基本经验和教训之四：开放市场与竞争主体的产权改革并举。人们曾经认定，在经济命脉部门放开市场与向市场出售国有公司控股权——通常被冠之以"私有化"——的英国经验，在我们这样的社会主义改革中只要学一半就应该适可而止。这就是说，一方面，组织国有或国有控股公司之间的市场竞争；另一方面，仍然保持国有经济对该产业部门的独占或寡占，不但是可行的，而且具有战略上的重要意义。

但是，我国实践经验已经表明，仅仅在国有公司之间组织市场竞争的"设计"，虽然立意高远，但是无法回应以下三个方面的严峻挑战：

1. 基础设施产业市场开放是国民经济开放的一个重要组成部分，基础设施产业在开放的同时，需要大规模的技术改造，以增强在未来的国际竞争能力。为此，广泛利用国际国内资本市场筹资融资势在必行，这就不可避免地要向市场出售国有大公司部分股权，改变国有资本独资经营的传统结构。

2. 政府充当经济命脉部门经营性公司的唯一股东，同时又充当竞争性市场的管理人，在这样的结构下，政府作为公司股东和作为市场管理者的角色之间，难免存在某种冲突。一方面，企业将千方百计要求政府——也是自己的唯一股东和老板——提供行政保护，减轻市场竞争应有的强度；另一方面，政府也可能更自然地对公司业务进行行政性干预。

3. 国有公司之间的竞争是公司对经营活动负责，但公司资产要承担的最后责任还在政府手里。这样的产权约束机制，不可避免地产生类似其他领域国有企业改革中发生过的问题，公司经营的实际管理层通过损害资产的长期价值来提高短期经营业绩，并据此分配收益。这样的"改革"不可能持续。

上述前两种挑战，已经引起政府决策部门和研究机构的一定注意，但是对于第三种挑战，因为基础设施部门的市场定价尚没有广泛的实践基础，我们目前只可以依据局部的、短期的经验，加上有关经济行为逻辑的推理，才可能看出一点端倪。以民航为例，我们已经可以看到：（1）多家公司的市场竞争终究要引发机票的价格竞争（表现为折扣）；（2）一旦对机票定价的行政控制有所松动，各家国有民航公司就争相"杀价直至亏损"；（3）等到出现大面积亏损甚至全行业亏损，政府主管部门就不得不重新加强对价格的行政控制（禁折令），结果重新出现航空运力闲置。

比较一下，在任何行业里私人公司之间的竞争，也会出现竞相杀价、争取顾客的行为。但是，一旦到了市场参与者的出价在边际上等于其经营成本的时刻，理论上这家公司就只好退出竞争，因为再低的价格就意味着亏本。在市场实践中，就表现为具有竞争优势的公司收购缺乏成本优势公司的资产，引发兼并。或者相对弱势的公司主动转业，另谋出路。这表明，公司的财产权利在市场竞争活动中并不是可有可无的，而是竞争行为的非常重要的约束。有效的产权制约不但引发有效的市场竞争，而且控制着竞争的"度"，并在经济合理的原则下行使"调整结构"的任务。

国有公司经营权掌握在公司管理层，公司经营好坏与管理层以及职工的利益直接相关（程度依改革的进度而定）。从这一点看，进入市场竞争的国有公司与任何私人公司是类似的，都具有从事经营竞争的动力。但是，国有公司资产的"老板"是政府（并且分散由若干不同的政府部门按照等级制原则控制），远离市场，难以及时了解市场千变万化的形势，决策过程复杂，并且政府工作人员与政府拥有资产的利害关系非常间接。一旦市场形势涉及资产价值和安全，政府没有可能做出灵敏、快捷和合理的反应。在这样的约束条件下，才出现国有公司"杀价直至亏损"的行为，而政府不免在"行政定价的僵化"与"开放价格但国有资本大幅度亏损"这两极之间进退失据、摇摆振荡。

因此，"开放市场与产权改革"必须并举。这里所谓产权改革，就是变清一色的国有公司为股份公司，而国家不但有必要出售、转让一部分国有股权，而且可以考虑出售控股权，甚至转让全部股权，主动变成小股东或者全面退出，否则不可能从制度上解决上述矛盾。要说明，政府转让资产，不过是把国有公司股权变成现金形态的财政收入，不过是资产形态的变化，只要转让过程公开、公正、公平，并不注定会发生"国有资产流失"，更不能戴上一顶"私有化"的大帽子而一棍子打死。

基本经验和教训之五：在改革中兼顾投资人、企业和消费者的利益。在基础设施部门开放市场竞争的过程中，要在动态中兼顾投资人、经营公司和市场消费者的利益，保证协调发展，是一个战略性问题。投资人包括政府和非国有的境内外各种资本主体。中国的经验是，政府必须立足于改善基础设施产业整体投资环境，而不是仅仅保证政府投资的最大回报。政府只有保护所有投资人的利益，才能保护自己作为部分投资人的利益。如果政府靠投资取利，或者把政府资本的盈利目标放在首位，与民争利，破坏市场秩序，动摇民间投资信心，从长远来看，一定得不偿失。

境内外私人资本投资到原本政府垄断的产业部门，有复杂的动机和预期。中国的经验是，香港特区，甚至欧美主流资本市场，都可能在一段时期内，将政府公司的市场垄断权作为投资标的，并期望借此分享高额的行政垄断租金。但是，一旦政府政策调整，加大市场的开放程度，改变定价政策，原先可预期的垄断公司的高额利润就可能在竞争中烟消云散。就是说，这类投资人除了承担一般的风险，还要承担一项特别的"触礁风险"：他们在做投资决策时，预期有一大片肥水（垄断利润）将流进腰包，但是等到投资到位以后，不但肥水消失，而且水落石出，使得他们的投资"触礁"。

在一个基本市场环境发生急剧变化的时期，"触礁风险"难以避免，如何应对就值得认真研究。矛盾在于，如果强调投资风险自负原则，不但容易引发二级市场的股价震荡，而且增加投资人对未来的疑虑；如果"迁就"投资人分享垄断利润的预期，放缓基础设施产业开放市场的步伐，势必抑制市场需求的扩张和消费者利益。我国手机"双向收费"政策调整引起的香港股市动荡，以及后来的"套餐计划"调整了公司、投资人和客户之间的利益，是处理"触礁风险"的一个重要案例。这里最重要的教训是，只能在开放市场的总政策下兼顾各方利益。为了纠正预期偏差，政府应该对基础设施部门的市场开放有一个总体规划，尽可能事先公布开放市场的大致步骤和时间表，引导各方建立"市场总要逐步开放"的合理预期，并可根据政策实施的时间表来盘算各自的利益和选择策略。如果时间进程在实践过程中需要调整，比如开放的步骤加快或开放力度加大，就应该考虑像新加坡和香港特区政府提前开放电信市场时的做法，给予公司及其投资人适当的财务补助，减少部分"触礁损失"。

基本经验和教训之六：逐步改变政府的工作重点。在基础设施产业开放市场竞争的每一个发展阶段，政府的作用都不尽相同。我国在这方面的主要经验是，政府审时度势，确定不同阶段的不同工作重点，尽最大努力消除行政惯性和利益惯性的不利影响；同时要不断适应变化的形势要求，改变政府有关部门之间的权力分配、机构设置、干部配备和对政府官员的素质要求。

由于传统的计划经济的实际做法是政府包办命脉部门的投资和营运，所以要开放这些关键产业部门，非由政府来充当"第一推动力"不可。我国民航、电信部门已经发生的改革，铁路、电力等部门正在酝酿的改革，无一不是政府主动发动的。经验表明，一个具有改革开放意识的中央政府，可以凭借其权威大大节约解放思想、提高共识、采取实际行动（而不是空发议论）的成本。中央政府开放市场的坚定决心和意图，是调动各方积极力量的基础。

在一个产业部门由一家国有公司独家垄断的局面被打破之后，政府要主动考虑放开对价格的行政管制。必须明确，价格竞争是全部市场竞争的基础；允许数家公司彼此竞争经营，又由政府对定价机制实行行政性的审批和管制，是不可能收到按照经济合理原则配置资源的效果的。对于开放价格后可能引起的企业亏损甚至行业亏损，要有清楚的分析，进一步通过增强企业的资产产权约束、加强市场重组来解决问题，而不要退回到政府控制价格的老路上去。

随着经营职能向竞争的经营公司转移，政府部门的工作重点转向对公司行为的监督和管理。重要的是，无论是关于公司资质的事先控制还是事后监督，都要逐步减少行政审批的范围。

经验还表明，仅仅有中央政府开放市场的战略决心，没有相关政府部门的具体部署、落实细节并解决转型中的无数具体问题，开放市场的大政方针是不可能自动得到贯彻的。但是，主管部门多年的行政惯性，以及管制权力在市场条件下的"货币化"甚至"资本化"趋向，容易形成严重的障碍。为此，在开放大产业的市场竞争过程中，在政府系统强调政治纪律、强调令行禁止是完全必要的。同时，必须按照政企分开的总方针，坚决要求一切政府管制部门与所管制行业的任何企业，实行人财物完全脱钩。政府和政府部门从一切直接的市场活动中退出，是政府现代化的基本标志，也是消除转型时期腐败的重要措施。

政府部门的设置及其文官的素质要求，必须随国民经济命脉部门的市场开放而变化。总的趋势是，直接控制产业活动具体经营目标和经营行为的政府机构，要逐步缩小直至完全消失，而监督产业部门和企业活动是否符合法律界定的抽象规则的政府部门要逐步增加和加强。为此，必须适时调整相关部门官员的知识结构，熟知产业部门技术经济、具有"动手能力"的官员要转向企业工作，把更多具有监督能力、具有相关抽象规则知识的官员调到政府监管部门工作。必须理解，政府部门集中了大量具有工程专业背景的干部，是计划经济时代政府直接办经济的一个显著特色。在开放市场、政府转变职能的新历史条件下，需要更多具有法律专业知识的专家到政府部门工作。

2001 年

第六章

另眼看垄断

境外上市卖点的教训

中国公司境外上市的卖点,要从行政垄断的特许权转向市场竞争能力。因此,加快国内市场的竞争和准入,是中国公司在境外资本市场持续融资的基本保障。

出卖行政垄断权

香港基金经理对内地电信公司的信心,不是建立在其市场竞争的能力和实力上,而是因其独家垄断的地位。这种特别的"市场信心",从中国移动以及后来中国联通上市之日起就被设定,因为行政性垄断公司境外上市,卖点就是行政性垄断特许权。而境外投资人相中的,也就是其垄断性市场权力。所以,一旦内地电信公司的垄断地位稍有动摇、电信市场的竞争程度稍有增加,香港基金经理们就打熬不住,抛之大吉。

诚然,中国移动上市的时候,它的竞争对手中国联通公司已经成立。中国政府的政策,摆明要像当年英国设立水星公司来与大英电信展开市场竞争一样,通过双寡头垄断竞争的模式,开展中国电信市场的竞争。这一点,当然是透明的。但是,当时更加透明的事实是:中国电信政企不分,实际代表政府控制着电信市场,所以中国联通被拿捏得一点办法也没有。虽然国务院授予中国联通第二个国有全能电信运营商的地位,但其实际的市场地位却在设立后4年内一直微不足道:1998年底中国联通仅占全部电信运营市场份额的1%、移动通信服务的5%。因此,中国电信(香港)也就是中国移动的前身于1997年境外上市之际,其垄断地位几乎是绝对的。当时邮电部的领导们俨然作为中国电信(香港)的老板而表现出对上市政策的支持,市场是看在眼里、记在心上的。你想想,政府主管部门支持中国电信在日益火爆的内地电信市场上一家独大,这样好的投资项目哪里找去?境外投资基金经理追捧中国移动,看来是非常有道理的。

  这也证明了我早就有的一个看法:市场中人大概无不偏爱垄断。我们知道,标准经济学理论早就清楚地论证了,在一个充分竞争的市场上全部供应商的平均利润为零。只要还有人盈利,就还有竞争者继续进入这个市场,参与获利竞争,直到平均利润变零为止。你想想,市场竞争忙来忙去,忙到最后来一个平均利润为零,多么乏味的游戏!所以在真实世界里,那些最厉害的企业家为了避免陷入乏味的利润趋零游戏,无不追逐市场权力,也就是通过拥有较大的市场份额,对价格形成具有影响力,从而持续获得利润。市场份额大到一定程度,还不就是垄断?所以市场垄断这回事,从来是在商家以外的世界里人人喊打,而商家中人则个个朝思暮想。从投资的角度看,拥有市场份额大的项目一般被看成更具有投资价值,这不难理解吧?投资一个充分竞争的项目参与分享零利润,那恐怕只能算一种特别的体育活动,而不能算是投资活动了吧?

区别垄断的意义

不过,人人想垄断市场是一回事,能真正实现垄断是另外一回事。在一个"好的"市场里,人人都可以努力扩大市场份额直到垄断市场,所有有意愿进入的人都可以进入。你有权多拿市场份额,别人也有权多占市场份额,究竟鹿死谁手,那就竞争吧。卖家竞争,买家当最终的裁判。就是说,市场竞争本身就包含了竞争垄断地位的内容!在这样的环境里,想出线的公司非得有过人之处不可。经济学家熊彼特强调创新,管理学家斯隆高呼与众不同,讲的本是一件事,就是通过创新和与众不同获得市场权力、市场份额和市场垄断。创新得到市场垄断地位,就是创新的垄断。好的市场经济制度,保护作为创新的结果,但并不因此限制其他人进入追逐垄断的创新过程。举一个例子,可口可乐的配方是商业秘密,除非其所有人愿意,任何人不得窃为己有。这不是保护垄断吗?是的,美国法律保护这类因创新而获得的垄断。但是要注意,美国法律并不因此禁止或限制别人生产汽水的权利,也不可能说已经有了可口可乐,够喝的啦,谁也不准重复建设。否则,怎么还会有百事可乐?

如果因为有了可口可乐的创新,天下便不准再生产别的可乐,那就是行政性垄断的意思了。这就是说,政府用法律或行政手段,将追逐市场垄断的权利变成垄断的专利,除非政府自己或政府审定的公司,其他人禁入或限入。本文讨论的中国移动及其前身中国电信，并不是因为对电信有什么创新性的贡献而垄断中国电信市场的。当年这家公司令境外投资人"肃然起敬"的几乎100%的市场份额，完全是在当时的历史条件下，除了中国电信，谁也不得染指基础电信业务的缘故。

从投资人的角度看，行政性垄断可比创新性垄断要值钱得多。为什么？因为行政性垄断可以更容易、更长久地维持垄断利润。不是有了创新的可口可乐，还是冒出百事可乐了吗？你要对百事可乐下注，再冒出一款新的可乐怎么办？因此，创新获得垄断，并不能完全消除投资人对潜在的竞争将使利润趋零的恐惧。当然，持续的创新可以维持持续的超额利润。可是，持续创新毕竟可遇而不可求。比较起来，行政性垄断就可靠多了，因为它消除了任何潜在创新者进入市场的机会，增加了垄断利润的可靠性。

原中国电信（香港）境外上市，卖点不是创新性垄断，而是行政性垄断。按照上文的分析，行政性垄断条件下公司的垄断利润更可靠，因此其市值要高于创新性垄断。我以为，这是当年中国电信（香港）能卖好价钱的基本原因。中国联通本来是中国电信业开放竞争的产物，作为中国电信的竞争商进入市场。但是1999—2000年中国电信改组后，中国联通成为内地电信运营商里唯一持有各类电信牌照的公司，也使得它沾上了一点行政性垄断的边。

政府垄断的风险

但是，行政性垄断的模式并不是完全没有风险。行政性垄断长期获利的一个基本前提,就是政府拿定主意不开放市场。一旦政府开放市场,行政性垄断的优势顿时烟消云散。可惜中国移动和中国联通,在电信市场比较像样的竞争格局形成之前就跑到境外上市了。垄断特权的卖点,在变换的经营环境中还要让境外投资人有信心,当然不容易了。这个案例引出一条教训:中国公司境外上市的卖点,要从行政性垄断的特许权转向市场竞争能力。因此,加快国内市场的竞争和准入,是中国公司在境外资本市场持续融资的基本保障。

2001年3月23日

手心手背都是肉

建立在"行政垄断特许权"基础上的投资人"信心",除非转移到"市场竞争能力"上来,否则早晚有一天会消失。从长期看,以公司竞争能力和竞争实力为基础的投资人信心,才能与消费者利益一致。

2001年3月上旬,读到一则网络消息:"中国移动近日推出套餐收费方案,引发股价连日暴跌,一周内市值就蒸发了1 395.4亿港元。香港恒生指数也因此一度失守14 000点大关。"查查数据,事情属实。于是我说,又来了。

是的,这是数月之内的第二回了。上一回是2000年11月,因为一些非正式消息证实内地"手机收费双改单"的政策将出台,结果引发境外股票投资人的恐慌性抛售。中国移动和中国联通两家境外上市公司的市值,10日之内缩水2 000亿港元。此情危急,迫使中国信息产业部部长在香港宣布:第一,手机收费双改单政策在2002年前不出台;第二,内地目前没有考虑发出第三块移动通信的经营牌照。据说,部长的上述政策诠释稳定了境外投资基金经理的情绪，两公司股价回升，"风波"似乎过去了。

套餐：旱路不通走水路

当时我就曾撰文发问：部长先生回来以后如何面对境内的手机消费者？我的意思是说，境内手机消费者纵然没有"恒生指数"反映其意愿，却也并不"好惹"。电信和其他产业一样，归根结底要靠消费者的"买单"来生存。即便在垄断的条件下，消费者的意愿也是重要的。因为政府或运营商固然可以用"看得见的手"来决定电信服务的价格，但电信服务的消费数量，却还是要由千千万万的消费者在"看不见的手"的引导下来决定。横竖你要价高，人家消费的数量就低，这是谁也没有办法左右的事情。

不过，今日的电信运营商远比我明白个中道理。君不见，"双不改单"言犹在耳，"套餐"就浮出了水面。何谓"套餐"？通过价格差别的组合刺激消费者多打手机的营销策略也。无论怎么"套"，薄利多销对每一个消费者都是取胜的不二法门。换句话说，中国移动和中国联通水路不通走旱路，双改单不成，那就套餐吧。从这里，可以看到中国电信产业自1994年引入市场竞争以来，的确发生了一些实质性的变化：运营商不但"在乎"消费者买单的数量，而且知道通过降价"讨好"消费者。竞争性的环境每日每时都在教育着运营商：要是你的对手比你更能讨好消费者，那你的麻烦就大了。至于消费者行为，并不是非要高深的学问才能明白的。生产者下了班，哪个不是消费者呢？

旱鸭子下水引发狂抛

但是，薄利多销，只讲出了"商业机密"的前半句；接下来的半句，是"多销利厚"。这里"薄利"是指单位产品的利润因为降价而变薄；而"利厚"，指总利润可能因为总销量增加而增加。比如，卖出 2 件单位产出 4 元利润的产品，得到的总利润比不过卖出 3 件单位产出 3 元利润的产品，所谓"二四得八，不如三三得九"是也。对于精明的商人而言，"薄利"从来只是手段，"利厚"才是目的。

但是，境外投资人又不干了。你套餐，他就大量抛售中国移动股票。奇了怪也，运营商讨好消费者，归根到底还不是对你投资人好呀？投资人按照投资总额分总利润的账，"（总）利厚"就可以了，"（单位产出）薄利"其实和他毫不相干。但是，在可观察的行为上，"双改单"，投资人狂抛股票；"套餐"，他又来狂抛。这究竟是为什么？

我在别的文章里已经解释过，理解投资人的行为固然应当从"预期"着眼，也就是他"怎样看未来"一定影响他"现在的行动选择"，但是投资人的信心又与投资对象的"过去"有关。就是说，投资人的信心离不开历史的因素。具体到中国移动，其上市之时，差不多是中国内地唯一的移动通信供应商。但是，当时中国电信（中国移动的前身）几乎拥有百分之百的市场份额，并不是因为这家公司超强的市场竞争能力，而是因为行政性垄断使然。拿行政性垄断特许权作为上市的卖点，被证明可以得到不少投资人的青睐，因为正如我讲过的，行政性垄断下的利润，甚至比任何一个竞争性市场的预期利润还要丰厚和"可靠"。问题是，行政性垄断的制度环境一旦发生变化，市场竞争机制一旦引入，投资人的信心就一定动摇。你对一只旱鸭子投了资，现在看见你的投资对象身陷一片汪洋，你不慌张？谁都明白，上文讲的"薄利—多销—利厚"逻辑，离开竞争能力就不能成立。没有竞争能力，薄利而没有多销，特别是不能多销到"总利增加"的程度，那可就完全是另外一个故事了。原本是"二四得八"，现在成了"二三得六"，投资人还不拔腿就跑？缺乏竞争力的企业用降价策略来取悦顾客，无疑是一种自杀行为，所以投资人一旦丧失信心，顿时就溃不成军了。

信心，早晚要转移到竞争力上

所以，不要小看去年的手机双改单和今年的手机套餐引发的境外股市风波。一般性的结论，是投资人和消费者作为电信产业的两个重要的"利益相关方"，在某种特定的约束下可能发生利益冲突。在这样的当口，夹在中间的电信运营商及政府管制机构，可要想清楚了。既"得罪"消费者又"得罪"投资人的做法，肯定是下策，因为结局不外乎市场狭窄，投资不足。轮流得罪，或者哪一方软就让哪一方"顾大局"，似乎也不是好的办法。

"鱼与熊掌兼得"，殊为不易，但也不是完全不可求。新加坡和香港特区为了提前开放国际电信市场，分别给原来的垄断运营商发放一定数额的补贴。其中最重要的经验，就是"两头让"：既加快市场开放，引进竞争"取悦"消费者，又对原来的垄断商及其"措手不及"的投资人，给予某种合理的财务补偿。看看中国两家境外上市公司的财务报表，EBITDA（未含利息、税赋、折旧和特别支出的利润）的余地都还不小。所以我以为，坚持竞价刺激电信消费的方针，同时兼顾投资人利益，财务上应该可以做到。

应该明确，建立在"行政垄断特许权"基础上的投资人"信心"，除非转移到"市场竞争能力"上来，否则早晚有一天会消失。转型之中，承认历史因素，给予合理补偿，也许可以帮助投资人平稳完成"信心过渡"。从长期看，以公司竞争能力为基础的投资人信心，才能与消费者利益一致。

2001年4月8日

"看得见的手"定价,"看不见的手"定量

当前我国通信市场的游戏规则是:政府定价,但消费者决定需求数量。"看不见的手"调控的市场实际购买量,对于我国移动通信的发展具有决定性意义。目前我国电信的商业模式,好比已经修建成世界上最宽最长的高速公路网,但上面跑的车辆却异常稀少,平均数目大大低于世界平均水平。如此商业模式的经济效果是不是应该令人担忧?

"定价又定量"去如黄鹤

市场自有它自己的逻辑。即便在一个"百分之百垄断"的市场上,那唯一的供应商即市场垄断者,也断然没有计划经济里政府的那份权威和风光。我们都知道,计划经济时代的政府既有权决定价格,又有权决定供求数量。譬如粮食,那时的政府不但决定收购价和销售价,而且决定在农村的收购数量和城市居民消费的数量。那时尽管还有"商品粮"的称谓,但粮食作为商品的自由交易属性,差不多只有在黑市上才能体现。政府既定价又定量,应该是计划经

济时代的一个经济特征。

计划经济时代的结束,其实就是政府既定价又定量模式的终结。当然,只要在市场准入方面还存在着某些制度性的障碍,计划经济的影子就总也挥之不去。但影子归影子,市场毕竟已经是市场。既控制价格又控制供求数量,即使在转型时期也成为鱼与熊掌那样不可兼得的"好事"。政府固然还能以各种名目控制市场价格,但因此就得由生产者和消费者在市场上对政府定价做出反应,决定供求的数量。或者,政府也许还可以控制供求的数量,但那样一定要由生产者、消费者根据供求数量来决定价格。既想控制价格,又想控制供求数量,那可没门儿。这个特点,行业监管机构和市场里的国有垄断经营商要当心了。

手机收费案例见分明

还是让我以手机收费的实例来说明以上道理。大家知道,目前我国的移动通信市场,是所谓基础电信服务市场里"竞争"程度最高的市场。即便如此,供应商也只有中国移动通信集团和中国联通两家,其市场份额之比,大约为84%对16%。如我在《再论数网竞争》一文中评价过的,这只不过是一个相当弱的双寡头垄断竞争格局。由于寡头垄断运营商具有决定价格的市场权力,并因此可能将消费者剩余轻易地转化为供应商的垄断利润,因此,下述结论应该大体无误,这就是今天我国的移动通信市场,还没有条件由运营商和消费者根据供求来自由定价。于是,政府控制电信价格必不可少。

在现行体制下,就是由信息产业部会同政府其他机构,如发改委,来决定移动电信服务的价格。此种政府决定价格的模式,大体上也是目前民航市场、银行和证券市场等"国民经济的命脉部门"里市场化模式的写照。

价格一旦成为政府的政策工具,运用起来就不会限于调节市场供求。日前闹得沸沸扬扬的手机双向收费事件,其实不仅仅是政府试图调节移动通信市场上运营商和消费者之间的关系,而且是政府对于境外投资人闻讯手机收费双改单就大量抛售两只境外上市电信股票的反应。我曾著文谈过,中国垄断性公司境外上市拿行政垄断特权作为卖点的"惯例",没有办法建立境外投资人对其市场竞争能力的信心。但是,毕竟事发突然,两只中国通信股票十数日内下跌 2 000 亿港元,连带其他境外上市的国有垄断性公司一并市值大跌。这对于手中还有若干指望到境外融资的项目的中国政府来说,动用对境内电信业的定价权,宣布 2002 年前不实行手机收费双改单,"稳住"境外投资人,似乎也是不得已而为之的"两害相权取其轻"。

但是有关部门可能忽略的是,政府固然可以用"看得见的手"为手机服务定价,却不能同时用"看得见的手"来决定境内电信消费者的消费数量。人们可能忘记了,当前我国通信市场的游戏规则是:政府定价,但消费者决定购买数量。由于这一忽略,我认为此次政府出手宣布缓行手机收费双改单,对境外投资人"恢复信心"的效果可能被大大高估,而此政策产生的抑制国内手机通信量增长的效果,则被大大低估了。

是的,国内电信消费者对于政府电信定价的反应效果,由于以下三个原因，不容易被看见：

第一，电信主管部门和媒体，向来看重电信市场的用户规模及其增长率，但看轻电信流量及其增长率。我们都知道，我国电信的用户规模，无论是固线网络还是移动网络，均已达到世界第二大国的水平。但是似乎很少有人提起，我国电信的单位网络通信流量尚达不到世界平均水平，至于人均通信流量水平，更是只相当于世界上的落后国家。

第二，去年以来，刺激我国手机用户一年激增3 000万户的一个新因素，是中国联通率先实行的"预付卡"制度。新制度等于取消了原来特别高额的手机入网费和月费，加上手机硬件价格大幅度下跌，人们拥有一部可通话手机的成本，从原来的数千元降为千元左右。由于"进入价格"的下降刺激了"从无到有"手机用户数的飞跃，容易被混同于"我国移动通信流量的激增"。

第三，手机用户从3 000万户增加到6 000万~7 000万户，意味着我国手机消费从公费、高收入家庭向自费、中低收入家庭的转变。显而易见的是，后者对于手机服务费率更为敏感。但是，以往手机消费的高增长，容易被作为估计未来移动通信市场扩张的"基础"，而忽略我国手机用户结构性变化条件下，手机收费的价格政策将产生更强烈的效果。

价格机制对供方的意义

问题是，由"看不见的手"调控的市场实际需求量，对于我国移动通信的发展具有决定性意义。坦率地讲，目前我国电信的商务模式，好比已经修建成世界上最宽、最长的高速公路网，但上面跑的车辆却异常少，平均数目大大低于世界平均水平。如此"商务模式"的经济效果是不是应该令人担忧？像所有固定投入巨大的基础设施一样，电信网络要靠巨大的需求流量才能分担其巨大的一次性投资的成本，才能达到单位通信成本十分低廉的境界。靠什么持续刺激通信流量的增长，是我们这样一个移动通信用户已经达到 7 000 万户量级的"世界第二大网"首先需要考虑的问题。与高速公路不同的是，电信网络的技术进步更快，无形折旧的压力也更为巨大。倘若我国通信流量刺激不上来，原先巨大的电信网络投资还没有收回，新的投资决策就得提上日程，那才是一件让人哭笑不得的事情。在这个意义上，我以为主管部门决定推迟一年时间手机收费双改单，"牺牲"下调手机服务费率来刺激移动通信流量增加的效果，实在得不偿失。

2001 年 1 月 22 日

高科技永远都很"高"

发展互联网、新经济,关键的条件是制度条件、法治条件。中国的市场经济发展到今天,如果没有法治原则,没有普遍性原则,没有一个整个社会达成的最低限度的普遍共识,那么进一步的发展很难、很难。

20世纪经济学最重要的贡献之一,就是从信息的角度来理解人们的经济活动和组织。一种经济体制就代表一种通信方式,代表一种信息的传递方式。这也是我们关心互联网问题的原因所在。

体制与通信模式的改变

中央计划体制能够处理的信息是非常少的,这导致了社会无法有效地协调越来越复杂的经济活动。我想,至少在50年前,哈耶克在批评计划经济体制时就指出了这一点。我们中国非常有幸从1978年以后,开始了从中央计划体制向市场体制的转型。这个转型同时就是通信模式的转型,所以在经济体制转变的过程中,通信产业在各个产业中一直是发展最快的，2000年上半年的数据也表明了这一点。对于这个发展，我的看法是，它不单单是技术的原因，它首先是由巨大的社会需要造就的：如果没有中国经济从中央计划体制向市场经济的转变，我们的通信产业不可能有这样的发展，这是我想阐述的第一点。

对于互联网经济和互联网未来的发展，现在还很难准确地讲。首先它是一个新的信息模式，这在中国刚刚起步。从统计数据中我们可以看到，我国互联网的发展还处在初始阶段，但在另一方面，中国的互联网已经表现出高速成长的特点。比如说，作为互联网基础的通信产业一直在高速增长，而且中国互联网用户的增长速度也非常快，眼看就要达到700万户这个门槛了。根据对未来5年的估计，2003年中国互联网用户可能达到3 000万户，将越过一个非常重要的门槛，形成规模经济，造就一个产业。当然，未来成长最快的还是电子商务，这是因为互联网正从一种通信手段逐步变成一种交易手段，同时又通过交易手段的改进，成为所有其他产业的基础设施，进而改组其他传统产业。可以说，互联网包含着新的通信手段、新的交易手段，甚至新的生活方式，它作为一种新生事物正在从发达国家向发展中国家传递，这种传递虽然在中国刚刚开始，但是趋势已经看得很清楚了。

下面是互联网数据中心（IDC）对亚洲和中国的电子商务的估计。第一，整个亚洲，除日本以外，包括太平洋地区，将是电子商务网上商业活动成长最快的地区之一。印度的增长率在本地区最快，为246%，中国仅次于印度，数量也差不多，到2003年中国网上交易额将达 38 亿美元，整个互联网的收入是 100 亿美元。即使如此，到了 2003 年，亚太地区的网上经济，即互联网经济还是处于非常早期的阶段。就中国而言，它当时能够预测达到的规模等于 1998 年美国的金融、零售以及旅行这几个产业网上交易额的 1/10，还达不到 2003 年本国 GDP 的 1%。所以我说，这些估计从目前互联网在中国的发展势头来看，从世界提供的技术可能性和经济可能性来看，从发展空间来看，绝没有过头。

互联网在什么体制下发展

下面我们转到讨论互联网的体制。人的活动要有预期，要在给定的体制下了解未来和现在的关系，这跟所有其他产业领域要解决的问题是一样的。中国为了发展和适应市场经济的通信模式，也为了适应互联网，体制上从 20 世纪 80 年代开始就已经做了一些准备，而政策上和体制上的真正突破是在 90 年代前期，通过一系列措施打破了中国电信的独家行政垄断。其中最重要的举措是，1993 年国务院决定向社会开放 9 项电信业务，其中寻呼、计算机信息服务、电子信箱、电子数据传输等 9 项业务，第一次交给非邮电部门的企业来经营，即面向全社会开放。

但是，所有这些准备现在看来还远远不够，还不能适应互联网经济的发展。互联网经济作为一种新的通信手段和交易手段、新的平台、新的基础设施，会对传统产业带来竞争压力，跟原来的既得利益集团会形成冲突。这个冲突如果没有一个好的体制来解决，那么新的东西就不容易发展起来。其中存在着两种危险，一是新的技术可能被滥用，二是可能受到既得利益集团的压制，无法把它内在的潜力充分发挥出来。我的看法是，我们的互联网经济要同时面对这两个问题，更加复杂的是这两个问题会交织在一起。由于互联网经济带来新的问题，同时触动原来的既得利益集团，那么传统的既得利益者就会以社会利益、国家利益、国家安全等种种名义，达到抑制竞争、抑制新技术、抑制新的生产方式发展的目的，这对社会的长远发展是非常不利的。所以我在本文重点想谈谈对这个问题的看法。我不想讨论抽象的道理，因为我们面前就摆着一些活生生的案例。有一个案例很著名，国内外都做了报道，这就是福州 IP 电话事件。

陈氏兄弟案的教训

这件事起因很简单，1997 年 9 月，福州陈氏兄弟利用网络提供收费的 IT 电话服务，由于他们的价格远远低于中国电信国际长途的价格，以至对当地邮电局的电信经营构成竞争的"威胁"。因此，福州市马尾区邮电局到公安局状告陈氏兄弟，认为他们非法经营电信业务，而电信业务只有邮电部门才能独家经营。法庭上双方争论的焦点表面看起来集中于 IP 电话到底属不属于传统的电信服务，而实际上还有深层次的含义，即过去的法规还能不能适用于迅速变化的现实。我觉得这恰恰给予我们一个提示：新技术发展会带来原来法律规范里没有的东西，新技术总会带来一些过去所有法律、法规、规章里都没有提到过的业务，它出来了怎么办？我觉得这是我们在互联网上要讨论的问题。这才是福州这个案例真正值得关注的东西。

一项新的业务来到这个世界上，怎么来裁定它对社会的利弊？所谓规范就是存利去弊。任何新的业务、新的技术都可能有两面结果。互联网可以方便我们查阅科学文献，也可以方便青少年检索色情的东西。它给两方面都提供方便，你怎么去判断？是屈从于传统的既得利益集团的意志、长官意志，还是以普遍性的、规范性的法律程序作为最终的判断标准？因此我觉得福州这个案例是非常重要的关于互联网经济创新的案例。希望法学家、经济学家、社会学家和技术界、产业界都来参加这个讨论。商人也有必要关心这个讨论，不要光去跟政府、官员搞好关系，还要关心这个社会的一般性架构，没有一般性架构，市场是做不大的。

在我看来，福州这个案例提出了一个非常重要的问题：一项新的技术怎样才能转化为社会大众的福祉。因为所谓高科技要被产业化，一定要有这样的人，他就是要通过这个新技术来赚钱，没有这种听起来很卑微的动机，高科技永远高高在上，不会跟普通人的生活发生联系。技术本身是人的行为，人是要在法律框架、行为框架、游戏规则里来决定他的行为的。IP电话恰恰与传统电话之间有利益冲突，因为它比传统电话便宜。我们一些管理者有一个非常有意思的倾向，好像痛恨便宜的东西。他们认为便宜的东西是不好的，卖得比他们便宜就说你是不正当竞争，是牟取暴利，这是一个非常有趣的论据。但是在商业活动中，很多做商业的应该懂，便宜的东西杀伤力确实非常大，因为消费者对于同样质量的东西就是喜欢便宜的。因此一个更便宜、功能上可以替代的业务出来以后，会对传统电信业务构成很大的挑战。传统的电信业务，它的投资已经放进去了，成本已经在里头了，它的经营模式已经形成了，要进一步缩减成本非常难，因此它势必倾向于用非经济的手段把这个新产生的竞争对手杀死，以保护既得利益。这个问题对于经济增长可不是小事情。互联网经济，包括我们讲的IP电话，我说将来可能有100亿美元的市场价值，但它在行为上会产生极大的冲击波，对我们原来的文化、教育都会产生冲击，会"得罪"很多既得利益集团。我们要做一个权衡，是让传统的既得利益压制住新的可能性，还是构筑法律框架，使新的东西比较健康、平稳地成长起来。从这个角度思考福州这个案例是非常有价值的。

不开放对谁有利？

最近，比福州案例影响更大的是，从1999年9月开始，中国信息产业部的高级官员都讲ISP（互联网服务提供商）和ICP（网络内容服务商）在中国属于不开放的领域，外资不能够进入、不能够投资、不能够参与经营。据《南华早报》的报道，信息产业部电信管理司司长最近发表谈话，重申中国政府从来没有讲这个领域可以开放，谁进来谁自己负责任、承担后果。

这种讲法与网络经济发展的要求和特点是矛盾的。对互联网的大量投资，在一个看得到的时间内不会有利润回报，而互联网对规模经济又非常敏感，你不跨过临界点，不可能有回报。在达到临界点之前,现在看来各种策略中还是免费的策略最好。因为免费可以吸收大量的人先成为你的客户,然后才有潜在的市场,才可能有潜在的电子商务的前景。但是从现在起到跨越临界点,资金从什么地方来?中国的商业银行现在必须有资产抵押才肯贷款,网络公司拿什么抵押?它主要是人、软件,主要是对客户的影响,这些东西怎么抵押?而国外的机构看好国内互联网未来的发展前景,愿意出资,企业只好求助于它们走股权融资的路,可现在连这条路也被我们的官员堵死了。

那么,信息产业部官员的论据是什么呢?他们说,国务院1993年关于电信业开放经营的规定只是把9大业务向国有和集体经济开放,其中不包括外资。但是从我了解的情况看,1996年以来国务院就互联网一共有三个法规,第一个明确规定"在中华人民共和国依法设立的企业法人和事业法人"都可以向客户提供入网服务,没有所有制歧视,后面的两个文件在这一点上与第一个文件也是一致的。真正引起混乱的是邮电部、邮电部政策法规司和信息产业部的三个文件,它们规定了将互联网服务视同1993年提出的向社会开放的服务项目,即必须符合所有制的限制。

因此,所谓不准外资进入ISP和ICP并没有法律根据。商业用的互联网在我国是在1995年才广泛发展起来的,怎么能用1993年的法规来约束呢?而且对所有制做出限制,既不符合我国目前经济发展的状况,也与宪法规定的"非公有制经济是社会主义市场经济的重要组成部分"相抵触。更重要的是,部委的行政规定必须与国务院的法令保持一致,否则将被视为无效。

制度是高科技的条件

这个案例迫使我们思考，发展互联网也好，新经济也好，关键条件到底是什么？在我看来就是制度条件、法治条件，特别是这种新兴经济的发展带有很强的不确定性，如果没有一个稳定的预期，没有一个可靠、清楚的法律保障，中国互联网的发展会非常困难。我希望我们碰到了发展中国互联网的关键问题，这个问题叫作法治。中国经济到了这个场面和规模，仅靠政策是不够的，需要有清楚的规则和远景，才能让社会的方方面面来做决策。这种老套的做法显然是不适用的，互联网很难用传统的思维模式和管理手段去管理，必须适应这种新生事物的新特点。所以说，法治是非常重要的。而法治中程序的合理性处于核心位置，谁来决定一件事情是否合法，要由一个程序来解决，我们对于程序的合理性、权威性、合法性关注得不多。一个官员说的话也要以法律为根据，而且对法治国家来说，官员只能依法行使行政权力，我们的某些行政官员离这一要求还相差甚远。

这里我想对一些商人提出一个批评。很多商人对普遍规则不感兴趣，总热衷于与官员搞个人关系。这实际上是给别人的进入设置障碍，是与法治精神的普遍性原则相违背的。我们的法治还不可能一下子达到发达国家的水平，但我们应追求普遍性原则，即商业领域要么对大家都开放，要么对大家都关闭。如果商人世界里奉行的是另一种原则，都想寻找特殊解，大家使出各种办法搞个别关系，普遍性原则处在一个较低的水平，那么互联网就很难发展起来，顶多成为一种点缀。实际上,这种法治的原则不但适用于本文所谈的高科技,也适用于"中科技"和"低科技",适用于经济生活的方方面面。中国的市场经济发展到今天,如果没有法治原则,没有普遍性原则,没有一个整个社会(包括立法人员、商界)达成的最低限度的普遍共识,那么进一步的发展很难、很难。我希望无论是中国人还是外国人,如果看好这个市场,就要对市场规则的形成做一点贡献,对合乎市场经济规则的法治建设做一点贡献。

2000 年 1 月 7 日

理性的局限
——《电信竞争》书评

市场竞争不是理性设计的结果,而是哈耶克所说的产生于"本能和理性之间的文化演化"。令人高兴的是,电信这样的"命脉"行业,也终于表现出本能和理性之间的市场竞争,要比任何理性设计的体制在处理发散信息流方面更具优势。

被称为"新管制经济学"创立人的让·雅克·拉丰教授,最近有一本《电信竞争》的中译本面市。翻开首页,我们可以读到:"本书旨在填补一个空白。近年来电信业经历了快速的发展,但是有关的学术研究却裹足不前。""许多已经实施或正在酝酿中的重要的政策与决策一直是在缺乏清晰的经济理论指导下进行的。"作为"机制设计"学派的高手,拉丰承诺要用高深的经济学理论来对电信改革提供"指导",非常顺理成章。

不过,要是读者像我一样在阅读中不断追问,作者承诺的可以"指导"电信开放的理论究竟是什么样的,那么我们读遍全书还是不免失望。这本来不足为怪。当政府部门以市场禁入(限入)

为条件,对被管制企业的价格及相关行为施加直接干预时,自发的市场竞争秩序就被破坏了。于是真实世界里的人们一分为二,没有攫取到"管制租金"的,拼命追逐;得到了的呢?奋力保卫。无论如何,总有一个"非生产性(也非交易性)的浪费"存在。无论如何,一个被管制的市场,总也达不到竞争市场的那种"均衡"和"效率"。经济学理论可以在解释以上现象的时候一试身手。以为理性可以设计出一些高深莫测的机制,把市场管制得有模有样,哪里有那个本事?谈什么"次优安排",那是自找台阶下。人类的本性,是山外青山楼外楼,连"最优"都不满足,怎么会止于"次优"?

令人大出所料,拉丰教授及其《电信竞争》,对我上面这些"不入流"的见解,其实也是同意的。让我举"激励性管制"为例吧。传统的价格管制原则是"成本加成",就是管制者依据企业的成本加上一个合理的利润来定价。但是如此一来,被管制公司就没有足够的动力去降低成本。是的,管制者可以去核查企业的"真实"成本。可是,成本并不那么容易被核查,因为"公司会掩盖低成本的事实"。况且,即使管制者能够神奇地把垄断公司的真实成本核查得一清二楚,由于缺乏控制成本的内在动机,已经发生的真实成本是否真正是"低成本",还是大有疑问。结果,无论引入多么高明的成本核查程序,被管制企业的成本状态还是"糟糕"和"不尽如人意"。这似乎给"机制设计"学派提供了用武之地,一个"高效能激励性方案"不负众望地被提了出来,这就是《电信竞争》花费了许多篇幅专门加以论述的"最高限价管制"。

为什么把最高限价看成"高效能的价格管制"？第一，最高限价等于一个固定价格合同，公司每增加 1 元成本就减少 1 元净收入，这可以激励企业节约成本。第二，最高限价可以纠正成本加成管制的"价格结构不合理"，因为只要（平均的）价格总水平不超过最高限价，公司就可以针对不同的客户收取不同的费率。在后一种情况下，最高限价在理论上可能符合拉姆齐定价法则，就是在保证被管制公司利润不为负的条件下，定价使"社会福利最大化"。

其实，从斯密到科斯，经济学的"古老观点"就已经指出，那些具有高固定投资成本，从而平均成本高于边际成本的行业，如果按照边际成本定价，一定导致亏损。可是，高于边际成本的定价，又怎样保证"社会福利"不受损失？我所知道的一些经济学研究已经指出，出路就是"适宜的价格分歧"，即"必须在那些给公司带来正效益的价格中找出各种受消费者欢迎的服务的价格"。这里的关键词是"各种"，就是说，差别定价。

但是，切莫过早欢呼理性的胜利。因为至少还有一个问题没有解决。最高限价怎么就能够恰好被管制者定在"保证公司不亏损而使社会福利最大化"的水平？这里，理论的精妙又一次依赖于一个前提性假设，那就是管制者要知道被管制公司"成本状态"的充分信息。否则，在"保证公司不亏损"里，就已经含了一块"租金"，成本被高估的公司在最高限价规则下，照样可以得到与其控制成本的努力无关的收益。对此，作者心知肚明地坦陈，最高限价方案并没有因为利用了更复杂的理论工具就注定"优于"成本加成合同。后者"尽管对降低成本的激励不够，却能够有效地榨取公司潜在的寻租"。换言之，在市场禁入的条件下，无论管制者多么高明，他也只是在两种均未完全消除浪费的管制模式中选择一种：是用成本加成办法"榨取租金"，还是用最高限价激励被管制公司节约成本？

原来天下并没有可以"指导"价格管制优化的理论。相反，作者反复指出，"没有一种万能的模式来制定一个对所有运营商都适用的法规"。这个结论对于机制设计学派来说，当然心有不甘。所以作者还是希望"最好是设计一个合同清单让公司自己去选择：当公司效率高时采用高效能激励合同，当公司效率低时采用低效能激励合同"。设计固然很高明，但是只要拿来一试，我们还是和作者一起发现，如此"完美的筛选"要付出高昂的代价。翻来翻去，这本书最后提出的一个"指导"意见是：正确运用激励性价格管制的方法就是"学习与实践"。我以为，这就是高手啦。他们知道机制设计招数的局限，与那些以为靠一堆"科学设计"的定价公式就可以包打天下的人划清了界限。

作者没有指出的是，在市场禁入的约束下，由于竞争的缺乏，根本就不可能依靠精确表达的理论完全消除价格管制中的"社会福利损失"（也就是"租值耗散"）。种种精心设计的管制机制，至多改变垄断租金的分布，从而引导当事人寻租方式的改变。更一般的结论是，市场竞争不是理性设计的结果，而是哈耶克所说的产生于"本能和理性之间的文化演化"。令人高兴的是，电信这样的"命脉"行业，也终于表现出本能和理性之间的市场竞争，这比任何理性设计的体制在处理发散信息流方面更具优势。

2001 年 6 月 4 日

邮政专营的三个理由

无论如何，不要让法律责任、规模经济和普遍服务之类的大字眼，成为行政垄断部门手中的人质。我们不妨斤斤计较一下，为了这些大字眼，究竟谁要付出代价，付出多少？又是谁从中获得了利益，得到多少？

据报道，针对社会舆论对信件和包裹速递业务邮政专营权的种种质疑，国家邮政局有关人士提出了三点理由，概要如下：

第一，信件的内容，含有个人隐私，有的还涉及国家安全，如果信件传递实行放开竞争，政治责任、法律责任都无法落实，人民的通信权利得不到保障，国家安全也将受到严重损害。

第二，邮政承担信件寄递服务，以联通全国、覆盖城乡的庞大实物运递网作为物质基础。为了降低成本，除信件业务外，国家还赋予邮政报刊发行、物品运送、货币流通等任务，扩大邮政经营规模，分摊实物运递网的固定成本，让邮政自我消化部分政策性亏损。

第三，信件寄递的邮政专营可以保证普遍服务，因为各地区之间的实际成本差别很大，如果放开竞争，必然出现有利润地区有人干、无利润地区无人干的局面,广大农村及边远地区就没人去送信了。

推敲下来,这三点理由,没有一点可以成立。

先说法律责任吧。是的,连居民早起买油条、豆浆那样的小生意,也有法律责任。掺入了洗衣粉的油条,吃下去可能闹人命官司,比信件的个人隐私要严重得多。为什么偏偏信件传递非专营不可?

邮政发言人的道理是,专营才容易落实信件传递的法律责任。就是说,邮件一旦出现法律责任问题,消费者可以上门找领导追究,甚至可以对簿公堂。私营的邮件传递公司呢?打一枪换一个地方,你上哪里去落实法律责任?

听起来,这是为消费者着想了。不过,要是邮件专营在落实法律责任方面真的优于私营邮件传递,后者早就关门大吉了。天下毕竟没有对自己邮件的法律责任漠不关心的消费者,为什么需要听发言人的唠叨?事实是,恰恰是被认为难以落实法律责任的私营信件传递业,在与邮件专营的竞争中,火得让亏损严重的邮政无地自容,才引来邮政方面对民营快递的打击行动和邮政发言人的舆论诉求。

消费者并不蠢。他们不是年幼的被监护人,有能力独立判断邮件传递的质量,正如有能力比较各种服务价格是否公道一样。至于涉及国家安全的政府机构邮件,当然可以由政府下令只准交付邮政传递。即便如此,在下的意见是,也应当容许纳税人根据可靠的经验数据,检查政府购买邮政局的服务是否合算,有没有浪费纳税人的钱财。

再论规模经济。发言人论证说,为了提供邮件传递服务水平,邮政系统已经铺设了全国性的邮政网点,支付了巨大的投资成本,并将继续承担昂贵的网点维持成本。因此，容许私营信件传递公司与邮政局抢生意，将导致国家邮政投资的浪费和规模经济的损失。正确的政策是，维持信件传递的专营还不够，还要连带将所有维持邮政网点的其他业务，比如报刊发行、物品运送、货币流通，统统纳入专营的范围。

老天爷，这是哪一门子的经济学？建设邮政网点的投资（准确一点应该称为财政投入），不但在技术上已经成为沉没成本（再也难以他用），而且在财务上早已报销（因为已经列入历年国家财政开支）。换句话说，邮政系统使用全国的邮政网点，并不需要为固定投资提供市场水平的回报。今日我国邮政的巨额亏损，实质上是在免费使用财政投入的邮政网点的条件下，邮政的营业收入仍旧不足以抵销其经营成本的开销！

可变成本，是随产量（服务量）变化而变化的成本。粗略一点说，在增量的意义上，可变成本就是边际成本。各位读者，在投资约束足够硬的条件下，如果一项生意的收入连其边际成本都不能补偿，谁还会继续这项生意呢？想想看吧，固定投资已经沉没，不妨认栽，咬牙挺下去，但要是连可变成本也不能补偿，岂不是每天都要烧钱？如此生意，还不早就应该另起炉灶。

但是邮政发言人的经济学截然不同。邮件经营亏损吗？那是因为规模不经济。于是要求扩大专营范围，报刊发行、物品运送、货币流通，统统专营。倘若专营扩大了，再亏损怎么办？答案是，再增加专营项目！如此水多了加面，面多了加水，就是将专营扩大到整个中国经济，你不是要把整个中国都赔掉吧？

让我们看看邮政专营的竞争对手吧。这些初出茅庐的民营快递公司，不但要对运营的可变成本负财务责任，而且还要对网点建设的固定投资负全盘的财务责任。是的，它们大量利用国家既有的实物运递网，包括机场、航线、货舱、铁路、码头之类。不过无一例外，它们要为各种各样的利用付费。就是说，它们在增加国家既有固定设施投资的收益。同那个免费使用国家固定投资，但依然亏损累累的邮政专营系统相比，究竟谁代表着更先进的社会生产力？

最后，所谓普遍服务，邮政专营的逻辑是，国家要我在落后的山村取信送信，就要让我独家垄断所有富裕地区的一切有利可图的邮政业务。这是以丰补歉的方略了。问题是，如此混成一锅，普遍服务的成本收益无法被单独衡量，正如邮件运递的效益不能被独立考核。邮政的亏损，究竟多少是因为普遍服务、多少是因为管理不善，区分不出来。既然难以区别，鱼目混珠就大有可乘之机。这不是说邮政局的人品行不好，而是说监督和衡量不到位，天长日久难免行为扭曲、积习成弊。

要减少行为的扭曲，就要将普遍服务与商业化服务适当地分离开来。普遍服务是政府对所有公民提供最低限度社会服务的承诺，由财政开支担保实施。商业化服务，则按照市场准则行事。在分离的体制下，到山村取信送信，按照核定的标准由财政给予补贴。政府甚至可以对邮政部门及其竞争者一视同仁，招标选择合格的普遍服务实施者。至于发达区域的信件传递和相关邮政业务，听由市场开放，欢迎新进入者来"撇奶油"。竞争自会平衡供求，政府照章收税就可以了。

无论如何，不要让法律责任、规模经济和普遍服务之类的大字眼，成为行政垄断部门手中的人质。我们不妨斤斤计较一下，为了这些大字眼，究竟谁要付出代价，付出多少？又是谁从中获得了利益，得到多少？

2001 年 6 月 11 日

自发的梧桐树

纽约证券交易所成为美国股票交易的中心市场，就是因为"自发的梧桐树"。这里所谓"自发"，就是人们拥有自由选择到哪里完成股票交易的权利。正是由于无人可以禁止别人成市，所以每棵梧桐树下的市场，只好靠竞争来"取悦"投资人。哪棵树的"风水"好，是由其令投资人满意的程度来决定的。

树下成市的启示

话说1792年，24个股票经纪人在纽约的一棵梧桐树下，达成一项关于相互间交易证券并彼此收取最低限额的佣金的协议。在此之前，美国人像拍卖棉花一样在露天的市场上公开拍卖政府债券和公司股票。那时的纽约，差不多还是一个老乡可以把牛赶进去的地方，棉花和股票交易的市场就在梧桐树下。史家后来公认，当年不起眼的"梧桐树协议"，标志着"纽约证券交易所"（NYSE）的正式诞生。

转眼之间，两百多年过去了，纽约证券交易所成为当今美国

"资本主义的心脏"。要全盘理解今天的纽约证券交易所,不再是一件容易的事情。你我当然可以大致地"猜想":熙熙攘攘的人群无非在此博利而已。但是,倘若没有多年的专业训练和实践"浸润",要讲清楚这个市场上的博利游戏究竟是怎样进行的,怕是再聪明也不能够。好在本文并不打算讨教怎样到纽交所博利,我好奇的是一个"不太实际"的问题:占据美国全部交易次数 74.4% 和交易金额 83.7%(1997)的天文数字般的股票交易,究竟是怎样积聚到当年那棵梧桐树下的市场里来的?

看清楚了:两百多年前发起成立纽约证券交易所的,不过都是普通商人而已。固然有记载表明,这是一些"非常活跃的"股票经纪人,不过,"活跃"并不具有独占性,别人也可以活跃,也可以活跃到发起成立交易所的地步。梧桐树嘛,当年的纽约比比皆是。事实上,早在草创时期,纽约证券交易所就遇到"交易量有时比它还高的"其他证券交易所的竞争,例如纽约的"股票经纪人公开委员会"。1869 年,后者与纽交所合并,但是其他竞争对手照样长期存在。所以,我的问题是:一个由普通商人发起的普通市场,怎么就有这么好的"风水"而比其他市场吸引了更多投资人的光顾呢?

市场的本性是自发

讲述纽交所故事的著述成山成海。翻阅其中一些比较概述性的读物(例如海南出版社 2000 年翻译出版的《华尔街巨人》),我的答案已经写入本文的标题:纽约证券交易所成为美国股票交易的中心市场,就是因为"自发的梧桐树"。这里所谓"自发",就是人们拥有自由选择到哪里完成股票交易的权利。对应的结果,就是哪一棵梧桐树下都可以成市。正是由于无人可以禁止别人成市,所以每棵梧桐树下的市场,只好靠竞争来取悦投资人。哪棵树的"风水"好,是由其令投资人满意的程度来决定的。过程之中,中心市场在自发的竞争中形成。

让我们举证一下吧。根据记载,早先交易股票用的是点名拍卖的办法。那就是交易所总裁喊出一只股票的名字,由经纪人报价和出价,然后再"点"下一只股票。这个模式之下,股票能否成交,取决于卖方的出价和买方的报价之间的价差。要是只有两个经纪指令,一个出价 1 美元卖,另外一个报价 6/8 美元买,那结局就只能是所谓"买卖不成仁义在"了。打破以上"零交易"僵局的路径有两条。一是买卖双方改变主意,比如卖方出价降为 6/8 美元,或者买方的报价调高为 1 美元。另外一个可能性,就是汇聚更多的交易方和交易指令,有别的人来出价,7/8 美元、6/8 美元,甚至 5/8 美元;也有更多的买方,报价 7/8 美元、1 美元甚至 11/8 美元。"证券分析之父"本杰明·格雷厄姆当然说得对,"对股票未来价值的不同看法,使一桩股票买卖成交"。但是,看法不同,还要不同到恰到好处。否则你看到的最差前景比我看到的最好前景还要"高"那么一点,咱俩还是不能成交。所以,股票交易从一开始就对市场规模比较敏感。参加交易的人数越多,人们对未来的看法就越有可能互不相同,股票成交的机会就越多。毕竟,只有林子大了,才能什么鸟儿都有。

因此,早期各梧桐树下市场之间的竞争,首先是竞争交易指令的数量。从这一点观察,纽约交易所在1867年率先引进的"股票报价器",对于在竞争中"汇聚人气"意义重大。本来交易所和各个经纪行得到的各种出价和报价的信息,要派"信息员"跑来跑去传递。他们跑的范围和速度,就界定了"市场",也决定了"对未来看法不同"的股票投资人究竟有多大的机会可以成交。"股票报价器"一来,纽约交易所的规模等于在瞬间扩大了很多倍。你到这棵梧桐树下来,遇到"恰到好处地与你看法不同"的交易对手的机会比其他梧桐树下多,你不由自主就要多来了吧!

竞争逼出进步

饮水思源,倘若没有市场竞争所逼,纽约交易所会不会去发明股票报价器?倘若当时没有股票报价器,人气怎么就汇聚到"这一棵"梧桐树下来?当然我并没有推论,只要存在竞争的环境,一定会在1867年首创股票报价器。竞争也可能出现别的结果,比如沿着"你聘一个信息员,我聘两个,然后三个"的路子比赛下去。这就是奥地利学派的经济学家强调"企业家是市场过程的关键因素"的原因所在。但是,竞争的市场是必要条件,应该大体可靠,否则,谁来奖励企业家关于市场的创新活动?比较起来,1975年美国证监会推行"联合报价单"的体制,把全国股票交易信息汇聚起来,使经纪人和交易专家自动接收到优于自己交易所的股票报价,不就是仿效108年前纽约交易所的股票报价器吗?认为监管当局不需要向监管对象学习,实在是一个愚蠢的念头。

再举一些近例吧。作为一个拍卖型市场，纽约交易所的交易专家比较"中性"，因为只要买卖指令互相对得上就成交。所以，历来的规矩，上市公司到纽约证券交易所是不能挑选交易专家的。交易所分派谁当你的交易专家，谁就是你的专家。大约是1997年吧，纽约证券交易所不顾内部的反对压力，断然废止了这条"祖宗家法"。数年来抱怨硬性分派给自己的交易专家"不好使"的上市公司，现在可以在纽约证券交易所的400多位交易专家中好好挑一挑了。交易专家听凭客户挑选，不是舒服的事情。问题是没办法，纳斯达克从来是让上市公司自主挑选交易专家的。客户们大可奉行"跑"的策略。像中国人一样，"此处不养爷，自有养爷处"。你改还是不改？

讲到"跑"，堂堂纽约证券交易所原来早有防范。著名的"Rule 500"，明文规定在纽交所上市的公司，如果要退出，必须经过2/3以上股东的同意，并且反对者不能超过10%。这反映了当年如日中天的纽约证券交易所的逻辑是，"你要么不要来，来了就休想随便走"。无奈斗转星移，为了与对手竞争，争取美国MCI与大英电信合并成立的新公司能够"挂"到自己这里来上市，纽约证券交易所总裁格拉索先生宣布全面松动退出规则，并声称他本人从来就不喜欢这一规定。纳斯达克发言人立即揭露格氏说话"不诚实"，因为一年前他还正式宣布无意降低退出门槛。坊间还有其他消息，比如MCI为此给美国证监会写信"告"纽约证券交易所的退出规定具有"反竞争性质"，美国证监会又写信给格拉索先生暗示他必须修订该项规则（等于香港证监会"请喝咖啡"）。无论如何，新公司最后选择了同意降低退出条件的纽约证券交易所。在这件事情上，美国证监会的作用不能说没有，但是历史上纽约证券交易所"抵制"美国证监会的事件数不胜数。我的看法，还是市场竞争担任了第一推动力。

类似的故事颇多。诸如降低上市门槛，以便与纳斯达克竞争那些高科技的明日之星；调整美国会计准则，以争取更多的非美国公司到纽约上市；改变股票报价单位，以十进制替代实行了两百多年的"1/8"制；斥巨资改善市场交易手段的技术先进性，以"向世人表明，有形的交易大厅与全自动的交易市场具有同样的竞争力"。所有这些改变，为的就是争夺更多的上市公司、更多的交易者，以及更大的股票交易量。毕竟，当今美国的证券市场与两百多年前梧桐树下的市场一脉相承，那就是谁也没有垄断股票交易的权力。比较起来，纽约证券交易所面临的市场竞争比以往更加激烈。纳斯达克、国外市场和第三市场经纪商这些两百多年前梧桐树下见所未见的市场，目前成为纽约证券交易所强有力的竞争对手；费城、波士顿、芝加哥、辛辛那提等地方性交易所，在美国证监会"不对称管理"的鼓励下，正在奋起吞食市场份额；电子网络的幽灵不但最早在股票交易的市场里游荡，而且以前被看成经纪商的网站，很快就要被认定为交易所。

最重要的变化，也许是纽约证券交易所在防止市场欺诈方面持之以恒的努力。交易的方便和巨大的交易流量，固然是吸引客户的条件，但是，投资人对交易大厅里发生交易的公平性深信不疑，才是一切的基础。今天交易所墙上"保护了小投资人的利益，就是保护所有投资人的利益"的口号，可不是作秀的道具。根据《华尔街日报》的披露，1987 年纽约证券交易所的执法人员为 42 人，可以同时调查150~200个案件；如今的执法人员已达120人，可以同时调查650~850个案件。

为了确认可能涉及违规交易的人员身份，它的数据检索系统收集了150万名专业人员和7.5万家公司的相关资料。遇到内幕交易或股票操纵的事情，交易所就移交美国证监会处理。维护市场的公正可靠，固然是为了保护投资人，但也是为了纽约证券交易所自己。在一个竞争的市场上，黑幕重重等于为渊驱鱼。

让我小结一下，当年梧桐树下的市场是怎么汇聚成股票交易的世界级中心的：第一，可靠的、有保障的买方权利；第二，以市场间竞争为基础；第三，企业家对市场竞争形势的创新型反应。有了这三点，自发的产权竞争就可以形成秩序和结构。规范和规制或许也是重要的因素，但是，与自发秩序为敌的"规范"没有胜算。

2001年3月17日

要反对的不是重复建设

要区别三种状态：独家垄断，重复建设但不准竞争，竞争所必要的重复建设。第一种状态，即独家垄断带来的损失是非常高的。第二种状态是在垄断的基础上再加上重复建设的成本，这种行为大多是行政部门和地方所为。第三种状态，重复建设带来了一个竞争的结构，竞争有利于资源的最佳配置和充分利用。

我们国家当前的重复建设很复杂，至少是行政部门和地方的重复建设、竞争性的重复建设、缺乏产权约束和债信责任的重复建设等三种类型的叠加和混合。在探讨之初，我们有必要就垄断、竞争、重复建设三者之间的关系，如何比较重复建设的损失和垄断的损失进行讨论。

要区别三种状态的重复建设

垄断是只有一个供货商。自然垄断是竞争引起的垄断，作为竞争的自然结果，竞争者发现，只有一个供货商时效益最高，技术上更优。这样,即使只有一个经营者,也可以保持竞争,因为市场有潜在的进入者,只要你提价,就会把潜在的竞争者变成现实的竞争者。另外,可以把独家经营的权利作为投标竞争的标的。

但是古典经济学家所说的垄断,经常是指由于政府的限制、行政的限制和法定权利带来的垄断。这种垄断叫作法定的垄断,它完全消灭了生产性的竞争因素,从而刺激了寻租者之间的竞争。大家为了买到这种法定的权利,就必须贿赂政府权力机构,贿赂政府官员。

行政垄断是行政性的市场独占,而且缺乏高度发达民主体制拥有的公共管制,绝对排他,这会造成社会的巨大损失,因为有很多资源将用于寻租、排队和政府官员的非货币收益。竞争必然导致重复建设,这样也会产生损失,我们需要比较这两种损失哪个更大,两害相权取其轻。

要区别三种状态:独家垄断,重复建设但不准竞争,竞争所必要的重复建设。第一种状态,即独家垄断带来的损失是非常高的。第二种状态是在垄断的基础上再加上重复建设的成本,这种行为大多是行政部门和地方所为。在这种状态中,我们似乎能看到当前行业自律的影子。不久前上海两家牛奶公司打得不可开交,最后在政府有关部门的调停下,双方偃旗息鼓,相安无事。中央电视台《焦点访谈》节目对此进行了报道,并且说"政府部门在此充当了劝架人的角色"。而在市场竞争中,政府是充当劝架人的角色,还是充当裁判的角色,的确耐人寻味。第三种状态,重复建设带来了一个竞争的结构,竞争有利于资源的最佳配置和充分利用。

市场竞争必然会有重复建设

行政部门和地方的重复建设抑制竞争,没有预算约束,弄好了是一个大工程,是政绩,他可以没有节制地借钱,不用考虑还,因为还的时候他可能就不在其位了。这种竞争对于中国金融的稳定、银行货币的稳定、中国的国际资信信用是个极大的威胁。这样造成的重复建设,既增加了成本,又抑制竞争,没有竞争带来的机制。

在市场竞争的机制下,要保持竞争,就会有重复建设,这需要成本,但这成本并不像传统思维想象的那么高。因为一方面,技术进步和市场容量降低了市场进入的门槛,另一方面,技术变化和创新带来的收益会刺激潜在的竞争者甘冒风险,而且资本市场的迅速发展提供了更多、更广泛的融资渠道。

支付重复建设的代价会有如下利益:竞争可以降价,降价以后可以扩大需求,然后可以加快投资的回报。因此只要重复建设的成本低于预期的竞争降价效果,对社会来说就不坏。而且如果你是创新性的,就可以拿到一块创新利润值。也就是说,存在竞争有两个机制:降价机制和创新机制。

当然,人们并不能保证预期的收益都能高于重复建设的成本,这样,竞争性的必要的重复建设是由投资者的产权状况来约束的。这一点非常重要,因为实际上没有人能算出预期收益是否高于重复建设的成本,很可能理论上的预期是错误的。但是市场经济体制是一种用产权来约束的体制,你可以做梦,可以预期,但你必须对你的投资负责任。如果产权边界是清楚的,债信责任是清楚的,就必须承担投资行为的全部后果。这套产权合约制度就是用来约束分权投资问题的，是约束重复建设无度问题的内在机制。可能你想得很大，以为这个投资能带来很多利润，但你拿不到，你要先付债权人，再付工人，最后的剩余才是你的。有了这套制度，加上学习，分权投资的成本可以收敛，重复建设便可控制在能接受的水平之内。

产权约束是治理重复建设的一剂良药

打一个比方：洗衣机在城市的普及率已超过了90%，但这用得着吗？我们每家的洗衣机闲置的时间很长，这很浪费，一栋楼有三两台就够了。这是重复建设。但是你管不着，这是他的钱，他负责任，他愿意用他的资金的机会成本来换取方便，换取干净，这不对社会产生任何危害。这和我们经济投资的过程一样，重要的是有约束，有人对重复建设负责任，如果重复建设错了，财务上必须承担责任，这没有话好讲。

对于三种类型的重复建设，我们坚决反对行政性的垄断和重复建设，它只有成本支出，没有预期收益，在经营过程中没有降价机制和创新机制。要不断强化产权约束和债信责任。金融体制的改革非常重要，借钱是要还的。我们搞了这么多年社会主义市场经济，但到现在为止，一些最基本的原则还没有变成普遍遵守的原则，如果不加强这个约束，就无法从根本上解决重复建设无度的问题。要承认市场竞争性的、有产权约束的重复建设的合法性。如果不分青红皂白地反对重复建设，只能阻碍市场竞争，保护行政性垄断的特权。笼统地反对重复建设听起来很好，但实际上把竞争者或者潜在的竞争者进入市场的权利消灭掉了。

1998 年 12 月

第七章

市场的守夜人

守夜人的经济学说

政府官员可以选择他自认为更合理、更顺手的守夜方式,也可以在守夜之余不辞辛劳地参加白天五彩缤纷的经济活动,甚至可以根本不守夜,或者干脆充当市场秩序的破坏者!

守夜人,典出亚当·斯密。在《国富论》中,斯密曾经分章分节,详细讨论了政府如何以守夜为天职。根据他的论述,政府的职能主要有三项:

1. 保护本国社会的安全,使之不受其他独立社会的暴行与侵略。

2. 保护人民,不使社会中任何人受其他人的欺负或压迫,换言之,就是设立一个严正的司法行政机构。

3. 建立并维持某些公共机关和公共工程。当然,为了维持政府的尊严,还需要有一些其他的花费。[①]

[①] 〔英〕亚当·斯密著,郭大力、王亚南译,《国民财富的性质和原因的研究》,商务印书馆,1972年版。

被误解的斯密

斯密容易被误解的地方,是他被许多人——无论同意他的还是反对他的——看成一个喜欢规范世界的经济学家。在本文的例子中,斯密似乎主张,一个规范的政府应该恪守守夜人的角色,应该将政府职能限于国防、司法和某些公共设施领域。更有好事之徒,将发明小政府、大社会的桂冠,也慷慨地安到了斯密先生的头上。

读一读《国富论》吧,我们会知道斯密对真实世界的经验着迷,而对规范世界无甚兴趣。他概括经验、分析经验,得出对经验的经济学解释;又基于一般化的解释,提出可供以后经验来检验的推测。幸运的是,"他站在一门新科学的黎明和欧洲一个新时代的开始"。[①]当时的英国正在开始现代经济增长,古老学说不能应付的新经验数之不尽,提供了开风气之先的现代经济学巨著的基础。更加幸运的是,斯密的分析和结论一再被后来的经验所验证。诚如张五常所言,他的主要论点的整体,不仅经得起时间的考验,而且越来越对。[②]

在政府职能问题上,斯密陈述的都是经验事实。试想一下,在那个连英格兰银行都是私人经营的时代,除了国防、司法和公共设施,君主(政府)还能管什么事?在这个意义上,不妨让我们更正一下:斯密从来没有主张过政府"应该"充当守夜人。斯密对政府应当充当守夜人的伟大思想,半点贡献也没有。

[①] 参见马科斯·勒纳(Max Lerner)为《国富论》1937年英文版作的序,张五常译。
[②] 张五常著,《学术上的老人与海》,社会科学文献出版社,2001年版。

经验中出理论

斯密的贡献，在于分析政府怎样守夜，才更加经济、更加合乎社会的一般利益。举国防为例吧，斯密仔细分析了狩猎和游牧民族的全民皆兵，以及农业文明的业余战士模式，虽然不需要政府专项财政开支来维持国防，但随着制造业的进步和军事技术的复杂，为了保证制造业生产的连续性，由政府抽税来维持装备精良、纪律严明的常规军，就越来越合算。更令人叫绝的是，在分析的基础上，斯密得出如下一般性结论：近代战争火药费用的庞大，显然给能够负担此庞大费用的国家提供了一种利益，从而使文明国家对野蛮国家立于优势地位。

再举一个例子。斯密在分析政府提供的道路、桥梁、运河、港湾等公共工程时，他的重点，永远不在政府应该不应该提供公共工程，而在于根据对各种经验事实的考察，探索政府怎样收费、怎样花费来维持公共工程才更加经济。运河的通行税嘛，交给利益不相干的委员会，不如像法国的兰格多克运河，交给监工的工程师，作为他的私家财产权利，维修的效果更好。但是道路的通行税，就不宜做同样的处理。因为运河不加修理，会变得完全不能通航；但公路不加修理，却不会完全不能通行。至于靠委员会来维持道路通行，看来看去，当时的经验也没有最优模式，只好诸害之中取其轻。

那么，怎样看待那些声名赫赫的政府特许权公司？斯密的法门，永远集中于分析这些特许权公司的利弊。他用了几十页的篇幅，研究包括英国汉堡公司、俄罗斯公司、东方公司、土耳其公司、非洲公司、哈得孙湾公司、南海公司、东印度公司（新、旧）以及英国制铜公司、熔铅公司和玻璃公司的经验，并引用1600年后在欧洲各地设立的55家取得专营特权公司的全部失败例证。斯密从中得出的结论，就是到今天还是掷地有声：这些基于爱国心，即为着促进国家某特殊制造业而设立的特权公司，往往因为经营失当，以致减少了社会总资本，而在其他各点上，同样利少害多。[1]

理论的命运是接受检验

各位读者，经济分析和经济解释不同于规范的地方，在于前者可以拿经验事实来检验。是的，谁也不必赞同斯密，但是你可以拿事实来检查他分析得出的结论。在制造业相对于狩猎、游牧和农业占据主导地位的局限条件下，常备军的模式是不是能比看似不多花费的全民皆兵更有效率？在战争花费日益庞大的局限条件下，经济实力的增强是不是能比穷兵黩武提供更可靠的国防基础？公共工程全部由财政包干，是不是能带来许多浪费的减少？政府特许权公司是否真的有助于实现其设立时声称的爱国主义经济目标？所有这些，都可以拿可观察的事实做反复的检验。

谁都可以反对斯密，或者不把他当回事。天下形形色色的政府，更无理由对斯密关于守夜人的经济学理论——准确一点说，是探索合算的政府守夜人的经济学理论——言听计从。政府官员可以选择

---

[1] 〔英〕亚当·斯密著，郭大力、王亚南译，《国民财富的性质和原因的研究》，商务印书馆，1972年版。

他自认为更合理、更顺手的守夜方式,也可以在守夜之余不辞辛劳参加白天五彩缤纷的经济活动,甚至可以根本不守夜,或者干脆充当市场秩序的破坏者。是的,一切悉听尊便。斯密就是尚未作古,也无计可施。他只留下一个经济学的传统,那就是分析包括政府在内的各个经济行为者的行为,在事实上怎样影响着诸国财富的性质和形成。

2001 年 6 月 17 日

另一条印度道路

从印度发生的变化中我看到一点希望，腐败病入骨髓如印度综合征，也是有药可救的。条件是，对症下刀，手不要哆嗦、不要抖。

"印度道路"曾经举世知名，这就是政府对市场活动实施超级管制，样样要许可证，事事要审批，结果，挡不住的管制官员大贪其污，社会腐败程度直追当年的巴拿马，逢单你来，逢双我上，轮流坐庄，贿赂被制度化了。走市场经济之路，又要让行政官员过左审右批的瘾，这就是原汁原味的"印度道路"了。我知道的经济学家当中，只有张五常从20世纪80年代早期就不停地大声疾呼，警告中国转到方向对头的市场化改革之后，千万当心"印度综合征"。十几年过去了，中国在市场经济的路上走得有声有色，但是产权改革左躲右闪，而"规范市场"的管制又层出不穷。举目四看腐败花样翻新、层出不穷，方知张五常教授的推理本事名不虚传。

改革出转机

但是，印度已经出现了转机。举证这个变化，不需要说印度人，特别是海外的印度侨民多么聪明了得。是的，访问过欧美的中国人，大概没有不对那里从事白领以至金领职业的印度人之多留下过深刻印象。精于吸取全球人才精华的美国，发给外国人士可以在美从事专业的工作签证，总数的 20% 都给了印度人。在大名鼎鼎的硅谷，据说 30% 的工程师是印度裔。他们不但成为美国人创办的高科技公司的顶梁柱，而且自立门户照样成绩傲人。印度裔企业家在美创办的公司到华尔街上市而又业绩不俗的，只要查查 Microchip、I2Tech 和 Mastch 等科技公司的记录就可以知道。不过我要说，古老文明的东方泱泱大国，挟 10 亿人口之众，万里挑一出来一批优秀人士，不足为怪。况且侨民们的出类拔萃，搞不好还是逆向淘汰的结果：故国民不聊生，没有机会，"道不行，乘桴浮于海"也。

要紧的是印度本土的变化。但是我并不想就此举证，比如最近被广泛报道的印度经济增长率提高、人均所得增加、高科技大有苗头。这些事情，别的国家不论，单拿中国来比，印度要占上风恐怕就没有那么容易。当然，印度一国软件生产量占全球软件总产出的 16.7%，年度软件出口达到 40 亿~50 亿美元，除了美国，天下无出其右。但是，中国的家电普及率、电话普及率、电脑保有量、上网人口等，不是把印度远远甩在了后面吗？说今日的上海比孟买风光，应该不是夸大之词吧。（听说联合国秘书长安南先生看到曼哈顿似的浦东新区，赞赏之余就要求提高中国的联合国会费。）再往"底部"看去，据美国《亚洲周刊》的估计，每天可支配收入不足 1 美元的贫穷人口，在 13 亿中国人当中有 3.5 亿，而在 10 亿印度人当中有 5.3 亿。消灭贫困的压力，两个古老文明大国不相伯仲，不过看来印度更沉重。

我要举证印度变化的，只是一件事情。这就是，印度人在印度本土创办的公司，满世界赚钱，成为世界级的好公司！让我补充一句，这样的公司赚发达国家市场的钱，一不靠出售自然资源，二不靠廉价劳动力优势，三不靠贩卖军火，四不靠政府补贴。靠什么呢？靠技术创新、管理、本土和非本土市场开发。这样的公司，在印度出了一批！本来印度人有能力办"现代企业"，早已有据可查。硅谷高科技公司 7% 的 CEO 是印度裔，更不消说大名鼎鼎如麦肯锡公司的老板也是印度人了。但是，那都是办在境外的公司，借用了发达国家的制度环境和社会资本。我们这里讲的，是印度人在印度本土办成的国际性的公司，这就令人刮目相看了。"许可证经济"的土壤上，哪里容得成长起这样的"物种"？在我看来，这是"印度道路"发生变化的证据了。

试举一例吧。印孚瑟斯（Infosys）技术公司是当今印度最大的软件公司之一，但它在 1981 年成立的时候，资本不过 1 万卢比，相当于当时的 1 000 美元。困难的问题不是资本数量，而是通行印度的左批右审制度。创始人穆尔蒂先生回忆，"我们用了整整 18 个月时间才拿到软件经营执照"。1946 年出生于一个贫困家庭的穆尔蒂，像他的同代人一样曾经笃信，只有国有经济加政府干预才可以结束贫困。但是，20 世纪 70 年代在法国一家软件公司工作的亲身体验，改变了穆尔蒂的观念。他明白了自由企业怎样创造财富。回国以后，

第七章 市场的守夜人

在孟买一家软件顾问公司工作了几年之后,穆尔蒂和他的6位同事创办了印孚瑟斯技术公司。公司头10年最重要的事情差不多就是和令人窒息的官僚体制周旋。为了远离无穷无尽的申报和贿赂泥潭,穆尔蒂在别的印度公司竞相与官僚搞关系并从中获益时,把自己公司的技术人才派到境外去争取国际客户。穆尔蒂先生一定是想明白了一条道理:在左审右批的环境里充当"行家里手",开发软件技术和市场的武功当然就废了。如此打熬10年,到1991年印度政府大刀阔斧改革国家管制体制之时,印孚瑟斯已经有能力获得欧洲和美国的大公司客户了。

下文还要提到1991年的印度改革,废除了许可证,开放了市场。南部城市班加罗尔出现了简化税制并提供卫星通信设施的软件技术园。印孚瑟斯如鱼得水,终于可以在本土向全球客户提供每周7天、每天24小时的软件服务。但是,市场的开放也将国际竞争带入印度。为了与IBM那样的国际顶尖公司竞争优秀的印度技术人才,印孚瑟斯完成了公司管理方面的一系列变革,引进经理和科技人才的股权期权制度,使得一流人才在印孚瑟斯的待遇丝毫不比世界上任何一家好公司逊色。穆尔蒂领导的技术人员从1994年的480名增长至1996年的6 500名。

《远东经济评论》报道,1999年有184万名工程师报名应聘印孚瑟斯技术公司约2 000个新的工作机会。公司的致命吸引力,可见一斑。时至今日,穆尔蒂先生已无须否认驱动他和他的同事们努力的基本目标,就是使印孚瑟斯成为世界级的公司。

1999年4月,印孚瑟斯技术公司以过去五年每年增加利润66%

的业绩在美国纳斯达克上市。令投资人刮目相看的，不仅是这家公司业务的90%来自欧美发达市场、极强的盈利能力和高成长性，而且是公司在"财务透明度以及对股东负责"等行为方面，像所有世界级的上市公司一样中规中矩。即使经过今年4月以来美国股市的震荡，本文截稿之日印孚瑟斯的股价为125美元，公司市值仍在16亿美元以上。

正如偶蹄类动物必定食草和反刍，也必定成长于草原环境，企业的组织行为特征和它活动的社会环境之间也是"适者生存"的关系。印孚瑟斯主要做发达市场客户的生意，要与国际级IT公司争夺人才，并且从发达国家的资本市场获取投资。这样的"偶蹄类"，必定在产权、契约、承诺、信用、透明度以及反映市场变化的方式等方面，能够像发达市场里的同类物种一样"吃草并反刍"。问题在于，非生产性寻租活动成风的"印度之路"几乎是寸"草"不生的，食草动物是怎么个活法才得以存活，并出人意料地长成了大家伙呢？

对拉奥革新刮目相看

答案是环境灾变。1991年开始的"拉奥革新"根本改变了印度商业活动的制度环境。当年70岁并准备退休的拉奥是因为拉吉夫·甘地被刺而突然被推上印度总理职位的。在此之前，差不多延续40年的"尼赫鲁-甘地"政治建立了印度的独立、民主政体和相当不错的独立司法系统。但是，长期主导印度政府的经济政策却错得离谱。一个最基本的推论是，印度经济资源匮乏，要是听任价格机制来配置资源，而不是由政府指导利用资源，怎么可能加强国力并消除贫困？于是，印度成为"民主制+计划经济"的实验田，基本经济制度就是"复杂、非理性的控制和许可证体制，对生产、投资和外贸的每一个环节都进行控制"。不错，印度没有实行苏联式的全盘国有化（虽然印度国有经济占 GDP 的比重从 1960 年的 8% 激增至 1991 年的 26%），还允许私有制企业存在。但是，对于一个鸡毛要审批、蒜皮也要盖章的业主而言，"私有制"究竟还有多少意义？事实上，凡是资产规模在 200 万美元以上的印度公司，无论什么所有制，其主要的经营决定，甚至董事会成员资格，都要得到政府认可。许可证体制使得行政部门"从无所不知的分配者和国家经济利益的平衡者，转变为无休止的、武断的官僚政治统治者"。

左批右审制决定商业比赛的输赢，定义了竞争的内涵，当然也就导引着无数商界英雄为之折腰。当"搞定官员"成为商场制胜的不二法门时，你说什么才叫作本事呢？当这类特殊"本事"被许可证体制日复一日、年复一年地强化之后，"用进废退"的进化论原则就要起作用了。许可证的神奇性在于，没有拿到它之前，申请当事人不免感到讨厌甚至屈辱，可是一旦到手，它就可以把潜在的竞争对手排除在外。这就是说，被管制者也是管制的受益人！弄来弄去，非生产性寻租的甜头诱人上瘾，最后竟然是功能决定了器官的模样。所以，在经济分析上，直接用于获取许可证的资源只是"印度之路"代价的一部分，另一部分或者主要的代价，是许可证经济限制了市场竞争的范围和强度，抑制创新，保护了落后和守旧。要在许可证经济的土壤上"持续提高人均国民所得"，那就比登天还难了。

对症下刀可见效

1991年的拉奥总理差不多是被逼到了墙角。国家的财政状况极其糟糕，以致印度政府甚至讨论出售驻日本和中国的大使馆以筹措应急资金。但是危机也降低了拉奥内阁，特别是他的财长辛格和商业部部长奇丹巴拉姆向"不起作用的资本主义"发起进攻的说服成本。印度的经济政策急速转变。而拉奥革新的核心内容说难极难、说易极易，其实就是冲着许可证体制下刀。过度的管制和控制导致的市场竞争不足捆住了印度的手脚，消除左批右审制解放了印度商业传统的活力。在耶金和斯坦尼斯罗合著的《制高点》的第8章，专门有关于拉奥改革的出色记载。这本书已经有了外文出版社的中文版，对印度改革管制经验感兴趣的读者不妨找来读一读。这场改革的总结局是崇牛为圣的古老印度重新长出鲜嫩的青草，为一大批印孚瑟斯技术公司模样的"偶蹄类"提供了成长环境。乐观的观察家甚至预言，今年印度眼看会超过中国的经济增长率，而且这只是显示自1991年以来变革成果的开始乐章。

我对印度没有直接的观察和体验。对于老的"印度之路"是否真的已经消失，新的印度道路是否主导了这个拥有古老文明的国家，我不能下断语。从印度发生的变化中我只看到一点希望，就是腐败病入骨髓如印度综合征，也是有药可救的。条件是，对症下刀，手不要哆嗦、不要抖。

2000年8月

启动经济和政府退出

当前重点是四个退出：政府从传统国有经济的困境里退出，从近年的权力经济里退出，从与民争利的市场领域里退出，从成功的投资项目中退出。

收入是内需之基

国内市场问题，现在讲了很多。由于景气低迷，政府希望通过刺激消费来增加国内需求。但是基本的道理是，老百姓如何消费是不需要政府来教的。如果居民的收入没有增长，或者对收入增长没有很好的预期，或者希望的消费在现有条件下无法实现，那么无论政府和学者怎样希望、教育和呼吁，社会消费还是增加不了。要刺激消费，最根本的办法，就是增加居民和企业的收入。政府的经济政策，要以消除妨碍居民和企业收入持续增长的种种因素作为出发点。

改革开放以来，中国居民和企业的收入有了大幅度的增加，这是国内市场扩张的基础。我们都知道，任何一个经济都不可能直线增长。有时好一点，有时差一点，有点波动并不奇怪。1992年以后，中国经济增长陡然加快，后来减慢一点也是正常的。但实际上我们的经济里面还有很大的增长潜力。我的看法是，现在真正严重的问题不是短期增长率的调整，而是那些妨碍经济增长的因素久久得不到克服，甚至"慢性病化"。那样的话，我国经济有可能从景气低迷变成长期性衰退。

制度性障碍三例

让我举一些例子来说明，什么是我所说的妨碍经济增长的因素。第一件事情发生在劳动力流动的过程中。1997年我们在中山市调查外地民工问题。我们知道这是珠江三角洲经济增长的一个重要基础。大量内地廉价劳动力进来，获得收入，对两地的经济增长都有贡献。农民工进来以后，广东的劳动部门增加了管理收费。一个镇的农民工管理费，可以收到每年400万元之巨。这个收入水平在内地输出劳动力省份的劳动部门看来简直是天文数字，于是纷纷"觉悟"，派人跟到广东，名曰"追踪服务"，实质追踪收费。结果农民打工必须"证、卡齐备"（就是同时要给输出地和输入地双方缴纳管理费），还要每年注册交费，否则就不合法。最后什么结果呢？那是在亚洲金融危机前夕，中山市很多鞋厂有大量订单，但居然招不到工人。政府部门在中间收取过多费用，农民工出来就不合算了。看起来"民工潮"（劳动部门叫"有序流动"）是解决了，但广东地区的劳动供给不足，工资增长超过劳动生产率的增长，工厂或者减少接单，或者以机器替代劳动力。一方面产出品的市场竞争力下降，另一方面总就业空间缩小，民工的收入增长被人为遏制。

第二个故事发生在中西部地区。这几年高速公路修得不少。高速公路一修通，大巴客运很赚钱，一辆豪华大巴的投资，几年就可以收回来。但是这个市场被开发之后，公路管理部门就"明白"机会在哪里了。他们说：对不起，这个东西要管理，要"规范"。管来管去，就是只准他们自己办，或者他们认可的人办，民间就不可以自由进入。广东好像也有类似现象。广州的出租车到顺德，不能直达顾客要去的地方，而是要绕道顺德市边上某一个地点下车，然后换乘顺德的出租车，反过来也是一样。总之各有各的"地盘"。市场经济变成了"地盘经济"。收费不是靠向社会提供方便，而是靠制造不方便、制造麻烦。越不方便，收费越多。加起来，都是社会的经济浪费，减少居民和企业的实际所得。

再讲一个粮食的故事。现在政府为了保护农民的所得，要独家收购粮食，不让商人去收购。我在北京调查过那个"大磨坊"，老板是温州人，他同时做北京的面粉生意。据他讲，最好的时候做到北京面粉市场的 1/4。但现在的粮食政策他就没法干了，因为市场的面粉价格往下走，而政府卖出来的麦子价格往上涨，又不准他直接收购农民的麦子。这个生意怎么做？他只好不做了。我的问题是，粮食商人的收入就不是收入，就不能增加社会总需求吗？

这类故事仔细去看，各个地方、各个领域都不少。民间发现的市场机会，利润一出来，规范管理、加强管理、左加费、右加费，一直管到没有利润为止，管到谁也不想干为止。要承认，20 世纪 90 年代一些政府部门的行为比 80 年代有了很大的"进步"。80 年代他们是把计划体制下的管制权出卖给市场，很多事原来不能办，给点钱就办了。90年代是什么情况呢？民间不断发现新的市场机会，然后不断被拿走，不断被管住。这个问题不解决，长期增长的基础就垮了，企业家精神只得萎缩了。

没收入讲消费是笑话

所以政府不要老讲什么鼓励消费。人家有收入怎么会不消费？怎么还要政府教老百姓花钱呢？刺激消费的话讲讲就可以了，多讲就成了笑话。没有钱怎么消费？你倒让人们能在市场里挣到钱呀！有的研究表明，中国还是个资本净流出的经济。一方面说缺资本，一方面很多的资金外流。当然其中一部分是非法所得的外流。但确有一个原因是我们这里搞一个生意太难了，七抽八抽，左管右管。这就是广东省政府一直强调要解决的市场软环境问题。要害是政府跟企业、跟民众、跟民间，在市场上的相对地位怎么摆。这一条在目前启动经济时非常值得重视。不要以为现在的问题仅仅靠财政政策和货币政策就可以奏效，那在美国也许灵，在中国不会那么灵。中国还是在从计划体制向市场体制转化过程中的经济。没有体制政策，短期经济难以启动，更不会奠定长期增长的基础。所谓体制政策，就是界定政府部门和企业、居民在市场中的权利界限。当务之急，就是要有效地解决20世纪90年代以来，部门借规范管理之名与民争利，把市场机会不断拿走的严重问题。可怕的"国家能力"！

顺便讲一下税收。税收的增长连续多年高于 GDP 的增长，这样搞下去，究竟行不行？我看最后会把税源搞枯竭，不但对企业不利，对政府也不利。这次来广州之前见到联想的柳传志，我问他联想在惠州的生产基地怎么样。他说惠州市长非常开明，但现在是两条线，地方政府管不了税收部门。最可怕的是运动式的收税，倒过来查找。前几天在惠州调查，有的企业说税收部门定好了补税的额度，然后再查，1998 年不行查 1997 年，1997 年不行查 1996 年，一直查到那个数够了为止。这个搞法真是要非常小心。一些学者对此也有点"贡献"，就是 90 年代初期论证中国的税收比例太低，危险之至，会影响"国家能力"。现在不是要重开争论。现实问题是景气如此低迷，政府可以考虑在税收方面好好退一块，现在这个决心不下，市场是起不来的。

很多人讲，现在政府要承担这么多义务，如果税收减少怎么办？我的看法是，如果政府把自己手里的各种资产和各种特许权盘好，不需要猛增税收也可以把政府养得好好的。现在应该一手让税，一手盘活政府手里的资产和资源。惠州不是被前几年的大亚湾泡沫套住了吗？政府财力非常弱，但又要搞环境建设，资金怎么来呢？就是把原来市政府手里的各项资产盘活，重组政府拥有的公路、煤气、天然气管道资源，组出政府投资市政的资本。我们政府手里有多少东西呀！现在猛收税，收了税国家投资，投资再形成不良资产，何时是个头啊！应该开始启动地方政府，从广东开始，把政府手里的各项资源盘一盘，会盘出东西来，这个意见，供广东省政府考虑。

政府手中的市场准入权是当前刺激经济增长最重要的源泉。北大门口很尴尬，讲起来叫中关村，也叫"中国的硅谷"，但一出门就有人拉住你，一个问你要不要文凭，一个问你要不要盗版光盘。有关部门多次扫荡，扫来扫去扫不尽。我这次出来前不久，一出门又有一个不到20岁的年轻人，拉着我要卖盗版光盘，我说你要被抓住不得了呀，要关几个月，你怎么还干呢？他回了一句话："现在合法的生意不挣钱，能挣钱的不合法。"这让我思考，是不是我们这个经济真的除了卖假文凭和盗版光盘，其他都"全面过剩"，都不赚钱？我的看法不是的。中国有盈利和盈利潜能的生意还是不少，但就是某个部门独家垄断经营，不准民间进入。

政府退一步，市场进一丈

这件事情，我觉得可以参考美国经验。我是1991年到洛杉矶念书的。当时"星球大战"计划搁浅，因为苏联解体了，军备竞赛没法搞了。洛杉矶有12%~13%的失业率，很多成熟的产业工人不得不下岗，从头学电脑，重新就业。当时美国的制造业也是全面过剩。怎么走出来的？非常重要的就是开放大服务业。先是开放天空，在航空业引入竞争，后来就是电信、电力，直到市政和公益事业。过去认为只能一家来搞，所谓自然垄断，后来突破了思想障碍，实施市场准入政策，竞争、收入和就业都上去了。中国自己的经验也是一致的。航空工业一开放以后，出现那么多航空公司，现在据一则报道说，有7万名空姐、机械师和驾驶员，但有8万个卖票的。这种情况会带来结构性的变化。现在我们的电信、电力、银行、保险、债市和股份制公司股权的场外交易等方面，都有很好的增长空间，高度盈利，问题就是要让民间资本进去。这些领域不开放竞争，效率低下，影响全部其他产业的竞争力是第一个严重后果。另一个后果是，就业没有空间。中国第一产业就业要减少吧？农民不可能再增加了，还有1亿的剩余劳动力要往外走。第二产业现在也是大量过剩，不可能增大好多就业。我认为，最大的就业空间就在原来由国家垄断的那些行业。要一个一个地研究，一个一个地放。让盈利的行业变成可以合法进入的产业，这样一定可以刺激民间投资。

所以我说市场问题中排第一位的是收入。收入问题要很好地研究，政府要提供环境，让老百姓、小企业和大企业能够在市场里赚钱。现在政策重点不要放到转移收入分配方面去，学什么发达国家的福利政策，照抄越来越复杂的方案。那样做，危险之至。首先要让人从市场里赚钱，其次才是辅助性的保障系统。如果挣钱的路越来越窄，保障的负荷越来越重，最后政府哪里来钱？政府只能把现在还开门的公司搞到关门为止。这样下去是搞不动的。

政府退出市场四途

在这个背景下，我认为广东省政府提出的"政府退出市场"非常重要。这很可能成为支持下一波经济增长的政策基点。现在值得讨论一下政府怎么从市场里退出来。第一，我们的政府目前陷在过去传统的国有经济的困境里面。这要坚决退出来。退的办法各式各样，但方针要明确，就是千万不要再陷进去了。现在讲社会保障体系，搞得很复杂，有点文不对题。目前面临的问题不是提高社会保障的程度，而是如何偿还国有经济对一部分老工人欠下的债务。国有经济早就把这笔钱"投资"掉了，财政也没有能力，于是来一个社会保障体系，其实就是让目前还过得去的企业替传统的国有经济来偿付对部分老工人的欠债。但这样的路线会使政府越陷越深，因为集中到政府手里的各种保障资金又会成为将来政府的债务。可以替代的办法是把国有资产的存量切掉一块，想办法卖掉，还清老工人的债务。以后新人统统新办法，不要政府再背包袱。中国这个地方现在就这个发展水平，不能搞太复杂的东西，最好的保障体制是让老百姓自己能好好挣钱，好好储蓄和投资，有一个有效的市场体制和金融系统，这是主要的；遇到天灾人祸，首先是个人动用储蓄，其次是家庭、亲朋和社区互助，再次是地方政府的辅助性帮助，最后才是中央政府的补助。不能倒过来，仿效什么福利国家模式，所有企业一大笔钱交社会保障税，养一大堆人。在中国的信用条件下，你能相信 30 年后他还能给你东西呀？你看 30 年前投资的国营企业，现在要你解决下岗问题，你要明白 30 年后兑现的承诺是不怎么靠得住的。

第二，政府要从改革开放以来形成的新的国有经济和政府经济的麻烦中退出来。比如窗口公司，就是这样的问题。政府要退出，涉及的也是债务，但不是对老工人，而是对金融债权人，包括境外的。关于这个问题，在去年的座谈会上我们已经提了一个建议，就是重组广东债务，确保广东信用。债信的影响深远，不可掉以轻心。

但是地方政府手中没有足够的手段用现金来偿付到期本金和利息。可行的办法只能是重组债务，第一靠政府手中还掌握的资产和特许权，第二靠各方对广东省未来的预期，尽最大的努力，减少债权人损失，保护广东的信用。更重要的是要看到，广东窗口公司发生这样严重的资不抵债问题，是政企不分体制的必然结果，也是传统的国有制体制无法适应市场经济的证据。必须坚持在重组窗口公司资产和债务的同时，重组公司的机制，否则过几年又出来一批窟窿，没法交代。这件工作，广东已经启动了。几大公司的债务重组，非常麻烦，具有世界级的挑战性。但是，不解决好这个问题，政府就会整天陷在这件事情里，不能承担正常的职能。

第三，就是刚才讲的政府要从与民争利的市场机会中退出来。这是当务之急，但难度也是最大的，因为陷得太深，油水又这么大。有一种意见认为政府退出市场的口号不够准确，因为市场总要政府来管理。这也许有道理，但更现实的情况是，现在就是天王老子发命令，政府及其部门要从市场中退出来，恐怕也要退它个 5 年、10 年的，不存在市场中政府缺位的危险。

第四，政府要从成功的投资里退出来。市场经济的早期环境，有些事情民间没人做，或不敢去做，政府带头进入，并且也成功了。这类机会政府也应该功成身退。因为政府毕竟不是企业，行为的着眼点不是利润和市场份额，而是政治的或行政的考虑。现在成功，再过几年机制老化，又不成功了。所以成功的也要退。怎么退呢？开始政府 100% 持股，可以在公司很好的时候，卖掉一些。卖掉一些政府就有资源了，有了资源你可以再干别的好事。这样的话，你退一部分，民间就长一部分，形成一个良性的循环。

归结起来，当前重点是四个退出：政府从传统国有经济的困境里退出，从近年的权力经济里退出，从与民争利的市场领域里退出，从成功的投资项目中退出。广东这样的经济，有条件提出退出问题，因为民间经济的实力比较大了，民间已经起来，应该有非常明确的政府退出的政策和舆论，这样，相信会对广东的下一步发展起作用。

让企业唱主角

最后一个意见，政府退出后市场里由企业唱主角。企业制度非常要紧，决定市场经济的兴衰。现在都讨论国有企业改革这么难、那么难，但是从生活中看，解决国有企业问题的各种地方经验应该说非常丰富了。现在的问题是政策总结和合法化的问题。目前和农村早期改革一样，管用的东西不能讲，能讲的东西又不那么管用。恐怕不能指望中央政府先提出一套办法来解决国有经济的问题。中国这么大个国家，发展和认识都极不平衡，中央政府只能在实践基本行得通了、大多数人也赞成以后才能讲话。但是探索的工作要由地方来做。其实各地早都有各种各样的方法。根本的问题是，企业的控制权已经放到经理手里了，但经理掌握的企业控制权不向利润最大化的方向用，为什么？因为多创造利润与经理层没有多大的利害关系。这个问题不解决，在经理手中的控制权就会往别的方向用，比如多花成本、多签单、多做把好处转到亲朋好友那里去的关联交易，或者无所用心，得混且混。总之，多花成本，或者叫成本最大化,追逐的就是扩大成本。有人论证利润最大化对国有企业不重要。这样的宏论应该回答:本身不追逐利润的企业究竟从哪里获得资源?财政不断地拨款?借银行的钱不用还?赖其他债权人的债?企业不追逐利润,谁会从外部给它投资?金融投资为的就是分享企业的利润,你不追逐利润谁来投呢?现在国民经济憋就憋在这个地方,一方面有大量的储蓄,一方面投资无门。

解决的办法就是让掌握控制权的经理面临更激烈的市场竞争,并在竞争形成的要素市场上获得部分剩余索取权,最终使经理的管理决策行为与企业的盈利目标相容。在惠州我们看了几家企业,与传统国有企业的办法都不同。高级经理到岗位上,必须持一部分企业的股份。这和上海、山东等地的经验是一致的,基本经验就是不能让经理白白分企业的股权,而是必须买。没有足够的钱,就通过融资,让经理先对公司负一个债务,将来靠分红所得还贷,真正获得相应的股权。什么是顺德讲的贴身经营?就是要让掌握企业控制权的经理与公司有资本纽带,没有资本纽带,多数人都会有短期行为,使成本最大化。我想这个道理已经只剩一层窗户纸了,一捅就破。与其在那里闭门造车般地发明国有企业走出困境之道,不如好好总结实践经验,凡管用的就肯定下来。

没有好的公司体制,政府是退不出来的。在企业改制上,广东一定要想办法走到前头去,这件事情虽然有这个风险、那个风险,但一定是收益大于支出。不要等上面开了口以后再来,等不来这一天的。先得从基层把它拱出来,做得通,方方面面都能接受,工人觉得好,企业觉得好,地方政府也觉得好,把它做通,然后再来一个事后承认主义，变成章程，变成地方性的法规，然后再变成全国的制度。这一步一定要跨出去，否则政府是退不出市场的。企业没有利润动机，以成本最大化为目标，经济增长就没有动力。

企业的体制搞对头以后，启动市场、开发市场的主体就是企业，而不是政府。过去一讲公司就讲制造业，现在看来，这个观念要大大突破才行。现在看，企业的第一个功能就是开发市场。制造业里所有名牌公司，科龙、联想、海尔等，第一个本事是做市场。这次我们看到惠州的办法是先通过几个骨干公司做营销网络，开发市场，创品牌，然后再去扩张制造业。制造业生产能力现在严重过剩，而关于怎么搞制造业的知识，至少在几个三角洲地区，如长江三角洲、珠江三角洲，普及程度非常高。问题是没有订单。1996 年回国第一个看的公司是济南的小鸭圣吉奥，当时他们讲，一个生产工人就有 0.7 个市场营销人员，完全改变了传统工厂的概念。管理庞大的营销网络，开发市场，比生产线的管理还重要。就是市场网络为王。你有营销能力，所有制造业企业都要跟你谈。联想的经验并不是掌握可以与硅谷竞争的高科技，而是首先靠手里有一个高科技产品的营销网络，先帮你卖东西，挑好的卖，落下一个好的销售网络。有了这个网络，名牌厂家就只好找你谈判，跟你合资，最后就有实力上自己品牌的产品。TCL 的经验就是市场能力领先。他们有 6 500 个生产工人、6 500 个营销人员。如何管理分布在全国各地的 6 500 个市场营销人员，比车间管理难得多。TCL 1999 年前 6 个月的销售额比上年同期增加 110%，其中 65% 做农村市场。你要是听主管市场的袁总讲，他可以把市场一层一层讲下去。讲到村庄推销，他讲他们重视"村庄意见领袖",就是对老乡有影响力的人物。那可不一定就是支部书记,往往是镇上的修理工,因为他老修电器,知道返修率,他说哪个牌子好、哪个不好,对农民的影响很大。珠江三角洲加工业能力大,市场销售是大问题。过去一部分靠港商和台商,亚洲金融危机之后,恐怕要更多靠内销。作为企业行为的市场营销、市场开发,不仅是当前启动市场的大问题,也是今后在市场经济条件下发展工业的大问题。

1999 年 8 月 5 日

为中小企业融资服务的资本市场

在中小企业还不可能一步迈进"高级"资本市场时,需要"底层"资本市场的"关照"、挑选和试错。因此,分级的资本市场是获得企业规模经济必不可少的条件。

为防范和化解金融危机,政府最近提出了一系列重大举措。其中,清理并关闭地方性股权交易市场,是引起各方广泛关注的一个重要事件。本文在简要分析地方性股权交易市场利弊的基础上,依据淄博市场的经验探讨存利去弊的条件,在估计了执行"清理关闭"政策后可能出现的局面之后,提出"清理整顿,择优升级,设立并逐步开放全国性的为中小企业融资服务的资本市场"的建议。

地方性股权交易市场现状

我国地方性股权交易市场,是国有企业和乡镇企业股份制改革的产物。虽然国家至今没有正式法规,但全国已经出现一批交易股权的市场。这些市场绝大多数由地方政府正式或非正式批准设立。

据调查时业内人士估计的结果，目前将企业股权公开挂牌交易的"市场"在全国有十几个，分布在沈阳、鞍山、大连、天津、淄博、青岛、济南、武汉、无锡、杭州、义乌、温州、乐山、南宁、宜昌、珠海等城市。在这些市场上"挂牌"的企业共有300余家，基本是国有"中小企业"和乡镇企业中的"大企业"。在这些市场上的"会员"共约300家，拥有股民约500万。此外，各地还有一些在"产权交易"名义下进行的股权交易活动，这些交易活动有的形成市场，有的尚未成市，总的范围和规模没有准确数据。

地方性股权交易市场的存在有利有弊。最主要的利是：为我国中小企业开辟直接融资渠道，同时增加我国居民和其他投资人的投资选择。这类场外交易最主要的弊是：这类市场容易受到地方行政力量的控制和切割，容易脱离各地的实际经济条件一哄而起，使中央金融当局难以实施有效的金融监管，一旦发生金融风潮，有可能危及一地或数地的社会经济稳定。

中小企业的直接融资需求

中小企业构成我国企业群的绝大多数，在我国的经济增长、就业和出口中具有重要的战略地位。在中小企业当中，以下三个类别特别值得重视：（1）大型和较大型非国有企业中率先实行股份制改制的企业；（2）执行"抓大放小"方针后在市场竞争中崭露头角的中小国有企业；（3）成长迅速的民营高科技企业。这三类企业中的佼佼者，是发展我国国民经济的富有生气和活力的先锋部队。这批充满活力的中小企业，不但在当前经济生活里扮演着重要的角色，而且是未来我国具有国际竞争力的大企业的可靠后备资源。从任何一个角度看，发展中小企业都是全局性的战略问题。

近期我国金融体制的改革，使中小企业靠银行贷款为主的融资模式不可能再继续下去。由于中小企业活力的基础是激烈的市场竞争和淘汰，所以并不能有效保证银行债权的安全。许多国家的经验是共同的：除非政府的政策性支持，追求稳健经营的商业银行通常不是中小企业融资的主要渠道。我国银行初步的商业化改革，已经显示商业银行的贷款向"大行业、大企业"倾斜的倾向。目前我国并没有一家以中小企业为主要服务对象的政策性银行。因此，中小企业不可能以银行为主要融资渠道。1996年，全国乡镇企业的资产负债率为61%，其中银行负债仅占总资产的19%；同年国有独立核算工业企业的资产负债率为84%，其中银行负债至少占60%。与大企业相比，中小企业更多地依靠非银行融资已经是一个不争的事实。

这就提出了一个问题，风险较高，但对我国经济增长、就业和创汇有不可替代的重大作用的中小企业，究竟从何处融资？从市场经济的经验来看，中小企业以直接融资为主，以社区或地方信用机构提供的贷款为辅。其中，大部分中小企业的资本来源靠民间集资入股，股权直接分红得益，没有也不必经过股权市场的交易。但是，中小企业中的"顶尖"企业，即被市场证明具有竞争力和发展潜力的优秀企业，却需要并可能面向市场发行一部分可流通的企业债券和股票。一方面，如果不利用资本市场，中小企业中的佼佼者难以成长壮大；另一方面，通过资本市场，中小企业中的出类拔萃者也可以向投资人提供一个新的、有足够竞争潜力的投资机会。

从国际经验来看，资本市场是分级的。在美国，全国性证券交易所集中交易"国家级"上市企业的证券，区域性证券交易所交易"次级企业"的上市债券、股票，而那些"未经注册的交易所"交易更次级企业的证券。在交易所之外，有各种"场外交易"非集中地交易未上市企业证券或上市证券。这表明，美国资本市场的分层结构对应不同规模企业不同的融资成本和风险。看似"垂直"的资本市场等级，其实是将直接融资的识别风险分散配置的一种机制。在中小企业还不可能一步迈进"高级"资本市场时，需要"底层"资本市场的"关照"、挑选和试错。因此，分级的资本市场是获得企业规模经济的必不可少的条件。

中国自己的经验也表明，资本市场的分层结构有其内在的合理性。第一，目前在上述各地地方性股权交易市场"上柜"交易的股票，差不多都是地方性中小企业的股票。第二，在沪、深两个交易所设立六七年后，政府才有可能"构想"通过沪、深两市为国有大企业直接融资。第三，地方性股权交易市场在沪、深市场急速扩张之后，不但没有萎缩，反而越发"热门"起来。这表明，不同级别的场内交易与场外交易，各有其适用范围和服务功能。场内交易和场外交易，难以互相替代，却可以互相补充。由于中小企业在我国具有远比在发达国家更为重要的地位，因此中国需要比发达国家规模更大、形式更多样完备的场外交易市场。场外交易可以提供进入门槛和费用较低的直接融资服务，对于我国中小企业，特别是中小企业中的佼佼者，是十分必要的。

地方性股权交易市场风险的根源

当前我国各地地方性股权交易市场，有其内生的弊端。最主要的问题是，这类市场容易受到行政力量的控制和切割。在"政企不分"框架下发展市场经济，常常会将发展经济的合理要求扭曲地表现出来，特别容易引发以下两大问题：第一，脱离各地实际的企业基础和金融条件，攀比"开市"；第二，股权交易受行政力量的控制和切割，导致市场行为的扭曲。以上两大问题交互发生作用，使中央和地方的金融当局难以实施有效的监管。在这样的条件下，可能随时发生地方性股权交易丑闻或风潮，危及地方和区域的金融秩序。

概括起来，一方面，直接融资是我国中小企业日益不可或缺的融资通道，具有重大意义；另一方面，政企不分、以行政权力干扰交易，是我国政治经济体制里难以立刻治愈的痼疾。现在要研究，在什么条件下地方性股权交易市场可以存利去弊。

存利去弊：以淄博经验为例

在目前多个地方性股权交易市场之中，山东省淄博证券交易自动报价系统（ZBSTAQ，以下简称"淄博报价系统"）是比较特别的一个。研究淄博市场的经验，有助于我们分析满足什么样的条件，可以使我国地方性股权交易市场存利去弊。

淄博市场的基础是该地乡镇企业股份制和股份合作制的超前改革试验。国务院于1988年确定周村区为"全国农村改革试验区"，批准在"乡镇企业股份制和股份合作制改制"的主题下试验"保护股份合作制的股权"和"乡镇企业股票的社会发行和转移办法"。1991年2月,全国农村改革试验区办公室等5个中央部门联合考察周村试验区,提出将试验重点转向改制企业的股权流转,为此将试验区的范围扩展到淄博全市。1992年11月,为了我国乡镇企业第一批持股公众的投资安全,经中国人民银行总行批准,9家全国性和地方性金融机构发起设立"淄博乡镇企业投资基金",有效地支持了淄博乡镇企业的股份化改制,并为淄博中小企业的股权交易市场奠定了基础。1993年9月,在国家证监会、体改委、中国人民银行等部门的关心下,按照"电脑联网、终端委托、集中竞价、分级清算、无场化交易"原则设计的"淄博证券交易自动报价系统"正式开通。

淄博经验主要有三条。第一,股权交易为企业的改制和发展服务,企业、基金和报价系统互相促进。第二,把中央有关部门、专业研究力量和地方政企各界的努力有机地结合起来,参照国际经验,立足本国现实,精心设计和操作,奠定超越一时一地短期利益的市场制度、组织和程序。第三,以严格的监管来确保交易的公开、公平和公正,积累最重要的无形资产——市场"名声"。淄博的经验证明,我国有能力逐步发展为中小企业融资服务的现代化的场外交易。

淄博股权交易试验的成功,刺激各地仿照设立地方性股权交易市场。为避免一哄而上的股权交易市场因为规矩不严而坏了整个股权交易的名声,淄博市人民政府于1996年7月正式要求由国家证监会直接管理淄博报价系统。但是,这一建议没有能够上达。现在看来,如果适时以权威方式明确淄博市场不是一个地方性的市场,而是国家设在地方的一个为制定全国性政策服务的试验性市场,并进一步确定由国家证监会直接监管,就有可能遏制各地一哄而起攀比开市。这是一个值得总结的教训。

在讨论淄博经验教训的基础上,我们认为在处理地方性股权交易市场的问题上,是能够存利去弊的。如上文所述,"利"就是股权交易为中小企业融资服务,事关国民经济全局;"弊"源于场外交易的"地方性",容易造成一哄而起和监管失控,引发地方的或区域的金融风潮。因此,存利去弊的对策就是消除场外交易的"地方性",代之以"全国性的现代化的场外交易市场"。这个建议的要点如下:

第一,按照金融工作会议的要求,清理整顿全部现有的地方性股权交易市场,由国家证监会组织各地市场和券商,按照企业基础、市场运转秩序和操作水平等标准,对现有的十几个市场和有关券商做出考核和分类。

第二,在《证券法》中确定我国为中小企业融资服务的资本市场的基本形式为"中国证券交易自动报价系统",并制定和通过相应的管理细则。

第三,以清理整顿中鉴别出来的甲类市场和券商为骨干,组织全国性的证券交易协会,制定自律性的章程和会员资格,设计全国性的自动报价系统。全国性的证券交易协会及其自动报价系统由证监会设立专门监管部门依法监管。

第四,我国证券交易协会自动报价系统的立法和组织框架的设计都是全国性的,但系统可以逐步开放,逐步扩展,成熟一个,开放一个。可以考虑首先开放一个达到最低必要规模的交易网，进行试运行，以后经协会初审、证监会批准，按照企业和市场的需要与可能（而不是按照行政区划或等级）分步扩展，渐进地完成全国性布局。

1999 年 11 月

转型期城市就业也需"软着陆"

在缓解城市就业的政策上，我们首先要批评"放宽货币政策，刺激经济增长，减缓城市失业压力"的考虑；其次，要批评"清退进城农民工，为城市下岗工人腾出位子"的思路。正确的选择是以下政策组合：一方面，坚决推进城市国有企业体制在用人制度和工资福利制度上的改革，形成竞争性的城市劳动力市场；另一方面，谨慎推行一系列配套政策，缓解转型期城市失业和再就业的压力。

当前和今后一个时期严峻的城市就业形势，是20世纪90年代以来我国城市化加速和国有企业改革推进这两股潮流交汇的结果。这个形势，与其他许多转型经济仅仅面对国有部门改革的困难不尽相同，也与一般发展中国家在城市化加快阶段面临的社会经济紧张有别。目前中国面对的是体制转型和结构调整两个方面重大变化的叠加。问题集中表现在城市就业领域，背后却是国民经济多方面矛盾的综合。在我看来，方向明确而坚决的城市国有部门改革推进，将有助于从根本上解决长期以来我国劳动力资源无法有效利用的严重问题，因此改革不可因为城市就业问题的短期压力而再行拖延。

同时，存在着推行一系列配套的改革和发展政策来减缓城市职工下岗、失业和再就业形势的现实可能性。中国在成功地取得消除可能的恶性通货膨胀的"软着陆"经验之后，需要另一次"软着陆"来积累对付转型期城市失业和再就业问题的经验。

当前城市就业问题的由来

首先是城市化加速和农村劳动力向城市的流动和集中。20世纪80年代以来，改革校正着以往"工业化超前而城市化滞后"的发展模式，我国城市化速度加快。

1985—1994年，我国城市化率达到28.6%，9年间每年新增城镇人口1 023万，占同期平均新增总人口的65.8%。由于我国城市化指数以正式城镇人口占总人口的比重来测定，而近年大量已经流向城市就业和生活的农民工并没有被包括在城镇人口统计之内，因此上述统计可能低估了我国城市化的实际进展。根据作者参加的一项劳动部研究项目的调查样本推算，1994年在地级市、省会城市、大城市和中央直辖市稳定就业的民工已达2 300万，在县城或县级市有1 600万，加上3 300万在城乡之间流动的民工中的一部分（计入1/3），总共有5 000万农民工在县城以上的城市就业。加上这部分进城农民工，从20世纪80年代中期以来，在每年新增1 023万城镇人口的基础上再加计500万，应该是合理的估计。这样，1994年我国城市化的真实水平当在32.8%，而1985—1994年每年平均新增的城镇人口当在1 500万，可与同期每年新增总人口持平。

其次是城市就业形势发生了前所未有的变化。具体表现为：

（1）国有部门吸收城镇新增就业数量的减少和释放"再就业"数量的增加，使国有部门在城市劳动力市场上"进口"的劳动力数量减少，"出口"的劳动力增加。据国家统计局的资料，1978年国有部门吸收新增就业392万，占城镇新增就业总数（544万）的72%。到1994年，全国城镇新增就业总数715万，比1978年增加171万，但国有部门吸收城镇新增就业的总数反而从392万降至294万，减少近100万，只占城镇全部新增就业总量的41%。近两年的最新情况是，在市场竞争中日益暴露出来的国有企业的设备老化、结构不合理、管理不善和亏损严重，使其再也无法继续以"隐性失业"的办法容纳冗员。据估计，1990年以来，国有部门已经下岗的员工为1 500万，而在"九五"时期，国有部门还将下岗员工1 500万~2 000万。总计在10年之内，国有部门要向社会释放3 000万~3 500万需要再就业的职工，平均每年300万。国有部门的净就业增长已经为零，进一步的趋势很可能为负。

（2）新一轮"重工业化"带动的资本集中化趋势，使得我国投资和国民经济增长的就业弹性下降。1991年第四季度以来，重工业增长速度持续超过轻工业，改变了20世纪80年代轻工业带动经济增长的格局。已有研究表明，新一轮重工业化不再是以重加工业为主导，而是以基础产业和基础设施为主导，特征是平均投资规模巨大、投资结构中第三产业投资的增长速度大大超前，以及经济增长主要由投资需求拉动。但是同时，新一轮重工业化也导致投资和经济增长的就业带动的减弱。1985—1988年，扣减掉物价指数，全社会固定资产投资每增加 1%，社会总就业增加 0.21%，其中非农就业增加 0.43%，城镇就业增加 0.27%；1991—1994 年，上述三项就业指标分别仅为 0.03%、0.11% 和 0.06%。这就是说，扣除物价影响的社会总投资所带动的总就业量，进入 20 世纪 90 年代后趋于减少。国民经济增长带动的就业增长也有降低趋势。1986—1990 年，我国 GNP 每增加一个百分点，社会总就业增长 151 万人；但 1991—1995 年，该增长仅为 85 万人，下降 44%。

（3）与上述两个新变化并行的，是我国原有计划经济模式的强大惯性。在原有模式下，资源可以倾斜式地流向计划当局认定的"重点产业、部门和项目"，但无法顾及资源的真实成本、机会成本、综合要素生产率和投资回报。其后果是，资源配置背离经济要素的相对市场价格，导致经济效益低下。这个计划模式虽然已经发生了相当大的改变，但我国要素市场发展滞后、投资体制改革滞后，仍然是基本事实。一个可观察的现象是，由于制度性的扭曲，劳动力市场价格相对于资本价格仍然显著偏高。特别是，国家银行的利息偏低，而国有部门劳动力价格偏高。因此，投资的资本密集倾向在微观水平上是理性行为。更为严重的是，体制惯性使社会总投资的配置仍然存在着严重的部门歧视和所有制歧视，一些经济效益和就业效应都差的部门获得大量投资，而效益好和就业带动大的部门，投资份额很小。

上述三个因素一起限制着城镇就业需求的总规模。相对于农村劳动力向城镇流动和后备劳动供给在城市的集中，近期我国将可能面临一个城市就业需求严重不足的局面。劳动经济学家发出警告，一个新的失业高峰已经到来,并可能持续到"九五"末期。当前和今后一个时期,我国国民经济不得不面对农村劳动力向城市流动加快与城市长期隐性失业公开化并存的新问题。

解决城市就业问题的有关思路

在缓解城市就业的政策上,我们首先要批评"放宽货币政策,刺激经济增长,减缓城市失业压力"的考虑。因为目前的通货膨胀率虽然已经下降,但国民经济由于国有部门(包括国有企业、国有银行和政府部门)改革滞后带来的大量潜在矛盾远没有从根本上消除。这几年虽然一直在讲"从紧"或"适度从紧"的货币政策,但实际增发的货币量并不是很低,通货膨胀形势重新恶化的可能性依然存在,潜在的金融危机表面化的危险性并没有消除。在这种局面下,放宽货币政策不可取。另外从经验看,宽松的货币供给刺激的经济高速增长,会引发更大规模的农村劳动力向城市的流动和集中。宽松的货币政策并非一定能够缓解城市就业压力。最后,从根本上看,目前我国城市就业问题的根子是国有部门的体制。迄今为止,率先发展非国有经济也好,政策向国有经济倾斜也好,局部的枝节问题上的改革也好,都被证明没有解决国有部门如何在国际、国内两个市场靠自身的竞争力,而不是靠政府保护垄断、财政补贴或银行输血生存的基本问题。放宽货币政策替代不了国有部门的改革,而只能在表面的高速增长和经济繁荣下掩盖问题,继续制造可以避免或延缓国有部门实质性改革的幻觉。

其次，要批评"清退进城农民工，为城市下岗工人腾出位子"的思路。第一，限制竞争妨碍农民向更高生产率的岗位和部门流动，既不合乎效率原则，也违背社会公平。第二，限制流动和竞争的传统思路在今天的情况下只是听起来还有效。事实上，几千万农民工之所以在城市里可以站得住脚，经济上的原因就是进城农民劳动力的质量和价格在城市劳动力市场上有竞争力。今天城市居民购买劳务和产品的选择权和企业的招工选择权，并不受政府控制。这几年一些地方似乎一直在"清退农民工"，但好像总是清而不退，原因就是市场在选择农民工。另外，经验表明，城乡劳动力在城市劳动力市场上的竞争，不但是改革的结果，而且首先是改革的动力。限制和削弱这种竞争的强度，就无从推进城市国有部门用工制度的改革。再说，即使政府有本事限制农民工进城并"腾出位子"，是否有人领这份情还是疑问，否则原来城市里"有人没事干，有事没人干"的尴尬情况是从何而来的？

正确的选择是以下政策组合：一方面，坚决推进城市国有企业体制在用人制度和工资福利制度上的改革，形成竞争性的城市劳动力市场，决不因为当前和今后一个时期内城市就业形势的紧张而动摇改革的决心；另一方面，谨慎推行一系列配套政策，缓解转型期城市失业和再就业的压力。

要积极推进目标明确的国有部门改革，这一改革可能会降低城市工资和福利水平，也可能会增加公开失业率，但最终结果会降低城市期望工资水平，从而调节进城农民工的流量，减缓城市劳动力供给的增长。许多发展中国家农民大量进城、引发"大城市病"的根源，并不是基于市场原则的自由流动，而是福利方面的"城里人补贴或进城补贴"，刺激了农村劳动力过度向城市的集中和流动。中国前几年的农民工浪潮，是城市化抑制松动条件下对"过高的城市期望工资"的一种反应。现在展开的国有部门改革，把脱离劳动生产率的城市期望工资水平降低下来，不但是将国民经济的增长置于工资反映生产率的可靠基础之上，而且也从根本上消除了脱离经济发展水平的过度城市化。在这个意义上，改革才更稳健、更安全。

坚决推进改革方针需要谨慎的配套政策。所谓配套政策就是其他有关方面的一系列改革配套。其中特别重要的是：

（1）加快资本利率市场化的改革，使我国各个产业领域的资源配置更合乎资本稀缺、劳动力相对过剩的现实，在同等的经济增长速度和投资规模下，更多地利用劳动要素，合理增加就业需求。

（2）进一步消除城市企业发展中的所有制歧视，特别是资金贷放方面的所有权歧视，放手发展多种经济成分，充分利用民间企业家资源增加就业。

（3）调整城乡企业税负和其他各项社会负担，鼓励生产和创业；为缓解城市失业压力的必要财政开支应由财政开支结构调整解决，决不能增加仍然开工的企业的税负。

（4）结束基本农产品市场化改革的摇摆和徘徊，由市场机制而不是行政管理制度来调节农业和商业结构的变化，增加农业、商业和农村非农产业的收入水平和就业容量。

（5）进一步消除体制和政策障碍，增加劳动密集型产品和劳务出口。

（6）加快城市福利制度的改革，中心内容是城市福利水平不可脱离经济发展水平和城市生产率基础，防止"乱开空头支票的高福利"政策。为了解决转型期的一些突出矛盾，采用某些临时措施是必要的，但也要防止形成制度化的脱离经济发展水平的职业保险、失业救济、最低工资规定和再就业承诺。

在政策实施方面，城市职工下岗、失业和再就业问题主要是地方事务。各个城市的国有经济与非国有经济的比重不同，国有经济的状态和改革的实际进展不同，因此解决问题的路数也应该有所不同，没有必要将问题、责任和解决办法的寻找全部集中到中央政府。各地不同经验的创造和互相借鉴，将有利于我国经济顺利完成再一次"软着陆"。

1997 年 4 月 7 日